《夢の草舟》　戸嶋靖昌 画

嗚呼《ああ》ただに　涙も涸《か》れる　事どもを
見つめ佇《たたず》み　抱《だ》きて歌へり

和歌：執行草舟

『歌集 未生』へ捧ぐ　刊行に当たって

ここには私の血と涙がある。
そして慷慨《こうがい》とそれを凌《しの》ぐ憧れが舞っているのだ。

序

歌を創るとは、自己の命を削ることである。日本の歌は、人間の命の贖《あがな》いによってのみ創られて来たのだ。断じて、それ以外に歌の道はない。時々刻々、自己の命を永遠に向かって刻み付けながら、歌は創られて来た。「歌は生命である」と歌人・三浦義一は言っていた。しかり、その通りだと思う。だからこそ、その生命を謳い上げるために、自己の生命を命の祭壇に捧げなければならないのだろう。

人間の生命とは、神話そのものではないか。生命の淵源こそが、神話なのだ。神話を仰ぎ見ること。それ以上の作歌の行《ぎょう》はこの世にはない。すべての歌は、神話から紡ぎ出されている。神話から生まれた涙として、この地上に滴り落ちて来るに違いない。私は日本武尊の精神に、歌の道を学んで来た。記紀の歌の中に、日本の神話の呻吟を摑み取った者は私だけではあるまい。

記紀が、日本の文学のすべてを生み出したと言ってもいい。その文学を支える魂にこそ、歌の精神が打ち込まれているのだ。古代の歌は、崇高にして高貴である。英国の詩人W・B・イェイツが言った「恐るべき美」に覆われ、我々の魂を震撼させて倦《う》むところを知らない。崇高と美が、人間の生命を喰らっている。その壮烈を仰ぎ見ることによって、歌の心に剣の魂が突き立てられるのである。

その一つに、日本武尊と弟橘媛の純愛の息吹がある。愛のために死することが、日本の歌の淵源に示されている道義と言えよう。私の作歌は、古代の魂との交感でもあるのだ。その交感が、私を先述の三浦義一へと導いてくれた。義一の『歌集 悲天』が、私の歌のすべてを支えている。古代の魂と三浦義一の歌の精神だけによって、私のすべての歌は創られて来た。それ以外の歌は、私には何の影響も与えてはいない。

それが、偏りであることは重々に分かっている。しかし、私は命の偏りこそが真の日本の歌だと信じているのだ。日本の歌は、魂の雄叫びである。それ以外の何ものでもない。ひとりの人間の魂から滴る、血の涙のほかの何ものでもないのだ。天と己れの間に交わされる、命の交感にだけ歌の生命が宿っている。義一の歌の調べは、高く清くそして悲しい。その高貴さに比肩し得るものは、日本武尊の歌しかない。その義一の霊魂の前に、私の歌集を晒《さら》す恥ずかしさは言葉には出来ぬ。

私が七十歳を超えるまで、歌集を出版しなかった理由は、そのような恥の心しかない。今、その恥を忍んで、私は『歌集 未生』を世に問うことにした。それは、私なりに日本の未来に、歌の心を伝えなければならぬという悲愴な決意によるものだ。この悲愴感だけが、私の恥じらいを払拭してくれたと言ってもいいだろう。私は日本の歌の「初心」を未来へ投げかけたいのだ。

　この「初心」を、あのフランスの哲学者ルネ・ゲノンの言う「根源的伝統」として伝えなければならないと思っている。歌の根源を伝えるために、私は学術的な歌の伝統をすべて払拭したいと思っている。「作歌の魂」だけを残し、日本の未来に投じたいと思っているのだ。私の歌を、未来の日本を背負う、未来の日本人たちのために纏めたいと思った。そのためには、現在の歌の常識を随分と革新し無視したことも多々ある。それらはすべて、魂だけを伝えたいという私の心が為した横暴である。ただに諒承と寛恕を願っている。

　この歌集には言挙げも卑屈もない。ましてや、虚飾に類する一切を断じて排除したと言い切ることが出来る。すべては、私の根源的魂が生み出した誠だけだと思っている。自分の最も深い意識を、この地上に現成することが出来たと考えているのだ。私の心が、この地上に赤裸々に展開されていく。善も悪も呑み込んで、私の人生が刻まれていくのだ。その苦悩と喜びが、新しい未来に向かって投ぜられるなら、これに越した嬉しさはない。

令和六年十二月二十三日　　執行草舟

目次

＊本歌集には、頁の下段に以下のような説明が入っている。
一、歌の詠まれた筆者の人生的背景
二、歌の大意
三、言葉の注釈
四、人物の注釈
五、歌の枕詞
六、前文ほか

和歌を読み慣れない読者のために、一首ずつ理解を助けるための補足的な項目を入れた。筆者としては、和歌だけ読でも、または、説明を含めて読んで頂いても、読者の方の自由に任せたいと思っている。

＊本文全体として、以下のような表記統一とした。和歌は、旧仮名遣い、旧仮名読みとし、添書き、説明書きは、現代仮名遣い、現代仮名読みとした。ただし、漢字表記としては、基本的に新漢字を採用している。

歌集

未生

カバー写真　立原青
装幀　中島浩

第一章

歌の心

——六十一首

「お前の知らぬものに到達するために、お前の知らぬ道を行かねばならぬ」そう十字架の聖ヨハネは言っていた。私は二十歳のときに、この思想に触れたのである。私の憧れが立ち上がり、私の志が方向性を見出したときとなった。十字架の聖ヨハネの言葉ほど、私の生き方を確定したものは少ない。「葉隠」の思想が、垂直に落下する噴流のように私の内臓の奥深くに浸潤して来たことをよく覚えている。そのとき、私はこの十字架の聖ヨハネの言葉にさらに追い打ちをかけた。つまり到達不能のものに到達するという思想である。私は、それが本当の憧れなのだと確信を得たのである。「知らぬものに到達する」とは、到達できないものに到達するということに他ならない。人間にとっての憧れや志とは、そのようなものだと私は思っている。我々人間の魂が求める、この宇宙で最も悲しい思想が、我々人間の憧れなのだ。その悲哀を抱き締めることによって、我々は神を志向する生き物としての人間と成った。文化の本質とは何か。私はそれを憧れとして考えたい。人間が生み出したものの悲しさを考えたい。この大宇宙の悲哀、つまり無常を敬い、志向するために人類は生まれた。私は人間の夢や憧れ、そして魂のもつ志の力の本源をそのように見ている。私の歌は、悲哀の中に立ち上がる人間の魂だけを見つめているのだ。そしてまた、見つめている人間そのものを歌いたいのだ。

歌行

長歌

わが歌の　永遠《とは》に響かへ　わが思ひ　い這《ば》ひ巡りて　野《や》に歌ひ
日の本ふかく　心をば　歌ひ偲《しぬ》びて　涙をば　叫び拭《のご》ひて　ひたぶるに
ただ「直《ちょく》」のみを　わが歌は　打ち錆《さ》び果てる　世にあれど
越え行《ゆ》き果てて　歌ひ叫ばむ

私は人生の垂直を仰ぎ見たいのである。魂の崇高に向かって、我々は生きなければならぬ。人間の使命を思わなければならぬ。

反歌

日の本に　今し見据《みす》ゑる　事どもの
涙したたる　ことな忘れそ

私の歌は日本の無常を詠んでいる。つまり未生《みしょう》の我れ。生《せい》の悲哀を仰ぐのだ。生の根源、人類の始源である。

歌行
長歌
我が歌とは
作歌の心づもり

反歌

我が心の調べ

ただにして　秘すれば花と　思ふだに
　歌の心は　秘せざらめやも

我が歌の心は、私がもつ恥の心との闘いだった。大切なものは秘されている。しかし、その秘されているものしか歌にはならないのだ。

我が歌の心

すさのをの　哭《な》きていさちる　ことどもの
　滴《しただ》る時ゆ　今に出《い》で来《こ》よ

すさのをの心こそが、日本の歌の始まりとなった。その初心を私は承け継ぎたいのだ。それを伝える人は、日本武尊と三浦義一しかいない。

我が歌の心

＊すさのを：日本神話の神。天照大神の反抗的な弟神。

＊いさちる：泣きわめくさま。

神代《かみよ》より　流れ流るる　言の葉は
　あはれを湛《たた》へ　高く悲しゑ

私は日本の歌を歌いたいのだ。日々感ずるのは、その力の無いことだ。ただ哭きていさちること。それ以外に歌はあるのだろうか。

我が歌の心

仰ぎ見る　我が歌声の　高ければ
この世の涯《はて》に　到《いた》り着《つ》くべし

私は自己の生命の限界を超えたいから、歌うのである。自己の魂を超えた、高く悲しいものを見つめていたい。そこに、いつかは到達するだろう。

我が歌の心

世の涯《はて》に　届かむとてか　我が歌ぞ
低く寂《さぶ》しく　こぼれ落つらむ

私の歌は、生死を超越した生《いのち》の本質を求めるものである。それは高く悲しく、また低く寂しい。魂と肉体の激突と言えよう。

我が歌の心

幾春《いくはる》の　花散り花は　咲けるとも
我が言の葉の　涙こそ絶えね

我が歌は、生きることの涙が生み出したものである。この世が美しいほど、我が歌は悲しいのだ。無常の生を、私は見つめたい。

我が歌の心

ちはやぶる　神のまにまに　生まれなむ
我がふるさとの　言の葉ぞあはれ

我が国の歌は、やはり「あはれ」を中心としなければならない。それは生《いのち》の尊さの中心でもあるのだ。「あはれ」のない歌は歌ではない。

我が歌の心

ちはやぶる＝神にかかる枕詞

わが歌は　天《あめ》の詔琴《のりごと》　響かなむ
この現《うつ》し身に　浸《し》むる歌声

私は天の響きと日本人の魂の故郷を歌いたいのだ。私の体に伝わる神話を歌いたい。血と涙が生み出すものを、私は歌いたいのだ。

我が歌の心

＊天の詔琴：神の託宣を請うのに用いた和琴。

まぼろしの　世を生きにしも　血のゆゑに
歌に託《たく》せる　思ひ切なく

私の歌は血の雄叫びである。この世の切なさを私は歌に込める。日本人の無常を、私は抱き締めたいのだ。

我が歌の心

一太郎やぁーい

叫びたる　その祖母《おほはは》を　気遣《きづか》へる
　孫の居《を》る日ぞ　遠く去りなむ

「一太郎やぁーい」と叫んで祖母は走り続けた。それを見つめる孫。祖母一人孫一人のその孫が、出征するのだ。日本の悲哀が胸に迫る。

やあーいとな　その祖母《おほはは》の　こころ意気
　人を育てし　明治は去りぬ

日清戦争に孫を送り出す祖母の心。日本の家族の本当の愛がここにある。貧しさのどん底にいた日本が、外国と初めて戦うのだ。悲しさの中で、国民は明るかった。

とこしへに「一太郎やあーい」の　別れこそ
　まつはり付きて　我れを離れね

明治の家族の別れが心に沁みる。明治の日本人の純真がほとばしっている。たった一人の若い跡継ぎを、戦争に送り出すのだ。その祖母の生命の叫びを私は思い続けている。

「一太郎やぁーい」日清戦争に出征する孫を見送る祖母の叫び家族の真の情愛を表わす代表的な逸話

「一太郎やぁーい」こう叫んで祖母は孫を送った

「一太郎やぁーい」

柿本人麻呂

水底《みなそこ》に　眠れる岩の　如くして
深く静かに　生くべかるらむ

人麻呂の歌の本質と私が感じるものである。梅原猛の『水底《みなそこ》の歌』を読み、人麻呂のもつ悲劇性について何かが肚に落ちた。水底は人麻呂の涙を表わしているのだ。

＊柿本人麻呂：六六二頃—七二四頃。飛鳥時代の歌人、歌聖。

水底《みなそこ》に　棲《す》み生《な》す巌《いはほ》　静けくも
雄々しき生《いのち》　我れに注《そそ》げよ

水底に鎮もれる日本の魂から、私は歌の起動力をもらっている。歌の根源は、日本の歴史が発する地霊の響きなのだ。

柿本人麻呂

水底《みなそこ》に　棲《す》み生《な》す岩の　雄々しくも
君が生《いのち》を　知る人ぞ無き

本当の柿本人麻呂を知る人は少なかった。梅原猛の研究は真実の扉を開く始まりとなった。つまり、氏をきっかけとして想像の自由を得たのである。

柿本人麻呂

人麻呂に　うち哭《な》かむ夜は　吼《ほ》え叫《おら》び
風起《た》ち騒ぎ　荒《すさ》べるべきや

人麻呂の慟哭に共振することが、憂国の始まりになる。共に時を過ごし、共に哭くのだ。人麻呂ほど、魂の共振を招く歌人は少ない。

柿本人麻呂

波騒ぎ　湖《うみ》暗くして　鎮《しづ》もれる
水底《みなそこ》深く　君は眠れる

人麻呂の魂は深い静けさの中にある。そこから噴出するエネルギーこそが真の憂国なのだ。人麻呂は鎮もれていなければならない。

柿本人麻呂

歌の意味

古《いにし》への　歌の里にぞ　佇《たたず》みて
鶴《たづ》鳴き渡る　日の来たらむと

古代の歌が歌われた地を訪れることは、大いなる悲しみを伴うものである。その地を踏めば、千年を隔てて、古人の悲しみが伝わって来る。

歌の地を訪ねて

作歌の意味

詠《よ》まぬだに　燃え尽き果つる　面影の
　など多かりき　すでに隔《へだ》たる

歌を作ると、歌に出来ぬ人生の事どもの多さに驚く。歌は生《いのち》の豊かさを逆に教えてくれる。歌を詠める人生の、いかに幸福なことか。

「荒城の月」

歌ひける　月の光の　悲しびに
　昔を偲《しぬ》び　涙たらしつ

「荒城の月」に託された、昔を偲ぶ力は、前人未踏のすご味がある。これを歌えば、私の無常は永遠に繋がることが出来る。

死に逝《ゆ》ける　もののふ歌へ　月にこそ
　託《たく》せる思ひ　経《ふ》りて生きなむ

「荒城の月」は、武士の滅びを歌っている。月に託したその思いは、永遠に生き続けるだろう。私はこれを歌うとき、祖先の抱えた悲しみを思い起こしているのだ。

我が運命

去らぬだに　我が身を裂《さ》くる　生《いのち》とて
運命《さだめ》を見据《みす》ゑ　生きにけるかも

我々は、自分も含め滅するものの中に生きている。我々は、日々滅びているのだ。この悲しみを乗り越えるのは自分に与えられた使命だけだ。それだけが私の作歌の心を支えている。

運命《さだめ》としての歌

もののふの　八十宇治川《やそうぢがは》の　瀬に揉《も》まれ
逆巻《さかま》く波も　海《わた》に逢《あ》はめや

人生のすべてのことは、私の生命に宿る混沌の中に消えるのである。それが時間の中に生かされたとき、我々の悲哀が立ち上がって来る。

我が人生
運命

我が道は　知命越えるも　遙《はろ》かなる
道ぞ畳《たた》みて　山も霞《かす》める

私の憧れは遠くしばたく。何もかも不十分で半端である。道の先に道があり、遠くの山はかすんでいる。

我が人生
五十歳を越えて

わが生《いのち》　経《ふ》り越《こ》し来《く》れば　玉炫《たまかぎ》る
日の暮れ行《ゆ》きて　道の遠きに

私の道は永遠に向かっている。その幸福を私は味わっているのだ。人生を振り返る力は、作歌のおかげと考えている。

我が人生七十歳を越えて
玉炫る＝日にかかる枕詞

我が歌の師

日本武尊《やまとたけるのみこと》は、日本のロマンティシズムの源流である。日本人がもつ情感のすべてが、この英雄の生と死から生まれていると言っても過言ではないのだ。私は、日本人に歌の心を植え付けたのは日本武尊だと思っている。だから、日本の歌の初心と言ってもいいだろう。私は『古事記』『日本書紀』によって知った尊の人生から、多くの自分自身の独自の武士道を築き上げたつもりでいる。また、私の歌の出発も、この尊の生死の上に出来上がったのだ。私には歌の師が二人いる。その一人が日本武尊であり、もう一人はあの三浦義一である。この二人以外に、私の歌の源泉はない。特に日本武尊のもつ崇高性は、我々日本人の魂に永遠の感性を与えたと私は思っている。尊のもつ悲劇性が、生命の永遠性を伝えているのだ。そして尊の有する幻想性が、桜の花を愛《め》で、桜の花に死ぬ、我々日本人の死生観の豊潤を招来したと断ずるのである。尊は死後、白鳥と化した。この死が、死の幻

前文

＊日本武尊：七二―一一四。記紀に伝わる古代日本の豪族。

想性を決定した。私は尊の死をもって、死者を愛することが出来るようになった。死者と一体化した現世の在り方を、尊の死が与えてくれたのだ。人間の死が、現世の浪漫となることを私は知った。白鳥と化した尊を、私は子供の頃から、遠い空に見上げていた。遠い海に見付けていた。そして生命の悲しみを噛み締めることを学んだと思っている。

日本武尊を歌う

長歌

悲しびの　歌を宣《のたま》ひ　崩《かむあが》り　給《たま》ひて終《を》ふる　日の皇子《みこ》の
赤き誠ぞ　敷島の　歌の心と　成りぬれば　日本《やまと》に生《あ》れる　血のゆゑに
我が歌だにも　高光る　日嗣《ひつぎ》を慕ふ　草の如《ごと》　旅に在りつつ　生《いのち》こそ
涙を振りて　歌ひ奉《まつ》らめ

記紀にある日本武尊の歌こそが、日本の歌の源流だと信じている。その純真、その勇気、その悲劇を見よ。皇子は日本の歌の心を、おのが身に纏《まと》っているのだ。皇子自身の生命が、歌そのものと言っていい。

我が作歌の魂
日本武尊
長歌

＊敷島：日本のこと。

高光る＝日嗣にかかる枕詞

反歌

ますらをの　悲しき道の　辺《べ》に立ちて
日本《やまと》の子らに　歌を捧げむ

皇子の歌は、日本民族のすべてに贈られた歌である。それは日本人の生死を明らめるものとなっている。

末期を歌う

玉鉾《たまほこ》の　道に斃《たふ》れし　日の皇子《みこ》の
荒魂鎮《あらたましづ》む　太刀《たち》ぞ悲しき

日本武尊の辞世に込められた悲しみを大切にしたい。皇子の生き方は、壮絶の中に一片のロマンティシズムを漂わせているのだ。

高照らす　日嗣皇子《ひつぎのみこ》の　悲しかる
末期《まつご》の御歌《うた》に　思ひを奏《まを》す

日本武尊の辞世の歌は、我が歌の根源的生命である。皇子の歌は、そのすべてが辞世とも言えるのだ。それは皇子の死生観のあらわれだろう。

反歌

日本武尊
最期

玉鉾＝道にかかる枕詞

＊太刀…「孃子《をとめ》の　床のべに　わが置きし　剣の太刀　その太刀はや」

日本武尊
末期の歌

高照らす＝日嗣にかかる枕詞

荒魂《あらたま》の　その悲しきを　生き抜ける
　皇子《みこ》のいまはに　我れは侍《はべ》らむ

日本武尊の最期に、私の魂は侍ることを望んでいる。皇子の死ほど、日本人のロマンティシズムを喚起するものはない。

天翔《あまか》ける　日の皇子《みこ》だにも　當藝野《たぎぬ》のに
　たぎたぎしくも　御足《みあし》あゆまず

日本武尊の伝説は、日本人のロマンティシズムの源泉である。死に向かって歩む皇子の悲劇は、日本書紀に詳しい。これを涙なくして読める者がいようか。

日の皇子《みこ》の　能煩野《のぼぬ》に到る　時まちて
　歌ひ給へる　歌ぞ偲《しぬ》ばむ

日本武尊の歌は、日本人の歌の根源を支えている。特にこの最期の死に至る道程は、日本の地層とも言うべきロマンである。

日本武尊最期

日本武尊最期
天翔ける＝日の皇子すなわち日本武尊にかかる枕詞
＊當藝野：皇子の最期に至る地。

日本武尊最期
＊能煩野：皇子の最期の地。

天翔《あまか》ける　皇子《みこ》にしあれど　高光る
日嗣皇子《ひつぎのみこ》に　座《おは》すばかりに

日本武尊とは、英雄の悲劇を代表する歴史である。日嗣であるばかりに襲いかかる悲劇と言えよう。秀れた者の悲しみを、これほど体現している人間はいない。

日本武尊
日嗣
高光る＝日嗣にかかる枕詞

白鳥

白鳥《しらとり》と　化して伝ふる　日の皇子《みこ》の
御稜威《みいつ》を思ひ　偲《しぬ》び哭《な》くらむ

白鳥と化して、父天皇のために働こうとする皇子の悲しさを仰ぐ。死して白鳥となることは、皇子の生前の詩の如き人生を指しているのだ。

日本武尊
白鳥
＊白鳥：皇子は死んで白鳥となったと言われている。
＊御稜威：天皇と日嗣がもつ潜在的力。

白鳥《しらとり》の　魂《たま》と成られし　日の皇子《みこ》の
ま青の空に　浸《し》みて消えるは

白鳥と成られた皇子の伝説は、日本人の憧れを創っている。それは日本民族の魂の中に突入された、皇子の命を現わしているのだ。

日本武尊
白鳥

三浦義一

魂の　もんどり打ちて　叫びたる
その衝撃ぞ　語るもの無き

私の魂はひっくり返ったのである。それが義一との出会いだ。それを語ることは出来なかった。それが義一の『歌集 悲天』との出会いだった。

寂《さぶ》しさに　歌を詠《よ》みけむ　魂魄《こんぱく》の
赤き調べは　今に響かふ

義一の歌は清く高く悲しい。それは未来に向かう人間の真の姿に違いない。義一とは、古《いにしえ》と永遠の重合である。

己《おの》が身を　委《ゆだ》ぬる歌の　心だに
なほ現はるる　あはれもののふ

現実と歌のせめぎ合いの中を、義一は生き抜いた。それが義一の肉体を苛《さいな》んでいった。信念のために闘い続けた一生だったが、また清純なる魂を最後まで貫き通したのだ。

＊三浦義一…一八九八―一九七一。歌人、尊皇家。国家社会主義運動の指導者。近代における私の唯一の歌の師。

三浦義一の『歌集悲天』との出会い

三浦義一を歌う
その生き方

三浦義一を歌う
その生き方

天《てん》を衝《つ》き　地を穿《うが》ちたる　その生《いのち》
生き抜きけるは　血の為《な》せる業《わざ》

三浦義一の人生ほど、生の本質を考えさせられるものはない。私はその血が好きなのだ。一つの命が、何の飾りもなくまっしぐらに突進している。

三浦義一を歌う
その生き方

切なかる　生《いのち》を畏《おそ》れ　黙《もだ》しつつ
独り歩みて　ただに死につる

義一の一生は、戦いの一生だった。それは、人間の真の生《いのち》の価値を知っていたからに他ならない。ただひたすらに生き切った。それが義一の本当の生だろう。

三浦義一を歌う
その死

いのち降《ふ》り　神《かむ》さび立《だ》てる　歌碑《いしぶみ》の
苔《こけ》むす歌の　寂《さぶ》しかる道

近江義仲寺《ぎちゅうじ》には、義一の歌碑が二基建てられている。木曽義仲と巴御前、そして芭蕉ゆかりのこの寺は、戦後の荒廃にさらされていた。その義仲寺を、保田與重郎と共に三浦義一が再建したのだ。

三浦義一を歌う
その死
義仲寺に歌碑二つ

寂《さぶ》しさの　限りを尽《つ》くし　尽《つ》くさざる
誠《まこと》を見つめ　君は逝きけり

義一の孫・三浦柳氏の『残心抄』における義一の最期を思いて。義一の最期の言葉を読んで、私は哭き続けた。

降《くだ》ち行《ゆ》く　世のただ中を　生き抜きし
君の誠ぞ　我れが立たする

義一のもつ清純を復活したい。国への思い、歌への思い、その中に義一の誠がある。その誠を、私は歴史に刻みたいのだ。

大伴家持

日本の精神史において、大伴家持の役割を凌駕する者はほとんどいないだろう。それは、あの偉大な『万葉集』の編纂者であるというだけで、充分に言えることだ。『万葉集』は、それほどに巨大な遺産なのだ。文芸評論家の保田與重郎は、その『万葉集の精神』において、家持が日本の歴史に残した清冽なる志を余すことなく分析研究している。

三浦義一を歌う
その死
義一の最期の言葉「俺のやったことには書き残すに価することはひとつもない。恥多き人生だ、つまらん一生だった」

三浦義一を歌う
誠
友情

前文

家持のもつ憂国の慟哭が、『万葉集』を我々に残してくれたのだ。そのゆえに、いま我々は日本の古代と心の交流を果たすことが出来るのである。家持を生み出した大伴氏は、古代最大の氏族だった。軍事氏族として天皇に侍り、また国の祭儀と歌の伝統を継承する家だった。その氏族が、徐々に藤原氏によって中央から駆逐されていった。滅びゆく大氏族の氏長者《うじのちょうじゃ》として、大伴家持は呻吟していたのだ。藤原氏によって中国化される国情に鑑み、家持は本当の日本の「心」を残さなければならないと考えたに違いない。国の政治がどうなっても、日本人の心を反映した歌集さえ残せば、真の日本の国体が失われることはない。その涙の志が『万葉集』として結実した。我々はそのゆえに、いま歌の心を現代に甦らせることが出来ると言っていい。だから家持の慟哭が、日本の歌の根源を支えている魂だと言っても過言ではない。日本の歌は、大伴家持の存在に負っているのだ。それを知らぬ歌は、日本の歌ではない。真の憂国の心から生まれた歌だけが、日本の歌であることに思いを馳せなければならない。

大伴家持の憂国

家持の　歌を撰《せん》する　魂《たましひ》の
往《ゆ》きて斃《たふ》れて　死して止《や》むべし

『万葉集』は、家持の藤原氏に対する怒りから生まれた。政治を捨て、日本の魂を残そうとしたのだ。

＊大伴家持：七一八―七八五。奈良時代の公卿、歌人。『万葉集』編纂。

血のゆゑに　佐保《さほ》の館《やかた》に　我れ立てば
逆巻《さかまく》世とて　つひに終《をは》りぬ

神代から続く家が、家持の人生に大きくのしかかっていた。そして、その名門が藤原氏の専横によって没落の一途を辿っていた。家持は、起死回生の歌集に着手していた。私はその館跡に立っているのだ。

大伴家持
志

＊佐保の館：大伴宗家の当時の屋敷。

もののふの　八十《やそ》氏長者《うぢがみ》の　家持の
祖《おや》を慕《した》へる　歌にこそ哭《な》け

家持の祖先を慕う心が、『万葉集』を生み、また自分の歌も作ったのだ。大伴氏は古代最大の氏族だった。また軍事の他、歌も大伴氏が日本の中心で育んで来たのだ。

大伴家持
『万葉集』編纂

＊八十氏長者：多くの氏人を束ねる人物。

ますらをの　魂《たま》とも思ふ　言の葉の
降り行《ゆ》く道を　我れは行《ゆ》くべし

魂の道を歩まなければならぬ。魂の具現化が歌なのだ。憂国に生きそして死んだ者たちの歌の通りの人生を、私は家持と共に歩みたいのだ。

大伴家持
言の葉

大伴家持
夢

まぼろしの　世を生きにしも　血のゆゑに
歌に託《たく》せし　夢は遥《はろ》かに

家持の義憤は誠の継承に向かった。家伝の歌学にそれは結晶していったのだ。藤原氏の専横を、家持は芸術の道によって打ちのめそうとしていた。

大伴家持
雄叫び

ますらをの　雄《を》叫《たけ》び今も　切々と
聴けと如くに　響きわたらふ

家持の憂国は、今も響きわたっている。『万葉集』を通して、日本人の誠を伝えているのだ。今の日本人が、古代の心を知るのはすべて万葉のおかげである。

大伴家持
未来へ

靫《ゆき》負《お》へる　家に生まれし　もののふの
高く悲しい　願ひ届かむ

家持の憂国が『万葉集』を生み出した。その志は高く清く悲しかった。それは現代の我々の心にも、しっかりと届けられているのだ。

天平悲歌

前文

『万葉集』によって、我々は日本の言葉と心を今に承け継ぐことが出来た。その『万葉集』は、また大伴家持という天平のますらをの深い慟哭《どうこく》によって編纂されたのである。天平に生きたこのもののふの怒りと悲しみを知らずして、何の万葉であるか。藤原氏の専横が日増しに募る天平の慟哭を知らなければ、万葉の心は解からないだろう。滅び行く武門の当主、家持こそが天平という時代の悲しびを一身に体現しているのだ。私は家持をこよなく愛する。私は『万葉集』成立の涙を見ていると言っていい。家持の叫びは滅び行く大伴の武士道と呼べるだろう。その悲しびを私は確実に承け継いでいく。その決意が、私の歌の道の原点でもあるのだ。

長歌

神代より　言《い》ひ伝《つ》て来《く》らく　名にし負ふ　もののふどもは　緒太刀《をだちは》佩き
靫《ゆき》取り負ひて　久方《ひさかた》の　天つ日嗣《ひつぎ》の　皇孫《すめみま》の　辺《べ》にぞ死に継ぐ　血を以《も》ちて
仕へ奉《まつ》らひ　肉を裂き　骨を削れる　大伴《おほとも》の　赤き誠《まこと》の　血しぶきを

前文
天平悲歌
長歌
久方の＝天と日にかかる枕詞

注《あ》びて生《あ》れ来《き》ぬ　真澄鏡《まそかがみ》　研《と》ぎては磨《ま》せる　剣太刀《つるぎだち》　腰に取《と》り佩《は》き
梓弓《あづさゆみ》　張りては射する　血にあれど　現《あき》つ神ます　天皇《すめろぎ》の　任《ま》けの間《ま》に間《ま》に
秋《とき》経《ふ》りて　言《こと》の司職《つかさ》の　任《ま》けゆゑに　その身に沁むる　悲しびを
滅ぼし去らむ　もののふは　我が日の本の　言の葉の　歌の心を　極《きは》むべく
編《あ》みて伝ふる　生《いのち》なる　草莽《くさ》の誠《まこと》の　ますらをの　道《みち》を伝へむ　歌どもを
詠《よ》みては願ひ　願ひては　憧《あくが》れ遠き　天《てん》仰ぎ　地に伏す歌と　敷島の
日本《やまと》の道を　偲《しぬ》びつつ　血にも流るる　もののふの　雄叫《をたけ》び深く
歯がみして　死にさらぼへる　ますらをに　我が魂《たま》深く　吼《ほ》え叫《おら》び
永久《とは》に愛《かな》しく　歌ひこそすれ

家持は政争に破れ、藤原氏によって中国化される日本を憂いていた。政治には敗れたが、真の日本の心を後世に残すために、『万葉集』を編纂する決意をしたのだ。家持の真の憂国こそが、万葉を生んだのだ。

反歌五首

血潮《ちしほ》舞ふ　祖《おや》を偲《しの》ぶる　もののふの
いさちる道に　言の葉ぞ舞ふ

家持の慟哭が『万葉集』を生んだ。その悲しみが、歌を結実させたのだ。

真澄鏡＝研ぐにかかる枕詞

梓弓＝張るにかかる枕詞

敷島の＝日本にかかる枕詞

天平悲歌
反歌一

＊いさちる：泣き叫ぶさま。

もののふの　八十氏長者《やそうぢがみ》の　家持の
歌に沁み入る　あはれその夢

家持の憂国は深い。歴史を貫き、未来の日本までを切り拓く業績を生んだのだ。

天平悲歌
反歌二

名にし負ふ　家を背負ひし　ますらをの
涙の歌ぞ　今も響かふ

家持の歌には、名門を背負う人間の深い悲しみが漂っている。歌に永遠性を与えた業績は大きい。

天平悲歌
反歌三

靫帯《ゆきお》ぶる　血のもののふの　梓弓《あづさゆみ》
寄《よ》る辺《べ》なき世に　夢ぞ射るべき

家持の歌とその志である『万葉集』には、日本の心が打ち込まれている。それは我々の指針であり未来への夢と言っていい。

天平悲歌
反歌四
梓弓＝寄るにかかる枕詞

滅び行《ゆ》く　涙のうちに　終《を》へませる
君が誠を　思ひ生くべし

『万葉集』は、家持の憂国の誠の産物である。その編纂後、家持は死ぬ日までの長い歳月を歌も作らず静かに暮らしたのだ。

天平悲歌
反歌五

天平悲歌掲載に寄す

日本の正しき道を慕い、その道ゆえに悩み怒り悲しむ家持の心は、『万葉集』に伝えられる自身の「春愁の絶唱三首」に尽きる。ここにその三首を掲載すると共に、この三首の心と涙に対して、私は我が血と魂の奥底から来る返歌を三首捧げたいと思っているのだ。なお、個人主義のはびこる現代では、この絶唱三首を家持の個人的な悩みと捉え、家持を心のひ弱な近代的文化人と捉えている人が多いが、これは全くの間違いである。家持の悩みはその血と責任感から来る国を憂える悩みと悲しみなのだ。そのように思って読んでほしい。

前文
天平悲歌が「季刊メガヘルス」に載ったことを祝して作られた文と歌である（平成十五年十月）

春愁の絶唱三首　大伴家持　（『万葉集』巻十九・四二九〇〜四二九二）

一、春の野に　霞《かすみ》たなびき　うらがなし
　この夕かげに　うぐひす鳴くも

二、わが屋戸《やど》の　いささ群竹《むらたけ》　ふく風の
　音のかそけき　この夕べかも

三、うらうらに　照《て》れる春日《はるひ》に　ひばりあがり
　情悲《こころかな》しも　独《ひとり》しおもへば

返歌三首　執行草舟

玉炫《たまかぎ》る　夕日に君よ　佇みて
　去《さ》んぬる日々を　偲《しの》び仰がむ

君の憂国の戦いは、現世では終わった。編纂した歌集が、君の憂国を歴史に打ち込むだろう。

大伴家持の春愁の絶唱三首
執行草舟によるその返歌三首

春愁の絶唱三首の返歌、一の対

玉炫る＝夕日にかかる枕詞

夕されば　佐保《さほ》の館《やかた》の　さ庭《には》べの
ささ鳴く笹も　つひに悲しゑ

佐保の館は、反藤原の牙城だった。ここには日本の旧い霊魂が宿っていたのだ。そこには人間の魂の雄叫びと悲しみがあった。

玉鉾《たまほこ》の　道ふみ行《ゆ》けば　ますらをの
いのち悲しく　萌《も》えにけるかも

家持の憂国の人生ほど、強く悲しいものはない。家持の生は、その慟哭によって燃えたのだ。

春愁の絶唱三首の返歌、二の対

＊佐保の館：家持の屋敷。祖父安麻呂、父旅人から受け継いだ家である。このゆえに、天平の大伴三代は佐保大納言と呼ばれていた。

春愁の絶唱三首の返歌、三の対

玉鉾＝道にかかる枕詞

第二章

思い出

——五十七首

前文

　我々の生命は、不断に躍動する「何ものか」である。その躍動の痕跡こそを、我々は「思い出」と呼んでいるのだ。思い出によって、人間は幸福にもなり、また不幸にもなる。思い出とは、ひとりの人間の一生を決定する「運命的なるもの」と呼ぶことも出来るだろう。文芸評論家の小林秀雄は、その『無常といふ事』の中で「上手に思い出す事は非常に難しい」と言っていた。その難しい事に、絶対に成功しなければならない。何が何でも、自分の思い出を美しいものにしなければならない。美しくなくても、美しくしなければならぬ。その覚悟の中に、自己の人生が確立する。私はそれを「一片《いっぺん》の赤誠《せきせい》」と言っている。自己の人生に起きた、あらゆることの中に、ほんのわずかでもいいから「清らかな誠《まこと》」を見つけ出すことに尽きよう。それがない人間は、この世に一人もいない。見つけられぬ者は、見つけたくないだけの話なのだ。死んでも、それを思い出さなくてはならぬ。思い出とは、過去に存在した一片の清らかさに他ならない。それを抱き締めるのである。それを愛するのだ。それに命をかけなければならぬ。

幼き日

前文

人間の一生において、幼時ほど幸福な時間はない。幼時の幸福が一生を支えていると言ってもいいだろう。私の幼時も幸せだった。辛く不幸なことも多かったが、そうであっても幸せだったのだ。私には母の愛があった。いくつも覚えている愛があった。それを受けられたことで、私は七十二歳の現在でも、死ぬほどの幸福感を味わうことが出来る。幼時の幸福は、人間に永遠を志向する考え方を与えてくれると言っていい。

恩田金太郎
出入りの植木屋
四歳の思い出

乞食《こつじき》に　見間違《みまが》ふ姿　なつかしき
透《す》けて黄色き　そつ歯《ぱ》笑へり

家の庭仕事はいつでも「金ちゃん」だった。私は一緒に働くのが好きだった。私は金ちゃんの助手が、世界で一番尊い仕事だと思っていた。仕事が終わると、御褒美に帝国陸軍の鉄兜をかぶらせてくれたのだ。

金ちゃんと　共に育てし　柿の木を
　植うる日暮れの　母の笑顔は

育て上げた柿の木を植え替えた。恩田金太郎さんは、出入りの植木屋さんだ。随分とかわいがってもらった。私の人生における、最初の師匠である。

思い出
金ちゃん
四歳

白梅《しらうめ》の　花散るなべに　たたずみて
　花と遊べる　我れの幼《をさな》さ

梅の前で母と共に花と遊んでいる。私が四歳であるとは、母が二十九歳の若さだったということなのだ。私たちの幸福は、この日の記憶だけでも、もう永遠と言ってもいいだろう。

思い出
生まれた家の庭
写真

幾年《いくとせ》も　花咲き散りし　老木《らうぼく》の
　生《いのち》ぞ叫ぶ　瘤《こぶ》の気高《けだか》さ

長い年月を生き抜いた生《いのち》は、その欠点さえ実に高貴である。私は家の桜によって、欠点が実は欠点ではないことを知ったのだ。

生まれた家の庭
桜

しみじみと　まぶた閉づれば　浮かばるる
　我れは幼く　父母ぞ若かる

　幼き日の思い出は、父母の若く溌剌とした姿に尽きる。その姿を見ることの幸福は、何にも替え難いものだ。父母の姿は、永遠である。

幼時の思い出

白蛇

神《かむ》さびる　第六天の　祠《ほこら》あり
　老木《らうぼく》枯れて　白蛇《しろへび》ぞ棲《す》む

　家のはす向かいに第六天の祠があった。枯れた大木があり、そこに室町時代から生きていたと言われる白蛇が棲んでいたのだ。私はその白蛇と友だちになった。

白蛇
思い出
四～五歳

白蛇と　戯《たはむ》れ過ごす　日々ゆゑに
　その思ひ出ぞ　深く定まる

　白蛇と遊ぶのは楽しかった。人間は蛇とも親しくなれるのだ。白蛇は私の言葉が分かるようで、本当に意思の疎通が行なわれていたのである。

白蛇
思い出
四～五歳

とぐろ巻く　その白蛇に　餌《ゑさ》をもて
日々に与へし　時は過ぎ行《ゆ》く

白蛇に餌を与えることが日課だった。その日々の思い出は深い。白蛇との意思の疎通により、私は大自然との交感を実感できるようになったと思っている。

白蛇
思い出
四〜五歳

枯れ果てし　老木《おいき》に在《あ》れる　白蛇の
降り棲《す》む生《いのち》　止《や》むを待つらし

白蛇が急激に衰えた時期があった。徐々に餌も食べられなくなった。私は毎日、その白蛇に餌を届けるのが仕事となっていた。

白蛇
思い出
四〜五歳

死に逝《ゆ》ける　白蛇さびて　我れを見つ
老木《おいき》の下《もと》に　埋《う》めて祀《まつ》らむ

ある日、白蛇は私を見つめながら死んでいった。私には墓を造ることしか出来なかった。止めどもなく涙が流れるのだが、幼い私にはその理由は分からなかった。

白蛇
思い出
四〜五歳

祀《まつ》りたる　墓も老木《おいき》も　形無く
わが友たりし　白蛇ぞ消《け》ゆ

第六天の祠《ほこら》は取り壊されてしまった。そこに祀られた神と白蛇の魂は今どこへ行ったのだろう。これが時代の変遷だと言うなら、その変遷の本質は悪である。

白蛇
大人になってからそこを訪れた

白鷺

祖母《そぼ》の手を　取りて見上ぐる　夕まぐれ
白鷺《しらさぎ》待てる　空の深さよ

四～五歳の頃、夕方になると毎日、白鷺が家の上を北へ飛んで行った。午後四時、私は祖母と毎日それを見るために庭に降り立った。青空を切る白鷺は美しく悲しかった。

白鷺《しらさぎ》
思い出
四～五歳

眺《なが》め行《ゆ》く　あの白鷺に　喜びも
また悲しみも　我れは見にけむ

毎日、家の上を巣に向かって飛ぶ白鷺に、私はこの世の無常を感じていたに違いない。美しく高貴だった。家路を急ぐものは、生命の悲哀を感じさせる。

白鷺
思い出
四～五歳

真青《まさを》なる　空を渡れる　白鷺ぞ
何処《いづこ》に行《ゆ》かむ　その白鷺は

四～五歳の頃、午後四時になるといつでも白鷺が南から北に向かって飛んで行った。私は毎日、それを見上げていたのだ。いくら見ても、全く倦きることがなかった。

白鷺
思い出
四～五歳

縁日・御会式

美しき　万燈《まんど》の光　目に映《うつ》り
鬼子母神《きしぼじん》とて　友となりけむ

鬼神とも言われる鬼子母神だが、子供の目にはあまりにも美しく、その印象は今に続いている。この日、私は鬼子母神と友情を結んだと思っている。

御会式《おえしき》
思い出
四～五歳

あでやかに　目白通りを　うねりたる
万燈《まんど》の光　目にぞ焼き付く

幼き日、母と見た万燈の列は壮観だった。巨大に見えた万燈が、後年意外に小さいのを見て驚いたことがある。子供の目にとって、あれはアンドロメダのような輝きであった。

御会式
思い出
四～五歳

夏祭り　鎮守の鳥居　そば近く
みっちゃん見付け　母と離るる

幼き日の思い出
五歳

みっちゃんは、はす向かいに住む同じ年の女の子だった。生まれて初めて手を繋いだ女の子だった。みっちゃんの父親は、東大医学部を出た医者で、小学校以来の父の親友だった。

縁日《えんにち》を　忘れて参《まゐ》る　不心得《ふこころえ》
祈りも忘れ　綿あめぞ食《く》ふ

幼き日の思い出
五歳

縁日の出店がある日だということを忘れて、鎮守の神様にお参りに行ったときの思い出である。本殿に着く前に、その日に来たいわれをすっかり忘れてしまった。

我が来し方

前文

若き日の辛く激しい出来事が、後には美しい思い出となった。楽しかったことや、うまくいったことは何にもならなかった。何よりも避けたかったこと、何よりも辛かったことが、私の若き日に美しい時間を創り出してくれたのだ。

思い出とは、現実の日々や時間ではないのだ。それは、記憶の中で揉まれた「混沌」の生命的実存である。美しい思い出は、自己の責任によってこの世に現成するのである。

我れに添《そ》ひ　寝《い》ねたる母の　長椅子《ながいす》の
　光る木目《もくめ》を　今だ忘れず

七歳のときの入院。母は半年に亘り木の長椅子に寝ながら付き添いを続けてくれた。そのおかげで私はこの大病が、人生で最も美しく楽しい思い出となったのである。

国立第一病院
母
付添い

海中《わたなか》に　ただ独《ひと》り立つ　その勇姿
　幼き日々の　わが友を見つ

子供の頃は毎年母の実家の茅ヶ崎に海水浴に行っていた。沖に直立する烏《え》帽子岩《ぼしいわ》は私の憧れをさそった。小学校高学年からは、この岩までいつでも遠泳の往復をしていた。

思い出
茅ヶ崎海岸
＊友：烏帽子岩のこと。

疲《つか》れたる　母が姿を　見つれども
など恥づかしき　声を懸《か》け得ず

我が人生の最大の悔いと言ってもいい。私は母に言われれば喜んで手伝うのだが、自分からは一切それを口には出せなかった。私は自己の大欠点を、どうしても直せなかったのだ。

幼き日の思い出
母

汚《よご》れたる　この現《うつ》し身《み》の　過去《こしかた》は
親の涙と　人の情《なさけ》ぞ

私は激しい人生を生きて来た。多くの人を泣かせ、また多くの恥を塗り広げて来たのだ。私の人生は、人に助けられた恩だけによって生きて来られたのだ。

我が来し方
恩

現身《うつしみ》の　悲しき性《さが》を　生きつれば
他者《ひと》の情《なさけ》に　涙滲《にじ》まゆ

私ほど、他人の情によって生き来《こ》してきた者はいないだろう。それにもかかわらず、私はまだ世の中の役には立てていない。死ぬまでには何とかしたいと思っている。

我が来し方
性《さが》

遥《はろ》かなる　富士の高嶺《たかね》の　白雪《しらゆき》を
我が身近くに　在ると思ふ日

遠望する富士の白雪を、自己の体内に感ずることがあった。それは、自分の人生を顧みる日に限っていたように思う。過去を反省するとき、私は富士山の雪と一体感を持つことが出来た。

遥《はろ》かなる　天《あま》の川《がは》だに　わが心
連《つら》なり果てる　心意気かな

天を覆う天の川に、私の心は飛翔することが出来るようになった。三崎船舶において、外洋航海を経験したことに尽きるだろう。銀河との一体感は、人類の使命を思い知らせてくれる。

うちひして　この城山《しろやま》に　立ちくれば
ほのかに見ゆる　安房《あは》の山なみ

下宿先の前が会津藩砲台跡だった。会津武士の忠義と悲恋は私の魂を震わせた。私は自己の運命を、このときほど感じさせられたことはなかった。

思い出
白雪と一体化

思い出
天の川に入る
三崎船舶での体験を後年、思い出しているのだ

三崎
会津藩砲台跡
奥津邸門前（下宿先）
後年、そこを訪れたのだ

雪降れば　思ひ出すだに　寂《わび》しけれ
我が子生《う》まれし　年の冬とぞ

妻が死に、娘真由美の生まれた年の冬には四十回に及ぶ記録的な雪が東京を襲った。雪のたびに、私は妻の死んだ年の冬を思い出すのだ。

雪降りて　凍れる路《みち》も　我が子ゆゑ
日々の如くに　何事も無き

命よりも大切な子を守るなら、雪道など何事もないのだ。子を連れて歩くとき、私は一度もすべったことがなかった。人間の思いの偉大さを思い返している。

雅《みや》びける　ことを紡《つむ》ぎし　君なれば
花にあらざる　花をこそ写せ

水原氏が死んで、もう久しい。面白い人だった。随分と世話にもなった。一緒に随分と文学を語り、美術展を一緒にやった。その水原氏が自分の写真展を開いた。その祝いの歌である。

雪に思う
雪の体験
妻

雪に思う
雪の体験
子

＊水原園博：一九四七―二〇一九。公益財団法人川端康成記念会理事。二〇一〇年十二月、「水上の幻想・熱帯睡蓮」展「友の展示会に寄す」

中・高・大学そして青年期

忘らるる　折《を》り焚《た》く柴《しば》の　夕けぶり
還《かへ》らぬ人に　今日《けふ》も逢ひたし

母といつも焚き火をしていた。焚き火には多くの人が集まって、楽しいひと時を過ごしたのだ。私が小学校の三年ぐらいまでだったと思う。その人たちの多くは、もうこの世にいない。

久々に焚き火をした
目白

ちはやぶる　浅間の山の　ふもとなる
緑の夏に　母を思ひて

小学校のキャンプは、母を思う気持ちだけで過ごしていた。立教小は、軽井沢にキャンプ場を持っていたのだ。毎夏そこでキャンプがあった。軽井沢は、私の子供時代の最大の思い出となった。

みすず山荘キャンプ
立教小学校

ちはやぶる＝神やそれが宿る場所にかかる枕詞

果てしなく　走り去りなむ　雲ゆゑに
思ひはただに　母ぞ恋しゑ

全く手に負えない母親っ子だった。何のためのキャンプかわからない。ずっと母を思い続けていた。しかし後年、それこそが自然との一体感を、私に感じさせていたことに気が付いたのである。

みすず山荘キャンプ
立教小学校

恩を知り　情《なさけ》を受けて　生きぬれば
出《い》づる涙の　止《や》むことぞ無き

多くの人の助けと、大いなる教えを受けて年を経ることが出来た。私の命は、恩の上にだけある。その自覚が、私の使命を創り出すのだ。

乱暴と　狼藉《らうぜき》ばかりの　日々にして
思ひ出《い》づれば　我が身竦《すく》まむ

喧嘩ばかりしていた。それ以外は読書である。何と言う不均衡。私のような人間が、まともに大人になれたのはまさに奇跡である。奇跡には奇跡の天命があるのだ。

円谷《つぶらや》の　あの円谷の　姿こそ
わが日《ひ》の本《もと》の　涙なるらめ

最終日のマラソンにおける、あの円谷の銅メダルの走りは、一生忘れることの出来ない感動を与えられた。その走る姿に、私は日本の歴史を感じたのである。

思い出
使命

思い出
奇跡

東京オリンピック、一九六四年

＊円谷幸吉：一九四〇—一九六八。マラソン選手。一九六四年のオリンピックで銅メダルを取り、日本中が歓喜した。

わが友の　傷つき果てし　その日には
木刀持ちて　我れは出《い》でたり

私は異常に喧嘩が強かった。友はその反動でいじめられたのだ。私は友のために立ち上がり、相手六人を打ちのめした。そして私は池袋署の留置所に一晩放り込まれたのだ。

中学生の思い出
喧嘩

傷つきし　友を背にして　戦へる
我が太刀《たち》筋や　六人を薙《な》ぐ

私は剣も弓も、異常に上手だった。我流でしかなく、その強さは今もって謎だ。友をかばいながら、ほとんど片手で六人を打ちのめしたのだ。

中学生の思い出
喧嘩

碧《みどり》なる　涙を湛《たた》へ　青光《あをびか》る
雫《しづく》と成りし　星の姿に

漆黒の虚空に浮かぶ青い涙。何という美しさだろう。何という悲しさだろう。やはり、我々の星は宇宙の混沌が生み出した涙だったのだ。

青い地球
衛星写真で青い地球を初めて見たときの気持ち

安南《ベトナム》の　歴史ひもとき　涙する
　我が日の本《ひのもと》の　いかで恵まむ

ベトナムの歴史は、信念の実在を私に突き付けていた。日本の生き方もこれで良いのか。ベトナム戦争ほど、日本の歴史を考え直させられるものはなかった。

ベトナム戦争
中学生から高校生

安南《ベトナム》に　黒き雲湧き　我が心
　燃えど動けぬ　我が身を憾《うら》む

ベトナム戦争に心が痛んだ。しかし中学生の私には、どうすることも出来なかった。ベトナムは他者《ひと》ごとではないのだ。日本の文化は、すでにベトナム以上に破壊されていることを感じていた。

ベトナム戦争
中学生から高校生

*

湖《みづうみ》に　月ぞ渡らふ　悲しびの
　水面《みなも》をなめて　何を偲《しの》ばむ

諏訪湖を渡る月は、何ものかを偲んでいた。私はそれをずっと考え続けていたのだ。仏文学者 森有正氏との旅行を私は偲んでいた。月は、それを分かってくれたのだろうか。

諏訪湖
森有正氏との旅を思い出しつつ
一九八八年に作歌

凍《い》てつける　空さへ呑《の》みて　冴《さ》え渡る
　たてみなかたの　鎮《しづ》もれる湖《うみ》

若き日に、森有正氏と諏訪に旅した。その日を思い出しながら岸辺に立ち続けた。森氏との旅行は、私の信念の確立に多大の影響を与えたのだ。

若くして　逝《ゆ》きたる友の　気骨をば
　抱《いだ》きて共に　眠りこそすれ

我々は文学論に花を咲かせていた。君のアンドレ・マルロー論はいまでも決して忘れない。あの力に漲《みなぎ》っていた君が、もうこの世にいないとは、まだ信じられないのだ。

らふそくの　灯《ともしび》細く　ゆらぎつつ
　影に浮かべる　君の面影

ろうそくを点けると、いつでもこの友人を思い出すのだ。接岸されている船を見守って、嵐の一晩を君と一緒に過ごしていた。あの日の辛苦を共にした君の死が信じられないのだ。

諏訪湖
森有正氏との旅を思い出しつつ一九八八年に作歌

＊たてみなかた：諏訪大明神のこと。

大学の友の死
享年三十五歳
「海の家」の友

亡き友
嵐の日に共にしのいだ友人
パプア＝ニューギニア人の友

三崎船舶への鎮魂歌

前文

平成十四（二〇〇二）年八月七日夜、私の青春のすべてだった三崎船舶工業株式会社の倒産の報を受け取った。私は五十二歳だった。退社後二十年近く経つが、船舶は私の心の故郷の一つなのだ。幕を降ろした我が青春の館を思い、私は鎮魂の歌を歌い上げた。深夜ただ一人で、私は涙と共に、十三首の歌を一挙に詠み、我が青春の社《やしろ》に捧げたのである。私の深い思い出が、そのまま鎮魂の調べとなって流露しているのだ。

鎮魂歌一

三崎なる　我が青春の　血ぞ滾《たぎ》る
　船の社《やしろ》の　生《いのち》こそ絶ゆれ

まさに、三崎船舶は我が青春そのものだった。そこに鎮もれた私の喜びも悲しみもが滅びて行くのか。慟哭と雄叫び、そして楽しかった思い出の数々が滅び去って行く。

鎮魂歌二

伝へ聞く　魂《たま》ぞ震へる　寂《さぶ》しさに
その日その夜　我《わ》こそ祈らめ

間違いであってほしかった。しかし、その現実は厳として動くことはなかった。故・平井顕社長の恩を思い返すと、身震いを止めるすべもなかった。私の青春の社が崩れ去っていく。

鎮魂歌三

五十年《いそとせ》を　生き続けたる　その生《いのち》
涙と共に　我がもとへ来《こ》よ

三崎船舶五十年の魂を、私が継承する。平井社長の祖国と事業への思いを、私が受け継ぐのだ。三崎船舶の形は消えても、その魂と志は、我が事業の中で生き続けるだろう。

鎮魂歌四

喜びも　その悲しびも　苦しびも
あばれ燃え尽き　いのち絶ゆらむ

三崎船舶は、まさに戦後日本をあばれ回っていた。その進取の気性は未来を創造する力がある。私の未来への精神は、三崎船舶から始まったのだ。三崎船舶は、再び生き返るだろう。

鎮魂歌五

三崎なる　我が喜びと　悲しびの
沁み入る社《やしろ》　我れぞ受け継ぐ

向ヶ崎に在った三崎船舶は、平井社長の創造力と詩人北原白秋のロマンティシズムの融合体であった。城ヶ島を臨むこの地で、戦後日本を支える柱ともなっていたのだ。

鎮魂歌六

玉鉾《たまほこ》の　道にしあれば　幾度《いくたび》か
歎き佇み　生《いのち》こそ投《な》ぐれ

玉鉾の＝道にかかる枕詞

三崎船舶は、戦後日本復興のために戦い抜いたのだ。その亡骸を弔うのは日本人としての誇りでもある。三崎では、多くの人が命を投げ捨てて仕事に打ち込んでいた。本当に死んだ者も数え切れないのだ。

鎮魂歌七

きみ統《す》べし　熱き者ども　ゐし社《やしろ》
絶ゆといへども　我れぞ生き継ぐ

船舶が掲げた日本立国の理想を、私は継いで生きていく。独立自尊による愛国心の発露である。社長・平井顕が統べる奇跡の企業だった。三崎船舶の技術は、一頭地を抜いていた。

鎮魂歌八

如何《いか》ばかり　悲しみつのり　慕へども
術《すべ》なき事ぞ　棲《す》む世へだたる

私は今、事業のために寝食を忘れ励んでいる。どんなに悲しんでも手助けすることは出来ないのだ。だからこそ、船舶の理想を必ず実現すると思えるのだ。三崎船舶の見た未来を、私もまた見続けているのだ。

鎮魂歌九

玉鉾の＝里にかかる枕詞

玉鉾《たまほこ》の　里《さと》にしあれば　若き日の
我が血ぞ燃ゆる　三崎恋しゐ

三崎は我が青春の場所だった。城ヶ島を見る日々が、私の魂を立てたのだ。平井社長の創造力と北原白秋の『邪宗門』が私の青春を支えていた。私の青春は、すべてこの地で立ったのである。

鎮魂歌十

花は散り　月かたぶくも　我れはただ
慕ひ恋する　生《いのち》し受けゆ

船舶で受けた恩は、体の奥に深く刻まれている。その一つ一つを、今後の私の人生で祖国へと還元していこうと思っている。私にとって、三崎船舶はすでに「祖国」なのである。

鎮魂歌十一

長き夜を　黙《もだ》し坐《すわ》りて　偲《しの》ぶれば
受けし誠《まこと》に　独《ひと》り涙す

私は船舶から憧れを学んだ。その恩が今の私の事業を支えているのだ。誠の継承は、恩の記憶だけから生まれるのである。三崎船舶が有した知性は、これから私の中で燃焼を続けるに違いない。

鎮魂歌十二

わが歌の　その一首《ひとつ》だに　憧《あく》れを
詠《よ》まぬ言の葉　いまだ知らぬも

私の歌は、そのすべてが遠い憧れに淵源を持つものだ。その憧れの出発を、三崎船舶は与えてくれたのである。だから、私の憧れは、それそのものが三崎船舶への鎮魂なのだ。

鎮魂歌十三

過ぎ去れる　時を思ひし　あの声音《こわね》
あの顔《かんばせ》の　今は何処《いづく》へ

船舶の人々の思い出こそが、私の青春を創っている。多くの人々と笑い怒り、口角に泡を飛ばして語り合ったものだ。時にはひどい喧嘩もあった。みんなは、今どうしているのだろうか。その幸せを祈るだけだ。

第三章

青春

――四十九首

青春とは、人間の魂が悶え苦しむことを言っているのだ。人間の歴史において、いつの時代も青春の意味するものは苦悩だった。それが自己の屹立《きつりつ》に必要な時間だったのだ。あのフランスの哲学者ポール・ニザンは、その『アデン・アラビア』において青春の苦悩を描き切った。その冒頭があまりに有名な次の一節である。「ぼくは二十歳だった。それが人生で一番美しい年齢などとは誰にも言わせない」と。ニザンの魂は、悶え苦しんでいた。この苦悩とそれを引き受ける覚悟こそが青春なのだ。この覚悟さえあれば、人間は何歳になっても青春を生きることが出来る。またそれがなければ、たとえ二十歳であってもその人は青春にいない。そうだ、青春とは、人間の魂が無限の憧れに向かって吼《ほ》え叫《おら》ぶことと言っていい。垂直を仰ぎ、自己の卑しさに哭《な》き続けることなのだ。肉体を持つ我々は、有限の卑しさに苛《さいな》まれている。永遠を志向する魂のために、我々は苦しみ続けなければならない。それこそが、我々の青春を創り上げている原動力と言えるのだ。我々は魂をもつ人間なのだという自覚が、青春を生み出している。魂の力が肉体の存在に負けたとき、我々の青春は終わる。我々の肉体が如何に老化しようとも、魂の叫びに耳を傾ける者は、永遠に向かう命を生きることが出来るのだ。青春とは、永遠の命である。

悪漢政に捧ぐる鎮魂歌

棺《かん》に入《い》る　犬歯《けんし》となれる　我れを連《つ》れ
　逝《ゆ》け赤銅《あかがね》の　海のますらを

悪漢政、葬儀の日、私は思い出の犬歯を棺に入れ野辺の送りとした。この犬歯は、悪漢政との木刀試合のとき、打たれて折れた私の犬歯である。我々の友情の記念だった。

悪漢政《あっかんまさ》
友情
鎮魂歌

＊悪漢政：奥津水産社長の奥津政五郎の通称。日本一のマグロ船の船頭として有名。当時、私は二十五歳、悪漢政八十五歳。

面影《おもかげ》の　相模《さがみ》の海の　荒波を
　斬《き》りて贈らむ　我れが手向《たむ》けぞ

葬儀の後、私は木刀を携え小田原の思い出の海辺に行った。叫び狂い、私は波を斬り裂いた。この砂浜は、私と悪漢政が木刀の闘いをした場所である。

悪漢政
友情

逆巻《さかま》ける　海《わた》を呑み込み　吼《ほ》え叫《おら》ぶ
　深き強面《こはもて》　神《かむ》さび立ちぬ

風雪に耐えた顔が、男らしく美しい。それは神のほほえみを持っていた。棺の中に見た君の顔が、いま海の上に浮かび上がって来た。

悪漢政
友情

白妙《しろたへ》の　雲ゐを背負ふ　赤銅《あかがね》の
皺も笑《わら》ふて　笑《ゑ》みも崩れつ

そのさび立つ顔は、雲に隠れつつ私に笑いかけてくれたのだ。その顔は赤銅色に輝いていた。

悪漢政
白妙の＝雲にかかる枕詞

夕映えに　笑《わら》ふて去らむ　赤銅《あかがね》の
ますらをさびて　雲に呑《の》まれつ

私はただ泣き濡れていた。空を仰げば、悪漢政が雲居《くもい》の中に笑いながら隠れていった。少しずつ、永遠の中に浸《し》み込んでいった。

悪漢政
友情

赤銅《あかがね》の　海の悪漢《をとこ》は　死に逝《ゆ》きて
明治の涙　我れぞ継ぐべき

一代の快男子悪漢政は死んだ。この明治の魂を、私は必ず継ぐつもりでいる。真に日本を支えていたのは、このような男だった。

悪漢政
友情

悪漢政の思い出

白き雲（ヘルマン・ヘッセの詩の訳）

今し見よ　白き雲こそ　忘らるる
我が美《うるは》しの　歌に聴《き》く　かそけき響き
ま青《さを》なる　空の彼方《かなた》に　我れを誘《いざな》へ

さすらへる　この悲しみと　喜びを
我が身に抱きて　草枕《くさまくら》　旅路の果てを
見つむれば　雲の心を　我れも摑《つか》まむ

ふるさとを　発《た》ちてさすらふ　雲の如《ごと》
染まず漂泊《ただよ》ふ　陽《ひ》も海も　また風すらも
さにつらふ　妹《いも》なね薫《かを》る　天《あめ》の羽衣《はごろも》

私はこの「白き雲」の詩が好きで、原文を暗誦し、自分で翻訳もした。この詩の原文を悪漢政はすぐに覚え、また私の翻訳もすべて暗記してくれていたのだ。このヘッセの詩は、私にとって悪漢政との友情の証《あかし》でもある。

白き雲
ヘルマン・ヘッセ
執行草舟訳

草枕＝旅にかかる枕詞

さにつらふ＝妹にかかる枕詞
＊妹なね：女性に対する親しみ深い呼び方。「なね」はその接尾語。

大学時代

凍る夜の　ただ寂《さぶ》しきに　独《ひと》り座し
　椀《わん》に映りし　月を呑《の》み干《ほ》す

ニーチェを読んでいた。ツァラツストラは太陽との一体を願った。私は月を招き入れようと思っていた。月を呑むことによって、私は月との一体化を感じていたのだ。

大学生活
月と日々対面し
たときがあった

悲しきに　庭に出《い》でたり　夜ふかく
　池に映りし　月を食《く》らはむ

私は月の力を欲した。月との一体を願った。ニーチェの「ツァラツストラ」及びカミュの「カリギュラ」の影響と記憶する。生命の神秘へ向かう者は、太陽と月の力を自己に取り入れている。私もそれに倣《なら》ったのだ。

大学生活
月と日々対面し
たときがあった

我が作る　飯《めし》を喰《く》らひし　友垣の
　今の姿に　思ひ巡らす

私は二十歳と二十一歳の夏休みに、富浦海岸で「海の家」をやっていた。そのときの、なつかしい友たちの顔を思い浮かべるのだ。

富浦
海の家
屋号「忠五郎」
大学生
思い出

夏の日を　集ひ来たりて　散り行《ゆ》ける
我が友垣の　今や何処《いづく》へ

大学一・二年の夏休み、富浦の「海の家」にて、私は昼には海岸で読書に明け暮れ、夜にはみなで歌を歌い議論に明け暮れていた。

離《さか》り行《ゆ》く　雲に託《たく》せる　我が思ひ
君ぞ知りけむ　今にし思へば

アメリカ人の女性で親友だった。お互いに好きだったが、口に出すことはなかった。二人で共に、麻布一本松の賢崇寺に座禅を組みに行っていた。彼女の話す英語の美しさは、格別なものがあった。

亡き友の　われに送りし　写真《うつしみ》を
黙《もだ》し見につつ　寝《ゐ》ねがたく居《を》り

友と語らう日々が写されていた。一緒に海で泳いだ友人の死は、人生の無常を体奥に打ち込んだ。青春の日々を共にした友人の死は、深く心に沈潜していくのだ。

富浦
海の家
屋号「忠五郎」
大学生
思い出

ジル・ロバートソン
上智大国際部に留学していた
大学生
思い出

海の家
大学生
思い出

友逝《ゆ》きて　わが胸を裂く　血ぞ煮ゆる
海に映りし　月に石投ぐ

高校の時の親友が死んだ。海の家に親御さんから連絡があったのだ。その日の夜、ひとりで富浦の海岸にいた。海に映る月に私は八つ当たりをした。

海の家
友の死
大学生
思い出

友の死を　嘆き弔《とむら》ふ　海辺にて
我が身を射抜く　陽《ひ》こそ忘れね

中学の時の親友が死んだ。少し遅れて人伝てに聞いたのだ。その日私は、友の死を悲しんでいた。その日の太陽の激しい熱を今も忘れない。彼と二人でいつも行ったN響のコンサートが、走馬灯のように流れた。

海の家
友の死
大学生
思い出

三崎船舶時代・航海

逆《さか》まける　波に抗《あらが》ふ　後《あと》なれば
観音崎の　いのち知るべし

荒波と闇夜の経験がなければ、灯台の本当の価値はわからない。灯台は神なのである。孤独なる人生を送る灯台守に、思いを馳せなければならぬ。

三崎船舶
船上
＊観音崎：三浦半島の観音崎に立っている灯台の名。

夜ふかく　銀漢《ぎんかん》遠く　さゆる時
　青き涙の　星をこそ思へ
大空の星が輝くほど、我々は地球の存在を思い知らされる。天の川の壮大の中に、我々は地球において人類として生まれた使命を感ずるのだ。

見上ぐれば　逢《あ》ふ瀬《せ》の夢を　伝へたる
　その星屑《ほしくづ》に　生唾《なまつば》ぞ呑む
フィリピン海軍・フリゲート艦上にて。七夕の純愛を思いつつ、あまりにも美しい漆黒の空を仰ぎ続けた。セレベス島沖五十海里から見た天の川の荘厳。

離《さか》り行《ゆ》く　三崎を見つめ　ただ独り
　艫《とも》に座りて　日本《やまと》し思ほゆ
憂国の思いは、希望と孤独によって養われていた。船に乗ることは、その情感を仕上げてくれたように思う。

三崎船舶
船上
海上保安庁巡視船
＊銀漢：天の川のこと。
＊青き涙：地球のこと。

三崎船舶
船上
セレベス島沖五十海里
＊セレベス島：インドネシア中部にあるスラウェシ島のこと。植民地時代はセレベス島。

三崎船舶
船上

進み行《ゆ》く　船の舳先《へさき》に　我れ立ちて
歌ひ歌はば　雲ぞ湧くらむ

修理後の船の試運転は、最も楽しかった。青春の希望が空に湧き上がるのだ。千葉館山沖で行なう全力試運転は、血湧《ちわ》き肉躍《にくおど》るものがあった。

三崎船舶
船上

＊歌：多くは第一高等学校寮歌「嗚呼《ああ》玉杯に花うけて」だった。

波を蹴《け》る　舳先《へさき》に立ちて　歌へれば
遥《はろ》けき海《わた》に　日の沈み行《ゆ》く

波を切って落日に会うことが、私の中に永遠を打ち込んでくれた。船上に見る落日の美しさは、私の人生に重大なものを打ち込んだ。

三崎船舶
船上

＊歌：「嗚呼《ああ》玉杯」の他「人を恋ふる歌」と「月の沙漠」が多かった。

因幡《いなば》なる　気多《けた》の御崎《みさき》に　我れ為《な》すは
大黒様《だいこくさま》の　歌に如《し》かずか

トロール船の回航で気多に行った。着いたとき、私は何よりもこの歌を歌ったのだ。「大黒様」の歌に、私は日本神話の深遠を感じているのだ。

三崎船舶
船上

三崎船舶時代・下宿

我が友は　舫《もやひ》解き放《さ》き　海中《わたなか》の
最中《もなか》偲んで　立走《たちばし》り行《ゆ》く

三崎船舶
下宿
ドックハウス

修理のためドック入りした船員たちは、みな親しい友となった。特に外国漁船の船員たちとの交流が忘れられない。海では陸を慕い、陸では海を慕い続けているのだ。

ひな菊の　我れを見る眼の　たをやかな
その装《よそほ》ひの　永遠《とは》を愛《め》づるは

三崎船舶
下宿前

友とも思うひな菊の生《いのち》の短かさの中に、私は永遠を見ていた。朝下宿を出るとき、道端に咲くひな菊に心を洗われていた。

道の端《は》に　ひな菊咲きて　我れを見し
そのひな菊を　友とぞ思ふ

三崎船舶
下宿前

三崎船舶時代、下宿を出たところにあった会津藩砲台跡の脇道にそのひな菊はあった。幕末の会津藩士の悲恋の物語を、私はこのひな菊によって思い起こしていたのだ。

三崎船舶時代・仕事

国後《くなしり》を　望む岬《みさき》に　佇《たたず》みて
ただに見つれば　はらわたぞ煮《に》ゆ

戦争末期のソ連による北方領土簒奪《さんだつ》は考えるだに許せぬことである。釧路に船を回航した後、国後を望む岬まで足を伸ばしたのだ。

寒空《かんくう》に　炎《ほのほ》昇りて　火焔《くわえん》舞ひ
蝦夷《えぞ》の歌こそ　うねり響かめ

オロチョンの火祭には、人間の原始の荘厳がある。根室出張の折、運良くこれを見られたのだ。

海青く　山緑たり　天垂《あまた》れる
星にしあれば　わが生《いのち》立つ

城ヶ島の自然は、私の生命を立たしめてくれた。城ヶ島は私の青春の故郷である。北原白秋の詩と共にそれは私の中に生きる。

三崎船舶
釧路にて
出張
国後島

三崎船舶
根室にて
出張
近在の原始林で
オロチョンの火祭

三崎船舶
城ヶ島
天垂れる＝天空に在るものにかかる枕詞

大船《おほぶね》の　底を仰《あふ》げば　牡蠣殻《かきがら》の
その生《いのち》だに　涙滲《にじ》まむ

船底にびっしり付いた牡蠣殻の生命力に、生きる力の悲しさを見た。このすさまじい生命力を、私も与えられているのだ。立たねばならぬ。

三崎船舶　仕事

大船《おほぶね》を　曳《ひ》きずり上げし　夕まぐれ
長《をさ》の涙に　心通《かよ》はむ

ドックに上げるのに往生した大船があった。船渠《せんきょ》長の苦労に手伝いの私は全く頭が下がった。人間の力とは、これほどまでに凄いものなのか。

三崎船舶　仕事

三崎船舶時代・孤独

夕されば　城ヶ島なる　岩礁《がんせう》に
独《ひと》り佇《たたず》み　白き月見ゆ

城ヶ島は私の青春の場所だった。北原白秋の詩と共に私の心に残り続けるだろう。それは私の生と死を知っている場所でもあるのだ。

三崎船舶　孤独

苦しびに　打ちひしがれし　時だにも
我が生命《いのち》たる　陽《ひ》はまた昇る

苦しみの極限においては、いつでもあのツァラツストラが助けてくれた。私が話しかけるべきあの太陽が、今日も昇って来る。太陽との一体化そして対話は、私に命の深淵をかいま見させてくれたのだ。

三崎船舶
孤独

戦艦三笠

三崎船舶時代、私は一年間に亘って横須賀の岸壁に野ざらしにされていた戦艦三笠を正座しながら仰ぎ見て、修行したことがあった。この英雄的な艦は、錆び果て打ち捨てられていたのだ。私はここに、明治の精神を感じ、それを身に付けんとして行《ぎょう》じたのである。酷暑も寒風も物ともせず、早朝か夜、必ず参禅していた。この戦艦との魂の交流により、私は「憂国」というものの本質を摑んだように思っている。そして、このような艦を打ち捨てている戦後日本に憤りを覚えていたのだ。三笠は偉大で悲しい存在だった。人類の夢を背負い、哭《な》いていたのだ。私はこの艦と魂の一体化を成し遂げたと思っている。

前文
＊これらの歌は五十年前の状況である。当時は戦艦三笠は、岸壁で野ざらしだった。現在は公園化され塗装も直され公開されている。しかし私は、この悲愴な昔の姿に生命の実存を感じているのだ。

わたつみの　最中《もなか》に波を　逆巻《さかま》ける
君が姿を　偲《しぬ》び仰がむ

三笠の中に、私は日本人の初心、そして最も美しい清純を見る。ここには日本人の夢が凝縮しているのだ。明治の魂に思いを馳せよ。

三笠
青春

埋《うづ》まりて　まだきも昏《く》るる　夕映えに
立ちて黙《もだ》せる　君を思へば

君の勇姿は、いつの日も私を立たしめて来た。コンクリートに埋められ、君の雄叫びは殺されてしまった。しかし、いつの日か君の雄姿は再び甦るのだ。

三笠
青春

雪深く　凍りし鉄は　そそり立ち
天霧《あまぎ》る天《てん》を　衝《つ》きて悲しむ

雪にそそり立つ三笠ほど美しいものはなかった。私はくるぶしまで雪に埋まり、君の荘厳を立ちつくしたまま二時間に亘って仰ぎ見ていたのだ。

三笠
青春
天霧る＝雪空にかかる枕詞

苦しびを　ただに生き来《こ》す　くろがねの
熱き願ひぞ　我れに沁み入る

風雪に耐えしその願いこそ、私の生の希望である。君のその熱き思いを、どうか私の中に打ち込んでくれ。君の悲しみは、私が必ずこの世にもう一度現成《げんじょう》するつもりだ。

三笠
青春

わがいのち　この鉄塊《くろがね》の　奥深く
溶けて喰《く》らふて　夢ぞ継ぎたき

明治日本の夢を私も共有したいのだ。この悲しみの中に、それは存する。この燃えさかった鉄の精神を、私は継いでいきたいと考えている。

三笠
青春

枯れ果てし　この鉄塊《くろがね》は　神さびて
日本《やまと》の道を　留《とど》め置かまし

日本の真の姿。それが打ち捨てられた三笠にこそあるのだ。君は日本を救い、そして今は誰からも忘れられている。

三笠
青春

仰《あふ》ぐれば　かの提督《ていとく》の　御姿《みすがた》の
その眼差しの　など寂《さぶ》しけむ

東郷平八郎は勝利の真の恐さを知っていた。日本の未来を真に憂いているのだ。その提督の姿は、いまでもはっきりと艦橋《かんきょう》に立っている。私はその幻影と対面し続けた。今でもそれを誇りに思っている。

三笠
青春

敷島の　この鉄塊《くろがね》は　永久《とこしへ》に
涙を背負ひ　我れを見るらむ

明治日本の清純が、日本海海戦として凝縮している。私はそれに繫がりたいのだ。この海戦の本当の心と、私は生涯に亘って交流をしたい。

三笠
青春

＊敷島：日本のこと。

古《ふ》りし日に　君が血潮の　雄叫《をたけ》びは
天《てん》に轟き　海《うみ》を燃やさむ

日本海海戦は、西洋の暴虐を打ち砕く鉄槌であった。それを日本人の精神が成し遂げた。その精神が、三笠という鉄塊《くろがね》を通してこの世に現成《げんじょう》したのだ。

三笠
青春

年老いて　石に埋《うづ》まる　君ゆゑに
我れも仰ぎて　ここに埋《うづ》まる

この荒涼は君にふさわしい。寒く悲しく、真の生を伝えてくれる。君は年老いて、石に埋もれている。だからこそ、私もこの雪に埋もれて君の魂を想うのだ。

三笠
青春

テキサス旅行

大空を　蔽《おほ》ひし星の　まばゆさに
しばし立つらむ　母を思ひて

テキサスの地に立ったとき、その空と星の見事さに感動した。この壮大を母に見せたいと思った。この壮大の下を、母と共に歩きたかった。

テキサス旅行
二十七歳

身に沁みて　その死《し》に様《ざま》に　震へたる
デヴィー・クロケットの　墓に額《ぬか》づく

アラモの砦に死したデヴィー・クロケットを、私は子供の頃から尊敬していた。まさに武士道そのものである。その墓に参ることは夢だった。いまそれが叶ったのだ。私はテキサスに来た喜びに浸った。

テキサス旅行
二十七歳

青春の歌

憧《あくが》れし　「月の沙漠」を　歌へれば
その灯《ともしび》に　涙滲《にじ》まむ

「月の沙漠」は、無限の憧れを私の中に生み出した。憧れの「灯」を思い浮かべるのである。だから、これを歌えば、必ず涙が滲むのだ。

鉄幹《てっかん》の　自《おのづ》からなる　心意気
我が青春は　「人を恋ふる歌」

「人を恋ふる歌」十六番のすべての詩が、私の青春を創っていた。この歌ほど、生命の充溢を歌い上げたものはない。

青春の日々

長歌

寂《さぶ》しきに　我れは佇《たたず》み
悲しきに　我れは仰《あふ》がむ

青春の歌

青春の歌

＊与謝野鉄幹‥一八七三―一九三五。歌人、詩人。妻は与謝野晶子。

青春の日々
長歌（破れ）

ただ独《ひと》り　行《ゆ》くが誠ぞ　ただ独り
行《ゆ》くは術《すべ》なき　そこはかとなく
ただに術なき

我が青春の苦悩は、また歌の破れでもあるのだ。歌の中に私の生がある。その歌の中の生を、また私は破りながら死につつある。

反歌二首

漂《ただよ》へる　我が歌声の　低ければ
這《は》ひてうねりて　地にぞ沁《し》み込む

青春の日々、私の歌声は地底に向かっていた。それは、この人間の文明の実存を知りたかったからに他ならない。天を知るには、地を穿《うが》たねばならない。

青春の日々
反歌一

悲しかる　我が血に宿る　雄叫《をたけ》びの
姿見えずも　行方《ゆくへ》知れずも

何ものかを求め、慟哭《どうこく》し嗚咽《おえつ》していた。憧れはあまりに遠かったのだ。何も見えず、何も分からない中を、私はただひたすらに突進していた。

青春の日々
反歌二

第四章

忠義

――四十九首

垂直を仰がなければならぬ。水平に流れようとする日常にあって、絶えず自己を鼓舞しながら垂直を仰がなければならぬ。垂直の思考だけが、生命の価値を屹立《きつりつ》せしめるのである。垂直とは、古い言葉で言えば天ということだろう。天を目指して生きる。それが人間の魂にとって最も肝要なことだと私は信じている。その垂直の生き方に最も自己を近づけるものが、忠義ということに他ならない。忠義とは、仰ぎ見るものに対して、自己の誠を捧げ尽くすことを言う。もちろん、誠とは命を投げ捨てることも厭わぬという意味である。忠義が自分の人生の中に立って来ると、その人間の生命に軸心が立ち上がって来る。私は武士道を愛するゆえに、忠義を死ぬほど大切なことだと思っている。私の忠義は、武士道つまり「葉隠」の思想をその第一義とする。それに並んで、昭和帝を仰ぎ見ていた。天皇の歴史は、忠義の歴史だった。日本の天皇制は、自らの命を投げ捨てた多くの義士の物語に彩られている。南朝の歴史しかり、また近くは乃木将軍の殉死が挙げられるだろう。それ以外にも、日本のために立ち上がった多くの人々の中に、忠義の心を見るのは私だけではあるまい。忠義は、清らかで美しい。義という道の中でも、特に美しさにおいて際立っている。忠義から生まれたものはすべて美しい。忠義が立っていれば、汚れきったものでさえ、美しいのだ。すべてのものを純化する生き方こそが、忠義というものの本質に他ならない。つまり、人間の美学が立っているのだ。

昭和帝

大君《おほきみ》の　崩《ゆ》きにし御代《みよ》を　偲《しぬ》ぶれば
永久《とは》に残らむ　涙こそ滲《にじ》め

私にとっての天皇は、永遠に昭和帝である。帝はいつでも私と共にある。
昭和という時代は、私の永遠の故郷なのだ。

昭和帝の御代

生真面目な　その立ち姿　仰ぐれば
この日の本の　いのち浮かばゆ

昭和帝の立ち姿に、私は日本の歴史の魂を学んだのだ。昭和帝の声に、私は日本人の誠を感ずるのである。それは理屈を突き抜ける「神聖」だった。

昭和帝
忠義

すめろぎは　神におはせど　我れはただ
悲しく立てる　御身《おんみ》を慕ふ

昭和帝は、日本の悲しみを背負っている。あゝ、この悶え苦しむ祖国の姿を、帝は現成《げんじょう》していたのだ。

昭和帝
忠義

高貴なる　その身その血を　かへりみず
直《ただ》に立ちたる　御身《おんみ》思へば

昭和帝の人生を思えば、自分の苦労などすべて何ほどのものでもない。帝の苦しみを、私に分け与えてほしいのだ。それが臣下の道だからだ。

昭和帝
忠義

日の本の　この苦しみの　全てをば
ただに背負ひて　立てる大君《おほきみ》

昭和帝の立ち姿は、私の生き方を決定した。日本の苦しみを、それは象徴していたのだ。祖国のために、私に何が出来るのだろう。

昭和帝
忠義

この我れの　天皇《すめらみこと》は　とこしへに
目頭《めがしら》熱き　「昭和」たりけり

私にとっての天皇は、永遠に昭和帝である。昭和帝の御姿の中に、私は日本人のもつ誠というものを感じているのだ。

昭和帝
忠義

かけまくも　畏《かしこ》き大君《きみ》の　認《したた》むる
勅語《ちょくご》の生《いのち》　永久《とは》に響かふ

戦後日本を考えるとき、その根本を支えているのは終戦の詔《みことのり》である。詔に記された、昭和帝の国民を想う気持ちは、古代から引き継がれ未来を穿《うが》つ心である。

昭和帝御大喪

悲しびの　殯宮《もがりのみや》に　在《おは》し坐《ま》す
涙の大君《きみ》に　雨ぞ降るらむ

大喪の雨は、昭和帝の涙としか私には思えなかった。すべてが泣いているのだ。帝の涙を仰ぎ見て、日本人のすべてと日本の国土が泣いているのだ。

緌《おいかけ》に　その悲しみの　眼を隠し
よしや担《かつ》がむ　葱華輦《そうかれん》ばや

本心を言えば、顔の見えぬのを良いことに、葱華輦を担いたかった。私は御大喪に自分も加わりたかったのだ。

忠義
終戦の詔

昭和帝
御大喪
＊昭和帝御大葬：昭和六十四年一月七日崩御、平成元年二月二十四日大喪、於新宿御苑。

＊殯宮：天皇の柩が置かれた仮宮のこと。

昭和帝
御大喪

＊緌：武官の正装の冠につけて顔の左右を覆う飾りのこと。

＊葱華輦：天皇が神事や臨時の行幸の際に使う輿のこと。

祈りたる　大真榊《おほまさかき》に　連《つ》らなれる
葱華輦《そうかれん》だに　目にも覚えず

うわさに聞いていた葱華輦も、よく分からぬほどの悲しみに覆われていた。すべての事物が泣いていたのだ。

昭和帝
御大喪

椽《ついばみ》て　鈍《にび》の重ねの　衣衫《ふさん》着る
八瀬童子《やせのどうじ》の　担《かつ》ぐ輿《こし》はや

柩の輿の荘重に涙した。伝統の生きた姿と言えよう。平安以来の伝統に則《のっと》って人々が動く姿は、日本の深い歴史を感じさせる。

昭和帝
御大喪

＊衣衫：ひとえの上着。

＊八瀬童子：山城国の八瀬庄に住み、比叡山延暦寺の雑役や輿担ぎを務めた人々。室町時代以降は天皇の臨時の駕輿丁も務めた。

昭和なる　天皇《みかど》の立ちし　給《たま》はする
その御姿《みすがた》に　誠《まこと》したたる

昭和帝の立ち姿ほど、人間のもつ誠実さを表わすものはなかった。いま御大喪に当たって、私はずっとその帝の立ち姿を思い涙していたのだ。

昭和帝
御大喪

日の本の　天皇《すめらみこと》の　赤子《せきし》たる
我れに給《たま》はる　恩にこそ哭《な》け

今の私は、すべてが皇恩によって存在する。それに報いなければならない。この御大喪は、私に深い恩の心を打ち込んだのである。

昭和帝
御大喪

日の本を　治《し》らし食《め》すらむ　大君《おほきみ》の
赤子《せきし》ぞ我れは　野《や》に在《あ》らむとも

私は大君の赤子だと思って育ってきた。時代の喪失感は心にこたえた。私は無冠の人間だが、大君の恩に報いなければならぬ気持ちだけは、誰にも負けないつもりだ。

昭和帝
御大喪

草莽《さうまう》の　民《たみ》たる我れも　今日《けふ》の日は
末尾に侍《はべ》り　大君《きみ》を送らす

私は最も遠い位置から、大君の柩を見送った。人々の末尾に私はいたが、気持ちは柩を担いでいたのだ。

昭和帝
御大喪

＊草莽の民：民間にあって地位を求めず、国家的危機の際に国家への忠誠心に基づき行動する人。

粛々と　八瀬童子《やせのどうじ》の　担《かつ》ぎたる
天《あめ》の柩《ひつぎ》は　進みまゐらす

進む柩に、私の心は千々に乱れた。私の昭和が去って行く。帝と共に歩んだ、私の時代が去って行くように感じた。

昭和帝
御大喪

悲しびの　天皇《すめらみこと》の　立ち給ふ
その御姿《みすがた》の　去りて還らず

昭和帝の立ち姿が好きだった。それは日本の謙虚さの鑑《かがみ》と言っていい。その姿が、いま目の前で消えようとしているのだ。

昭和帝
御大喪

涙なる　大君《きみ》を仰《あふ》ぎて　育ちしに
我が歌だにも　言の葉ぞ無き

この悲しみを、全く言葉にすることが出来ない。私は何たる不覚なる人間なのか。悲しみの心ばかりが先走り、何も言葉が出てこない。

昭和帝
御大喪

大君《おほきみ》の　辺《べ》に生《あ》れ来《こ》して　幾春や
我が始まりは　今し崩《あ》がる

私は昭和の人間である。私の生まれた時代の歴史が天に昇っていく。私が仰ぎ見た日本の魂が、いま去って行くのだ。

武蔵野の　その陵《みささぎ》に　風も吹け
轜車《じしゃ》を離るる　天《あめ》の柩《ひつぎ》に

帝の崩御を、自然もまた悲しんでいた。この御大喪ほど、悲しみに始まり、また悲しみに閉じた葬儀を見たことはない。

奏《かな》でらる　誄歌《るいか》の響き　厳《おごそ》かに
天《あめ》の柩《ひつぎ》は　御須屋《おすや》に降《くだ》る

悲しみの歌の下に、柩の安置が無事に終了した。今日の雨は、自然もまた帝のために泣いているのだろう。

昭和帝御大喪

昭和帝御大喪

＊轜車《じしゃ》：貴人の葬儀に際し、柩を載せて運ぶ車のこと。

昭和帝御大喪

＊誄歌：雅楽の一種。死者を悼み冥福を祈念する歌の意。皇室の葬礼楽。

＊御須屋：御陵や貴人の墓を造る際に、工事期間中に仮にその上に設ける建物のこと。

日の本の　その悲しびと　苦しびを
　黙《もだ》し耐へ抜き　崩御《かむあがり》ます

昭和帝の人生ほど、ただに黙し耐え抜く人生はなかったのではないか。日本史上空前の激動を、ただ真面目に誠をもって直立し給うていたのだ。神の如くに。

昭和帝御大喪

すめろぎも　聞《き》こし食《め》すらむ　わが歌を
　いまぞ「昭和」は　神上《かむあ》がります

私は昭和帝を、死ぬほど好きだった。だからきっと、私の歌を聞いて下さっているだろう。どんなに拙《つたな》くとも、私は帝の歌を歌い続ける。

昭和帝御大喪

大君《おほきみ》は　神にし坐《ま》せば　神上《かむあ》がり
　御空《みそら》深くに　御隠《おんかく》れらる

天皇の御霊《みたま》は、天空に飛翔するだろう。そして我が祖国の守護神と成られるに違いない。私はそう信ずる。

昭和帝御大喪

天垂《あまた》れる　涙の雫《しづく》　深々《しんしん》と
わが大君《おほきみ》に　別離《わかれ》告げなむ

深々と降る雨は、まさに大君に別離を告げたがっているように見えた。

昭和帝
御大喪
天垂れる＝大君とその関連のものにかかる枕詞

明治帝

旅順《りよじゆん》なる　その屍《しかばね》を　乗り越えて
乃木《のぎ》を信ずと　大君《きみ》は宣《のたま》ふ

旅順二〇三高地の激戦で、乃木将軍に対する信頼は日本において明治帝ただ一人《いちにん》になってしまった。しかし大帝は乃木を信じ続けたのだ。

明治帝
日露戦争

戦ひて　戦ひ抜くも　天垂《あまた》れる
大御心《おほみこころ》ぞ　御稜威《みいつ》したたる

明治帝の信念だけが、日清・日露の日本を勝利に導いたのだ。それは巨大なる祈りの力だ。神話から続く、この世を貫徹する魂の震動である。

明治帝
日露戦争
天垂れる＝大御心にかかる枕詞
＊御稜威：天皇や神などがもつ威光の力を指す。

天垂《あまた》らす　御恵《みめぐ》み深き　大君《おほきみ》の
御稜威《みいつ》の御製《うた》を　詠《よ》みて涙す

四方《よも》の海……の歌を指す。日清・日露両戦争の誠が伝わってくる歌である。真に力ある者とは、その力のすべてを祈りに捧げている者のことを言うのだろう。

明治帝
天垂らす＝大君の恵みにかかる枕詞
御製「四方の海　皆はらからと　思ふ世に　など波風の　立ちさわぐらむ」

崇神天皇

はらわたを　絞り出《い》づらむ　歌なれば
夢も響かふ　雲居《くもゐ》の果てに

腹の底から「荒城の月」を歌った。崇神天皇に、その熱情と悲哀を届けたかった。武士道の神に捧げるのは、この歌に尽きるだろう。

崇神《すじん》天皇陵

緑濃く　こもれ日響く　山陵《みささぎ》に
涙を垂《た》りて　願ひを奏《まを》す

崇神天皇の陵に参った。日本の平穏と皇室の安泰を祈った。日本のすべての家族が、慈愛と孝行の中に、その生涯を終えることの幸福を願った。

崇神天皇陵

護良親王

畏《かし》こくも　吉野の皇子《みこ》の　鍛《う》たしける
この御剣《みつるぎ》の　青き直刃《すぐは》は

吉野にて護良親王の菊一文字の剣を見た。その不気味な光の中に、親王のもつ忠義の懊悩を見たのだ。

護良《もりなが》親王
御剣
＊護良親王：一三〇八―一三三五。鎌倉末期の皇族。征夷大将軍、天台座主。

青ざむる　太刀《たち》も寂《さぶ》しく　厳《おご》そかに
直刃《すぐは》の響き　皇子《みこ》を護らむ

何が皇子の命を起《た》て、そして護っていたか。この菊一文字はその疑問に答えてくれた。忠義のために流した皇子の赤き涙が、鉄を覆っていたのだ。

護良親王
菊一文字

九重《ここのへ》の　宮居《みやゐ》の跡を　望み見て
あはれすめらの　御製《うた》ぞ思ひき

後醍醐《ごだいご》帝の悲歌を思い浮かべている。吉野行宮《あんぐう》跡にて。魂のほか、何ものも持たなかった南朝の涙を、私は見つめ続けた。

南朝

楠木正成・正行

天駆《あまか》ける　悲しき願ひ　かしこくも
交《かよ》ひてあらむ　住む世隔《へだ》てて

大楠公の武士道と私の武士道は、住む世を隔てて通じていると思っている。私はそう成りたいと願って生きているのだ。この願いは必ず交《かよ》うことが出来ると思っている。

返らじと　歌ふ涙を　拭《のご》ひ去り
行《ゆ》きて死にける　人を偲《しぬ》ばゆ

吉野・如意輪寺《にょいりんじ》にある楠木正行の辞世を見て、この歌を作った。楠木親子の忠義は、永遠の誠である。

承《う》け継げる　太刀《たち》を佩《は》きにし　正行《まさつら》は
天皇《すめらみこと》の　辺《べ》にこそ死なめ

父の遺志を継いだ正行が忠義の道に死んで、楠木正成の道は完成した。楠木親子の残してくれた誠が、日本人の心に忠義のあり方を伝え続けているのだ。

＊楠木正成《まさしげ》：一二九四―一三三六。鎌倉末期から南北朝時代の武将。

忠義

＊楠木正行《まさつら》：一三二六―一三四八。南北朝時代の武将。正成の子。

忠義

楠木正行

わが身をば　剣《つるぎ》と成して　生き果てむ
また死に果つる　桜井の駅

生と死の別れが桜井で行なわれた。この生死は生《いのち》の継承の歴史を生んだ。桜井に起きた神話が、日本の歴史に骨髄を貫徹させたのである。

桜井の　別れに込めし　正成《まさしげ》の
赤き心ぞ　はらわたに沁《し》む

正成・正行父子の桜井の別れは、忠義というものを語る永遠のロマンティシズムである。このような誠の赤い心だけが、忠義というものを実現できるのだ。

湊川《みなとがは》　皇御戦《すめらみいく》さ　戦ひし
正成《まさしげ》なみだ　我れに沁み入れ

湊川の戦いとは、我々日本人が永遠に仰ぎ見る死に様なのだ。忠義と孝行のために死することこそ、我々日本人が目指すべきことと考える。

楠木正成・正行
桜井の別れ

＊桜井の駅の別れ：楠木正成・正行父子が決別する逸話。桜井駅で別れた後、正成は湊川の戦いに赴き戦死し、今生の別れとなった。父子の継承に使われた剣は「月山」である。

楠木正成・正行
桜井の別れ

楠木正成
湊川の戦い

その死まで　親を慕ひし　正行《まさつら》の
熱き血潮は　日の本の道

忠義と孝行は一体である。それが切り離されたとき虚偽が始まる。日本人の苦悩とは、忠孝の葛藤の中から生まれる「何ものか」と言っていい。

楠木正行

赤き血を　四条畷《しでうなはて》に　流したる
正行《まさつら》なみだ　永遠《とは》に伝へむ

親子による忠義、これ以上に清純なものが人の世にあろうか。この親子は、自由の中を生き抜きたかったのだ。忠と孝は、愛と自由の根源である。

楠木正行

＊四条畷：大阪府北東部の市。南朝・楠木正行と北朝・高師直が戦った地。

＊

道ゆゑに　あはれ滴《したた》る　天地《あめつち》を
おのれ深くに　呑《の》みて生きけむ

山岡鉄舟の度量が、明治を生み出したと言ってもいい。すべてを呑み込む生だった。武士道をこの世に現成《げんじょう》させるために、君の生涯はあったのだ。その誠を私は仰ぎ見ている。

＊山岡鉄舟：一八三六―一八八八。江戸時代末期の幕臣、剣術家。

忠義

承《う》け継《つ》げる　道に生きにし　もののふを
かく悲しきと　誰《た》れか思はむ

忠義の悲しさを高橋泥舟は示している。泥舟は武士の中の武士と言えるだろう。最後まで徳川に忠義を尽くし、静岡において寂しく死んでいった。祖先が受けた恩のゆえに、自分の人生を投げ捨てたのである。

国のため　捧げし生《いのち》　すでにして
雲居《くもゐ》を越えて　天翔《あまか》けるらむ

国に捧げた命だった。今その命が天寿を全うしたのだ。零戦を駆って、永遠の自由を満喫してほしい。坂井三郎の人生は、私に血湧き肉躍る夢を与えてくれた。本当に有難うございました。

乃木希典

月山《がっさん》の　白刃《しらは》は喉《のど》を　かき斬りて
日本《やまと》の妻ぞ　伴《とも》に死なする

夫希典《まれすけ》と共に、妻静子も自刃した。偉大なる明治がここに終焉したのだ。偉大なる夫と、貞淑なる妻の神話が日本に生まれた。

*高橋泥舟《でいしゅう》：一八三五—一九〇三。江戸時代末期の幕臣。山岡鉄舟の義兄。

忠義

坂井三郎氏死す
二〇〇〇年九月二十二日
零戦撃墜王

*坂井三郎：一九一六—二〇〇〇。海軍軍人。太平洋戦争期のエース・パイロット。

*乃木希典：一八四九—一九一二。陸軍大将。日露戦争で旅順包囲を指揮。

乃木夫妻殉死
妻静子

はらわたを　抉《ゑぐ》りて出《い》づる　血の海に
　涙をたらし　大君《きみ》を慕ひぬ

明治帝に殉じたのである。その生涯は清純で崇高だった。十文字に切った腹からは、腸が涙の如くに滴《したた》っていたと聞く。

乃木夫妻殉死
忠義

もののふの　滅ぶる秋《とき》を　ただに生き
　忍ぶ涙ぞ　つひに息《や》むべき

乃木希典の「自強不息」の書を手に入れた。そのとき、私は将軍の魂に心が引き寄せられていったのを覚えている。その書に、私は乃木将軍のもつ強い忍耐と深い涙を感じたのである。

乃木希典
忠義
書

日の本の　涙と血とを　吸ひ込みし
　旅順《りょじゅん》はただに　君の誠《まこと》ぞ

旅順の戦いは、明治帝の決断を持ち出すまでもなく、乃木将軍という人格が成し遂げた勝利だった。乃木以外に、この歴史上最大の苛酷を忍べる司令官はいなかった。

乃木希典
忠義
旅順の戦い

乃木希典
忠義
乃木勝典、南山にて戦死
乃木保典、旅順二〇三高地にて戦死

国のため　二児《じ》を失ひ　たまひつる
君が涙を　今に伝へむ

乃木将軍の魂を現代に伝えることは、最も根源的な日本の復興に繋がる。私の存在によって、ほんの少しでも、それが出来るなら、本当に私は幸福である。

第五章

出会い

——百二十三首

私は多くの人物と出会った。秀れた人物との出会いということに関して、私ほど恵まれていた人間は少ないと思う。私は出会いによって創られ、また出会いによって運命を拓《ひら》いて来た。だから出会いを司《つかさど》る幸運の女神が、私にほほえんでくれていると実感することが多々あった。それらの出会いは、私の魂の形成の上で、途轍《とてつ》もなく巨大な影響を与えてくれた。出会いには現実の出会いと、書物の上の出会いがある。行間を読めるようになると、本当に書物の中で過去の人物と出会うことが出来るのだ。私はこの経験が信じられぬほど多い。書物に踏み込むと際限がないので、ここではその少数を取り挙げた。現実の出会いのうち、思い出に残るものは、やはり恩義にかかわるものが多い。私の魂は、不滅性を求めて呻吟《しんぎん》していた。その枯渇感に、一つの区切りをつけるものこそが、恩にかかわる出会いであったように思う。私の魂の無限の渇望は、出会いによって何らかの一つの結論をつけて来たように思う。そう成れる出会いが、また真の出会いであったのだろう。出会いは多くの恵みを与えてくれた。しかし同時に、出会いはまた別れの悲哀をもたらしもしたのだ。人物との魂の触れ合いは、人生における真の恩寵《おんちょう》と悲哀を経験させてくれる。特に、五十歳を越えた頃から、多くの恩人たちとの別れを強いられた。その慟哭《どうこく》に耐えることは、肉体の限界を越えるものが多かった。年を取ることの苦痛は、何よりも心を許し合う人たちとの別れに尽きる。しかし、そのような出会いこそが、真の出会いだったと言い切ることが出来るのである。

前文

恩人——直接の出会いにて（二十代〜五十代）

小林秀雄

＊小林秀雄：一九〇二—一九八三。文芸評論家、作家。

小林秀雄の本質

雅《みや》び降《ふ》る　言の葉つづり　ふつふつと
　我が日の本に　いのち送らむ

小林秀雄の言葉は永遠である。それは、日本らしさを湛えた命のしずくと言っていい。氏は日本の文学に、命を吹き込んだのだ。

小林秀雄と勇気

降《くだ》ち行《ゆ》く　この現世《うつそみ》に　立ちゐける
　君は涙を　我れに告げなむ

小林秀雄からは、勇気の本質を教わった。それは生きる涙の中から生まれ出ずるものだった。「知性は勇気の僕《しもべ》である」という言葉が忘れられない。

小林秀雄と知

降り紛《まが》ふ　雅《みやび》の道に　立ちゐける
知のますらをの　さびて悲しき

知がその雅を支えている。しかし、その道は辛く悲しい道でもあった。苦悩と辛苦が、氏の雅に深淵を与えていたのだ。

小林秀雄と雅

降《くだ》ち行《ゆ》く　この現世《うつそみ》を　面白く
触《ふ》れて撫《な》でつつ　君は愛《め》づらむ

氏は現世を楽しんで見ていた。すべてを愛そうと努め、あらゆる角度から見ていたのだ。それによって、氏のユーモアが生まれている。氏は人生を愛していたのだ。

小林秀雄と語り合う

歩きたる　七里ヶ浜の　ひとときを
忘れえもせず　我が身朽《く》ちるも

小林秀雄と私は、北畠親房について話しながら散策をしたのだ。氏は、北畠親房のもつ憂国の勇気について、熱い持論を展開していた。

小林秀雄と武士道

分かち合ふ　悲しみ深く　からまりて
その響きこそ　今も変はらね

小林秀雄は音楽論と文学に沈潜する、その武士道において私を深く敬服せしめた。氏の愛と優しさは、その武士道に由来していたのだ。

小林秀雄と音楽

鎌倉に　君を訪ねて　聴く曲の
その悲しみを　共に過ごせり

音と言葉に内在する「悲哀」についていつでも語り合ったのだ。ラモーのもつ悲哀とクープランの雅《みやび》を氏は激賞してやまなかった。

小林秀雄と平家

花ぞ散る　千鳥ヶ淵に　語らひし
君の平家《へいけ》を　今だ忘れず

小林秀雄に、私は平家物語の魂を学んだ。千鳥ヶ淵の戦没者慰霊碑の前で、平家のもつ日本的霊性を語り合った。

小林秀雄の見方

君の眼の　穿《うが》てる世こそ　我が眼にも
真《まこと》の世とぞ　映りたりける

事どもの分析の初めを、私は小林秀雄に負っている。物の見方を、氏に教わったと思っている。

小林秀雄と音楽

鎌倉の　八幡太郎　義家の
庭をくぐりて　汝《な》が家を見ゆ

音楽論・文学論の楽しかったことは言葉に出来ない。レコードを持って、氏の御宅に何度も伺ったものだ。我が家のレコードを随分と氏に貸し出し、共に音楽を楽しんだのだ。

小林秀雄と語る

金色《くがね》なる　葉も降り逝《ゆ》ける　大《おほ》いちやう
語り明かさむ　今日《けふ》は祭りぞ

小林秀雄宅を訪れることは、我が青春の「祭り」ともなった。語ることがそのまま私を立ち上げてくれたのだ。文学も音楽も、これほどの造詣《ぞうけい》を見たことはなかった。

＊大いちょう…源実朝が公暁に討たれた故事にまつわる。

鎌倉に　ただ独り来《こ》し　君ゆゑに
あの愛《かな》しみの　鎮《しづ》もれる宮

私の中では、鎌倉鶴岡八幡宮が小林秀雄の霊魂と成っているのだ。この宮には小林秀雄の悲哀の魂が鎮もれている。あの鎌倉時代の悲哀と共に。

小林秀雄の思い出
後年、五十五歳の時に一人で鎌倉を訪れた

村松剛

我が肚《はら》の　捩《よぢ》れる如き　驚きを
その知に受けし　日々を想はむ

村松剛の知は、圧倒的なものがあった。その親切心と共に忘れられるものではない。私の生《いのち》が捩れたのである。そのような圧倒的知性だった。

＊村松剛：一九二九―一九九四。フランス文学者、評論家。

村松剛の知

若かりし　また夢おほき　我れだにも
汝《な》れが示せる　なさけ沁み入る

高校・大学と村松氏には多くの教えを受けた。氏の親切心は心に刻まれるほど大きなものだった。私の無礼をいつも許して下さり、思想の根源を与えて下さったのだ。

村松剛の情

青春の　夢は沙漠を　彷徨《さまよ》へば
汝《な》れの情《なさけ》ぞ　我れを救はむ

高三のとき、ユダヤ・パレスチナ問題に興味を持っていた。そのとき、不躾な私を親切に指導して下さった。真の恩人である。村松先生によって、私は文明論の基礎を固めることが出来た。

静かなる　微笑《ゑみ》を湛へて　力ある
汝《な》れが声音《こわね》を　永遠《とは》に忘れず

私と話すときは、いつもほほえんでいた。多くの「知」を教えてくれた恩を一生忘れることはない。その声は、ゆったりとし荘重だった。

森有正

天地《あめつち》の　削《そ》ぎ立つ極《きは》みを　生き越して
生《せい》の限りを　道にそそがむ

怜悧なる生き方だった。その生命は絶えず文明と対決していたのだ。ぎりぎりの生だったのではないか。道のためにこれほど真摯に生きた人を知らない。

村松剛
ユダヤ・パレスチナ問題

村松剛の姿

＊森有正：一九一一―一九七六。フランス文学者、哲学者。

森有正の生

ひさかたに　今の伽藍《がらん》を　見上ぐれば
　言はで心に　思ひ出づるも

私がまだ二十代の頃、目白の聖マリア大聖堂にて、森有正氏は私のためにバッハのパッサカリアを弾いて下さった。聴衆は私ひとりである。その感動は、大聖堂を見るたびに自然と甦る。

いつの日か　また会ひ見むと　別れつる
　名残りの縁《えに》し　抱《だ》きて行かまし

最後の別れのとき、何か永遠の別れを感じさせるものが残った。そして次の帰朝の直前、パリに客死したのである。

黛敏郎

雨上がる　日枝山王《ひえさんわう》の　道づたひ
　哭《な》きて語らふ　夢は今だに

音楽・憂国・チベット独立運動と黛氏との縁は深い。この歌は日枝神社に二人で参った帰り道の情景である。氏と語り合った夢は、私の中で今も生き生きと躍動している。

森有正
パッサカリアの思い出

＊ひさかた：久しぶり。

森有正
最後の渡仏のとき

＊黛敏郎：一九二九―一九九七。音楽家、作曲家。

黛敏郎
思い出

華麗なる　その優しさに　鎮もれる
　君が誠は　日の本の道

黛氏は本当にダンディーな紳士だった。その華麗な姿の奥に、日本人の古来からある真の誠を持していたのだ。

黛敏郎
思い出

伝へ来《こ》し　この日の本の　道にこそ
　君の夢見し　誠あるらめ

黛氏は偉大な音楽家だったが、日本の精神を最も大切にしていた。そこに氏の本当の真心があったのだ。

黛敏郎の人柄

野口晴哉

いのち診《み》ゆ　その手その技《わざ》　さび果てて
　おのがいのちを　患者《ひと》に捧げし

野口晴哉がいなければ、私は小学生の時点で死んでいた。命の恩人であり、天才治療家であった。また私は、最初の禅の手ほどきを野口先生から受けたのだ。

＊野口晴哉《はるちか》：一九一一―一九七六。整体治療家。

有賀千代吉

力ある　その憧《あくが》れの　行《ゆ》く道は
とこしへ穿《うが》つ　美《うるは》しき道

有賀先生は、信念の人だった。人間の魂の高貴さを求め続けた人だった。先生の存在は、私の初心を創り上げたのである。

汝《な》がゆゑの　教へは深く　静かにて
人の誠を　我れに示さむ

先生の教えは静かで単純なものだった。それは、人間のもつ誠だけで、人生を立てなければならないということだった。

平井顕

今もなほ　あの吸物《すひもの》は　鎌倉の
汝《な》れが情《なさけ》ぞ　我が血覚《おぼ》ゆる

平井社長は料理の名人でもあった。御宅に呼ばれたときに出た吸物は舌にこびりついて、二十七年経た今も忘れられない。

*有賀千代吉：一八九五―一九八七。立教小学校校長(創立者)。

有賀千代吉
立教小学校校長
(創立者)

*平井顕：一九一六―一九八八。東京帝国大学卒業。元海軍中尉、三崎船舶工学㈱社長。

平井顕の思い出
鎌倉の宅でごちそうになった

鎌倉の　稲村ケ崎を　ひたすらに
歌ひ歩ける　主従ありけり

平井社長の御宅に伺った帰り、二人で稲村ケ崎の海岸を「人を恋ふる歌」、「惜別の歌」などを歌いながら散策したものである。

平井顕
平井社長六十一歳、私二十七歳
稲村ケ崎海岸

戸栗栄三

数奇《すうき》なる　その身にかかる　歴史をば
抱《だ》きて忍びて　明日を夢見し

父の友人であり、私の菌学研究の恩人である。戸栗先生のおかげで、私は十代、二十代と独自の菌学研究が出来たのだ。戦争中の「東京ローズ」の弟として、その戦犯裁判に腐心した。医師、医学者として名高い。

＊戸栗栄三：一九一八―一九九六。聖マリアンナ医大学長、医学者。

兼高かおる

その昔　父に連れられ　会ふた日の
匂ふが如き　笑顔忘れず

初めての出会いは小学校二年だった。子供が見ても、実に美しい人だった。そのTBS「世界の旅」は私に世界を体験させてくれた。折に触れ、目白の家にも来られ、世界の知識を直接伝授してくれた。

＊兼高かおる：一九二八―二〇一九。ジャーナリスト、旅行家。

皆川達夫

楽《がく》のため　身を振り絞る　研鑽《けんさん》も
ただ喜びに　化《か》する生《いのち》よ

皆川先生は真の教養人だった。我が家でのレコード・コンサートを中心として、測り知れない恩を受けた。先生との話は深い喜びを与えてくれた。

すずかけの　道の端《は》さゆる　芝生にて
楽《がく》を語りし　時はいづこへ

皆川先生のおかげで、学生生活は思い出深いものとなった。そして、一人の人間、紳士としての生き方を教わったと思っている。

高尾義政

寄《よ》る辺《べ》なき　わが魂荒《たますさ》び　枯《か》れ果てし
君が言葉ぞ　復活の儀は

高尾義政は宇宙論の大家だった。私と宇宙との相関関係を教えられ、そのおかげで私は人生の息を吹き返した。算命学の師である。

＊皆川達夫：一九二七—二〇二〇。立教大学名誉教授、音楽学者。

皆川達夫

＊すずかけの道：立教大学のキャンパスにあった。

＊高尾義政：一九四一—一九九〇。中国算命学宗家。

中学生のとき

古《いにし》への　支那を語りて　夜を明かす
その熱《ねつ》いまも　我れを燃やさむ

先生からは漢代哲学や算命学を、夜を徹して教えて頂いた。学んでは議論し、また議論しては学んだのだ。真の教養人で本当の易占家であった。

高尾義政

土屋文雄

我れ病んで　君に診《み》られし　日を思ひ
その霊力に　今も震へむ

土屋先生は天皇の侍医だった。その名医の卓越した技量によって今の私はあるのだ。土屋先生もまた、私にとって命の恩人に当たる方なのだ。

＊土屋文雄：一九〇五―没年不詳。逓信病院院長、天皇陛下侍医、泌尿器科医。

母里先生

堂々と　その大股に　歩きたる
君の情《なさけ》に　医道をぞ見し

危急のときは、いつでも母里先生の判断によって救われた。あの黒田節の槍の名手・母里太兵衛の子孫である。見ただけでも尊敬できる、真の偉丈夫であり名医だった。

母里《もり》先生
かかりつけ医

＊母里太兵衛：一五五六―一六一五。安土桃山から江戸時代の武将。鎗術の名人。

山下九三夫

幼き日　我れは死にける　君なくば
　わが生《せい》すでに　遠く消えにし

七歳で私は死んだ。先生なくして、私の手術は不可能だった。国立第一病院で奇跡の手術を断行して下さった。まさに命の恩人である。先生はシンガポール陥落の山下奉文《ともゆき》大将（マレーの虎）の御子息に当たられる。

丸山眞男

冬深き　天霧《あまぎ》る雪も　何ものか
　我が師は語り　我れは凍《こほ》れる

丸山先生との議論はいつでも全身全霊だった。私は法哲学を教わったのである。この歌は冬の三宅坂を歩きながらの議論だった。雪の中で先生は熱くワーグナーを語り、私は凍って返事がやっとの状態だった。

五味康佑

我々は　指折り会ふ日を　焦《こ》がれども
　その日を待たず　汝《な》れは逝《ゆ》きけり

いつでも電話で、ゆっくり会おうと言っていた。病気のため、それも叶わず、君は逝ってしまった。いつも音楽論に花が咲いた。電話は毎回二～三時間に及んでいた。

＊山下九三夫…一九二〇―一九九四。胸部外科医、国立第一病院。

＊山下奉文…一八八五―一九四六。陸軍大守。

＊丸山眞男…一九一四―一九九六。政治学者、思想史家。

丸山眞男先生との思い出
天霧る＝雪空にかかる枕詞

＊五味康佑…一九二一―一九八〇。作家、音楽評論家。

語り合ふ　この面白き　電話にて
われらの意気ぞ　天《てん》を破《やぶ》らむ

本当に面白い人だった。電話での話が多かったが、年の差を越えた友情を感じた。私のベートーヴェンの聴き方を分析して、私に「日本原人」というあだ名を付けてくれた。

五味康佑

ジョン・スペンサー

鈴《すず》懸《か》けの　道を歩《あゆ》める　その日々に
二人の意志は「見る前に跳《と》べ」

先生と私は、W・H・オーデンの詩を通じて共感し合っていた。禅と武士道の英国的思考を教えられた恩人である。私が高校生のとき、ちょうど運良く英語の先生をしていたのだ。それは大学まで続いた。

＊ジョン・スペンサー：立教高・大で英語講師を務めた後、オクスフォード大学教授。

ダライ・ラマ十四世

承《う》け継ぎし　その法《のり》清く　高かりき
無垢なる面《おもて》　皺《しわ》の深きも

二十代の頃、黛敏郎氏と共に、十四世のチベット独立運動を支援していた。その頃に十四世と何度も会う機会があった。法王は、まさに仏法を体現されていたと思う。オーラがそのまま仏法であった。

＊ダライ・ラマ十四世：一九三五―。一九七〇年代、私はベトナム大使館でダライ・ラマ十四世と五回ほどお会いした。

三十年《みそとせ》を　悲涙《ひるい》のうちに　終へませる
深き涙を　想ひ愛《かな》しむ

ダライ・ラマ十四世の放浪は三十年に及んでいる。その信念のゆえの流浪には、いつでも涙を滲ませていた。真から優しい人である。

ダライ・ラマ十四世

響きつる　「ね」の声《こゑ》深く　悲しかる
滲《にじ》める涙　しわに沁み込む

法王との会話では、その発する「ね」の声が何とも愛らしく深く心に響いた。深いしわを涙が伝っていた。法王の望郷の悲しみを感じた。

ダライ・ラマ十四世

恩人たちの死

知命過ぎ　世話に成りたる　人々の
訃《ふ》を聞くことの　何《な》んぞ切なき

五十歳を過ぎると、恩人たちが次々に世を去るようになった。これ以上に辛いことはない。恩人が死ぬとは、自己の肉体から何らかの生命力が抜けていく感がある。

恩人たちの死

恩人——直接の出会いにて（六十代〜七十代）

井口潔

語らひし　あのひとときの　嬉《うれ》しさは
我が魂《たましひ》に　夢をこそ植《う》うれ

先生は人間の生き方に、科学を導入されていた。その教えは深く、我々が失ってしまった「正しい生命」というものをいつも教えていただいたのだ。

人のため　世のため汝《な》れは　その命《いのち》
神《かむ》さび立てる　将来《とは》へ捧げむ

井口先生の一生は、すべて他者のために捧げられた。九十九歳で亡くなられるまで、日本と日本人の将来を心の底から憂いておられたのだ。

横田南嶺

いつの日か　北鎌倉に　立たましと
願ふ心ぞ　今し叶《かな》ひぬ

北条時宗創建の寺を、一度訪れたいと思いつつ、機会が無かった。対談がその縁を作ってくれた。横田南嶺老師との対談のため、訪れたのだ。

＊井口潔《いのくちきよし》：一九二一—二〇二一。九州大学第二外科教授、同大名誉教授。「ヒトの教育の会」主宰。

井口先生九十七歳、執行草舟六十八歳の出会いの時の思い出

井口潔

＊神さび立てる：崇高なるという意味。

先生は二〇二一年九月五日に、九十九歳で亡くなられた

＊横田南嶺老師：一九六四—。臨済宗円覚寺派管長。

風立ちて　花の香《か》ゆらぎ　いづくより
微笑《ゑみ》こそ薫《かを》る　老師出《い》でけめ

南嶺老師のほほえみには、涼やかな薫りが流れていた。ごく自然に現われ、ごく自然に別れることの出来る人である。爽やかさが、体中から薫り出る人である。

対談『風の彼方へ』のため円覚寺訪問

横田南嶺老師
初対面の思い出

涼しかる　微笑《ゑみ》ぞ湛へむ　禅匠に
会ふは楽しき　今日《けふ》の夢かも

南嶺老師との対談を、私は楽しみとしていたのだ。前後四回にわたって行なわれた。禅と武士道を語り合ったのだ。毎回じつに楽しい二時間が過ぎていった。

横田南嶺老師

新しき　禅の心も　朗《ほが》らかに
老師ほほゑむ　明日に向かひて

老師は、新しい禅の在り方を深く考え続けている。それが老師の明るさの根源なのだろう。古い学問を究めつくし、その上に、禅の未来を真摯に志向されていた。

横田南嶺老師

禅門に　君あくがれし　その思ひ
語り尽くさむ　永遠《とは》を仰ぎて

我々の対談が禅の興隆に少しでも寄与するならば、これに越した喜びはない。私は、日本文化の中枢としての禅と武士道を語り続けた。老師は禅の深奥を語り、それがどう未来を切り拓くかを語っていたのだ。

横田南嶺老師

コシノジュンコ

縄文の　いのちを今に　現はさむ
君が思ひに　今日《けふ》も震へむ

真の生命燃焼を現代に打ち込もうとしている。それがコシノジュンコだ。その芸術は、古代の未来化である。コシノ芸術の中に、私は未来への希望を見る。

＊コシノジュンコ：一九三九―。日本を代表するファッションデザイナー、画家。

燃え出《い》づる　君がいのちの　雄叫《をたけ》びは
明日を夢みて　今に響かふ

燃え出づる血潮の中にコシノ芸術の原点がある。その心こそが響き続けていくのだろう。一人の人間のいのちの全体が、作品の中に溶け込んでいるのだ。

コシノジュンコ

とこしへの　いのちを摑《つか》む　君なれば
現代《いま》の魂《こころ》を　永遠《とは》に伝へよ

過去と現代に、そのいのちを没入しているからこそ、コシノ芸術は未来を創造できるのだ。最先端の現代を生き続けることが、そのまま古代の甦りと未来の創造に繋がっている。

コシノジュンコ
コシノ芸術

人の世の　あくがれこそを　切り裂きて
夢まぼろしと　成して降らさめ

コシノジュンコは、形なきところに形を与え、我々に真の夢を届けているのだ。魂の息吹を形に変えるその力こそが、コシノ芸術の真骨頂である。

コシノジュンコ
コシノ芸術

竹本忠雄

一冊の　「草舟論」の　現はれむ
君が命の　願ひ積もりて

先生は九十歳にして、肋骨を五本折られた。死に瀕した先生は『執行草舟の視線』を病床にて執筆された。その気概の中に、先生の人間的知性のすべてが凝縮しているのだ。

＊竹本忠雄：一九三二―。作家、詩人、仏文学者。
『執行草舟の視線』執筆動機

折られたる　肋骨《あばら》も吼《ほ》えて　一条《ひとすぢ》の
君が涙ぞ　ここに凝《こ》りたる

先生の折られた五本の肋骨が『執行草舟の視線』を生み出したのである。それは命の危機に発動した、先生の真の憂国の志である。つまり先生は、霊性文明の具体例を示したかったと語っていたのだ。

竹本忠雄
『執行草舟の視線』執筆余話

日の本の　誠《まこと》を抱《いだ》き　外国《とつくに》に
突き刺すいのち　我れぞ承《う》けたる

先生は真の日本精神を欧州で鼓舞された。その心を私は強く受け取り、後に伝えたいと思っている。自分の立場を顧みずに、日本の真心を世界に知らしめようとしたのだ。こういう学者を私は知らない。

竹本忠雄
誠

過ぎし日に　かのマルローと　仰ぎ見ぬ
那智の滝こそ　神を降ろさめ

アンドレ・マルローと共に歩んだ伊勢・熊野路は、先生の中に神を立たしめた。マルローの中に、真の日本が打ち込まれた。これは先生が脇にいたからこそ成されたことである。

竹本忠雄
那智の滝
マルローと共に
那智の滝の前に
立った

憂国の　思ひを揣摩《しま》に　語りたる
パリの静寂《しじま》に　独《ひと》り立ちけむ

先生は三島事件のとき、周囲の反対を押し切って、三島由紀夫のためにただ独りで「パリ憂国忌」を立ち上げたのだ。そして、すべての友を失われた。これ以上の勇気が、果たしてあるだろうか。

竹本忠雄
パリ憂国忌

まぼろしの　その悲しみを　たづぬれば
この世にあらぬ　汝《な》れが誠ぞ

先生のもつ憧れは、この世のものではない。先生は、目に見えぬ人類の夢を、現実の世に降ろそうとしているのだ。霊性文明に向かって先生は歩みを止めない。

竹本忠雄
霊性文明

おもなりに　日本《やまと》の心　現《あら》はるる
今を見据《す》ゑる　その眼涼《すず》しき

竹本忠雄先生は九十歳を越えられても、その知力は全く衰えを知らない。仏文学の紹介、著作、憂国の活動と旺盛な行動をしている。

竹本忠雄
卒寿祝

涙なる　君が生《いのち》を　知りぬれば
道に生きつる　友を見つけむ

竹本先生は私より十八歳上であるが、霊性文明の友となったのだ。私の人生の霊性的問題を最も深く理解して下さる人物と成った。それは先生自身が、ひたぶるの人生を過ごされたからに違いない。

竹本忠雄
卒寿祝

神藏孝之

日の本の　涙を見つめ　生き来《こ》せる
君が誠に　紀伊を思ふは

神藏氏の中には、日本の原点である紀州・熊野を私は感じるのだ。日本の深い歴史と森の中から生まれた、何か強い意志を見るのである。

＊神藏孝之：一九五六―。イマジニア(株)代表取締役。松下政経塾二期生。テンミニッツTV主宰。

清らかに　国を憂ふる　ますらをの
瞳は今日《けふ》も　涼しかるらむ

神藏氏の憂国は清らかである。スマートな憂国思想とも言うべきか。これは血筋のなせるわざだろう。氏は軽やかに、深刻な問題を語り続ける。

神藏孝之

桑原聡

仰《あふ》ぎ見る　すめらみことの　悲しみを
胸深く持《じ》す　君が来《こ》し方《かた》

君の思想の奥には、いつでも天皇への敬虔があった。それは日本の最も古い魂のなせることだ。君の論説が、日本を正してきたことは間違いない。

憂国の　悲願こそ哭《な》け　突き抜ける
君が命の　あの雄《を》叫《たけ》びぞ

君の雄叫びを、私は何度聴いたことか。その純真を私は愛するのだ。君の教養は深い。しかし君は少年の心を持ち続けているのだ。

田村潤

大らかに　国を憂ふる　君ゆゑに
意気ぞ楽しく　今を流るる

君の憂国には、気品がある。その人柄ゆえだろう。そのような気が体を流れていると思う。

＊桑原聡：一九五七―。サンケイ新聞記者、元「正論」編集長。

桑原聡

＊田村潤：一九五〇―。経済評論家、元キリンビール(株)代表取締役・副社長。

仰《あふ》ぎ見る　誠の天を　養ひて
地にぞ育くむ　君が命ぞ

君は人生と天地を愛している。それが君の命をいかに美しいものにしているか。君は天の理《ことわり》を、地上に降ろしているのだ。

田村潤
誠

清水克衛

我が燃ゆる　書物出《い》づらむ　経《ふ》りし日の
君が誠を　いまだ忘れず

私の初めての公刊書だった『生くる』（講談社）を君が絶賛してくれたことに、私は恩を感じ、また誇りに思っているのだ。本のソムリエである君の絶賛によって『生くる』は長い生命をもつ本となった。

篠崎に　君立たしむる　青雲《せいうん》の
書《ふみ》の家《やかた》ぞ　国を憂へる

君の書店は、憂国の館である。真の愛国者の姿を私はそこに見ている。君は日本人のためを考え、また日本国そのものを考えて「書店」を経営する、真の愛国者だ。

＊清水克衛：一九六一―。「読書のすすめ」店長。

清水克衛
読書のすすめ

松本徹

碩学《せきがく》の　愛《かな》しかりける　眼差しの
見つめる先に　花ぞ舞ふらむ

松本先生の文学の基礎研究は、日本文学の上に真の精神を立てることになると私は思っている。

積み上げげし　力はすでに　世を穿《うが》ち
明日を夢みる　学ぞ生むべき

松本先生の学問は、緻密な事実の積み上げと、それを覆うロマンによって築かれている。この姿勢は未来を拓《ひら》くものと私は思っている。

*松本徹：一九三三年―。文芸評論家、前三島由紀夫記念館館長、近畿大学・武蔵野大学教授。

松本徹

村松英子

雅《みやび》なる　その眼その口　その姿
三島由紀夫も　仰《あふ》ぎ見にけむ

君は我々の若き日の大スター・大女優だった。三島由紀夫の戯曲の初演は、そのほとんどを君の名演で私は見たのだ。君のような品格と美貌と知性を兼ねる女優はもう出現しないだろう。

*村松英子：一九三八―。女優。村松常雄の娘、村松剛の妹。

魂《たましひ》の　深く悲しき　雄叫《をたけ》びを
君は命《めい》とし　世にぞ刻《きざ》める

君の名演を忘れることはない。人間の魂の心底を表現した最高のものだった。そして君は、その魂の叫びを戦後日本に刻んだのである。これほど深い演技は、その血に淵源があるのだろう。

村松英子

宮崎正弘

憂ひたる　その生《せい》すでに　年経《ふ》れど
積もれる日々ぞ　憂ひ新たに

君は青春に燃え、そして今七十半ばを過ぎても、その血の雄叫びは新たに発展している。君のその考えられぬほどの底力は、偏《ひとえ》に憂国の情と三島由紀夫への愛で成り立っているのだ。

＊宮崎正弘：一九四六―。文芸評論家。三島由紀夫「憂国忌」主宰。

積み上がる　「憂国忌」こそ　君ゆゑに
今を引き裂く　誠《まこと》なるらめ

君が主宰する「憂国忌」もすでに五十四回を終えた。君の誠は戦後日本の奇跡の一つである。「憂国忌」は新しい神話と成りつつある。私もこの「憂国忌」で講演をさせていただいたことに、強い誇りをもつのである。

宮崎正弘
憂国忌

富岡幸一郎

悲しびの　その文《ぶん》おもく　降《ふ》り来たり
　我が魂《たましひ》を　天に届けむ

君の文には、生命の真実が響きわたっている。それは私の魂に語りかけ、私を天に向かわせるのだ。

人の世を　慈《いつく》しむべき　君なれば
　憧《あく》れ遠く　仰ぎ見るらむ

その著作からは、この世を愛する心が伝わって来る。それは信じる心がもつ高貴性だろう。著書『使徒的人間』から受けた衝撃は忘れられない。これは憧れに生きる人間にしか書けないものだ。

浅野正美

天地《あめつち》の　自《おの》づからなる　働きの
　君が責務に　ますらをぞ見る

氏は「憂国忌」及び「三島由紀夫研究会」の実務の多くを背負っている。その生き方と能力は、真の日本文化を支えていると言ってもいいだろう。

*富岡幸一郎：一九五七―。文芸批評家。

富岡幸一郎『使徒的人間』『仮面の神学』

*浅野正美：一九五九―。三島由紀夫研究会幹事、憂国忌実行委員会

今の世を　「夜明け前」とぞ　思ひつる
　君が誠に　夢ぞ湧くべき

氏と私は藤村の「夜明け前」を愛する同志でもあるのだ。最大の愛読書を共に出来ることは、人生最大の喜びである。

三輪龍氣生

激しさの　ただ激しさの　その中に
　変はらざりける　誠《まこと》あるらむ

君の芸術には、人間のもつ最も激しい慟哭《どうこく》がある。それは、伝統を守りそして破壊する革命のエネルギーのように私には思えるのだ。一本の筋が、すべてを貫徹している。

燃え尽きむ　その事どもの　その先に
　いまだ燃えざる　古《いにし》へぞ見ゆ

激しく燃える君の芸術の中に、太い芯のようなものが見えるのだ。それは人類の伝統が生む、高く清い「何ものか」であろう。

浅野正美

＊『夜明け前』：島崎藤村の明治維新を扱った小説。

＊三輪龍氣生：一九四〇—。陶芸家、第十二代三輪休雪。

三輪龍氣生
芸術

三浦柳

嫋《たを》やかな　姿も立つる　手弱女《たをやめ》の
深く愛《かな》しい　願ひ立たする

美しい君の容姿に潜む、真の憧れを私は読むことが出来た。それは、血に秘められた慟哭が生み出すものだろう。私には君の憧れが伝わってくる。

ただ独《ひと》り　この世に立つる　意気ゆゑに
たどる生《いのち》は　いかで生きなむ

三浦柳は自己の信念に生きる人だ。その生に、私は運命に立ち向かう勇姿を見ているのだ。いかに困難な人生であろうとも、君は必ず憧れを摑《つか》むに違いない。

本尾かおる

たまゆらの　響きも清く　鳴り渡る
君が生《いのち》は　永遠《とは》に愛《かな》しゑ

本尾かおるのピアノが好きだ。特にそのバッハはあきることがない。この人物の音色は、永遠を感じさせるのだ。今は数少ない、本格派のピアニストだ。生そのものが、音と成っているのだろう。

＊三浦柳《りゅう》：一九五七―。歌人。三浦義一の孫。著書『残心抄』と『歌集東京よ』を読んで

三浦柳『残心抄』と『歌集 東京よ』を読んで

＊本尾かおる：ピアニスト。ベルリン国立芸術大学を最優秀で卒業。武蔵野音楽大学教員。

優しかる　心根《こころね》つねに　溢れども
君は運命《さだめ》に　いかで向かはむ

君の中には誠が輝いている。自己の持つ仕事に邁進することが、君の運命に重力と方向を与えているに違いない。

本尾かおる
ピアニスト

響きつる　その音《おと》ほねに　沁み入れる
君の誠《まこと》は　永遠《とは》を見つめむ

君は永遠に向かって、ピアノを弾いているのだ。その音に込められた深さは、この世だけのものではない。

本尾かおる
ピアニスト

渡部玄一

去りし日に　君の奏《かな》でし　その曲に
自由の夢ぞ　羽ばたき翔《と》ばむ

パブロ・カザルスの「鳥の歌」を、渡部昇一先生から君が受け継いだあの偉大な家で聴かせてもらった。そのときの演奏には、人間の自由が本当に輝きを放っていたのだ。

＊渡部玄一：チェリスト。英語学者、哲学者渡部昇一先生の御子息。

＊渡部昇一：一九三〇―二〇一七。英語学者、哲学者、評論家。上智大学名誉教授。

面影を　湛へて語る　口の端《は》に
わが魂《たましひ》の　師こそ偲《しの》ばめ

渡部玄一の語り口には、言葉には出来ぬ人間味がある。その魅力は、やはりその父上だった昇一先生から受け継がれたものだろう。私は昇一先生に多くを学んだ。その昇一先生の命は間違いなく玄一氏の中に生きているのだ。

渡部玄一
チェリスト

恩人――書物（作品）の上での出会いにて

秋山好古

もののふの　末期《まつご》の声の　かなしびぞ
騎兵《つはもの》どもが　夢の跡こそ

「鉄嶺へ」、そう叫んで好古は死んだ。日露戦争の二十五年後だった。この二十五年は好古にとって常を養う日々だったに違いない。その日々を生み出した前半生が養常の根源を支えている。

＊秋山好古：一八五九―一九三〇。陸軍大将。生命燃焼・養常思想の代表者。好古のことは司馬遼太郎『坂の上の雲』に詳しい。

＊養常：日常の中に非日常を立てて続ける生き方。

＊鉄嶺：奉天会戦の要となった都市の名。

鉄嶺《てつれい》を　夢にも見たる　もののふの
いまはの際《きは》の　涙かなしも

好古の秋山支隊は、日露戦争において黒溝台《こっこうだい》正面を担当した。鉄嶺を目指すことが至上命令だった。好古は晩年の死の床でも「鉄嶺へ」と叫んでいた。役目に生きた一生だった。つまり、真の人間生命を生き切ったのだ。

秋山好古
生命燃焼

万斛《ばんこく》の　涙の夢や　鉄嶺《てつれい》へ
我れを伴《とも》な　ひ　君ぞ征《ゆ》くべき

君は魂の友である。我々は黒溝台の戦いを共に戦っているのだ。私の魂を連れて、鉄嶺へ行こうではないか。我々は、いつでも一緒に鉄嶺へ向かっているのだ。

秋山好古
鉄嶺へ

北里柴三郎

外国《とつくに》へ　行きて歩める　その道は
通ひ慣れたる　故郷《ふるさと》の道

北里は、強烈な自己を持っていた。それは環境の変化を従えるほどのものだった。北里にとって、ドイツはドイツでなく、自己の生きる場所に過ぎなかった。私は北里の中に、武士道の根源を見る。

*北里柴三郎：一八五三―一九三一。微生物学者。

出光佐三

石油もて　戦ひ来《こ》れる　もののふの
　行き着く先に　見たる夢とは

私は出光佐三の憧れを見たように思う。それは生命の真の働きの究明である。石油などどうでもよい。出光は真の生命の働きを仰ぎ見ていたのだ。

今の世に　血とぞ言はれし　石油もて
　そのいさをしを　立てむ君かも

出光佐三なくば、日本の石油事情は悲惨となっていただろう。出光は民族の存続に貢献した。そして出光は、それ以上のものを歴史に残したのだ。

＊出光佐三…一八八五―一九八一。実業家、民族系石油会社・出光興産創業者。

出光佐三

吉田健一

国葬と　なりにし父を　持つ君の
　慎しむ涙　文《ぶん》に沁み入る

吉田健一のエッセーは、若き日の憧れだった。深く静かで、また面白かった。ユーモアと教養の権化《ごんげ》だったと私は思っている。

＊吉田健一…一九一二―一九七七。作家、英文学者。父は吉田茂。

華岡青洲

命ゆゑ　血にも宿れる　和魂《にぎたま》の
涙を絞り　花を用ゐる

世界初の全身麻酔を完成させた人だ。毒花の麻酔を用い、乳癌の手術に成功した。これほどに人間の情愛と科学精神が合体した人物は珍しい。世界最大の医学者の一人であることを、現代人は忘れているのではないか。

＊華岡青洲：一七六〇—一八三五。江戸時代の外科医。日本で初めて全身麻酔による外科手術に成功。

空海

生き切りて　生きて生き切る　君ゆゑに
死にて死につる　生《せい》ぞ生《う》まるる

空海ほどの生《せい》を生きた者はいない。だからこそ、空海は現在でも高野山に生き続けるのだ。その生は本当に今でも生き続けている。私は空海に生命のもつ本質的奇跡を見出しているのだ。

＊空海：七七四—八三五。平安初期の僧、真言宗開祖。

西郷隆盛

魂《たま》きはる　命もいらず　名もいらず
道のすがたを　君は問ひつつ

南洲が示したかったのはただ誠である。つまり道だ。それだけのために西郷は生き、そして死んだ。明治維新は、西郷隆盛が中心に居たことによって、無限の価値を持ったと言えよう。

＊西郷隆盛：一八二八—一八七七。幕末期の政治家、軍人。号は南洲。
魂きはる＝命にかかる枕詞

上杉謙信

越後《ゑちご》なる　鄙《ひな》に戦ふ　もののふの
見果てぬ夢は　ますらをの道

私の魂は、謙信に共感する。それは武士道に対する求道に違いない。まっすぐな武士道。それを貫くための英知はすさまじいものがある。

鹿持雅澄

雅澄《まさずみ》の　斬《き》れば血を噴《ふ》く　その古義《こぎ》を
倦《う》まず食《く》らひて　悲《ひ》こそ学ばめ

私は『万葉集』が好きだった。そして真澄の『万葉集古義』を繙《ひもと》きながら学んでいた。古義は保田與重郎が愛読していたので、私もそれに倣《なら》ったのだ。

フランシスコ・ザビエル

荒波を　蹴《け》散《ち》らし来たる　魂《たましひ》を
われ窺《うかが》へば　血の滾《たぎ》り立つ

イエズス会の宣教師ザビエルを私は愛する。その勇気と崇高は歴史を圧倒するものである。私の武士道が、最も共振する歴史的人物と言っていい。

＊上杉謙信：一五三〇—一五七八。戦国武将。

＊鹿持雅澄《かもちまさずみ》：一七九一—一八五八。国学者。『万葉集古義』。

＊フランシスコ・ザビエル：一五〇六—一五五二。イエズス会宣教師。バスク貴族の出身。

ダミアン神父

君ゆゑに　愧《は》づべき生《せい》を　尽々《つくづく》と
生きにし我れは　今日《けふ》も生きつる

崇高なるダミアンを仰ぐとき、私は自分の人生に限り無い恥を感ずるのだ。君は私の前に屹立する「涙の壁」である。君を仰ぎ見ることによって、私は自己のもつ卑しさと闘い続けている。

フリードリッヒ大王

楽《がく》の音《ね》の　響き渡れる　その宮に
横笛抱《だ》きて　君は悲しむ

大王に、私は意志力を学んだ。横笛を好み、音楽の悲しみこそがその意志力を支えていた。何度敗れても、決して挫けることがなかった。

マンフレート・フォン・リヒトホーフェン男爵

戦ひの　家に生まれし　君なれば
祖《おや》の涙を　空に背負はむ

リヒトホーフェンは、私の憧れだった。その潔い生き方と死に方は私の武士道であった。赤い三葉機《さんようき》を駆る空の英雄を、子供の頃から仰ぎ見ていた。

＊ダミアン神父：一八四〇—一八八九。ベルギー出身の宣教師。モロカイ島へ渡り、ハンセン病患者たちを助け、自身も病気に倒れて死す。

＊フリードリッヒ大王：一七一二—一七八六。プロイセン国王。

＊宮：ドイツのポツダムにあるサンスーシー宮殿。

＊マンフレート・フォン・リヒトホーフェン男爵：一八九二—一九一八。第一次大戦時のドイツの撃墜王。「空の赤い男爵」。

天翔《あまか》ける　紅《くれなゐ》映《は》ゆる　三葉機
君の誇りぞ　誰《た》れか知るらむ

敵味方の別なく、兵士たちは真紅のフォッカーを駆る「赤い男爵」を仰ぎ見ていた。その尊敬の心は、男爵の騎士道のゆえである。

青き春　捧げ尽くすは　ただ誠《まこと》
滾《たぎ》るその血は　死して後《のち》已《や》む

リヒトホーフェンは終戦の前日に戦死した。私には、それがこの戦士の切腹だとわかった。自己の命を、国家に捧げ尽くした男の人生だった。

ウィンストン・チャーチル

裏を見せ　表を見せて　粛々《しゅくしゅく》と
貫く意志に　血こそ見るらめ

ジョン・ブルの土性骨《どしょうぼね》を感じている。祖先マールボロー侯を仰ぎ見る生き方がチャーチルを創った。チャーチルの不屈は、祖先との日々の対話によって生まれたのだ。

プロイセンユンカー

マンフレート・フォン・リヒトホーフェン男爵

マンフレート・フォン・リヒトホーフェン男爵

＊ウィンストン・チャーチル：一八七四―一九六五。イギリスの保守党政治家。

＊ジョン・ブル：典型的イギリス人像。保守的な人物像。

イグナチウス・デ・ロヨラ

血に生きる　誇りも高き　君なれば
騎士を貫《つらぬ》き　耶蘇《やそ》に仕へむ

イエズス会の創立者にしてバスク貴族だったロヨラの生き方は、私の憧れである。この騎士は、キリストとローマ教皇への忠義に生きたのである。

ガイウス・ユリウス・カエサル

神々の　子孫たるべき　己《おの》れゆゑ
河を渡れば　鬼と化《か》しけむ

カエサルがルビコン河を渡ったことほど、世界史的な事件はない。このとき、共和制ローマが滅び、あの偉大なローマ帝国の胎動が始まった。

マルクス・ポルキウス・カトー（大カトー）

そ奴等《やつら》を　滅ぼしおかむ　わが誠《まこと》
たとへ食《く》はずも　たとへ死ぬるも

ローマが、長いポエニ戦争を戦い抜いたのは、この大カトーの決意に負う。カトーは生涯に亘って、あらゆる議論の終わりに必ず「それゆえに、カルタゴは滅ぼさねばならぬ。」と言っていたのだ。

＊イグナチウス・デ・ロヨラ：一四九一—一五五六。スペインの修道士。バスク貴族の出身。

＊ガイウス・ユリウス・カエサル（英）：B.C.一〇〇—B.C.四四。シーザー、ローマ貴族。

＊マルクス・ポルキウス・カトー（大カトー）：B.C.二三四—B.C.一四九。共和制ローマの政務官。

＊そ奴等：カルタゴ

＊カトー：ローマ貴族

鑑真

法ゆゑに　涙と成りし　唐人《からびと》を
　　我が日の本は　今も忘れず

鑑真の決意が、日本の仏教の基を築いた。小五で読んだ井上靖の『天平の甍《いらか》』以来、私の最も崇拝する人物である。鑑真なくして、日本の仏教の今の姿はない。

＊鑑真：六八八―七六三。唐代の僧。日本の律宗の開祖。日本の律提寺を創建。

諸葛孔明

星落ちて　君死に給《たま》ふ　その日より
　　君の誠《まこと》は　永久《とは》に向かはむ

『三国志』と土井晩翠の五丈原の詩を、私は死ぬほどに好きだった。諸葛亮孔明は私の子供の頃からの英雄だった。つまり、私の武士道の中枢である。

＊諸葛孔明：一八一―二三四。蜀の軍師。

縁の出会い

松本順

たまさかに　蘭壽《らんじゆ》の墓《はか》に　行《ゆ》き逢《あ》ひて
今日《けふ》の縁《えに》しに　肚《はら》も捩《よぢ》れつ

日本画家 安田靫彦のご子息・建一先生を大磯に訪ねた。その帰り、偶然に私は尊敬する松本順の墓と遭遇したのだ。運命に対して私は心の底から驚き、感謝した。

貫抜《つらぬ》きし　君が誠《まこと》を　偲《しぬ》びつつ
その石碑《いしぶみ》を　見《み》つめ愛《かな》しむ

幕末において、君が最後まで将軍に忠義を貫いた姿に、私は武士道の魂を見ているのだ。

林董

天を裂き　突き立てゐたる　煙突の
吐ける煙に　石碑《いし》も悲しく

明治の英雄の石碑も、近くの煙突の煤煙《ばいえん》にまみれ哭《な》いていた。今の日本の象徴だろう。林董の働きなくして明治の日英同盟は成立しなかった。だから、これなくして日露戦争の勝利もまたなかったのである。

＊松本順：一八三二―一九〇七。医師、政治家、将軍御典医、初代陸軍軍医総監。

＊蘭壽：松本順の雅号

松本順が墓に逢う

大磯・安田邸を訪れた帰り偶然に遭遇した

松本順

＊林董《はやしただす》：一八五〇―一九一三。江戸末期の幕臣、明治の外交官、政治家。松本順の実弟。

石碑を見る

大磯

新たな縁に導かれて

ひたぶるの　もののふぶりの　最涯《さいは》てに
くれなゐ立つる　いのち燃ゆらむ

君の求道には頭が下がる。道を求め続ける男の血潮が、私に伝わって来るのだ。君のいのちは宇宙の涯てを目指しているのだろう。

＊甲野善紀：一九四九―。古武術研究家。

二〇二四年三月二十五日、初めての出会い

いにしへを　今に降《くだ》せし　その技に
君の誠の　血こそ滴れ

日本の武道は、君を待って甦ったのである。日本人の真の英知を、君は今の世に示した。これは未来の日本に大いなる恩恵をもたらすに違いない。

甲野善紀

奏《かな》でたる　弦《げん》の震へも　厳《おごそ》かに
君が命の　燃ゆる思ひぞ

現代日本の若手ヴァイオリニストの真の希望である。演奏の豊かさと品格は血としか言えない。音楽に品格と荘重が両立しているのだ。

＊高木凜々子《りりこ》：一九九六―。ヴァイオリニスト。

哭《な》き濡れる　弦《げん》の響きも　大らかに
君が誠の　音ぞ響かふ

高木凛々子の演奏には、人間の真の優しさと豊かさがある。その心は永遠に向かって響くだろう。その朗々たる響きは、往年のD・オイストラフやN・ミルシュタインを思わせる豊かさである。

高木凛々子

未だ来《こ》ぬ　この人の世の　終はりすら
君の命《いのち》は　つひに見るらし

君の音楽的感性は、人類の未来を包含している。君には人間の真のロマンティシズムの本源がわかっているとしか、私には思えない。君のもつ自由は、人類が目指していた自由そのものである。

＊角野隼斗《すみのはやと》（かてぃん）：一九九五―。音楽家、ピアニスト。

人の世の　無常を裂くる　音《おと》の楽《ね》は
君が誠の　生《いのち》こそ愛《め》づれ

君の鋭い感性は、その命の本源から生まれている。これは、人類のもつ最高度の科学であり感性と言ってもいいだろう。自由と躍動が、自分自身の生命と共感しているのだ。

角野隼斗（かていん）

第六章

三島由紀夫

――二十三首

三島由紀夫は、戦後日本社会に突き付けられた一振りの剣である。文学者である前に、ひとりの日本男児だった。その魂は、戦後日本の欺瞞とそれゆえの繁栄に決して属することがなかった。人間生存の「約束」ということに、美意識のすべてを集中させていたと言ってもいい。約束が、人間の文明を築いたと信じていた。約束が、人間の魂に崇高を与えて来たのだと思っていた。三島由紀夫はその『英霊の声』において、「などて天皇《すめろぎ》は、人と成り給ひし」と叫んだ。日本の歴史の崇高は、天皇の存在とその祈り、つまり国民に対する約束によって築き上げられたはずではないか。この純粋な魂はそう叫び続け、それゆえに自己の命を歴史の祭壇に捧げたのだ。約束で分からなければ信義と言ってもいい。信義でも三島の魂が分からなければ、恋闕《れんけつ》と言えば良いのか。つまりは無限の忠義、永遠の憧れ、永久の約束、不動の天《あめ》の沼矛《ぬぼこ》ということに尽きよう。三島由紀夫は、永遠を志向していたのだ。だから、その文学は人間の魂の聖性を問い続けた。そして生命の純粋を祈り続けたのだ。その『美しい星』において、三島は自己の憧れの中枢を述べている。「人間の肉体でそこに到達できなくても、どうしてそこへ到達できないはずがあろうか」と。三島由紀夫は、真に生きるために死んだ。それが分かれば、三島と魂の交流が出来るだろう。私は三島由紀夫と、縁によって若き日に多くの文学論を交わさせていただいた。その真摯な生き方と、圧倒的な知性、そして無限とも思える親切を忘れることは生涯にわたってないと断言できる。三島由紀夫に関する我が歌は、そのすべてが鎮魂歌である。

前文
＊三島由紀夫：一九二五―一九七〇。小説家。
＊天の沼矛：イザナギ・イザナミが国生みに使用した矛。

事件

寂《さぶ》しさに　なほ目覚めつつ　ひと振りの
直刃《すぐは》の鉄と　夜《よ》を明かしけり

事件の日、言葉に出来ぬ忿怒《ふんぬ》に駆られ、信国《のぶくに》を見つめて夜を徹した。三島由紀夫は、現世を捨て永遠に生きようとしたに違いない。

三島事件当日
信国
執行家に伝わる刀

激しかる　血を逆《さか》まきし　君なれば
野辺《のべ》の送りに　鉄をこそ鍛《う》て

三島由紀夫切腹の報に、私は崩れ落ち、立ち上がることが出来なかった。翌日、私は氏の供養のため一日中玉鋼《たまはがね》を焼き、そして鍛ち続けた。それが、氏にふさわしい供養だと信じたからである。

三島事件翌日

悲しさに　なす術《すべ》もなし　昔日《せきじつ》の
「夏日烈烈」の　額《がく》を仰ぎぬ

事件後、楽しかった文学論を思い出しながら夏の日々を追憶した。氏と私の文学論の記念に「夏日烈烈」の色紙をいただいた日を思い、涙が滲んだ。

三島事件後しばらくして

現《うつ》し世《よ》の　夢の名残りを　のこしたる
檄文《げきぶん》読めば　腸《わた》ぞ捩《よぢ》れる

三島由紀夫を死に追いやった現今の日本国の現状に、私は限りなく憤る。日本の神話、そして日本の魂を失った平和とは、いったい何なのだろうか。何の意味があるのか。

三島事件後しばらくして

＊檄文：三島事件の趣旨書。

ますらをの　欛《つか》をにぎれる　日は去りて
汨羅《べきら》の淵《ふち》に　君ぞ向かはむ

三島由紀夫の行動は、まさに故事にいう屈原《くつげん》の憂国でしか説明できない。戦後の日本の復活に本当に命をかけた人間は、三島由紀夫だけだった。これが氏の本体である。

三島事件後しばらくして

＊汨羅の淵：中国湖南省北東部を流れる湘江の支流。楚の屈原が憂国の祈りと共に投身した淵。憂国に死すという意味。

死

無残やな　夢をゆめ見し　君なれど
この現《うつ》し世《よ》の　道は絶え果《は》つ

三島由紀夫の日本未来論を随分と聞いた。氏も私も『葉隠』を愛していたので、武士道の復活の夢を語り合ったのだ。

三島事件の死を思って

三島由紀夫　死

畏《かしこ》みて　君が死いたく　あはれなる
わが生《せい》永遠《とは》に　君を忘れず

三島由紀夫から受けた恩を忘れることは決してない。私の青春と三島由紀夫は重なっている。その憂国の悲愴を、私は死ぬ日まで仰ぎ続けるのだ。

三島由紀夫　死後しばらくして

熱ありて　高く悲しく　力ある
君が声音《こわね》は　永遠《とは》に響かふ

三島由紀夫は永遠である。私は端くれといえども、この永遠の人と現世において繋がったことに深い名誉を感じている。

三島由紀夫　死と文学

ますらをの　生き行《ゆ》く道は　自《おのづ》から
生きてなほ死に　死にてよく生く

三島文学は、死と生が同じものとして存在する。その均衡が文学を支えている。三島由紀夫は、生きるために死んだのである。そして、死をもって自己の血で贖《あがな》う最終文学と成したのだ。

師の逝《ゆ》きて　涙も枯れし　五十年
我が底《そこ》ふかく　時ぞ降りぬる

三島由紀夫の死と、私の人生の時間には相関関係がある。その前後で時間の感覚が違っているのだ。没後五十年経って、私はやっと三島由紀夫との思い出を語れるようになった。

三島由紀夫
死
五十年経って

死に行《ゆ》ける　その思ひとて　見るすべを
我れは持たざる　若さ悔《く》ゆべし

私は三島由紀夫の文学に惹かれる一方で、その死の決意を知ることもなかった。文学論だけに明け暮れた自分を深く恥じているのだ。

三島由紀夫
死
五十年経って

思い出

我れを見て　その行《ゆ》く末を　語りたる
君が眼すでに　黄泉《よみ》を見つめつ

三島由紀夫との最後の会話は、自身と私との同一化だったように思う。その意味で、私の未来を非常に憂いてくれていたのだ。私の人生に仮託して自己の決意を語っていたが、私は若く、思い及ばなかった。

三島由紀夫
最後
私大学一年

三島由紀夫の思い出

もののふの　掟《おきて》を秘めし　目な交《まか》ひの
見つめる先に　在るは日の本

三島由紀夫は日本の在り方を考え、また日本の真の日本らしい未来を祈っていたのだ。その未来論は、神話を取り戻すことに尽きるだろう。

三島由紀夫と私
『奔馬』を生きる

玉炫る＝夕日にかかる枕詞

玉炫《たまかぎ》る　夕日に瞼《まぶた》　閉《と》ぢぬれば
落日《らくじつ》こそが　燃えて哭《な》くらめ

瞼を閉じなければ、真の落日を見ることは出来ない。『奔馬』の終焉を生き切るのだ。『奔馬』の中に、私は自分と氏の繋がりを深く見出している。つまり氏は、私の中に『奔馬』の主人公・飯沼勲の幻影を見ていたように思えてならない。

三島由紀夫
出会い
八ヶ岳山荘
私十六歳

楽しかる　我が青春《はる》すでに　さかんにて
牧場《まきば》の夏は　緑たなびく

母の知人が経営する山荘での出会いだった。私は人生の春であり、三島由紀夫は四年後の死に向かっていた。二人は、年の差を越えて、文学論に熱中したのだ。

はらからと　歌をうたひし　あの日々の
宴《うたげ》は夢か　今は消えにし

五十二歳のとき、そこを訪れてみた。すべてが変わり、そこには物流センターがあった。世の無常を、これほどに突き付けられた経験は少ない。

三島由紀夫
出会い
八ヶ岳山荘

悲しきを　悲しきままに　生き継ぎて
四十五年《しじふごねん》を　生くべかりけり

三島由紀夫の天才性は、辛い人生を自分に与えたのではないか。私はその死を、早い死と捉えていた。しかし、その間違いに気付きだした。四十五年は、三島由紀夫にとっては長く辛い日々だったに違いない。

三島由紀夫の思い出

八ヶ岳・乗馬の思い出

甲斐ヶ峯《かひがね》を　見つめ語らふ　いにしへの
夢は雲居《くもゐ》に　乗りて渡らふ

八ヶ岳の山荘で乗馬を共にし語り合った。昼は乗馬を楽しみ、また夜は音楽と文学を論じたのだ。三島文学の壮大な夢が語られていた。

三島由紀夫
八ヶ岳
乗馬

白妙《しろたへ》の　雲巌《おごそ》かに
流れ行《ゆ》く
遥《はろ》かな峰に　思ひこそ馳《は》すれ

高原の空は広く、山並は青かった。三島由紀夫とは何度も遠乗りを共にさせてもらった。氏と私は、共に文学への熱情を語った。そして、どれだけ遠くを見ることが出来るかを競い合った。

三島由紀夫
八ヶ岳
遠乗り
白妙の＝雲にかかる枕詞

歌ひける　夢とこしへの　憧《あくが》れを
我が骨肉《こつにく》に　鎮《しづ》め癒《いや》さむ

私の夢を氏に語った。その問答によって、私は自己の生《せい》を救われたのだ。だから三島由紀夫は命の恩人である。私は憧れに生きることを、氏から教えられた。

三島由紀夫
八ヶ岳
＊骨肉：ここでは私の肉体の奥深くという意味。

馬並《な》めて　歌ひし夢も　とこしへに
涯《は》てをも知らず　響き続かふ

いつも馬を並べて走った。氏と語り合った芸術論や文学論は、今も私の脳裏に焼き付いている。馬に乗る氏は、「三島由紀夫」であることを捨てていたように見えた。

三島由紀夫
八ヶ岳
乗馬

とこしへに　向かひ叫《おら》びて　拳《こぶし》立て
　青き山並《やまなみ》　目指し駆《か》けるも

氏は相当の乗り手だった。山に向かって二人で走った。ある日、二人で叫びながら拳を立てて一緒に全力疾走をした。氏が、我々二人で「山に向かって騎兵突撃をしようじゃないか」と言ったためだ。

久方《ひさかた》の　天《てん》を仰《あふ》ぎて　草枕《くさまくら》
　旅路の果てを　汝《な》れは見にけむ

遠乗りのとき、三島由紀夫は自己の人生を語った。私は氏の人生の終末をふと感じたことがあった。私の前で、氏は非時間の生《せい》を生きていたように思った。

三島由紀夫
八ヶ岳
乗馬

三島由紀夫
八ヶ岳
遠乗り
久方の＝天にかかる枕詞
草枕＝旅にかかる枕詞

第七章

武士道

——六十五首

私は武士道だけで、今日まで生きて来た。このまま死ぬ日まで、武士道を貫くつもりでいる。私の武士道は、『葉隠』の美学のみである。戦国の硝煙が立ち昇る、生々しい生命の美学と呼んでもいいだろう。私は、この美学のみで自己の人生のすべてを立てて来た。私はこの武士道の中に、本当の人間の真心を見ている。本当の人間の涙を感じている。本当の人間の夢を思い描いているのだ。私の命は、すべてが『葉隠』によって立てられた。それが無ければ、私の人生はとうの昔に消滅していただろう。私は『葉隠』の中に、人類が築き上げた真の文化を見ている。日本の歴史を貫徹する、あの天《あめ》の沼矛《ぬぼこ》を感じているのだ。本当の人間の生き方、そして本当の人間の死に様の響きをここに聞かされている。私の魂を震撼させるものは、人類史において我が国の武士道と西欧の騎士道しかない。この二つの文明こそが、人類の築き上げた真の文明と認識する。私が『葉隠』から学んだ死生観は、三つに収斂することが出来る。「死に狂い」と「忍ぶ恋」そして「未完」である。この三つの思想が、私の生命のすべてを支えているのだ。いや生命だけではない。死後の世界も、多分、支えている。私の実存における「不滅性」そして「永遠性」を支えてくれてもいるのだ。死にもの狂いで生きる。到達不能の憧れに向かって生きる。犬死にと中途挫折を恐れずに生きる。そして時が来れば、ただに死に切る。私の生き方のすべて、死に様のすべてはこの数行の表現で充分なのだ。

前文

＊天の沼矛：イザナギ・イザナミが国生みに使用した矛。

武士道の祈り

長歌

神代より　言ひ伝《つ》て来《こ》せる　事どもは　この敷島の　真秀《まほろ》べる
わが日の本の　始まりの　言挙《ことあ》げせずも　血に生くる　すめらの道に
侍《はべ》りたる　もののふぶりに　憧《あくが》れて　草むす屍《かばね》と　成り果てむ
わが死する日を　祈り来《こ》し　夢にも見つつ　過ごし来て　ますらをぶりに
恋焦《こ》がれ　水漬《みづ》く屍を　志し　波も逆巻く　海中《わたなか》へ　身を投げ捨つも
何故《なにゆゑ》か　身は屍と成り得ずも　わが身に宿る　活《い》き力《ぢから》　われにあらざる
活き力　伝へ来《こ》すれば　誠《まこと》なる　世の始まりと　共に居て　祖《おや》の情《なさけ》を
抱《いだ》き来て　わが身に宿る　涙とや　自《おのづか》らなる　天地《あめつち》の　雫《しづく》と成りて
吼《ほ》え叫《おら》ぶ　生養《いのちやしな》ひ　養はれ　生《いのち》はわれを　従へて　われを生《いのち》の　僕《しもべ》にと
成して愛《め》づらむ　道ぞ敷きける

私は『葉隠』のように生き、『葉隠』のように死にたいのだ。それだけが、私の唯一の人生観である。あとのものは、そのための諸行無常と私には思えるのだ。

武士道の祈り
第一長歌
武士道は苦悩の道
武士道は自由の道

＊敷島：日本のこと。

反歌二首

直《ただ》に往《ゆ》く　ただそれだけの　事だにも
泣いて笑ふて　悲しかるらむ

反歌一

私の人生は、武士道を貫き通すことだけである。すべての喜びとすべての悲しみはそのためにこそある。

魔の棲《す》める　この現《うつ》し身《み》を　斬り捨てむ
惜しむもの無く　歩み死ぬべし

反歌二

私個人のものは、すべて斬り捨てたいと思い続けて生きている。貫く魂のほか、私には何もいらないのだ。

長歌

武士道の祈り
第二長歌

人も無き　世に生《あ》れ来《こ》して　人恋ふる　あのすさのをを　仰ぎ見て
い這《ば》ひ廻《もと》ほり　吼《ほ》え叫《おら》び　い這《ば》ひ拝《をろ》がみ　求むれど　けものの如く
のた打ちて　我れは我れぞと　叫べども　天地《あめつち》黙《もだ》し　応《こた》へ給《たま》はず

＊すさのを：私にとっての武士道の神。

武士道は、日々の祈りの上に築かれる。垂直を仰ぐ心を失えば、それは一日で崩れるのだ。武士道を貫くとは、苦悩を貫くということである。

反歌

つひにして　よしやこの身は　滅ぶとも
我が魂《たましひ》を　聖地に埋《う》めよ

私は武士道を貫くだけの人生を求める。それを行《ぎょう》ずれば、私は聖地を見ることが出来るだろう。

弓術

為朝《ためとも》の　その悲しみを　握りしめ
『弓張月《ゆみはりづき》』を　読んで弦《げん》引く

阿波研造の言葉と馬琴の『弓張月』、そしてオイゲン・ヘリゲルの『弓と禅』『日本の弓術』が私の師となっていた。小・中・高と、私は毎日庭で弓の修業をしていたのだ。

反歌
弓術
＊源為朝：一一三九—一一七〇。源氏の若武者、弓の名手。『弓張月』の主人公。
＊阿波研造：一八八〇—一九三九。明治の弓の名手。神の射手と呼ばれた。
＊馬琴：一七六七—一八四八。曲亭馬琴、江戸の読本家。
＊オイゲン・ヘリゲル：一八八四—一九五五。禅に傾倒したドイツ人の学者。東北帝国大学教授。

我が引ける　弦《つる》にきしめる　声に乗り
為朝来たり　矢を被《おほ》ふらむ

私は弓術が好きだった。師は源為朝の霊魂に尽きよう。独学だけによって、私は阿波研造の示す奥義に近づいたように思う。

弓術
弦の声
弓術は小・中・高のときに独学

射抜かむと　我が引く心　すでにして
現身《うつしみ》深く　的を呑み干《ほ》す

私の弓術は、禅の境地に近づきつつあった。それは阿波師範の教えであり、ヘリゲルが到達した境地に近かったと思う。

弓術
的を呑む

はらわたに　弓弦《ゆづる》の響き　伝え来て
むせびて哭《な》かむ　死ねと如くに

にかわと麻で作った古い弦は、人間の腸の奥深くに響くものがある。これは、私が阿波研造の言う「一射絶命《いっしゃぜつめい》」を会得したと思ったときの歌である。

弓術
肚
一射絶命

引き絞る　我が弓すでに　我れと成り
弓《ゆ》筈《はず》震《ふる》へて　矢ぞ離れたる

私の弓術は四年で、的をはずすことは皆無と成った。私は射ることはなく、矢は弦を自然と離れたのである。

弓術
弓と我

我が放《はな》つ　矢は現《うつ》し世を　切り裂きて
雄《を》叫《たけ》び上げて　的《まと》を射《い》ぬかむ

矢の空《くう》を切り裂く音に、私は源為朝の教えを感じていた。その音が、自己のはらわたを震動させるとき、私の魂は矢と共に生きているのだ。

弓術
的

空《くう》を切る　我れとも成れる　鏑矢《かぶらや》は
我が意を受けて　今《け》日《ふ》も叫べり

私の放つ矢に、私の心は確実に乗っていたのだ。矢と自己との一体化は、私に生命の幸福をもたらしてくれた。

弓術
空

我が籐《とう》の　弓矢にあれば　古《いにし》への
生弓恋《いくゆみ》し　生矢《いくや》を慕ふ

大国主命《おおくにぬしのみこと》の生弓・生矢は永遠の憧れである。私は自己の弓と矢に、その霊魂の宿ることを祈り続けた。

生弓矢《いくゆみや》　絞りて放つ　その刹那《せつな》
弦《げん》は涙し　矢ぞ夢走《ゆめばし》る

涙と夢の合一こそが、弓術の極意と感ずる。生命の幸福が、弓と矢に伝わるとき、弓と矢は自己の生命をもち神話を語るのである。

我が武士道

もののふの　道にしあれど　たらちねの
母の教へに　身こそ竦《すく》まめ

武士道には、いつでも母の戒めが立ちはだかっていた。その対決に精根を傾けたのだ。私は死ぬ気でやろうとした。しかし、母は何よりも私の命を重んじていたのだ。

弓術
わが弓矢

弓術
涙と夢

我が武士道
母
たらちねの＝母
にかかる枕詞

我が武士道
誇り

名を惜《を》しむ　よしや惜しまむ　その名こそ
全《また》けむ人の　命《いのち》とも知れ

名とは、祖先でありまた天である。それに命をかける者こそが、誠をもつ人となるのだ。自分の名を、命よりも大切に思う心が自己の武士道を生むと思っている。

我が武士道
血

我が裡《うち》の　滾《たぎ》る血潮は　現《うつ》し世に
命《いのち》尽き果て　死にて後《のち》已《や》む

私の中の燃ゆる思いは、すべて『葉隠』のおかげである。それは死ぬまで変わらない。私は燃え尽き、襤《ぼろ》切《き》れのように成って死ぬつもりである。

我が武士道
古
ちはやぶる＝神にかかる枕詞

ますらをは　夢だに思へ　ちはやぶる
神の言葉に　魂《たま》ぞ裂《さ》くべき

神とは、古代の魂である。その古代の魂が、私を斬《ざん》するのだ。その思想こそが、我が武士道を支えている。私の魂を切り裂くものは、神の言葉だけと言い切れる。

臨済《りんざい》の　その血その息　その肚《はら》を
今に現《あら》はせ　我れは継嗣《けいし》ぞ

私の『葉隠』はまた『臨済録』によってその思想を支えられた。その心意気を歌った。この世とあの世を斬り裂く、臨済の舌鋒こそが、我が武士道を高貴へと導いてくれるのだ。

我が武士道
臨済録

敷島の　幸《さきは》ひ見れば　舞ひ降れる
桜吹雪に　尽きて果てなむ

桜吹雪ほど、日本人の清らかな勇気を鼓舞するものはない。その美学の中に、武士道の真の心が存するのである。

我が武士道
その心

＊敷島：日本のこと。

道の果て　雲居《くもゐ》を染めて　燃えゆらぐ
夕日は赤く　哭《な》きて沈めり

崇高なる生命の哲理を求めたい。落日の荘厳に匹敵するものがあろうか。私の武士道はそれに向かいたい。

我が武士道
決意

現《うつ》し身に　うごめく魔こそ　斬り裂かめ
　斬りて裂きつつ　歩む道がな

武士道とは、自己を斬り裂くことに他ならない。自己を斬ることによって何ものかを斬り捨てるのだ。つまりは、自己の卑しさを斬《ざん》するのである。

我が武士道
決意

ますらをの　天《てん》を畏《おそ》れて　地に愧《は》づる
　その誠だに　我れを生きしめ

生の本源は、天と地にある。それに適《かな》った生き方こそが武士道の本質と思う。武士道とは、己れの命を義のために投げ捨てることである。そして義は、天地を貫く我々の魂の中に存するのだ。

我が武士道
祈り

天垂《あまた》れる　任《ま》けの随《まにま》に　生《あ》れ来《こ》して
　日本《やまと》の道に　我《わ》こそ死ぬらめ

日本人は、すべて天皇の赤子《せきし》である。我々は、その線上において生き、そして死ななければならない。そう信じ、そう思っている限り、我々の人生は武士道に添っているだろう。

我が武士道
祈り
天垂れる＝天皇（国体）とその関連のものにかかる枕詞
＊任け：国のための仕事。

我が武士道　夢と幻

願はくば　日本男子《やまとをのこ》と　生まれ来て
夢まぼろしを　喰らひ生きばや

日本男子と生まれたからには、到達不能の高い憧れに向かって生きたい。現実を踏まえて、それを超越するのである。

我が武士道　涙痕

この道に　哭《な》かざりされど　我が心
涙痕《るいこん》さらに　絶へること無し

耐えること、忍ぶことが武士道である。私の人生は、益々、そうしていく所存である。この道は悲哀の道でもある。しかし生命の真の幸福の道でもあるのだ。

我が武士道　誓い

不甲斐なく　なほ不甲斐なく　生き来《こ》せど
絶えて忘れず　旧《ふる》き誓《ちか》ひを

私の人生は、六十歳の今日まで、実に不甲斐ないものである。しかし、若き日の誓いだけは忘れない。どんな人生を送ろうと、自己の立てた誓いだけは守り通す。それが武士道だ。

我が武士道
忍ぶ恋

五十年《いそとせ》を　悲涙《ひるい》のうちに　生き来《こ》して
憧《あくが》れ深く　偲《しの》ぶ日々こそ

我が憧れは、あまりにも遠い。しかし、そこに向かうことだけが、人間を人間たらしめていると信じている。その人生を慕うことが、自己の武士道を立てるのだ。

我が武士道
花の如く散る

花見れば　花にぞ思ふ　憧《あくが》れは
花の如くに　我れも散らばや

私にとって花を見ることは、花のように生きそして死ぬことを確認するためなのだ。

武士道追想

武士道追想
日常

寂《さぶ》しきは　寂しきままに　五十年《いそとせ》を
闘ひ来《こ》すと　誰《た》れに言はまし

自分の運命のままに生きて来た。それを語る人は、もう誰もいない。天と語り合うことが、私の日常を支えているのだ。

君問《と》はば　わが屍《しかばね》を　野《の》に捨てよ
粗《そ》にして野《や》だが　卑《ひ》ではないのだ

私はずっと野垂れ死にをしても良いと思って生きて来た。私が誇れるものは、卑しさを殺し続けて来たことに尽きる。完全ではないが死ぬまでそのように努力するつもりだ。私はそういう日々を、ずっと生きていきたい。

武士道追想
養常

我れ生くる　異国の丘に　ただ独り
歌にも歌へ　命尽くるも

私は現世を「異国の丘」と思っている。だからこそ私は生き続けて来られたのだ。戦後の日本を私は自分の祖国だとはどうしても思えない。私の祖国は、もっと崇高でなければならぬ。

武士道追想
異国の丘

＊「異国の丘」：シベリア抑留の元日本兵たちの望郷の思いを歌った歌。

わが業《ごふ》よ　恵みも深き　天地《あめつち》の
道を求めて　わが身捨つるも

武士道は私の「業《ごう》」である。この業のありがたさを日々感じている。私は自分の業のためなら、いつでも命を捨てることが出来るのだ。

武士道追想
業

あはれ知る　この日の本に　生享《いのちう》け
もののあはれを　友と成さむか

「あはれ」を知ることが武士道の根源を創り上げているのだ。そして「もののあはれ」は日本の文化そのものを支えてもいる。「あはれ」を友とすることが、日本人を日本人たらしめているのである。

武士道追想
もののあはれ

然《さ》りとても　侍《さぶ》らふ家に　生まれなば
祖《おや》の涙を　貫き死なむ

これは若き日の私の決意である。私の武士道はここから始まった。若き日の決意を貫く人生は、実に楽しい日々と言えよう。決意があれば、すべての辛苦が楽しさに転換するのだ。

武士道追想
若き日の決意

天霧《あまぎ》らふ　雪なぐ駅に　佇《たたず》みて
『阿部一族』を　読むは寂《さぶ》しゑ

森鷗外の『阿部一族』は百度以上読んだ。その中で、この経験ほどその魂が打ち込まれたことはない。吹雪の中で読む『阿部一族』は、私の中に武士道の根源的情熱を打ち込んだのだ。この死生観は私の憧れである。

武士道追想
『阿部一族』
実話
天霧《あまぎ》らふ＝雪や霧にかかる枕詞

武士道追想
明治精神

明治なる　御代《みよ》の基《もとゐ》を　創りしは
武士の涙と　何故《なぜ》に忘れし

偉大なる明治は、武士たちが創ったことを忘れてはならない。明治が偉大だったのは、武士の力だったのだ。それを忘れたとき、日本は戦争と経済において二度の大失策をしてしまったのだ。

武士道追想
「古城」

幼き日　「古城」を聴きて　涙せし
我が血に宿る　業《ごふ》を知りたる

理由はない。私は武士の生死だけにしか関心がないのだ。「古城」という歌には、武士道の悲哀が滲んでいる。

武士道追想
『創世記』

我が業《ごふ》は　自《おのづ》からなる　天地《あめつち》の
未生《みしやう》以前の　わが生き力

私は武士道の業《ごう》を与えられたことが、表現できぬほど嬉しいのだ。私の『葉隠』は、天地創造のときから定められた生命の法則のように感じられる。つまり、私の『創世記』ということである。

響きたる　「荒城の月」を　聴き居《を》れば
我が祖偲《おやしぬ》び　涙あふるる

「荒城の月」には武士の終焉の悲哀がある。私は聴くたびに、祖先の涙を考えている。これを聴き続けることも、私の武士道の一環である。

天《てん》に倚《よ》る　寒き剣《つるぎ》と　比ぶれば
我が来《こ》し方《かた》の　不様《ぶざま》なりける

「一剣天に倚って寒《すさま》じ」と私は思う。それをこの世で実現せよ。そう思い続ける人間が、月山《がっさん》の刀を手に入れた。この美しさに比して、自己の人生の卑しさを反省するばかりだった。

天《てん》に倚《よ》る　寒き心を　我れ問はば
舞《ま》ふが如くに　花の散るらむ

粛々と死する。それが男子の本懐と思量する。月山の剣は、天が地上に舞い降りたような美しさである。

武士道追想
「荒城の月」

武士道追想
月山貞利の刀

＊月山貞利：一九四六―。鎌倉時代から続く刀工一族・月山家の刀工。

武士道追想
月山日本刀鍛錬道場にて

武士道追想
精神の桜

花にして　花にあらざる　桜花
今も咲かまし　棲《す》む世へだてて

私の人生には、いつでも桜が咲き、また桜が散っているのだ。桜は花ではない。それは精神である。永遠をこの世に現成《げんじょう》している。

武士道追想
私の血

我が命《いのち》　その血の味は　天地《あめつち》の
古《いにし》へ映《は》える　もののふの味

獅子の子は血の味を知って獅子となる。私の場合は、武士道とその文化がその血の味に匹敵する。私は武士道の中に、自己の生存以上のものをいつも感じているのだ。

武士道追想
日本の背骨
＊敷島：日本のこと。

敷島の　背骨を問はば　花は咲き
また散り行《ゆ》ける　もののふの道

日本の背骨は、武士道にある。武士道が日本を日本たらしめて来たのだ。「日本的」とは、武士道の魂に支えられていることを表わす。

千早振《ちはやぶ》る　天《あめ》の沼矛《ぬぼこ》を　常立《とこたち》に
立たせ参《まゐ》らす　道を立たしめ

人間の根源的実存を立てなければならない。それは魂の永久革命にある。革命の精神だけが、真の人間の文明を立たしめるのだ。

玉鉾《たまほこ》の　道ぞ貫抜《つらぬ》き　突き立たす
天《あめ》の沼矛《ぬぼこ》よ　常立《とこたち》に立て

日常を非日常化しなければならぬ。不滅性への渇望を思い描き続けるのだ。非日常を貫けば、それが日常となる。つまり、人間文明の核心を生き抜くに若《し》かない。

弥栄《いやさか》の　大和心《やまとごころ》は　吉野なる
もののあはれぞ　花の舞ふ山

吉野には、日本の古い魂が宿っている。それが花と「もののあはれ」なのだろう。吉野の桜は、天上と地上を繋ぐ力である。

武士道追想
我が願い
精神の絶対性
千早振る＝神とそれに関する事物にかかる枕詞
＊天の沼矛：イザナギ・イザナミが国生みに使用した矛。

武士道追想
国家建設の基盤
日本神話より
玉鉾の＝道にかかる枕詞

武士道追想
故郷
吉野を愛でる

居合道

手の内の　深くにうづく　この生《いのち》
　哭《な》きて叫べば　鉄に通はむ

私の生は、刃そのものと成っているのだ。それが居合というものではないか。居合とは、自己自身である。

居合道
青春
居合の刀は無銘
一振りと「月山
貞利」である

鯉口《こひぐち》を　切れば生《いのち》の　雄叫《をたけ》びの
　空《くう》に放たれ　空《くう》を斬り裂く

私は何を斬ろうとしているのか。剣はその思考の産物である。居合とは、自己を斬るための作法なのだ。

居合道
青春

抜きて斬り　斬りて収《をさ》むる　生《いのち》とて
　七百年の　涙生きつる

斬ることは、他者の生と我れの生が共振することである。その命の交感に、我々の祖先は涙を積み重ねて来たのだ。

居合道
青春

邪《よこしま》を　斬りて捨つるが　日の本の
剣《けん》の生《いのち》と　我れは知るらむ

剣は、邪を斬り捨てるためにあるものだ。わが生の真に燃ゆるがためにそれはある。日本の剣は、他者を斬るための剣ではない。

居合道
青春

天地《あめつち》の　自《おの》づからなる　誠《まこと》もて
捨つる生《いのち》に　鯉口《こひぐち》を切れ

居合とは、天と地の気を自己の生命に受け、それを解き放つことによって完成する。鯉口を切るときに、自己の命は捨てられるのである。

居合道
鯉口
三十代

時ふれど　悲涙あらたに　今し世に
久米《くめ》が焼太刀《やきたち》　魂《たま》に手握《たにぎ》れ

人間は年を取るほど、心の清純を極めなければならぬ。つまり自己の正義を神剣へと研ぎ上げなければならないのだ。戦いのための剣を、祈りの剣と成さなければならぬ。

居合道
憂国
五十代
＊久米：古代の戦士。
＊焼太刀：忠義の剣。

衰《おとろ》へし　我が骨肉を　従へて
太刀《たち》抜き放ち　月を斬《き》らばや

月を斬ることに、我が居合がある。斬れぬものを、斬らねばならぬ。斬れるものを斬るのが、人剣なのだ。斬れぬものを斬る志が、神剣を生むのではないか。

わが居合道
古希
七十代

武士道と人間

一振《ひとふ》りの　虎徹《こてつ》にかけし　その命《いのち》
誠の旗の　君は命ぞ

近藤勇は、一振りの虎徹の魂に乗り移られた男である。近藤の意志が幕末を支えた。誠の旗を掲げる新選組の魂こそが、近藤勇の生命なのだ。

節《せつ》を立て　葵《あふひ》の花に　死に行《ゆ》ける
君の誠《まこと》は　之定《のさだ》こそ知れ

節義を知るには、土方歳三の生涯を研究することを措いて他にない。土方ほど、誰にでも分かる形で節義を貫いた男は少ないからだ。

＊近藤　勇：一八三四―一八六八。新選組局長。
＊佩刀：虎徹
＊土方歳三：一八三五―一八六九。新選組副長。
＊之定：二代目和泉守兼定。
＊佩刀：之定

存分《ぞんぶん》に　御《お》攻《せ》め為《な》されと　言ひ放ち
このもののふは　夢に死に往《ゆ》く

鳥居元忠は関ケ原前夜に、家康軍のために予め豊臣方の大軍を伏見城に引き受けた。大軍を伏見城に釘付けにすることで、家康軍を勝たしめたのだ。敗けるために戦い続けた。真の忠義の士である。

友ならむ　誠《まこと》の旗を　見上げつつ
鳥羽《とば》に斃《たふ》るる　君を慕《した》ひて

林権助は、まことの古武士だった。その戦いは武士道の精華である。新選組と共同して、鳥羽伏見で新政府軍と戦い戦死したのだ。

寒月《かんげつ》を　背に受け我れは　凍《こほ》りつき
那須与一《なすのよいち》に　今ぞ逢ふべき

那須与一は精神的な我が弓の師である。生誕の地を仕事の終わった後訪れた。生誕の地であびる寒月の力が、私の想像力を源平の世へ運んだ。

*鳥居元忠：一五三九―一六〇〇。戦国から安土桃山時代の武将。

徳川家康旗本

*林権助：一八六〇―一九三九。会津藩士。新選組と共に鳥羽伏見に斃れる。

*那須与一：一一六九頃―一一八九頃。源頼朝に仕えていた平安時代の武将。

生誕の地

皮を斬り　肉を斬らせて　生き抜かむ
骨を斬らむと　君は耐《た》へむか

一刀斎は、相手を斬るためには自己の危険はかえりみなかった。その修行の人生を知るとき、私は自己の不甲斐なさを嘆くのである。

骨を斬《き》る　ただそれゆゑに　生き抜きし
君の耐《た》ふべき　生思《いのち》ふも

一刀斎の剣は、戦国の剣である。生死を超越した魅力がある。『葉隠』の思想の根源的剣魂をここに見るのだ。

我が骨は　怒り悲しみ　憤《いきどほ》り
そ奴等《やつら》ゆゑに　刃通《やいば》さず

武蔵が剣禅の奥義に達するための行《ぎょう》の本質を私は思う。武蔵の人生は、行に生きる人間の憧れである。その心に宿る「憤」の意志は、宇宙の底力を窺わせる。

＊伊藤一刀斎景久：生没年不詳。戦国から江戸時代の剣豪。一刀流開祖。

伊藤一刀斎景久
剣豪
一刀流開祖

＊宮本武蔵：一五八四—一六四五。剣豪。
剣禅一如

灯《ともしび》は　遠くか細く　然《し》かあらむ
我が往《ゆ》く道の　果ては尽きぬも

武蔵の行《ぎょう》には自己の死はない。それは武蔵の遠い憧れのゆえだろう。武蔵にとって、死もまた行の一つだった。それゆえに『五輪書』が生まれたのだ。

宮本武蔵
剣豪
剣禅一如

我が生きる　この道程《どうてい》は　何処《いづこ》より
何処へ行くも　是非《ぜひ》に及ばず

武蔵の独行道とはこれに若《し》かない。私もまた、こう生きたいと思う。自己の運命を愛する者だけが、行なうことの出来る人生だろう。

宮本武蔵
剣豪
剣禅一如

第八章

家族

――八十一首

家族は、自己自身である。だから、家族を語ることは、自分を語ることに等しいのだ。自己を語ることが卑しいように、家族を語ることもまた卑しい。それを分かった上で、家族を語らなければならぬ。死ぬほどに辛いことだが、その辛さを乗り越えなければ、人生が立たない時代に私は生きているのだ。家族への愛は、自己愛と紙一重の差しかない。どれほどの注意をもって、家族を愛するのか。愛し方を間違えば、それは即自己愛となってしまう。私は家族のことを、死ぬほど愛している。しかし、その表現はまた死ぬほどに難しい。その線上を私は苦しみ抜いて歩んで来た。家族への愛を、苦しまないで表わせる人は、必ず自己愛の地獄へ堕するのである。苦しみの中から、ほんの少しの愛の表現を見つけなければならぬ。そのほんの少しの雫《しずく》が、私の拙《つたな》い歌の源泉と成っている。今はもう父母もすでにこの世にいない。だからこそ、家族の歌を発表できる勇気も湧いた。私は本当にすばらしい家族に恵まれた。家族から受けた愛をうまく表現することは出来ない。それ以上に、その愛の認識を、家族には知られたくなかった。理由なく恥ずかしいのだ。どうも私も、悪い意味の日本男子の域を出ていないのだろう。しかし、そういう人間なので、どうすることも出来ない。

母

母の愛を表わすことは出来ない。あまりにも深く、それは私の生存を越えていた。母はその愛を、言葉で言うことは一度もなかった。しかし、その愛は死の日まで、私の魂を締め付けるほどに強く激しいものだったのだ。母との話ほど楽しいものはなかった。私はこの世のことを、すべて母から学んだ。母がなければ、私は生きるすべも分からぬ人間だったように思う。母の子に生まれただけで、私はそれ以上のことを決して望むことはない。

前文

国立第一病院

六ヶ月《むつつき》を　骨をも削る　ならの木に
日本《やまと》の母は　い寝《ね》ゐたりけり

ならの木の長椅子に、私に付き添って母は六ヶ月も寝ていた。私のために母は骨を削っていた。私の安心のために、母は苦痛に黙って耐えていたのだ。

国立第一病院入院
母の思い出
当時、親の付き添いは禁止のため、ベッドを用意してもらえなかった

楢《なら》に泣く　冷《ひ》えて光れる　木目さへ
　思ひ出《い》づらめ　去りし日々こそ

母との日々を思い起こすことほど、幸福なことはない。母の愛を実感するのだ。

国立第一病院
入院
母の思い出

光りたる　ならの木目に　今もなほ
　母の情《なさけ》を　偲《しぬ》び生きつつ

固い木の椅子で半年間、私に付き添ってくれた母を思う。その思いが、私が今日を生き切るための原動力なのだ。

国立第一病院
入院
母の思い出

木にだにも　母の情《なさけ》の沁み入れる
　あの長椅子を　永遠《とは》に忘れず

木の木目を見ると、私はいつでも、木の長椅子に寝ながら、半年に亘り看病を続けてくれた母を思い出すのだ。母の愛の深さを語るのは困難である。

国立第一病院
入院
母の思い出

硬《かた》き木を　日々の寝床《ねどこ》と　為《な》す母の
情《なさけ》なるらむ　我が現《うつ》し身《み》は

入院の六ヶ月、私のベッドの横で母は木の長椅子で寝続けてくれた。私の今日の生命は、すべてが母の溢れる愛によって繋がって来たのだ。

国立第一病院
母三十二歳
私七歳

たらちねの　母の情《なさけ》の　黒焼《くろや》きを
呑《の》みにし日々を　今だ忘れず

入院中、治療の他に、巣鴨地蔵尊の御札を焼いた「慈悲の薬」を私は呑んでいた。この入院中、私は一度死んで甦った。それはすべて地蔵尊の御力だったと信じている。

国立第一病院
「慈悲の薬」
たらちねの＝母にかかる枕詞

母ゆゑに　医者《くすし》恐れし　我れだにも
楽しかりけむ　日々の魔法ぞ

苛酷なる治療も、母の情のお陰で、楽しいものへと変換されていった。母と一緒の幸福が、すべての苛酷と不幸を一掃していたのだ。

国立第一病院
魔法

三歳のやけど

肉焼けし　幼き我れを　背負ひたる
　母の背深く　脈《みやく》ぞ打ちける

重度のやけどを負った私を、母は背負い、毎日四キロの道を治療のために通い続けた。雪の中を、母は私を力付けながら歩き続けた。母の心労を、その背に私は感じていた。

母
私三歳のやけど、昭和二十八年十二月三十一日

我れを背に　一里《り》の道を　歩みつつ
　凍る夜空を　母は見上げぬ

私を背に、母は立ち止まっては夜空を見上げながら歩いた。母の悲しみのいかばかりだったか。今やわびることも出来ぬ。何故に私はこうだったのか。

母
私三歳のやけど、昭和二十八年十二月三十一日

我が母の　涙したたる　焼痕《せうこん》か
　今ある肉に　母ぞ見ゆらむ

やけど跡のかすかな焼痕を見るたびに、母のありがたさを思い出すのだ。母が削った命が、私の足に肉として再生したのである。

母
私三歳のやけど、昭和二十八年十二月三十一日

母の思い出

わが力　母の痛みに　すべも無く
足引く姿　惑《まど》ひ見につつ

母は晩年、ひざを痛め苦しい日々を送った。マッサージ以外、何もしてやれることはなかった。思い出すたびに、涙が滲むのだ。

母の晩年

あはれしか　母の痛みに　替はり得る
わが活《い》き力《ちから》　などて湧き出《で》ず

母の痛みに替わり得る私の中の力が、何故出てこないのか。私には何故に力がないのか。天を仰ぐのみの日々だった。

母の晩年

えも出《い》でぬ　わが活《い》き力《ちから》　あはれしか
母が痛みに　替はるすべ無き

母の痛みを替われるものならと日々思うが、何も出来ない。人間は何故に、このように悲しい存在なのか。あゝ……。

母の晩年

母思《も》えば　ただに涙し　それのみか
哭《な》きて崩《くず》れて　捩《よぢ》れのた打つ

母を泣かす一生だった。母に報いることが出来なかったのは、もう取り返せない。私は死ぬほどに後悔し、死ぬほどに苦しんでいるのだ。

我が母
思い出

かくばかり　我れも生くらむ　敷島の
日本《やまと》の母は　かくも悲しき

私を子とした母の悲しみに、寄り添いたい。私にはそれしか出来ない。そして、それも出来なかった人生だった。

我が母
思い出

敷島の＝日本に
かかる枕詞

運命《さだめ》とて　母ぞ悲しく　在りにけむ
我れを子とせし　母に涙す

母のことを思うと、何ともならぬ悲しみが襲ってくる。私という不肖の子を持った悲しみだ。何とかして、それを取り返せるだろうか。

我が母
思い出

日々に見し　老いたる母に　刻《きざ》まるる
しわの深きに　思ひ愛《かな》しも

母のしわは愛すべきものだった。しかし、その愛はまた悲しみでもあったのだ。私がかけた苦労が、母の皮膚に刻まれていく。

たらちねの　母の老い行《ゆ》く　顔《かんばせ》に
弥陀《みだ》の情《なさけ》の　日々に刻《きざ》まる

死の直前には、母の顔そのものが真の美しさを湛えた仏のようだった。その人間性は、幼子の如くに純粋で可愛らしかった。またその魂は高貴で美しかった。

わが母の　幼き日々の　写真だに
その朗《ほが》らかに　涙こぼれつ

本当に幸福そうな母の幼き日を見た。私のために苦労を重ねた母を思い、独り涙したのだ。こんな息子を持つとはまだ知らない、朗らかさに溢れていた。

母
老い

母
老い
たらちねの＝母にかかる枕詞

母の幼き日の写真

母と運命

母ゆゑの　母のひとり子　母死ぬる
運命《さだめ》の日まで　我れはひとり子

私は母とこのように対面して来た。母と私の関係は死して永遠となる。私は永遠に、母の子である。

血の通《かよ》ふ　昔語りを　母なせば
昔のことも　ここに現《あら》はる

母の話は、いつでも眼前のことのようだった。私は母の話によって、この世のすべてを知ったのだ。母の話は、いつでも血湧き肉躍るのであった。

わが母の　昔語りの　人々を
おのが友とぞ　思ふひととき

母の話は、いつでも血湧き肉躍るのだ。そこにいる人々は、すべて我が友となってしまう。だから、戦前の上海《シャンハイ》は私の家の庭のようなものなのだ。

母と運命
私と母

母と運命
その思い出話

母と運命
その思い出話
母は上海育ち

母さびて　幼き日々に　還《かへ》りなむ
その清らかさ　永遠《とは》に愛《かな》しゑ

母は最後に、私を見つめながら「お父上《ちちうえ》様」と言った。その可愛いらしさを私は永遠に忘れない。母の父に、私の眼が似ていたからであろう。

母と運命
晩年
八十九歳
老衰死

わが母の　われの手を引き　歩きたる
その手の太く　温かならむ

母の手を忘れることが出来ない。それは私とこの世のすべてとの繋がりだった。私は母を通じて、この世と交わっていたのだ。

母と運命
私一～七歳

わが母に　引かれて歩く　買物の
その楽しさの　この世にぞ無き

小学校に入るまで、日々の買物に私はいつもついて歩いた。それが私と世間とのなれ初めとも言える。あれは、この世とも思えぬ楽しさだった。

母と運命
私一～七歳

たらちねの　母の背中の　ぬくもりの
その温かさ　忘れえもせず

母の背中のぬくもりは、私に永遠を志向する力を与えてくれた。その温かさの中で、私は愛の概念を体感したように思っている。

その家に　行幸《みゆき》を受けし　母が里《さと》
過ぎし名誉《ほまれ》ぞ　いまに伝はる

母はその実家に、幕末の孝明《こうめい》帝、そして明治には大帝の訪問を受けた。岐阜県最大の庄屋であり、母の誇りの中心を成していた。

唱《とな》へ和す　南無阿弥陀仏も　厳《おごそ》かに
仏の慈悲は　伽藍《がらん》を埋《う》める

すべての人々が和して唱える念仏は、空間を裂いて響き渡った。私は、この母の子として生まれたことだけで、もうこの世のことに望みはない。

母と運命
私一～七歳
たらちねの＝母にかかる枕詞

母と運命
誇り
＊行幸：天皇が訪れて来ること。

母と運命
七回忌
増上寺

わが母の　胎《はら》に居《を》りたる　日々思ひ
出《い》づる涙も　生《いのち》し美《うるは》し

自分が、母の胎の中で創られたことを認識し、自分の生《いのち》の大切さをしみじみと思い返したのである。自分が粉々になるまで充分に生き切ることが、最大の孝行になるだろう。

母と運命
思い出

ははそばの　母の情《なさけ》を　偲《しぬ》ぶれば
重ね重ねて　涙滲《にじ》まむ

母の愛情は私の生である。それを思わぬ日は一日もない。私の生存のすべてが、母の恩愛の下にあるのだ。

母と運命
母の愛

ははそばの＝母にかかる枕詞

父

父を畏《おそ》れることが、人生の始まりだった。父ほどの知性を、私は見たことがなかった。私は、父に認められることは一生に亘ってなかった。しかし、私にとって父はいつでも憧れの対象だったのだ。好きだったが、生涯それを口にすることは出来なかった。もうすでに、私は父の子としての自己の人生を貫き通す以外に、恩返しは出来ないと思っている。

前文

戦地

天皇《すめろぎ》の　御楯《みたて》と成りて　支那に居《ゐ》し
父の立姿《すがた》に　涙滲《にじ》めり

支那を転戦する陸軍中尉としての父は、実に恰好良かった。母親（祖母）一人を内地に残し、転戦する一人息子だった父の心を思った。

戦地の父
写真

写《うつ》し身の　父の笑《わら》ふて　抜き出《い》づる
その軍刀ぞ　我れを貫抜《つらぬ》く

父の抜き放つ備前長光《びぜんながみつ》は、私に無限の勇気を与えてくれた。その光を見たとき、執行家伝来の力が私の体を貫く感じを得たのだ。

父
戦地
写真

＊備前長光：執行家伝来の刀。

その昔　支那《しな》に戦ふ　父ありき
笑顔の奥に　勇気みなぎる

陸軍中尉の父の姿は、子供の頃の私の誇りだった。男の子にとっては、軍人はいつの時代も憧れである。

父
戦地
写真

勇ましき　父の姿に　我が血潮
倦《う》むこと知らで　湧《わ》き躍《をど》るらむ

父の戦地での勇姿は、何百回、何千回見ても、そのたびに感動するのだ。父の話す戦地の話は、私の想像力の根源的故郷を形成している。

父
戦地
写真

一振《ひとふ》りの　刃《やいば》にかけし　その命
備前長光《びぜんながみつ》　父を生かしめ

父は召集され、戦争へ行った。伝家の宝刀だった備前長光を佩《は》いて戦地におもむいたのだ。祖先の霊が、父を守ってくれたに違いない。

父
戦地
守り刀

私と父

父ゆゑの　父のひとり子　父死ぬる
運命《さだめ》の日まで　我れはひとり子

私は父とこのように対面して来た。父と私は、死して永遠となる。現世では上手くいかなかったが、愛は私には分かっているつもりだ。

私と父

昔日《せきじつ》の　父が涙を　吸ひ取りし
この茶封筒を　しばし見つめゆ

掃除をした日、昔の父の古ぼけた給料袋の茶封筒が出てきた。父の労働の対価、その労苦の証《あかし》にしばし涙が滲んだのである。

父
給料

父さびて　夢は枯野《かれの》を　駆《か》け巡《めぐ》り
幼き日々に　還《かへ》り給《たま》ひし

老衰し、父はさかんに幼き日々を語っていた。怜悧だった父の老衰した姿に、私は生命のもつ最も深い悲哀を感じた。独り涙す。

父の晩年
九十六歳
老衰死
このとき、芭蕉の辞世「夢は枯野を……」を思い出していたのだ

両親

天地《あめつち》の　かくも雄々しく　あらんとて
父母《ふぼ》にまされる　恵み無きかな

父母から受けた恩は、私の人生のすべてである。自然すら父母に比すれば目にも留まらないのだ。父母の命は、自分の命よりも大切なものだった。

両親の思い出

今にして　父母のなさけを　噛み締むる
我れも削れる　いのち老い行《ゆ》く

自分自身が老いるほど、父母から受けた恩が思い返される。私の人生は、父母の労苦から生まれている。その自覚が、最大の孝行なのではないか。

父母の恩
自身が古希を迎えて

溜色《ためいろ》の　御車《ごしゃ》の過ぎ行《ゆ》く　北の丸
天皇《すめら》を愛《め》でる　花の降る道

四歳の春、父母に連れられ宮城を見学した。その映像は脳に打ち込まれた。花の舞う道で、父母と手を繋ぎ、天皇陛下を仰ぎ見たのである。

宮城見学
四歳
父母に連れられ

花は萌え　降りて舞ひける　北の丸
溜色《ためいろ》映《は》える　御車《ごしゃ》の過ぎ行《ゆ》く

四歳春、両親に連れられ宮城を見学した。天皇陛下が溜色の車に乗って私の前を御通りになった。陛下を仰ぎ見たとき、私は祖国と両親の愛を体感として感じていた。

宮城見学
四歳
父母に連れられ

白壁の　その漆喰《しっくい》に　映《は》え渡る
松が枝《え》愛《かな》し　天皇《すめろぎ》の宮

思い出の中で、宮城の白い壁は目に焼き付いた。松の緑と共に、それは記憶を支配する。桜と松の霊力に、私は日本の崇高を感じていたのだ。

宮城見学
四歳
父母に連れられ

尽々《つくづく》と　思ひ出すだに　楽しきは
父母の慈愛と　ふるさとの風

父母の愛と武蔵野の匂いが、私の孤独を底辺で支えていた。私は父母の子として生まれ、武蔵野の自然に抱かれて育ったのだ。

父母の慈愛
孤独を支える力

娘

娘の存在が、私の人生をいつでも支えてくれた。生まれて三ヶ月で母を失った子だが、私の母がそれに倍する愛を娘に注いでくれた。その安心感が、私を横着な父親にしてしまったと思っている。仕事にかまけて、娘には何もしてやれなかった。朝から晩まで、娘の

前文

ことを考えぬ時間はなかったが、それを愛情として示すことは出来なかった。全く不甲斐ない父親だと感じている。しかし、私の跡を継ぐために立ち上がってくれたのだ。全く育てた母に感謝を捧げるばかりである。

子よ

わが娘よ

何よりも　この世に在《あ》れる　何よりも
我が子の事ぞ　重く思はむ

子の大切さは言葉には出来ぬ。それは自分の命よりずっと上のものだ。自分の命の先にある、自分の未来なのだ。

子への祈り

我が子とて　この天地《あめつち》の　息吹《いぶ》きなれ
君が生《いのち》の　道を哭《な》き行《ゆ》け

自分に与えられた一筋の道を、正々堂々と歩んでほしい。それだけが、願いだ。私の子だが、君の命は直接に神から与えられたものだ。

わが娘よ

わが子ゆゑ　その行《ゆ》く道は　険《けは》しくも
父が意気をぞ　留《とど》め置かまし

わが子には、私のもつ心意気だけを継いでほしい。それがあれば、私のことは忘れてかまわない。

私と娘

ぬばたまの＝黒い・暗いにかかる枕詞

ぬばたまの　暗きこの世は　美《うるは》しく
我れと汝《なんぢ》は　夜の仲間ぞ

仕事が忙しく、娘と触れ合うのは深夜しかなかった。私にとっての楽しい思い出は、すべて深夜に創られていた。

私と娘

吾子《あこ》ゆゑに　吾子はひとり子　我れ死ぬる
運命《さだめ》の日まで　吾子はひとり子

私は娘とこのように対面して来た。娘と私の関係は死して永遠となるだろう。君は私のただ一人の跡継ぎなのだ。

我が子ゆゑ　君に負はしむ　我が願ひ
我が家系《いへすぢ》の　涙こそ知れ

私が子に望むことは、我が家系がもつ「憧れ」を知ってもらうことに尽きる。執行家の祖先たちが育んだ、夢を実現できる人間になってほしい。

私と娘
家系

親の愚かさ

苦しかる　行方《ゆくへ》も知らぬ　怒りとて
子は抱《だ》かれつつ　ただ泣きじやくる

悲しみの癒えぬ私を、零歳の娘・真由美は恐かったに違いない。申し訳ないとは思っていたが、体の奥底から生まれる慟哭《どうこく》を止めることは出来なかった。

亡き妻
赤子

幾ばくの　年経《としふ》り来《く》れば　我が子だに
その風貌《かんばせ》を　見つつ思ふも

娘が二歳になった。娘の中に私は亡き妻の面影を深く見出したのだ。亡き妻の命が、この世に繋がっている。

亡き妻
娘

今日《けふ》の日は　晴《は》れ着《ぎ》に映《は》える　我が子ゆゑ
頼みまゐらす　雨な降りにそ

悪しき父なれど、祝いの心は持っているのだ。君の着物姿は、目に焼き付くほど可愛かった。

娘
七五三

娘には　悪《あ》しき父とは　知りぬれど
今日《けふ》の祝《いは》ひを　君は受くべし

悪しき父ではあるが、この祝いの心を直に受けとってほしい。私の生活ではとても理解してもらえまいが、私は君を死ぬほどに愛しているのだ。

娘
七五三

娘ゆゑ　七つの祝《いは》ひに　まかり来《こ》す
日枝《ひえ》の御神《みかみ》ぞ　聞こし食《め》されよ

娘の七五三の祝いを、日枝大社で行なった。娘の健康だけを願い出たのだ。私は神に願い事はしない。しかし、娘の事だけは願い続けたのだ。

娘
七五三

我が愚かさ
親として

聖心に　我が子受かりし　嬉しさに
小躍りせしぞ　我れは愚かに

聖心女子学院初等科に、娘が受かった。その嬉しさは天下を獲《と》った如くだった。ひとりでに躍り出した自分の軽薄さにただただ赤面した。

我が愚かさ
親として

文展に　誉《ほまれ》を受けし　我が子ゆゑ
得意たりける　我れの愚かさ

娘が高三のとき、その当時の文における最高峰だった文藝春秋の「文の甲子園」に選ばれたことをいう。嬉しさが込み上げ、他人に言わずにはいられなかったのだ。馬鹿な親は本当に嫌だ。

我が愚かさ
親として

何事ぞ　子の躓《つまづ》きし　その日には
我れは愚かに　世を恨《うら》みたり

我が子が新たな道の出発に当たって困難を覚えた時期に、世の中の「制度」を恨むという愚かさを演じた。何たる愚劣。何たる親馬鹿。

祖父母

私が生まれたときに、すでに父方母方それぞれの祖父は死んでいた。祖母が両家とも残っており、それぞれの祖母を通して聞く祖父たちの話が、子供の頃の一番の楽しみだった。現実離れしている分、何か血湧き肉躍るものがあったのだ。それらの話は、私の底辺を支える強い誇りを創り上げてくれた。

前文

天降《あも》りせし　国に来たりて　我が祖父の
　涙吸ひにし　鉄路見にけむ

私の祖父執行勤四郎は、台湾総督府にて、台湾の鉄道敷設事業をなした。総督・後藤新平の片腕として、鉄道技師の生涯を送った。

台湾
仕事にて
一九八五年

＊天降り：台湾の高砂族は天から降ったと伝えられる。

この地にて　鉄路敷きける　祖父偲《しぬ》び
　ただひたすらに　汽車に揺《ゆ》られつ

台湾を一周する鉄路を敷くために、祖父の生《いのち》はすり減った。今はそれを偲ぶのが私の務めともなろう。祖父母に聞く台湾の話は、私の夢を育んだ。

台湾
仕事にて
一九八五年

名にし負ふ　その誇りだに　ひとことも
黙《もだ》し語らず　直《ただ》に死にける

祖父は、生涯に亘り自己を誇ることがなかった。九州の武士だった。後藤新平の片腕として活躍した鉄道技師だったが、自らの功績を語ることはなかった。

実祖父
勤四郎の死

桜花　散りゆく中に　わが祖父は
雄叫《をたけ》び残し　死こそ生きけめ

祖父の残した桜吹雪の種々の意匠は、今でも子孫たる私に憧れを植え付けている。祖父の叫びが歴史に刻まれている。その命は、生きるために死んだのだ。

養祖父
弘道は桜吹雪を
愛した

長火鉢《ながひばち》　祖母が座りし　その脇で
昔話を　我れは聞きにし

祖母から聞いた昔話は、実に面白かった。明治という時代は祖母の話によって私の中に神話を生み出したのだ。

父方祖母
咲子《さくこ》

祖母《おほはは》の　死に行《ゆ》く姿　侍《はべ》り見て
その現身《うつしみ》の　涙見るらむ

死に行く姿の中に、私は祖母が抱えていた悲しみを初めて見た。自己の人生を初めて語る祖母の姿に、私は人間の悲哀を見たのである。永遠の「現在」を私は見た。

父方祖母の死
昭和三十五年
我れ十歳

冷《つめ》たかる　祖母《そぼ》のむくろの　手を取りて
庭を見つれば　花咲きほこる

人間の命の無常を、初めて深く感じたのである。昭和三十五年三月に祖母は死んだ。すべての生命が萌え出ずるとき、私の祖母は死んだ。

父方祖母の死
昭和三十五年
我れ十歳

祖母《おほはは》の　末期《まつご》の声を　我れ聴かむ
そのか細きを　今も忘れず

祖母は死の床の辺《べ》に私を呼び「祐ちゃんは本当にいい子だね。お母さんの言う事をよく聞いて、立派な人に成ってね」と言い残した。爾後《じご》、この言葉は六十年以上、私を支配している。

父方祖母の死
昭和三十五年
我れ十歳

父の涙
祖母死す
昭和三十五年
我れ十歳

祖母《おほはは》の　逝《ゆ》きてゐ寝たる　床《とこ》の辺《べ》に
涙を拭《のご》ふ　父ぞ見るらむ

祖母の死んだ日、誰もいなくなってから父は祖母の手を取り、ただ一人で泣いていた。生前の父の涙を、私はこの一回だけしか見たことがない。

母方祖母
早野角子《かくこ》の死

悲しかる　我が性《さが》さへも　愛《め》でくれし
祖母《そぼ》の死いまも　我れを支へむ

大好きな祖母だった。いかに可愛いがられたか、その一つだに忘れることはない。私の中に誠があると言ってくれたのだ。

母方祖母の死
連絡を受けて

ひさかたに　家族《うから》相寄り　食《しょく》したる
その味だにも　涙滲《にじ》まゆ

祖母を失った母の悲しみを見ることほど、辛いものはなかった。母の悲しみを見れば、食も喉を通らなかった。ある食べ物で、母が祖母を思い出したのである。

病得《やまひ》て　俯《ふ》したる床《とこ》に　届きたる
祖母の死われの　肚《はら》をこそ抉《ゑぐ》れ

私を最もかわいがってくれた人である。この報《しら》せの慟哭《どうこく》は、本当に内臓を抉《えぐ》るものがあった。

母方祖母の死

義理の息子

執行高弘

飄《へう》々《へう》と　日々を重ねる　姿こそ
歴史を刻む　君の誠ぞ

飄々とした姿に、君の魅力の本体がある。その地道な姿こそが歴史を生み、人間の誠を後世に伝えるのだ。

執行高弘：執行真由美・夫
弁理士
京都大学工学部卒、同大大学院修士課程修了

仰ぎ見る　義のため恥を　忍ばむと
立つる思ひに　花ぞ散るらむ

君の愛国心を尊敬する。国のため、仕事のため、家族のために君は全力を尽くしている。その魂にこそ、日本の霊魂が共振するのだ。

執行高弘

ますらをの　涼しきゑみの　行《ゆ》く道に
君が誠の　憂国を見ゆ

淡々と自分の役割に邁進する君の姿の中に、私はその人にしか出来ない真の使命を感じている。

執行高弘
＊憂国：魂の奥に宿す深い愛国心。

孫

執行隼通

天《てん》なるや　生まれ出《い》づらむ　このいのち
わが魂を　穿《うが》つ力ぞ

初孫が生まれた。この喜びと希望はいかなる言葉でも表わせない。ただ一言。君の姿は、私の魂を直撃したのだ。

執行隼通《としみち》誕生
令和元年十二月
聖路加病院

天地《あめつち》に　かたじけなきと　思へども
君がいのちは　我が家《や》のものぞ

君の誕生が、まさに宇宙と自然の有難い力によることは分かっている。しかし、君の存在に、やはり私は我が家の希望を抱いてしまうのだ。

執行隼通誕生
令和元年十二月

夏鶴

命《めい》なるや　いまぞ来たりし　希望こそ
　わが家《いへ》深く　根づき給《たま》ふれ

君の誕生の嬉しさを表わす言葉はない。ただただ有難いだけだ。君が君の両親と我が家を末永く守ってくれることを願う。

執行夏鶴《なつる》誕生
令和三年七月
聖路加病院

ひたぶるの　生《いのち》の息吹き　伝へ来る
　君の寝顔に　我《わ》こそ震へめ

君に初めて会ったとき、君はスヤスヤと寝ていた。その輝くような生の息吹に、私はただ震えていたのだ。嬉しさと幸福は言葉にならない。

執行夏鶴誕生
令和三年七月

紫月

初々しい　君のいのちの　息吹こそ
　我が老いらくに　夢を届けめ

三人目（女）の孫が生まれた。老いてから与えられる、このような喜びは表現できない。新しい命が、わが家にまた加わったのだ。体内の奥深くから新しい夢が湧き出してくる。

執行紫月《しづき》誕生
令和六年七月
聖路加病院

この世にて　君の姿に　ま見えたる
この寿《よろこ》びを　いかにとぞせむ

君の誕生を、言葉に出来ぬ喜びで迎えている。君の命が、新しい使命をもって、この世に来たのだ。君のために、私に何か出来ることがあれば、これ以上の幸福はない

執行紫月誕生
令和六年七月

執行千鶴子 一周忌を迎えて（法要参加者へ配った文）

母、執行千鶴子の一周忌を迎えることが出来ました。これは、ひとえに母と縁のあった方々のお蔭しかないと尽々と思っております。昨年、六月二十四日に母は八十九歳を一期として旅立ちました。母の生涯は、苦難に満ちたものであったと同時に、幸福をも噛み締めた人生であったと私は信じております。苦難とは、私が息子であったことに、その多くの原因があったと思っています。

また、母の持った幸福とは、自分自身に与えられた運命を大切にしていたことに尽きるのではないかと思っています。

母の愛に勝る愛を、私は見たことがありません。それは、母の死して後、ひしひしと感ぜられるものでした。大いなる寂しさが襲い来る日々でした。しかし、いつでも母のほほえみが、私と共に歩んでくれたのです。母の愛が、響き続けていたのです。母の霊《いのち》が、私を包んでいてくれたのです。だからこそ、今日を迎えることが出来たに違いありません。私は、それを歌にしたためたのです。

寂《さぶ》しかる　このひととせを　過ごし来て
　いのち響かふ　今日《けふ》を迎へむ

私に出来ることは、母を慕うことしかありません。そのほかには、何も出来ないのです。生前の母に、私は何もしてあげることが出来ませんでした。優しい言葉すらかけられなかった。甘えなのです。恥ずかしくて何も言えなかった。私が母に捧げた愛は、すべて心の中の出来事でしかありませんでした。しかし、母を慕う心そのものは、幼き日より母の死に至るまで、微動だにしたことはありません。

母の死後、私に出来ることは、母の霊魂の供養しかないことを尽々と感じているのです。母の幸福を願って、南無阿弥陀仏を唱え続けることだけが、私に出来る唯一のことだとわかったのです。それを、本当の意味で、自分なりにわかる一年だったと言えるのではないかと思っています。私は唱え続けます。南無阿弥陀仏を唱え続けるほどに、私は母と共に歩んでいる実感を得るのです。それが、母の霊魂の幸福につながれば、これに勝る幸福は私にはありません。

面影の　居間に佇《たたず》み　ひたすらに
　南無阿弥陀仏を　唱へ奉《まつ》らむ

この歌と共に、私は母の霊《いのち》を供養し続けたいと思っているのです。

平成二十七年六月二十四日

故・執行千鶴子　次男

執行祐輔

第九章

亡き妻

——九十二首

君から与えられた幸福を、私は永遠に忘れることはない。この幸福こそが、まさに永遠との邂逅《かいこう》を創り上げている。君と出会い、私は本当の自分と出会うことが出来たと思っている。君と結婚をしたことに、私は自己の根源的使命を感じていたと言っても過言ではない。結婚生活は、二年二ヶ月だった。しかし、この二年二ヶ月は、もちろん永遠と同じものだったのだ。いま私は七十四歳でこの文を認《したた》めている。君と死別したのは、もう四十年以上も前になってしまった。それでも、この時間は私の中で永遠のものとなっている。昨日も今日も、君の存在は現前にある。それは瑞々《みずみず》しく、また清らかに輝いている。私は君と別れてからの四十年を、永遠に向かう時間を生かさせてもらったと思っている。この永遠は、私の死が来るその日まで続く「一本の道」を示してくれている。それは、「忍ぶ恋」という言葉で表わすことが出来るのではないか。私は君と出会ってからの、この四十五年の間、本当の愛の時間を生きさせてもらっているのだ。それは永遠に向かう真の憧れを私に与えてくれている。君への恋が、永遠をこの世に引き付ける役割を果たしていると言ってもいい。永遠の恋を君は与えてくれた。私の死の日まで、君を愛し、また恋する幸福を与えられた。君はいまこの世にはいない。私たちは永遠の場所にいるのだ。私の忍ぶ恋は、私が死ぬ日まで必ず続いていく。若き日に読んだ辻邦生の『天草の雅歌』を、いま思い出している。「愛《いと》おしい妻よ、私たちを引き裂くものは何もない」。そう叫んで主人公の上田与志《よし》は死んだと書かれていた。これは私の最期を予言した言葉だと、私は確信している。

結婚式

杯《さかづき》を　干《ほ》して祈らむ　君見れば
眼差《まなざ》し揺《ゆ》れて　憧《あく》れぞ浮《う》く

我々の結婚式は、新しい二人だけの憧れに向かう儀式だった。神の前で、私たちは永遠の絆を誓ったのだ。

結婚の儀

呑《の》み干《ほ》せる　清き酒にて　生《う》む絆《きづな》
君まなかひに　茜《あかね》さしたり

三々九度の盃を忘れることは出来ない。我々の絆は永遠になったのだ。人生に何が起きようとも、我々の愛は永遠である。

結婚の儀

＊茜さす：赤くなるということ。

厳《いつく》しき　祝詞申《のりとまを》さく　一杯《ひとつき》の
清き酒なる　永遠《とは》の絆《きづな》ぞ

永遠を感ずる清らかな儀式だった。この嬉しさを忘れることはない。儀式のあと、我々の人生は変わった。魂が合一したのである。

結婚の儀

結婚の儀

茜《あかね》さす　君まなかひは　染まりゐて
憧《あくが》れ見つつ　我れを仰げり

茜さす＝君にかかる枕詞

君の幸福な眼差しを忘れることはない。それは希望の根源だった。少し赤くなった君の魅力は、たとえようもない。

結婚の儀

契《ちぎ》りたる　その日交《か》はせし　杯《さかづき》の
生《いのち》は今も　我れを動かす

わが妻は永遠にただ独りである。君の他はだれもいない。我が命が果つるまで、私の妻は君しかいないのだ。

新婚旅行

前文

君の美しさが忘れられない。君のほほえみが忘れられないのだ。紀州の山並と、青く輝く海が我々の人生を迎えてくれていた。あんなに楽しいことがこの世にあるなどとは、今でも信じられないほどだ。君と結婚できた幸福を何と言葉で表現すれば良いのか。君を妻にもつ男の幸運を、どう言えば分かってもらえるのか。「本当に有難う」。そんな当たり前の言葉しか思い付かない。全く言葉などは、何の力もないのかもしれない。

野《の》を行《ゆ》けば　野にこそ見ゆれ　いとほしき
あのほほゑみは　野辺《のべ》に浸《し》み込む

新婚旅行で見た妻のほほゑみは、すべて紀州の土に浸み込んでいるだろう。その思い出こそが、本当の野辺の送りなのだ。

新婚旅行の思い出

野《の》の花を　手折《たを》りて挿《かざ》す　ほほゑみに
何をか言はむ　愛《かな》しかりける

新婚旅行の写真を見返していた。そして、その日を思い出した。その日の愛《かな》しみが戻って来た。

新婚旅行の思い出

野《の》に在りて　誓ひし我れら　野《の》の花を
手挟《たばさ》み行《ゆ》きて　明日《あす》に捧げむ

死が二人を別つまで……。私は君に誓い、君は私に誓った。その成就のあまりに早きことか。しかしそれは成就されたのだ。あと少しだ。待っていてくれ。

新婚旅行の思い出

新婚旅行の思い出

ま青《さを》なる　大空遠く　たゆたへる
ま白き鳥を　などて見るらむ

紀州の沖を飛ぶ白き鳥は、悲哀と生命の神秘を湛えていた。君はそれをずっと見つめていたのだ。君の美しさが、目に焼き付いている。

新婚旅行の思い出

常夏の　撫子《なでしこ》咲ける　道の端《は》に
君と縁《えにし》を　永遠《とは》に誓へり

紀州路のひとところ、君との縁の永遠性を語り合った。私たちを引き裂くものは、この世には何もないのだ。

新婚旅行の思い出

菜の花の　咲きて乱れる　花の野を
共に歩きし　日々は還らず

一面に咲く菜の花の荘厳を忘れない。君と二人で歌を歌った。空は深く、海はあくまでも青かった。

緑濃き　紀伊の山並　海青く
白き雲行《ゆ》き　われら歌はむ

われら二人と、美しい世界しかなかった。われらの絆は永遠である。なぜに世界は、これほどに美しいのか。

新婚旅行の思い出
和歌山一周

紀ノ国の　青垣光り　風さやか
君に贈らむ　忘れな草ぞ

妻に忘れな草の花束を贈った。それを宿に活《い》けて、二人だけの幸福を味わったのだ。妻が歌った忘れな草の歌を永遠に忘れない。

新婚旅行の思い出

我が妻は　麗《うるは》しだちて　言ひつらむ
二人が縁《えにし》　骨に成るまで

新婚旅行中には、私の表現方法がすっかり妻にもなじまれたようだ。我々は、骨になるまで一緒である。

新婚旅行の思い出

ちはやぶる　那智の山並　たたなづき
ほほゑむ君の　げにも美《うる》はし

那智の山並を通り抜け、滝に達したとき、君はほほえんだ。その美しさは私に永遠の美を刻印したのだ。那智の神に、私たちはこの幸福を感謝した。

新婚旅行
那智大社
ちはやぶる＝神とそれに属するものにかかる枕詞

熊野なる　青葉繁《しげ》れる　大宮の
神の岩辺《いはべ》に　君は立ちたり

神が宿ると伝わる岩の横に君は立った。その姿に、君が古代から来た人であるという印象を受けたのだ。君の高貴さは、輝いていた。

新婚旅行
熊野本宮

静かなる　ゐみに隠《かく》れし　ひたぶるの
赤き誠に　君は生きなむ

君は君の誠を貫いてほしい。その誠を私はすべて信ずる。どのような人生になろうと、私は君を信ずる。

新婚旅行
誠

群青《ぐんじやう》の　空の下にて　石走《いはばし》る
浅瀬に立てる　君の愛《かな》しさ

君はまるで、映画の中にいるようだった。紀ノ川と君は一体と成っていたのだ。その姿を、私は永遠に忘れない。

新婚旅行
紀ノ川

去りし日の　海辺を偲《しぬ》び　語らひし
あの松が枝の　影をこそ踏め

仕事で、偶然に亡き妻と新婚旅行で訪れた海辺を通った。そこで、二人の思い出の松に再会したのだ。私は幻の君と、二人で再び松の影を踏んだ。

新婚旅行の思い出
紀州路
後年、仕事の出張で行く

生活

くれなゐに　染まる紅葉《もみぢ》の　泪《なみだ》橋
ほほゑみ立てる　君よ何処《いづこ》へ

紅葉の横に立つ君はもうこの世にはいない。二人で泪橋に、紅葉を見に行った日を忘れない。泪橋の幸せを思う。

神田川泪橋
亡き妻と共に写真をとった

されどなほ　我れらが日々を　思はざる
時の間に間に　生きてぞ死なむ

妻との思い出が、私の生《いのち》の生きる時間と死ぬ時間を定めていたのだ。死ぬも生きるも、私の時間は思い出の中にあった。現世とは、それを思わない時だけだと言っていい。

生活

花は舞ひ　月も歎《なげ》かむ　君ゆゑに
その現《うつ》し身《み》に　我れを生《う》ましめ

花も月も、我々を祝福している。我々三人の命は一体である。君は私であり、私は君そのものだった。そして生まれるであろう子も我々自身なのだ。

花見
哲学堂
妊娠中

若草の　妻と連れ添ひ　来たりなば
君はおどけて　不動となりぬ

妊娠三ヶ月の妻と目黒不動尊参りをした。私たちの子が、その命の息吹をこの世にもたらしている。不動尊のまねは妻の得意技だった。

出産前の安産参り
目黒不動尊
このとき病は始まっていた

出産

自《みづか》らの　命と腹の　命とを
祈り選びて　腹をとる君

君は自分の命よりも、子の命を優先させたのだ。それは現代との闘いだった。愛か科学か。君は愛を取ったのである。

唯《ただ》にただ　ただひたぶるに　子を思ひ
守りて産みし　君を仰がむ

死病の中で、自分の命よりも子の出産を君はとった。君の意志を、私は誇りに思っている。

我が子をば　生みて育てし　願ひとて
など逝《ゆ》きけむや　いまだ解《げ》せざる

出産後の妻の死は、永遠の謎である。いまだに、私は本当には納得できないでいる。最近では、それが永遠の愛を生み出したのだと思っている。

亡き妻の　抱《いだ》きし夢を　偲《しぬ》ぶれば
我れらの子にぞ　まさに現《あら》はる

妻の出産は、これ以上の愛を私は見たことがないほどのものだった。だからこそ、亡き妻の夢は、必ずや娘真由美の中に開花すると願っているのだ。

出産

命かけ　子を産み終へし　君ありて
その爽《さは》やかな　笑顔見たれば

出産後の妻の笑顔ほど、尊いものはなかった。妻を心の底から尊敬したのである。子を抱く妻の姿を忘れることはない。

出産

爽《さは》やかに　ほほゑむ君の　笑顔見て
人の命の　尊さを知る

病をかかえ、命がけで出産を終えた君の笑顔に、私は人間の命の本質を見た。人間の命の本当の尊さを私は知ったのだ。

出産

生まれ来《こ》し　子の産声を　聴きたれば
六ヶ月《むつき》の疲れ　出《い》でて我れ崩《な》ゆ

妻が死ぬか、子が死ぬか、生死をかけた六ヶ月の闘いが終わった。私は子の産声に神のほほえみを感じたのだ。生まれる日まで心配だった、新しい生命が誕生したのだ。

闘病

君は乳癌に冒された。その中で、君は妊娠をし、子を産んだのだ。すべての人間の言葉と闘って、君は子供を産んだ。癌の治療のために子を堕ろすことを、拒絶したのである。子の命の胎動を、君は抱き締めていた。たとえ自分が死んでも、私たちの子供をこの世に産みたいと言っていた。私は、この世のすべての掟《おきて》と闘いながら、君の意志を応援した。君の闘いは命がけの闘いだった。そして君は死んだ。君は、真に生きるために死んだのである。

子を抱《だ》ける　我れに注《そそ》ぎし　眼差しの
涙の奥の　微笑《ゑみ》ぞ悲しゑ

子を残して死んで行く妻の悲しみを思うと、涙を抑えることが出来ない。私は何も分からぬわが子に、眼を落とし続けた。

出産

前文

闘病
『友よ』（講談社刊）に書いたほほえみ

病床

痛ましく　病みて身籠《みごも》る　吾《あ》が妻の
庭を見る目の　何《なん》ぞ悲しき

庭を見る妻の目は悲しんでいた。しかし、その中に限り無い高貴さを私は感じていた。妻は何を見ていたのだろう。

妻恋坂

恋すれど　また愛すれど　すべは無く
妻恋坂《つまこひざか》の　日は暮れ行《ゆ》けり

亡き妻の病気の頃、私は三崎船舶から妻恋坂にあった会社に出向していた。何の因果か。我が運命を私は抱き締めていた。

闘病

ほほゑみし　その瞳《ひとみ》だに　映《うつ》りたる
我が風貌《かんばせ》の　愁ひ深きに

君の瞳に映った、自分の顔を今も覚えている。心配をかけてしまったのではないか。その情けない姿を思い出すと、申し訳ない気持ちしかない。

末期《まつご》まで　わが家《や》の財《ざい》に　責《せき》を負ふ
君の誠《まこと》を　永遠《とは》に偲《しぬ》ばむ

わが家のすべての財産の尽きた日に、君は静かに死んでいった。君の人柄のゆえと私は思っている。自己の不甲斐なさに、私は哭《な》き続けたのである。

亡き妻
看病

わが家《いへ》に　残れる財《ざい》の　底付けば
君は逝《ゆ》きける　あはれなるかな

最後の貯金で、最後の薬を買って来た数日後に、君は死んだ。力のない夫であった。どうかうらまないでくれ。

亡き妻
看病

生きたしと　願ふ力の　あはれなる
その力こそ　わが子に残せ

ついに終わりが来た。もう闘うことはないのだ。最後の意志を我々の子に残してくれ。君の意志は、必ずやこの子が継いでいくだろう。

亡き妻
病

最期の時／ほほえみ

君の死ほど、崇高な死を見たことはない。手を握り合ったまま、君は死んで逝った。笑顔を見せながら、死んだのである。君の死は、私にはどうしても我慢の出来ぬものだった。もう生きることの出来ぬ悲しみと、もう自己を支えられぬほどの痛手を受けていた。あの時を生き延びて来たのは、ただただ子供の存在に負う。悲しみと失意のどん底にいた私に、三ヶ月の我が子は笑いかけてくれた。我が子の笑顔だけが、私の今生きているいわれである。

長歌

さらばとぞ　我れ言ひ添へて　若草の　摘《つ》まれ行きける　末期《まつご》見につつ
天地《あめつち》に　頼み参《まゐ》らせ　摘《つ》まれ行《ゆ》く　この若草を　頼み参らす　額付《ぬかづ》きて
よしなに願ふ　わが心　情《なさけ》し在《あ》れば　聞こし食《め》されよ　聞きて下されれ

妻は二十七歳で死んだ。だからこそ、妻は私の中で永遠になったのだろう。若すぎる死が、私に人間の生《いのち》の永遠を徹底的に教えてくれたのだ。この日から、私の人生は永遠と結ばれたのだ。

前文

亡き妻最期の時の長歌

長歌の新しい試み。三つの時間的接合性のある短歌を三つ接合した

最後に七字を三回繰り返し、全体の言霊の力の均衡を取った。

時間化作用の流れにとって新しい考えとなるだろう

反歌

若草の　悲しき微笑《ゑみ》を　抱きしめて
我れを見つめつ　瞼《まぶた》とぢたり

妻はほほえみながら死んだ。最後まで他者のために生きたのだ。

亡き妻
最期の時
ほほえみ
反歌

*

死なむとぞ　しつつも君は　我れを見て
笑顔つくりし　あはれなるらむ

死の直前にも、妻は私に笑顔を向けようとしていた。もういい、もういいのだ。もっと自分のことを考えなければならぬ。

亡き妻
ほほえみ
死する日

創られし　その笑顔だに　悲しかる
末期《まつご》の力　我れに向《む》けるな

最期の別れが近づいている。すべての力を自分のために使え。私を気にすることはない。楽になれ、もっと楽にして旅立たなければいけない。

亡き妻
ほほえみ
死する日

亡き妻
最後の息

身の力　振り絞りたる　この息の
我が頬《ほほ》を摺《す》る　力ぞあはれ

君の息が、私の顔を撫でながら去ろうとしている。最後の息が私の顔をかすめた。その息を私は死ぬまで忘れない。

亡き妻
一筋の涙

熱き血の　闘《たたか》ひすみて　一筋《ひとすぢ》の
涙とともに　君は死に逝《ゆ》く

君の息が止まったとき、一筋の涙が流れていた。その涙に君のすべての思いがある。ありがとう、君に与えてもらった幸福を忘れることはない。

亡き妻
『友よ』（講談社刊）に書いたほほえみ

消え行《ゆ》ける　ほほゑみのみを　残しつつ
永遠《とは》へ旅立て　妻よさらばぞ

ほほえみを残して、君は静かに死んでいった。我々は手を握り、互いに最期の別れを言った。我々の肉体は離れるが、我々の魂は永遠である。

泣きぬれて　言葉も出《い》でず　握る手に
　涙通ひて　固く結ばむ

握る手の間に私の涙が伝わり、二人の手の間を埋めた。二人の手はより固く結ばれたのだ。幸福だった時の涙が、私たちを永遠に運んで行った。

亡き妻　死

我が妻の　死顔《しにがほ》白く　成り果てて
　握るこの手も　もはや冷《つめ》たし

握る手を、私は放すことが出来なかった。いつまでも放せなかった。その手が冷えきっても、私は放すことが出来なかった。

亡き妻　死

我れを見て　微笑《ゑみ》を絶やさぬ　君なれば
　死ぬるその日も　常と変はらず

君は最期まで君だった。そのこと自体を、私は尊い生き方だと思うのだ。君の夫となれたことを、私は死ぬまで誇りとするだろう。

亡き妻　死

燃え尽きる　いのちも若き　吾《あ》が妻の
ほほゑみすでに　死して果てつる

ほほえみが静かに消えたとき、君は永遠に向かって旅立ったのだ。二十七歳の若さで、何故に君は逝ってしまうのだ。

亡き妻
『友よ』（講談社刊）に書いたほほえみ

葬儀

仄《ほの》かなる　ともしび点《とも》す　らふそくの
灯《ひ》は広がりて　滲《にじ》み揺れたり

妻の遺体と過ごした一夜を、永遠に忘れることはない。それは私に、二人の真の愛に生きる決意を固めさせたのだ。滲む涙に、ろうそくの灯が揺らいでいた。

亡き妻
通夜

涙して　ふりさけ見れば　去年《こぞ》の秋《あき》
君と仰ぎし　月ぞ昇《のぼ》らむ

去年の秋、君と庭で月見をした。あの幸福が忘れられない。その月がいま昇っている。我々の幸福が、永遠になったことを愛《め》でているに違いない。

亡き妻
通夜

然《さ》ればこそ　家の掟《おきて》に　従《したが》ひて
　南無阿弥陀仏を　唱《とな》へ奉《まつ》らめ

私はただひたすらに南無阿弥陀仏を唱え続けた。それ以外に、私の慟哭《どうこく》を抑える手段はなかった。儀式だけが、私の悲しみを救ってくれた。

亡き妻
告別式

吾が妻は　煙と成りて　成り果てて
　果てなむ先に　我れと逢《あ》はまし

妻は火葬され、煙と成ってしまった。しかし、この煙が行く永遠の先でまた我々は再会するだろう。我々の絆は、永遠と成ったのだ。

亡き妻
火葬

空深く　溶け行《ゆ》く煙　今日《けふ》よりは
　空を栖《すみか》と　為《な》して生くべし

今日からは、大空に君がいるのだと私は考えよう。そうしたい。君が大空にいて、私が地上にいる。二人はいつでも会えるのだ。

亡き妻
火葬

骨と化す　白く小さき　我が妻の
　命の痕《あと》を　我れは食《く》らひし

骨壷にもれた骨片を、私は食べた。ただに妻と離れたくない一心だった。周りの人たちが引く中で、私は一心に骨を食らった。

亡き妻
火葬

ま青《さを》なる　大空遠く　流れ行《ゆ》く
　煙と化せし　妻を見送る

君は煙と成って、大空に溶け入った。私は空に向かって別れを告げたのである。住む世界が変わっても、私たちの心はいつでも一緒だ。

亡き妻
火葬場

吾《あ》が妻は　煙と成りて　軽《かろ》やかに
　行方《ゆくへ》も知れず　風に溶《と》け入る

妻は煙と成った。これによって、我々の繋がりは永遠となったのだ。あれほど苦しんだ妻は、いまやっと軽やかになったのである。

亡き妻
火葬場

骨壺を　抱《いだ》きて庭に　出《い》でぬれば
蝉《せみ》の声こそ　壺に浸《し》み入れ

猛暑の日、骨壺を外で風にあてようと思い庭に出た。蝉の声が一段とさわがしくなった。骨壺に蝉の声が浸み入るのを、私は直に感じた。

亡き妻
骨壺

短かかる　その命だに　わかり合ふ
蝉《せみ》ども鳴きて　妻を送りぬ

一段と大きくなった蝉の鳴き声は、間違いなく妻への弔意なのだ。骨壺深くに、それは浸み渡った。

亡き妻
骨壺

縁側《えんがは》に　骨壺置きて　共に聞く
ひねもす響く　蝉しぐれかな

激しい蝉しぐれが、我々の愛をこの世で一番分かってくれるように思った。蝉しぐれの中に、私は二人の愛の響きを聞いていたのだ。

亡き妻
骨壺

骨壺を　抱《いだ》きて歌ふ　惜別《せきべつ》の
歌こそ空に　吸はれ消え行《ゆ》け

縁側から空に向かって、私は藤村の「惜別の歌」を歌った。別れの寂しさはどうすることも出来ない。藤村の詩だけが、私の心を慰めてくれた。

亡き妻
骨壺
＊「惜別の歌」：島崎藤村作

我が歌ふ　その歌いたく　荘厳《おごそか》に
ま青に澄める　空に響けり

私はまた「月の沙漠」を歌った。妻の好きな歌だった。二人の幸福が、無限の時間の中に溶け行くのを私は感じていた。

亡き妻
骨壺

短かきに　過ぐる命と　思ひしも
また逢ふべしや　待ちにこそ待て

我々はまた必ず逢う。我々の絆は永遠である。いかなる困難があろうとも、私たちはまた永遠の彼方で必ず邂逅《かいこう》するのだ。

亡き妻
骨壺

男ゆゑ　涙見せじと　思へども
今は堪《た》へ得《え》ず　雨よ降《ふ》り来《く》れ

納骨には涙が流れた。丁度の雨に、涙を隠すことが出来た。武蔵野の風の中で、私は骨壺を手から離した。

亡き妻　納骨

死後

妻の死後、私は二十年に亘って、誰にも妻のことを語ることが出来なかった。自分の子にも、何も語ることが出来なかった。口をひらけば、止めようのない悲しみと憤怒に打ちのめされてしまうのだ。毎日、ただ一人で、私は深夜に写真の妻と対面していた。二十回忌の法要を期に、少しずつ私は妻との思い出を語れるようになった。だから、妻を歌った歌は、そのすべてが死後二十年以上経ってから、その時を見詰めて歌ったものとなっている。

前文

若草の　悲しき妻を　雲に見て
こころ切なく　瞼《まぶた》閉ぢたり

妻とは、空を見上げて多くのことを語り合った。その時間はいま、永遠の中に溶け込んでいる。

亡き妻　死後

新芽《しんめ》立つ　若葉に風の　過ぎ行《ゆ》けば
愛《いと》しき人の　思ひ出《い》づらむ

若葉を見ると、若くして死んだ妻のことを思わずにはいられない。亡き妻の息遣いを、風の中に感ずる。

亡き妻
死後

寂《さぶ》しさの　涯《はて》まで行《ゆ》きて　行き着けぬ
誠《まこと》を見据《みす》ゑ　喪《も》は過ぎ行《ゆ》かふ

亡き妻へ捧げる誠の愛には、限りがない。それは永遠に繋がるのだろう。この喪中は、永遠に繋がる喪中になるのだ。

亡き妻
喪中

寂《さぶ》しさに　怒《いか》り悲しみ　鬱勃《うつぼつ》と
肌は泡《あわ》立《だ》ち　息をせしめず

どうにもならぬ悲しみ。私の身体は、死の淵に近づきつつあった。子供がいなければ、私は生きることが出来なかったに違いない。

妻の死
死後の数日

らふそくの　灯《ともしび》ゆらぎ　幻《まぼろし》に
覚《さ》めて見ゆらむ　微笑《ゑみ》ぞ悲しき

君のほほえみを思い出すのだ。それは命の叫びであり、また悲しみでもある。灯の中に、君の姿が浮かんでいる。

亡き妻
居間に飾ってある写真

憧《あくが》れを　共に語りし　君なれば
我れに託せる　夢にこそ舞へ

君の夢は、私の中でいつまでも生きているのだ。私と共にそれを実現していこうではないか。君の夢は、私が必ずこの地上に実現する。

亡き妻
死後の生活

わが妻は　君にしあれば　いつの日も
花一輪《いちりん》を　贈り届けむ

毎日、仏壇には小さな花を供えている。仏となった君に、小さな誠を捧げたいのだ。

亡き妻との日々の対話

二十回忌から

契《ちぎ》りたる　この杯《さかづき》に　映りしは
今だ変はらぬ　君ぞ在らまし

君の二十回忌に、私は結婚式の杯を満たした。そこには、あの美しかった君が映っていたのだ。

亡き妻
二十回忌

君逝《ゆ》きて　はや二十年《はたとせ》か　しかもなほ
涙にじまゆ　君を思へば

妻が死んで二十年が経った。この歌が妻を語る初めてのものとなる。二十年、私は妻を語ることが出来なかった。

亡き妻
二十回忌
平成十四年八月十九日

経《ふ》りし今　偲《しぬ》びて見える　とこしへの
今生《こんじやう》深く　浸《し》むる縁《えにし》は

君が死んで二十年が経った。しかし、君との絆は、益々強くなっている。年月が経つほど、我々の絆は重く深くその重力は増していく。

亡き妻
二十回忌

君ゆゑに　悲しかるらむ　咲く花の
匂へる野辺を　我ら行《ゆ》くべし

君と歩いた野辺が、頭にこびりついている。それは悲しいが最大の幸福ももたらしてくれる。あの日々に還りたい。

亡き妻
二十回忌

悲しきを　悲しきままに　二十年《はたとせ》を
忍《しの》びて来《き》しと　亡妻《つま》に申《まを》さむ

この二十年は、妻のことを誰にも話すことが出来なかった。苦悩が言葉を奪っていたのだ。今後は、この二十年の思いを歌にもしたためたいと思っている。

亡き妻
仏壇に
二十回忌

秋づけば　泪《なみだ》の橋の　たもと辺《べ》の
あの紅葉葉《もみちば》は　今も萌《も》えるか

泪橋の紅葉を妻と一緒に見た、幸福な写真があるのだ。あれから二十年以上が経った。あの紅葉はいま……。

神田川泪橋の紅葉
亡き妻と共に写真をとった

亡き妻の思い出

貯《たくは》への　底も尽き果て　吾《あ》が妻は
永《なが》の旅路へ　逝《ゆ》きゐたりけり

すべての貯えを失った時、その時に妻は死んだのである。その死の潔さを二十年経った今、また思い出しているのだ。

亡き妻
絶望の希望

病葉《わくらば》の　残る命は　少なきと
いかで思はむ　思ひこそ散れ

妻が死ぬことは分かった。しかし、その思いをどうしても受け入れられなかった。そのときの苦しさが、二十年後の今も、私の心を締めつけるのだ。

亡き妻
二十回忌の日

雲立ちて　夕映え渡る　大空に
白鷺《しらさぎ》遠く　何処《いづこ》へか過ぐ

大空を一直線に白鷺が飛んでいった。北の巣に帰るのだろうか。妻の二十回忌を愛《め》でてくれているに違いない。

亡き妻
二十回忌

君逝《ゆ》きて　二十年《はたとせ》過ぎゆ　今もなほ
魂《たま》を結びて　共に歩まむ

妻の存在が薄れることは全くない。今でも妻は目の前にいる。人生を二人で歩んでいることに変わりはない。

亡き妻
二十回忌

次の世に　生まれ出《い》づるも　妻として
同じ縁《えにし》に　生まれまほしき

君が永遠の妻であることは今でも、寸分の違いもない。私の妻は、永遠に君だけである。

亡き妻
二十回忌

君去れど　我れに過ぎたる　妻なれば
この二十年《はたとせ》の　吾《わ》こそ許さめ

君が去ったあと、私は独立をし君の想像もつかぬ人生となった。君と語ったことと違う人生をどうか許してほしい。外面はすっかり変わってしまったが、心の絆は深まっているのだ。

わくらばの　いのちを生きし　吾が妻の
悲しき微笑《ゑみ》ぞ　今も降りくる

妻が死んで二十年以上になる。今でも妻のほほえみが脳裏から離れない。それが大空の彼方から、私を目指して降り来るのだ。

亡き妻
『友よ』（講談社刊）に書いたほほえみ

若草の　萌《も》ゆるが如き　ほほゑみの
匂へる日々へ　いかで還《かへ》らむ

君は若く美しく溌剌としていた。その日々へ、また還りたい。あの日々は、この地上に永遠を刻印したのだ。

亡き妻
『友よ』（講談社刊）に書いたほほえみ

夏草の　さ揺《ゆ》れて悲し　墓の辺《べ》の
石碑《いしぶみ》すでに　年経《ふ》りにけり

亡き妻の名が刻まれている石碑は、すでに風化を経ていた。物質の風化と、我が心の新鮮さの対比に驚くばかりである。

亡き妻
死後二十五年
墓参り
小平霊園

亡き妻
死後二十五年

手向《たむ》けたる　花も枯れ果て　ひとり子と
われの暮らせる　古き家かな

妻の死んだ後の、寂しい家に私と娘の真由美の二人が残った。そのときの生活が、二十五年後の今も、昨日のように鮮やかに甦るのだ。

亡き妻
最後の言葉
死後二十五年

我れを見て　さやうならとぞ　言ふ妻に
さらばと応《こた》へ　永久《とは》に別れぬ

二人とも別れなければならぬことは、分かっていた。しかし、あれから二十五年経った今も、まだ納得できない。私は永遠に納得できない。

亡き妻
死後四十年

わくら葉を　見れば思ふも　悲しかる
君がほほゑみ　今も在《あ》るらむ

亡き妻の姿は、死後四十年経っても眼前に存在している。妻の死後四十年が経った。しかしそれは昨日のことのようだ。

かくばかり　恋ひつつあれば　ただにして
君をば待たむ　待ちにし待たむ

いつの日か、死んだ妻にまた逢えると私は信じている。現世かあの世か、それは分からない。しかし、我々は必ず邂逅する。それだけが、分かっていることなのだ。

亡き妻
再会

執行充子《あつこ》へ捧げる「三十三回忌の辞」（法要参加者へ配った文）

若くして、君は死んだ。二十七年を一期とする、短い生涯であった。それは、幸福の瞬間に切断された人生であった。家庭を持ち、子を産み、将来の夢を語り合うことが、楽しくてたまらなかった。その思い出だけが、私の人生を支えて来たのである。そして、私の人生の中に、いまも、日々刻々、君は生きているのだ。どうしても生きたかった君の命を、私は自己の「生命論」として語り続けたい。生きたくとも、生きられぬ人生があるのだ。それを偲び続けなければならぬ。

おのれ自身の命を、つまり生命の本当の幸福を生き切った人間の命を、共に生き続けなければならないと私は思っている。死者と共に生きることが、人生の真の幸福を創る。死者は、日々共に生きていると同時に、日々共に死んでいるのだ。私は君の死後三十二年の間、毎日、新たに君と死別して来たように思うう。毎日、君は死んで行った。だからこそ、私は生き続けることが出来たに違いない。君が死して、その後の三十二年を私は歌にしたためたいと思った。私と君の幻影の日々を歌いたいのだ。

まぼろしの　三十二年《さんじふにねん》を　生き来《こ》せど
君が命は　いまも死に行《ゆ》く

君は若く、溌剌としていた。君の若さは、永遠である。私の中で、いつまでも君は二十七歳のままなのだ。日々、互いに会い続けているにもかかわらず、君は永遠に若々しい。私は日ごとに、この世のおきてに従って老い続けている。しかし、私は老いて行く実感が無いのだ。それは、多分、君と共に歩んでいるからだろう。確かに私の肉体は老いたが、我が妻はいまだに若いままだ。だから私も若くいられるのだろう。幸福なことだと私は思っている。君を忘れることが出来ない。君は私の幸福の源泉なのだ。それを私は歌う。

面影の　君にしあれば　緑なす
　その黒髪を　いまだ忘れず

君と歩いた、あの桜の道を忘れることが出来ない。君は『源氏物語』を語っていた。その恋の、「あはれ」と「みやび」を語り続けていた。私も、負けじと「源氏」を語った。その恋を共に語った。死者をも包含する、王朝の恋の極点を語り合った。「源氏」の恋は、死者と共に歩む恋である。宇宙の涯てに向かって呻吟する恋と言えるのではないか。我々は、遥《はる》かなるものを共に見つめていた。恋がもたらす、人生の夢を語り合っていたのだ。恋と共に、人生の荒波に乗り出そうとしていたに違いない。「源氏」を語りながら、君は王朝のみやびをまねて、桜を黒髪にさしたのだ。その美しさは、私をいつまでも幸福にしてくれるのである。

なつかしき　花の下《した》にて　君見れば
　　永遠《とは》にさ揺れる　花ぞ挿《かざ》さむ

君と結婚して、本当に良かったと思っている。君を偲ぶことは、私の最大の幸福である。君は確かに死んだ。しかし、君はまた確かに生きているのだ。この三十三回忌にあたって、私はこの心を君の霊前に捧げたいと思っている。そのためだけに、私はこの文をしたためた。どうか、この文に込められた、私の心を受け取ってもらいたい。

平成二十八年八月十九日　執行祐輔

第十章

祖先

——四十七首

我々は、自分の力でこの世に来たのではない。我々の生命や運命は、宇宙から与えられた「何ものか」である。その「何ものか」の、直近に位置するものが親と言えるだろう。我々の生命は、親も含めた祖先によってこの世に送り出されて来た。我々は、自分の力や意志で生きているのではないのだ。我々の人生は、多くの祖先の力によって成り立っている。死者たちの意志と運命によって、我々の人生は存在している。垂直を仰がなければならぬ。私は祖先の絶対性をそう表現している。我々の人生、特にその生命と運命は、祖先の中からしか出発できないのだ。人間の本質は、垂直の系譜の中にある。断じて横にはない。つまり環境や同時代人の中にはない。たとえあったとしても、それは微々たるものに過ぎないだろう。我々の実存のほとんどは、垂直の中にある。親と祖先の中にある。好き嫌いなどは、どうでもいい問題だ。そのようなことで、生命の問題を見る者は、決して自己の生命の完全燃焼を果たすことは出来ないだろう。善くも悪くも、我々の人生は祖先の運命の中にあるのだ。我々の運命は、垂直の生命線に握られている。だからこそ、祖先に思いを馳せることがことのほかに大切となる。死者は、生きているのだ。私はそう断言できる。その祖先たちに対し、思いを馳せ、祈りを捧げる。それによってのみ、現世の我々の人生は切り拓かれるだろう。祖先と共に歩むとき、我々の生命には測り知れない力が付加されるのである。

我が祖先に

我が家《いへ》の　その家筋を　現はせる
古き書《ふみ》みて　生《いのち》こそ燃ゆれ

私は自分の家を誇りとする。それは我が生のすべてを支えている。我が家の家系図を見るとき、私は自己の実存を強く感ずるのだ。

我が祖先

遠祖《とほおや》の　熱き血潮の　雲居《くもゐ》より
われを見つめる　眼ぞ寂《さぶ》しかる

私は多くの祖先にいつも守られている。それに応えることが我が命の本質である。祖先を偲ぶことは、私の最も楽しい時間を創っている。それに応えられぬ自己であることは、分かっているのだが……。

祖先の恩

熾《さか》る血を　忍《しぬ》びて垂《た》らす　わが家《いへ》の
経《ふ》りし年月《とし》こそ　涙し思へ

わが家の涙と労苦を思うことが、私の武士道を立たしめている。わが祖先のすべてを承け止め、その涙を現世に展開するのだ。

我が家系

佐賀・光照寺

降らまける　雪に埋《うづ》まる　墓石《はかいし》の
雪を喰らひて　古《いにし》へ思ほゆ

珍しい大雪だった。祖先の墓参りほど楽しいものはない。魂の交流を実感するのだ。墓石に積もる雪を、私は喰らい続けた。

佐賀
光照寺
墓参り

葉隠《はがくれ》に　生きたる土を　握りしめ
我が祖《おや》たちに　歌を捧げむ

私は武士の誠を「荒城の月」に感じている。それをただ独りで墓前にて歌う。「荒城の月」を歌うとき、私はいつでも滅びゆく武士の涙を感ずるのだ。つまり祖先の涙である。

佐賀
光照寺
墓参り

命なる　墓石《ぼせき》に額《ぬか》を　すり付けて
祖先の生《せい》を　生《い》きむと誓ふ

祖先を仰ぐことが、私の武士道を完成させるだろう。私は武士道にその生命を捧げた祖先たちと、同じ道を歩みたいのだ。

佐賀
光照寺
墓参り

この命　継《つ》なぎし血潮　苔《こけ》むして
我れは額《ぬか》づき　苔ぞ喰らはむ

墓を這うる苔は、歴史の温かさを感ずる味がした。雪の下に、歴史が生きていたのだ。私はそれを、祖先の涙として喰らった。

佐賀
光照寺
墓参り

わが祖《おや》の　墓に参《まゐ》りし　いにしへの
我れにこそ会へ　頭垂《かうべた》れつつ

古い墓は、古い人々と会える。いにしえの私が、今の私にほほえんでいるのだ。私はいにしえに生きた自分と再会している。

佐賀
光照寺
墓参り

佐賀城址

古《いにし》への　人の涙に　固まりし
道に佇《たたず》み　祖《おや》をこそ思へ

祖先の涙と共に生きること。それこそが、私の深い願いである。今、佐賀城址を見上げている。祖先との一体感が湧き上がって来る。

佐賀城址の道

我が見つる　つはものどもが　屋敷跡
残る物なく　居《を》るはただ我《われ》

佐賀藩上士の屋敷跡には、何も無かった。何も無いが、私の中にはすべてが甦っているのだ。しばらくして、現代が近づいて来た。

佐賀城址の近く

城《しろ》見《み》上《あ》ぐ　わが祖《おや》住みし　ひとところ
汚《けが》され果てて　切なくぞ見ゆ

わが祖先の家は、現代文明の汚染にさらされていた。しかし私の目には、祖先たちの生き生きとした日常が徐々に巡って来た。

佐賀城址

苔むせる　老木《おいき》も月を　恋せるは
もののふどもの　成せる行為《わざ》とぞ

佐賀城には、もののふどもの恋が漂っている。その息吹が、私の肌をかすめて流れてゆく。

佐賀城址の夜

わが家《いへ》の　つはもの共が　踏みし土
踏みて摑《つか》みて　ものをこそ思へ

佐賀城の土を摑み、私は祖先の血と涙を感じようとした。そして確かに、祖先たちの生の温かさをしっかりと感じたのだ。

佐賀城址

わが祖《おや》の　息とぞ思ふ　秋風の
身に沁む日こそ　石段《せきだん》を踏め

佐賀城の石段には、つわもの共の血が沁みているのだ。秋風が、古りし日の血潮を今に送り届けてくれた。

佐賀城址
秋風

もののふの　その雄《を》叫《たけ》びを　包み込む
石垣なめる　秋風の声

城址をなめる風の中に、私は祖先の叫び声を確かに聴いた。石垣の深くに鎮《しず》もれる祖先の叫びを、この秋風が導いてくれたのだ。

佐賀城址
秋風

故郷の　城跡《しろあと》さぶし　秋雨《あきさめ》に
苔《こけ》むし匂ふ　古《いにし》への石

佐賀城址の苔の匂いに、私は祖先の忠義の涙を見ている。忠義の心が、我が家系の誠である。それは果たして、古い心なのだろうか……。

佐賀城址
出張の途中
二十五歳

執行家家紋

我が家《いへ》に　生まれし者の　愛《め》でらるる
その行く果てに　花ぞ舞ふべき

我が家の家紋は「蔭桜《かげざくら》」である。そして桜吹雪を愛する者たちが続いた。わが家の者の人生には花が舞っているのだ。

執行家家紋
我が家系

雲去りて　月の光の　影ふかし
わが血に宿る　花のしたかげ

我が家の家紋である「蔭桜《かげざくら》」を歌った。月の光によって、何ものかに映る桜の影である。この家紋もまた、私の血に深く入っている。つまり、私の生き方と死に方を決めているということだ。

執行家家紋
蔭桜

綿々《めんめん》と　我が血に潜《ひそ》む　桜花
咲きて悲しゑ　散りて寂《さぶ》しゑ

桜を見ることは、日本人にとって自己の生《いのち》の本源と対面することになるのだ。悲しさも寂しさも、祖先から来る無常の生《いのち》を感じてそう思うのだろう。

執行家家紋
桜

月さやか　舞ひて散りぬる　蔭桜《かげざくら》
散り行《ゆ》くなかに　我れを生きしめ

私は花の散る中を生きようと思う。それが祖先から承《う》ける武士道と信ずる。桜吹雪の中を、まっしぐらに生きるのだ。

執行家家紋
蔭桜

桜花《さくらばな》　水に映《うつ》りて　悲しかる
石に映りて　寂《さぶ》しかりける

月光にさゆれる花の影は、私にもののあわれを見せる。それが水に映り、石に映るとき、我が家の家紋となるのだ。「蔭桜」である。そして我が家の生き方を創り上げているのだ。

執行家家紋
蔭桜

月澄みて　花影ゆれる　蔭桜《かげざくら》
撮《うつ》れる下《した》に　我れは居《を》るらむ

祖先の守りの中に、私はいつでも存在する。家紋の中に祖先の魂が躍動している。私の存在は、いつでも「蔭桜」の下にある。死ぬ日まで、そうである。

執行家家紋
蔭桜

夜ふかく　月に撮《うつ》りし　蔭桜《かげざくら》
その影ゆれて　永遠《とは》に悲しゐ

透過する月の光は、私に永遠の悲哀を突き付けて来る。それを承《う》け取り、それを乗り越えることが、我が家系の宇宙的使命となるのだ。

執行家家紋
蔭桜

伝へ来《こ》し　吹雪《ふぶき》に寄せる　桜花《さくらばな》
この日の本に　舞ひて踏《をど》らむ

「蔭桜」は吹雪にその美しさの全容を現わす。桜吹雪こそが「蔭桜」の現世的価値を創り上げているのだ。

執行家家紋
桜吹雪

祖先の記憶

曾祖父《そうそふ》の　涙のうちに　終へませる
去《さ》んぬる日々を　仰ぎ偲《しぬ》ばむ

曾祖父の写真を見ながら、抱き続けていたであろう無念に思いを馳せていた。佐賀の乱に連座せしも、罪一等を減ぜられ自ら生涯を閉門蟄居《ちっきょ》して過ごした。

曾祖父を思う

曾《そう》祖父の　生《いのち》を思へ　我が事と
もののふ錆びて　生くる世ぞ無き

武士道の貫徹は、住む世を無くすことに繫がっている。佐賀の乱の責を負って、曾祖父は閉門し、座敷の中に正座し続けてその生涯を終わった。

曾祖父
佐賀藩士
和道（改蔵）

もののふの　我が曾《そう》祖父は　老いたりて
子のため佐賀に　慎しみ死なむ

佐賀の乱の責任を取り、子供たちの将来のために、死するまで、佐賀に蟄居していた。子の弘道《ひろみち》そして勤四郎《きんしろう》の活躍を祈り続けていたに違いない。

曾祖父
佐賀藩士
和道（改蔵）

曾《そう》祖母の　涙沁み込む　漆椀《うるしわん》
今も使ひて　生《いのち》こそ繋《つな》げ

江戸末期から使用された御椀を、我が家では今も使っている。これは曾祖母の嫁入り道具の一つと聞いている。曾祖母は、佐賀多久《たく》二万石の姫であった。

曾祖母
実家は多久二万石

曾《そう》祖母が　多久《たく》の家より　嫁《か》するとき
持《じ》しし信国《のぶくに》　見つつ思ふも

この脇差しこそが、私と日本刀との初めての出会いだった。曾祖母の実家多久家は、あの龍造寺《りゅうぞうじ》隆信《たかのぶ》の直系の子孫である。信国は隆信から伝わるものと聞く。

曾祖母
信国

生《あ》れ来《き》たる　家にしあれば　吾《あ》が家の
その家筋は　命なるらむ

人はみな家系の中に生まれる。いかなるものであれ、それを抱き締めることが本当の自己との出会いとなる。私の中に、祖先は生きているのだ。

家柄

祖先の記憶
陣笠

わが家《いへ》の　欄干飾《らんかんかざ》る　陣笠《ぢんがさ》の
役目終《を》へたる　寂《さび》を見つめゆ

祖先の使っていた陣笠が家にあった。参勤交代を終え静かに飾られていたのだ。その漆《うるし》の肌に、私は祖先の生活と涙を感じていた。

祖先の記憶
陣笠

わが家《いへ》に　伝はる笠《かさ》の　錆《さ》び果てて
祖《おや》の旅路《たびぢ》の　姿語らふ

祖先の陣笠は、遠い昔の参勤交代の苦労を思わせた。我が祖先は、砲台奉行のほか道中奉行も仰せ付かったのである。

祖先の涙
私の魂とは

わが家《いへ》に　魂《たま》ぞ連なる　祖《おや》たちの
夢を涙を　我れに降《ふ》らしめ

祖先のすべてを受け取ることが、真の私の運命を創る。祖先の夢は私の夢である。そして祖先の涙もまた私の涙となるのだ。

遠祖《とほおや》の　熱き涙の　したたりを
この現《うつ》し世《よ》に　いかで降《ふ》らまし

我が祖先の思いを、この地上に再現する。それが私の使命だと思っている。祖先の魂の叫びを、今の世に現成《げんじょう》するのだ。

祖先を思う
現在の原動力

古《いにしへ》ゆ　天下分け目の　関ケ原
いま吹く風に　旗の声あり

母の実家は、代々、関ケ原の近くにあった。その墓参りは楽しい。大庄屋だった早野家は、徳川家康を支えて関ケ原を戦った。そのゆえに、江戸時代は家康御墨付を持つ天下御免の家柄と成った。

関ケ原
母の実家
早野家の墓参り
に行った

大伴氏

九重《ここのへ》に　振りて投げ打つ　冠《かうぶり》の
花咲き匂ふ　道ぞ恋しき

大伴古麻呂《こまろ》が唐の宮廷で示した勇気は、永遠に日本人の魂を支えている。日本の名誉のために、古麻呂は唐において命がけの活躍をした。

＊大伴古麻呂：
生年不詳―七五七。奈良時代の貴族。
大伴氏は執行家の祖先である

かうぶりを　手摑《たつ》かみ投《な》ぐる　ますらをの
哭《な》きていさちる　魂《たま》ぞ承《う》くべき

日本の名誉を挽回するために、古麻呂は命をかけた。その魂を、私は絶対に引き継がなければならぬ。古麻呂の武士道は、私の憧れである。

あはれ見よ　我が遠祖《とほおや》は　古《いにしへ》ゆ
かの唐土《もろこし》に　雄叫《をたけ》び挙げむ

古麻呂が、玄宗皇帝の前で日本の席次のゆえに立ち上がった故事を言う。この勇気が後に藤原氏に悪用され、古麻呂は失脚させられたのだ。その涙を私は承《う》け継ぐ。

古《いにしへ》ゆ　我が遠祖《とほおや》の　狭手彦《さでひこ》の
悲しき恋に　涙垂《た》らさむ

万葉に歌われた「領巾麾《ひれふり》の別れ」である。大伴狭手彦と松浦佐用姫《さよひめ》の悲恋。日本のロマンティシズムの原型の一つとも思う。この別れこそが、日本の悲恋の始まりと言っていい。

大伴古麻呂
玄宗皇帝に日本の価値を認めさせた

大伴古麻呂
我が祖先の一人

＊大伴狭手彦‥
古墳時代の豪族。大伴金村の三男。我が祖先の一人ともなる。

島原残照

わが家に言い伝えられ、また『葉隠《はがくれ》』に謳《うた》われた島原の戦《いくさ》は、私の誇りの源流である。執行越前守種兼《しぎょうゑちぜんのかみたねかね》の旗下《きか》、天正十二年三月二十四日、執行一族三十六人すべてが龍造寺隆信への恩と忠義の道ゆえに討死にし果てたことは、今も我が血を滾《たぎ》らせ、我が涙を日々流させている。ゆえに私は、島原の戦場跡に立ちて、祖先の忠義を偲び、その武士道をこの身に帯び、そこに吹く風の匂いに祖先との一体感を得て、鎮魂の歌を歌ったのだ。私は祖先の無念を歌いたかった。その死によって打ち切られた夢や憧れを私は自己の体内に深く鎮めたいと考えたのだ。それこそが、私の夢と成り得るものを創るに違いない。

長歌

古《いにし》へゆ　わが一族の　つはものは　武士の掟に　従ひて　映《は》えて聞こゆる
もののふの　越前守ぞ　統《す》べ給《たま》ふ　御旗護《みはたまも》りて　進み行《ゆ》き　今に伝はる
吶喊《とつかん》を　敵陣深く　突き穿《うが》ち　その名を惜しみ　戦ひて　夜叉《やしゃ》の如くに
死に狂ひ　もんどり打《う》ちて　斃《たふ》れたる　そのもののふの　血のゆゑに

前文

＊天正十二年：西暦一五八四年

＊島原の戦（いくさ）：一五八四年に起きた九州の大名同士の戦い。九州で最大の勢力だった龍造寺家と島津家の争い。執行家は龍造寺側の重臣、一族三十六人全員討死。『葉隠』の記述によると、執行家は親子、兄弟が揃って戦い、庇い合って亡くなった。

長歌

＊吶喊：鬨《とき》の声をあげて突撃すること。

この島原《しまばら》に　我れ立てば　むかし吹きけむ　風起《た》ちて　つはものどもが
血の戦跡《あと》を　舐《な》めて寄せ来《く》る　一陣《いちぢん》の　風に浸《し》み入る　雄叫《をたけ》びぞ
腸《わた》にも達《とど》け　腥《なまぐさ》き　風も悲しめ　滅《ほろ》びたる　涙に抱《だ》かれ　我れも崩《くづ》れつ

反歌四首

わが祖《おや》の　萌黄縅《もえぎをどし》を　貫抜《つらぬ》ける
槍《やり》の穂尖《ほさき》は　心《しん》に達《とど》けり

戦前まであった執行種兼の鎧には、胸を貫く槍傷があったと祖母に聞いた。

武士ゆゑに　豊後行平《ぶんごゆきひら》　閃《せん》すれど
親を背負へば　槍ぞ刺《う》けたる

種兼は佩刀行平を振るって戦ったが、親を背負いながらの戦いで、ついに斃《たお》れた。

反歌一
島原残照

＊萌黄縅：萌黄色の鎧のこと。鉄・革の鎧の札《さね》を糸等で綴ったものが縅。

反歌二
島原残照

＊豊後行平：平安・鎌倉時代の刀工、豊後国（現在の大分県）の行平が打った刀剣。

反歌三
島原残照

島原《しまばら》に　この一族は　死に果てて
夢こそ残せ　我れも負ひつつ

執行家の男子三十六人すべてが死んだのだ。この悲劇を私は背負いながら生きる。

反歌四
島原残照

風を呼ぶ　雄叫《をたけ》び去りて　つはものへ
手向《たむ》けの歌を　捧げ奉《まつ》らむ

一陣の腥《なまぐさ》き風が去り、私は力の限りを振り絞って、手向けの歌を詠んだのである。

*

島原戦跡を訪れる

島原に　一族《うから》引き連れ　戦ひし
わが祖《おや》夢ぞ　聞けば悲しも

島原の戦いの話は、わが執行家に伝えられていた。それは、私の誇りを創った。龍造寺家老だった我が一族の、戦国の夢が私の脳裏を去来するのだ。

島原戦跡を訪れる

わが家《いへ》に　承《う》け継《つ》がれ来《こ》し　鎧には
　胸ぞ貫く　槍傷《やりきず》あらむ

戦災に遭うまで、わが家に保管されていた執行種兼の鎧には、胸を貫抜かれた槍のあとが残っていたと祖母に聞いた。

島原戦跡を訪れる

秋風も　吹きて悲しむ　ひとところ
　別れて去らむ　ふたたびは見ず

島原は祖先の涙が沁み込む地である。祖先の無念の涙を、私は充分に吸い込んだのだ。深く体験し、二度と来ることはないだろう。

第十一章

初心

——十七首

すべての現象には、初心というものがある。国家にもあり、また我々一人ひとりの人生にもある。その初心こそが、すべての現象に宇宙の根源力の「働き」を貫徹させるのである。国家は、その建国の理想にすべての命運が託されている。企業は、その創業に発展の土台のすべてが打ち込まれているのだ。我々の人生は、学業も結婚もまた仕事も、そのすべてが初心の堅持に自己の運命の成否が握られている。初心はすべての宇宙現象の原動力としての働きを持っているのだ。成功や幸福そして健康は、初心を忘れなかった人のものとなるだろう。初心とは、生命の最も美しい根源的魂ということである。初心を貫けば、その生命は自己のもつ最も美しい時間を、この世でおくることが出来ると言ってもいい。この世の出来事は、すべて初めが最も高貴で美しいのだ。時間の経過は、すべてのものを堕落させ腐敗させるのである。初めの心を、どこまで維持できるのか。すべてはそれにかかっていると言えよう。我々が普通に考える「発展・成長」とは堕落と腐敗を美化した名に過ぎない。すべての時間は、その始まりに最も完全で美しいものが秘められている。それに気付き、またそれを抱き締めなければならない。初心には「義」の心が立ち上がっている。義が人間生命の出発なのだろう。我々が生きるとは、義の貫徹に他ならない。

前文

月読命

海原を　舐《な》め行《ゆ》く風に　吼《ほ》え叫《おら》ぶ
我が遠吠《とほぼ》えを　天《てん》に運ばむ

日本に帰還到達した海洋民族は、自分たちの勇気をこの国の神話と成したのだろう。海洋民族こそが月読神《つきよみのかみ》を祀《まつ》っていたのだ。月読神は日本神話で月読命となり、神話の初心を創ることとなった。

神代《かみよ》より　ましらと荒れし　海原に
天《あま》つ悲しび　凝りて成りける

海に生きた民の悲哀が、日本神話に月読命を創ったのではないか。外征していた縄文人が、帰還後に大和朝廷を創る一員となったと私には思える。

神代《かみよ》より　その名もすでに　天翔《あまか》ける
神《かむ》すさのをの　兄神《あにがみ》ぞ我れは

月読命の記録は少ない。しかし、スサノヲの兄であることに私は深い関心を抱き続けている。帰還して新しい文明をもたらした民に思えるのだ。

月読命《つきよみのみこと》
国家の初心
私は月読命を、一度日本から世界へ散った縄文人の帰還と捉えている

月読命

月読命

天佑《あまたす》く　わだつみ踏みて　隼人《はやと》らは
ただうち仰《あふ》ぎ　仰ぎ漕《こ》ぎ行《ゆ》く

月読命は海洋民族の神と考えられる。日本に再び帰還し、日本神話を塗り替えたと私は考えている。その塗り替わったところからが、私には日本国の初心のように思えるのだ。

神代《かみよ》すら　見護り哭《な》かむ　月読の
天《あま》つ悲しび　天《てん》を渡れる

私は月を見れば、神代と日本の歴史を感ずるのだ。それ自体を、私は月読命の働きだと思っている。日本文明における月の重要さを、私は初心の中に見出している。それは航海技術から生まれた英知だった。

素盞鳴尊

予《あらかじ》め　滅ぼしおかむ　ものみなを
人の初めの　心こそ見ゆれ

縄文以来の日本人の原点には素戔鳴尊《スサノヲノミコト》の神話がある。それは人間の心がもつ、勇気をふるい起こす涙の根源として存在している。スサノヲは縄文以来の土着の日本人の初心だと私は思う。

月読命
天文の神
海洋神
古代においては、航海する者は月読を神とする必然があった。天文こそが航法のすべてだったからだ

月読命
月

素戔鳴尊《すさのをのみこと》
スサノヲの心
日本人の初心

天地《あめつち》の　分かれし時ゆ　ただ独り
立ちて寂《さぶ》しく　この世にぞ在る

日本神話におけるスサノヲ尊の霊を、私はこう感じているのだ。それは新生日本の文明が乗り越えた、古い日本人たちの初心の記憶である。

大国主命

長歌

天地《あめつち》の　分かれし時ゆ　はろかなる　黄泉《よみ》の根国《ねのくに》　神留《かむづ》まり　荒魂《あらたま》すさぶ
すさのをと　争《あらが》ひ遁《のが》る　和魂《にぎたま》の　命《みこと》もちにし　葦原《あしはら》の　醜男《しこを》の握《にぎ》る
生太刀《いくたち》と　生弓矢《いくゆみや》とて　神さびて　世のすべなきを　司り　青人草《あをひとくさ》の
現世《うつしよ》の　生き死にばらを　知らし召し　愛《かな》しみ給ふ　始め生《な》りけむ

根の国の物語は、この世を支えている根源エネルギーを示している。この中に量子論を見る人は霊性を摑み取っていくに違いない。新生日本と合体したときの縄文人の慟哭《どうこく》の一端が、この神話だと私は考えている。ここに古《いにしえ》の日本人の初心を見ているのだ。

スサノヲ

大国主命《おおくにぬしのみこと》の初心

長歌

新生日本を迎えるための縄文人の叫び

日本人の和魂《にぎたま》

反歌二首

天《てん》は哭《な》き　地の叫《さけ》べるも　はろかなる
あくがれ棲《す》める　国を思ほゆ

到達不能の憧れに生きる者は、また人間のもつ霊性を重んずる者でもある。新しい霊性の時代へ向かって、古代縄文人は叫んでいた。

悲しびの　神におはせば　寂《さぶ》しかる
その憧《あくが》れぞ　いまに響かむ

大国主命の憧れは、現代にも通じている。原日本人の遺伝子が大国主命の神話である。この神話を仰げば、我々は原日本の初心を見ることになる。

初心に係わる他の神話

天《あま》の原　振《ふ》り放《さ》け見つつ　御稜威《みいつ》たて
道別《ちわ》き道別《ちわ》きて　天降《あも》りせらるる

この天孫降臨の力の中に、今の天皇まで通じる御稜威と呼ばれる力が分け与えられているのだ。この力によって「日本らしさ」が立ち上がって来るのである。

反歌一

反歌二

天孫降臨　魂のもつ真の力を、地上にもたらす働き

＊御稜威：神霊的な大いなる力を言う。後に天皇に宿る力。

＊道別き：行く手を切り拓く力。日本書紀にある。

七夕《たなばた》を　待ち焦がれたる　天《あま》の川
悲しき恋も　つひに滅びぬ

現代は天の川もほとんど見えなくなった。そして天の川を挟む究極の恋も失われてしまった。七夕のこの恋こそが、日本人の恋愛の初心なのだ。

七夕の恋

豊かなる　生《いのち》を今に　伝へむと
をかしみ担ふ　姿尊し

大黒天の姿は、神話を日常化するものと感ずる。それは、日常生活の中に、神話から与えられた初心を甦らせるためにあるのだ。

大黒天
大国主命の変化神

我が志

生き継げる　謂《い》はれはただに　敷島の
千年《ちとせ》の夢ぞ　後世《のち》に伝へよ

日本人のもつ根源的精神を、未来へ伝えることが重要だと思っている。私たちの人生とは、日本の初心を摑みそれを後世に伝えるためにあるのだ。

我が志
＊敷島：日本のこと。

あくがれし　千年《ちとせ》の夢ぞ　あはれなる
　哭《な》きて憂ひて　彼方《かなた》を目指せ

日本人の初心を後世に伝える。そのために私は存在している。私は新しい世を創りたいと思っている。前人未踏に挑戦したいのだ。

日本人の初心
我が志

伝はりし　夢一房《ひとふさ》を　身に抱《いだ》き
　千年《ちとせ》の先に　我れを捧げむ

多くのものを伝える必要はない。大切なものは、ほんの一握りしかない。日本人の初心である。それを未来へ繋ぎたいのだ。私は古代の心を持って、自己の人生を未来の人類に捧げたいと思う。

日本人の初心
我が志

慕《した》ひたる　母ぞ恋しき　その思ひ
　我れの情《なさけ》の　初《はじ》めなるらむ

母を慕うことが、人間の情の出発となるだろう。母は永遠に命の根源を創っている。私が初心の大切さを知ったのは、母を慕う心によっている。

母
情の初心

第十二章

創業

——七十一首

我が事業は、人生の最も困難な時期に、その志のすべてを抱き締めて出発した。この世のことは、何もかもが失われ、どうにもならぬ深淵に喘いでいた。物理的にもどん底であり、また精神的にも打ひしがれていたと言っていい。そのような時期に、私は絶対負の思想と菌学に基づく事業を始めたのである。どうにもならぬほどに惨めな状態だったが、私の抱いた志は天をも衝くほどの壮大さを有していた。自分が生きるのがやっとという時に、私は日本民族の未来のために立ち上がったのだ。まだどうにもならぬほどに小さな力しかないが、今やらなければ日本が滅びると私は確信して事業を打ち立てた。私の力はもちろん大したものではない。しかし、私が志をもって事業を立てることによって、神の恩寵が日本民族に降《くだ》ると信じて立ち上がったのである。だめならば、私と一歳に満たぬ我が子が犠牲となればいいのだ。私はそのような悲愴なる決意で、今の事業を立ち上げた。魂は悲愴な決意に覆われていたが、それが他人《ひと》に分かることは全くなかった。創業のその日から、私は真の事業家に変異していたのだと思う。私の覚悟は一日で充分だった。立志は一日でなり、それは以後今日まで四十年以上に亘って揺らいだことはない。私は小なりといえども、日本民族のために立ち上がった。それが本当に天の恩恵を引き寄せたのだろう。私の事業は順調に発展し、今日私は人類の未来に向かって一石を投じようと思えるまでになった。私の命が、新しい人類に寄与できるかもしれないのだ。

亡き妻と創業

我が妻の　逝《ゆ》きにし夜に　決意せし
　わが生業《なりはひ》の　生《いのち》悲しゑ

妻が死んだ日、私は国家・民族のために、この身を捨てるつもりで事業の独立を決意したのだ。私自身も、死の寸前にある身で、私は日本民族のために立ち上がることを妻に誓った。

妻の死＝創業の志

悲しびの　裡《うち》より出《い》づる　生業《なりはひ》か
　我が子の寝顔　我れを笞《むち》打つ

創業の日々、家に帰り子の寝顔を見るたびに、私の創業の決意を取り戻すのだ。私の創業は、妻の死とこの子の誕生によって生まれたのである。

妻の死＝創業の志

仕事《なりはひ》に　生きむとぞする　誠《まこと》とは
　我が悲しみを　世にぞ問ふべき

わが事業の根源は、私の知る生命の悲哀を世に問うことである。その悲哀によって、生命の本当の価値を抱き締めてもらうことに尽きよう。

妻の死＝創業の志

子を背負ひ　逝《ゆ》きにし妻の　面影を
偲《しの》ぶ心に　夢をこそ見れ

妻と子がいつも一緒だった。それが私の創業の原動力となったのだ。妻の命と子の命は、我が事業を支える霊魂の力である。

妻の死＝創業の志

愛《かな》しかる　我が仕事《なりはひ》を　人間《ひと》はば
血のしたたりし　涙なるらむ

私の創業はその根源を悲哀が支えている。だからこそ、本当の未来を拓くことが出来るのだと思っている。人間のもつ本当の生命力を問うているからだ。

妻の死＝創業の志

すべもなく　逝《ゆ》きにし妻の　ほほゑみを
思ひ出すだに　ねのみし泣かゆ

亡き妻を思うと、涙しか出なかった。その涙が、私の創業の力の源泉だったのだ。

亡き妻
創業の日々の裏

亡き妻に　花を手向《たむ》けて　戻らむと
返《かへ》り見すれば　月も泣きたり

夜の墓参りだった。私の涙によって、月は滲み、そして泣いてくれたのだ。

わくら葉や　子を産み逝《ゆ》きし　吾が妻の
悲しき微笑《ゑみ》を　今も忘れず

病体を押して、妻は子を出産した。我々夫婦はすべての反対者と闘い続けた。私と妻は、本当の意味における戦友でもあったのだ。

妻逝《ゆ》きて　わが憤《いきど》ほり　行方《ゆくへ》なく
怒り苦しみ　腸《わた》ぞ抉《ゑぐ》れる

妻を喪った悲しみは、癒されることは全くなかった。その憤りが、私の人生を立て続けてくれたに違いない。

亡き妻の墓参り
創業期
夜しか行くことが出来なかった

亡き妻
死後
創業期
『友よ』（講談社刊）会津八一に掲載

亡き妻
死後
創業期

創業の志

ことごとく　望み砕《くだ》かれ　凍《こほ》りたる
家に坐《すわ》りて　夢ぞ養《やしな》ふ

不幸が真の夢を育むのだ。孤独こそが、生命の流露を誘う。私の立志は、非日常の激しい不幸の中で育まれていった。

君がため　世のため何か　惜しむらむ
我が身に過ぐる　願ひ抱《いだ》けば

志のためにおのれの命を捨てることが出来るほど、幸運なことはない。私の武士道が絶対負の思想を生み出した。その絶対負が、わが事業を創り上げたのである。

天《あめ》が下《した》　我れ独《ひと》り居《を》る　寂《さぶ》しさを
継ぎて承《う》けつる　命《めい》を知る日に

ただ独りで生き、ただ独りで死ぬ覚悟が出来て、初めて独立の決意がついた。いよいよ絶対負の事業を、この世に問うことになったのだ。

創業の志
養常

創業の志
宗良親王の本歌取り
「君がため　世のため何か　惜しむらむ　捨てて甲斐ある　いのちなりせば」
＊君：大君。

創業の志
独立の決意

日に射らる　わが影深く　庭を這《は》ひ
黙《もだ》せる思ひ　土にこそ浸《し》め

孤独の中で、創業の立志は行なわれた。庭を見つめながら、私の頭脳の中では絶対負が立ち上がっていった。

創業の志
立志の日々

はらわたの　捩《よぢ》れる如き　寂《さぶ》しさを
夕日に射られ　影ぞ震へし

人生の最も寂しく悲しい日々に、私は独立の志を固めていった。この時期だからこそ、絶対負の思想が確立できたのだ。生命は、幸福なとき何も出来ない。

創業の志
立志の日々

今の世の　青人草《あをひとぐさ》の　悲しびを
この業《なりはひ》に　盛りて散らさむ

娘真由美を背負っての独立だった。異質でしかも輝ける事業の行く末を思う。現世の絶対負と魂の絶対負を、私は生涯をかけて貫くつもりである。

創業の日
一九八四年四月一日　家において、会社設立は同年五月十三日

澄み渡る　この群青《ぐんじやう》の　空遠く
渡り行《ゆ》きける　白き月見ゆ

創業の日、まっ青な空深く白い月が渡った。その白さに驚き恐れ、詠める。白い月は、神話を誘う月だと言い伝えられている。それが、我が創業の日に天を渡ったのである。

悲しびを　もののあはれの　血に溶かし
抱《いだ》きて生くる　敷島の道

日本人の情感が日々の仕事を支えている。皇室と日本の歴史に深く思いを馳せる。私は日本民族のために立ち上がったのだ。その心にいつわりはない。そう信じられたのは、すべて皇恩のおかげだと思う。

悲しみの　うねりが生みし　なりはひに
人の誠《まこと》の　いかで生きなむ

我が事業は誠によって運営され、新しい誠を生み出すものでなければならぬ。それが、絶対負の事業なのだ。人間の誠のほかは、わが事業は何もいらぬ。

創業の日
一九八四年四月一日
白い月

創業期
皇恩を思う
＊敷島：日本のこと。

創業の志

寂《さぶ》しかる　この悲しみを　如何《いか》にせむ
幼子《をさなご》見つつ　出《い》づる思ひは

創業の志は、亡き妻を偲ぶ悲しみの中から立ち昇って来た。幼子を見ながら、私は祖国のために死ぬ決意を固めつつあった。

三月《みつき》なる　我が子座らせ　意を含む
子は意の方《かた》へ　転《ころ》がり倒《たふ》る

命がけの私は、一蓮托生の娘に一応意志を聞いた。子は私の意志の方へたおれ込んでくれた。これで生死を共にすることが出来る。一安心だ。

すでにして　死にたるこの身　日の本の
その行《ゆ》く末《すゑ》に　投げ込み捨てむ

わが創業は、自然の摂理が武士道として顕現していた。自然の中の「絶対負」である菌によって、わが事業は初めて地上的価値をもったのだ。その価値に、絶対負の全生命を投げ込まなくてはならぬ。

創業の志
亡き妻と娘
真由美

創業へ向かって
真由美
＊娘：真由美は生後三ヶ月であった。

創業の志
「絶対負」

創業期

父母ゆゑの　身《み》は現《うつ》し世《よ》に　朽ちるとも
朽ちざるものを　見つめ進まむ

命がけの事業に乗り出した。人間の生《いのち》の本当の価値だけを見つめて私は行く。私はいずれ死ぬだろうが、永遠に繋がるものを必ずこの世に残すのだ。

創業期
決意

亡き妻が　いまはのきはに　残したる
その夢だにも　我れは立つべし

妻の夢は生きる喜びを抱き絞めることだった。私はその夢を実現しなければならない。生きる喜びを抱き締めるために、私は死の決意を固めたのだ。

創業期
決意

棚引《たなび》ける　雲ゆく果ての　その果てに
我が夢しかと　在るを見るらむ

わが志は遠くにある。それに近づくことが我が創業の心なのだ。私はわが志の実在性を信ずることが出来る。それに命をかけるのである。

創業期
志

わが統《す》べる　この業《なりはひ》の　行《ゆ》く果《は》てに
弥栄《いやさか》映《は》える　国のあるらむ

わが事業は、民族の行く末のために創業された。わが願いと祈りはこれに尽きよう。私の事業が伸びれば、日本の魂が甦るのだ。

創業期
決意

＊弥栄：より一層、栄える。

月満《み》ちて　我があくがれを　語らへと
焦《こ》がれゐたれば　月も震へむ

憧れを事業化するには、命を投げ出す以外に道はない。憧れと現実の落差は、無限に近いのだ。それを乗り越えなければならぬ。

創業期
憧れと現実のはざま

我が友の　生まれ出《い》でけむ　ひとところ
見詰め佇《たたず》み　祈りて去らむ

仕事の途上で、二十一歳で死んだ友の家を見付けた。なつかしさに涙が滲んだ。友の霊魂に、私は勇気づけられているに違いない。

創業期
友

芽生《めば》えたる　生《いのち》の萌《きざ》し　岩肌を
割《わ》りて出《い》づるに　我れは逢《あ》ひたり

創業の頃は、小さな生《いのち》の真の価値を感じ易かった。いかなる生にも私の心は反応したのだ。絶対負とは、不可能を可能にする思想である。それはこの世を超越しているのだ。

創業期
会社の帰り道

鎌倉に　門《かど》を敲《たた》きて　手向《たむ》けらる
言葉に勝る　花向《はなむ》けぞ無き

創業の頃、鎌倉にあいさつに行った。そのときにいただいた言葉ほど私の意を強くするものはなかった。創業後においても、この恩人の情に、私は救われたのである。

創業期
平井顕

＊平井顕：三崎船舶工業㈱社長。鎌倉に住む。

生《いのち》ある　花一輪《いちりん》も　匂へれば
花野を我れに　贈《おく》りゐにけり

花一輪の生に、多くの力をもらい、また多くの励ましを受けた。私にとって、一輪の花は一面の花畑と同じだった。生命の輝きが、私に舞い降りて来るのだ。

創業期
夜の家にて
花一輪

月清く　桜を透かし　見上ぐれば
月を喰らひし　花ぞ眼に沁む

創業後、初めての桜を見る。我が家紋「蔭桜《かげざくら》」を思い、祖先の守りにただ涙す。多くの人の恩の上に、今の私の存在がある。わが事業は、恩に報いる事業でもあるのだ。

創業期
蔭桜
恩

創業期と我が子

天《てん》遠く　さゆれる星も　降り注ぐ
子の待つ家の　あまりに遠し

日々に続く、疲れ果てた深夜の帰宅は、娘がいなければ決して出来なかった。子の顔を思い浮かべれば、死ぬほどの疲労と苦悩も、急速にやわらぐのだ。

創業期
真由美

月抱《つきいだ》き　星を友とす　親子ゆゑ
その行《ゆ》く末《すゑ》の　何ぞ愛《かな》しき

深夜に交流する親子に、私は何とも言えぬおかしさを感じていた。一歳になる娘のかわいさは、無条件に幸福を感じさせるものがあった。しかし私は、それを娘に伝えることも出来なかったのだ。

創業期
真由美

我が行《ゆ》ける　この道遠く　続けども
先の世にこそ　君を見るらめ

娘がいるからこそ、私は創業の孤独に耐えられたに違いない。君は、つまりは私にとってはすべての希望なのだ。

創業期
真由美

我が生くる　燈《ともしび》ゆらぎ　幽《かそ》けくも
おぼろに映《うつ》る　君を見つめむ

すべての不安は、君の存在によって吹き飛ばすことが出来た。遠い憧れは、君の実存と共に、私にとって地上的なものと成ったのだ。

創業期
真由美

ぬばたまの　夜に遊べる　親子ゆゑ
黒き静寂《しじま》も　永久《とは》に愛《め》でまし

深夜に遊ぶ親子だった。だから夜もまた、私たちを愛してほしかったのだ。運命とは言え、娘には悪いことをしたと思っている。

創業期
真由美
ぬばたまの＝夜・黒にかかる枕詞

非力なる　この父持てる　君なれど
それを運命《さだめ》と　思ひ知れかし

私の子であることの不運を味わってほしい。運命を味わう人にこそ幸運は来るのだ。そういう子に成ってほしいと願っていた。(これは父親失格の言い訳ではない)

創業期
真由美

夜深く　子の起きぬれば　二人して
歩く夜道《よみち》は　我れらのものぞ

夜遅くの帰宅に、娘が起きることがあった。そのときには二人でいつも散歩したのだ。二人で歩く夜道の楽しかったことは忘れられない。私にとっては、最も深い幸福の思い出なのだ。

創業期
真由美

寝入りたる　我が子に語り　かけぬれば
子はい寝《ね》ながら　笑ひ応《こた》へし

真由美の寝顔ほどかわいいものはなかった。すべての疲れは吹き飛んだ。夢を見ているのだろうか。寝ながら笑う幼子の純真は、この世の最も尊い姿である。

創業期
真由美

創業期の仕事観

我が夢の　深く沈みて　響きたる
その悲しみの　何処《いづく》にぞ行《ゆ》く

私の運命に課せられた使命は、どこへ向かうのだろうか。絶対負の地上的実現は、不可能に対する挑戦である。それを為すのが、我が武士道とも言えよう。

創業期
仕事観

身はたとへ　この道の辺《べ》に　朽ちるとも
忘れざらめや　今のこの道

私は吉田松陰のように生きたかった。我が創業の志は、日本民族の現状を憂うる精神だけだったのだ。

創業期
仕事観
＊この道：わが事業。

火の如く　今にしあれば　魂極《たまきは》る
わが命だに　いづこにか捨つ

創業期の毎日である。自分の命を事業の中に捨てるために生きていたのだ。私は燃える火であったに違いない。しかしその火は、消滅するために燃えていると言ってもいい。

創業期
仕事観
魂極る＝命にかかる枕詞

一期《いちご》とて　一会《いちえ》の縁《えにし》　見つめむと
命し燃えむ　今ぞ生きぬる

すべてのお客様に体当たりをした。全身全霊の会話だけが日々を創っていたのだ。私はすべての人々と、いつも最後だと思う接し方をしていた。

創業期
仕事観
営業観

今もなほ　去年《こぞ》の運命《さだめ》を　かへりみて
袂《たもと》を絞り　独《ひと》り佇《たたず》む

創業の志を、より強く日々固め直さなければならない。わが事業は、私の志を遂げるためにあるのだ。業績や成長は、志のずっと下にあるものに過ぎない。

創業一年の祝い

創業後の日々

悲しかる　人に語らふ　言の葉に
込める生《いのち》ぞ　我に還《かへ》らむ

他者に語ることによって、実は自分に言い聞かせていることがある。他者はすべて、自分の先人なのだ。実は他者の中に、自己の真の希望がある。

わが人生
他者に教わる

友人の母の死に

積み上ぐる　生《いのち》の永《なが》き　母ゆゑに
　友よ恵みは　児孫《じそん》に伝《つた》ふ

わが友の母が死んだ日、その友の母上のために詠んだ歌である。友の母親は、本当に穏やかな長い生涯を送った。きっと、その恵みは子孫に行くだろう。このようなことが、私は人間の真の希望なのではないかと思うのだ。

虎ノ門
スペイン大使館
裏
桜並木

月澄みて　花咲き出《い》づる　ひとところ
　この美しさ　言葉さへ無き

わが社の虎ノ門時代、スペイン大使館裏の桜並木は帰社の楽しみだった。すさまじく美しい桜である。私の右腕だった上原営業部長が生きていた頃、いつでも一緒に花見をしていたのだ。

新築の　家に越し来る　その日には
　凶事《まがごと》起きて　慶事《よきこと》ぞ消《け》ゆ

新築の家も建ち、引っ越しの祝の日、阪神淡路大震災が起こった。未曾有の災害の日、私は自分の家の引っ越しに精出していた。そのため翌日まで全く気づくこともなかったのだ。恥じ入るべきことだと感じている。

＊新築：新築の家に引っ越しの日。一九九五年一月十七日。この日、阪神大震災が起こった。

慰《なぐさ》むる　言葉も出《い》でぬ　事どもに
出会ひ交はり　涙こそ果つれ

人生の無常を強く感ずる。それが年齢を経るということなのだろう。創業の志は、私の中で日々新たに立ち続けている。

還暦を迎えて
創業二十七年

生《あ》れ来《こ》せる　この敷島に　生きぬれば
我が現《うつ》し身の　運命《さだめ》こそ恋ふれ

自分に与えられた運命を全うする。これ以上の人生はない。創業から三十七年経って、私の志は益々強まっている。

古希の日
七十歳、創業三十七年
＊敷島：日本のこと。

おぼろなる　月は滲《にじ》みて　雲白く
沙漠ならずも　夢ぞ湧くらむ

私は歌曲「月の沙漠」を愛して来た。このごろ、私のいる所が沙漠なのだとわかって来た。「月の沙漠」には、真の希望があるのだ。憧れに向かう人間の夢である。

古希の日
七十歳、創業三十七年

見上ぐれば　深きみ空に　雲流れ
月を抱《いだ》きて　我れを見つめゆ

私は月の精霊に愛されていると思う。それが私の希望を生んでいる。だからこそ、この命を歴史の中に投げ入れなければならないのだ。地上の欲望を捨て、人間本来の宇宙的使命に直進しなければならない。

古希の日
七十歳、創業三十七年

希望の在り方

雲晴れて　月冴え渡り　青光る
空を見つめむ　われら親子ぞ

すべてを失い、私は立ち上がる決意をした。真由美八ヶ月、我が力の根源になっていた。本当の希望とは、希望が失われたときに育まれるのだ。

立志
子の存在がすべてを生む

現《うつ》し身《み》の　赤き心は　天地《あめつち》の
果てなむ先に　灯《ともしび》を見ゆ

私は現世で成功しようとは思わない。わが事業は遠い憧れに向かっていくのだ。新しい世、新しい人類、そのようなものに向っていきたい。それが本当の希望を生むように思うのだ。

事業に込めた私の憧れ

求むれど　かの灯《ともしび》は　彼方《かなた》なる
いざや求めて　我れは往《ゆ》くべし

私の憧れは遠い。それは現世を超越したところにあるからだ。そこには死んでも行かなければならない。いや、行くために死ななければならないのだ。

わが憧れ
不可能性

望むだに　えも叶《かな》はざる　世に在れど
慈《いつく》しむべき　夢な忘れそ

憧れを養なわなければならない。現実の壁が大きいほど夢は飛躍するのだ。絶望の中から希望は生まれて来る。私は事業の在り方をそう考えている。

運命
事業

道も無き　道を歩みて　いかでなほ
わが夢つなぐ　道もあるべし

私の道は独自である。道は創るものと心得ている。前人未踏の荒野を、私は進むつもりでいる。それだけが、真の希望に繋がっていると信ずるからである。

わが進む道

灯《ともしび》の　尽きて果てなむ　夢を見し
夢と思へど　ここだ悲しき

わが生命は、憧れによって支えられている。それそのものが私の命を支えているのだ。憧れに向かって行くことが、私の運命なのだ。その中にだけ、希望がある。その灯が消えれば、私の人生はない。

憧れを失いかけたときの心情

西の方《かた》　はるけき先の　また先の
夢果つる先に　落日《らくじつ》ぞ燃ゆ

人間の幸福と生命の本源は、西方浄土《さいほう》にあるという。そして、そこは落日の場所なのだ。落日の荘厳を愛するわが志は、新しい世を生むに違いない。

事業の先

我れ聞きし　鬼神と偕《とも》に　歩むとは
その言葉だに　我れを立たしむ

母が大好きだった霊能者が、小学生の私に対して、「この子は死者であり、運勢は無い」と言っていた。「陰陽絶滅であり、鬼神と偕に歩む人生だ」と言っていた。私はこの言葉に、無限の希望を見ているのだ。

鈴木祐輔
昭和三十年代の大霊能者

地の底ゆ　煮えて滾《たぎ》れる　はらわたに
願ひて居《を》らむ　夢を待つ身は

我々は地球から生まれたのだ。それを本当に知らなければならない。だから人間が人間と成った初心が、人間存在の中心に据わる世を創りたいのだ。それだけが私の願いである。新しい時代、新しい人間の誕生しかない。

わが事業
思想

いたらざる　我が身にあれど　道往《ゆ》かば
揺《ゆ》らぎて居《を》れる　夢にこそ逢《あ》へ

自己の運命の道さえ歩んでいれば、必ず憧れに近づいて行けると信じている。私はそれだけで生きて来た。そしてわが事業もまた、それだけの道を歩むのだ。

わが人生
わが事業
その夢

現世《うつそみ》の　我が願ひとは　つつがなき
家族《うから》の無事に　比するものなし

私の現世は、家族の無事だけと言っていい。他はすべて魂の問題だけである。家族の健康以外に、この現世で何を望もうか。

現世の願い

父母の笑顔

うつそみの　嬉しきことを　問《と》はれれば
　父母《ふぼ》の笑顔に　まさるもの無し

父母の笑顔は、人生最高の幸福だった。それ以上のものは何もない。この世には、これ以上のものはないのだ。

私の故郷

昔日《せきじつ》の　雑司《ざふし》ヶ《が》谷《や》なる　天地《あめつち》に
　育《はぐく》まれたる　いのちぞ我れは

私が生まれ育ったのは、上り屋敷と呼ばれていた豊島区雑司ヶ谷六丁目である。そこが、私を私にしたのだ。この土地には希望があった。何も欲しない、真の希望があったのだ。

上原安紀子を偲ぶ（葬儀参列者へ配った文）

上原安紀子は、創業以来の私の右腕だった。清楚で品格に満ちた人物であった。その謹厳な性格のゆえに、私は何度たしなめられたことか。約三十年間に亘って、辛苦を共にしたのだ。すばらしい人だった。その人を、五十九歳という若さで失った。替わる人のいない人材の中の人材だった。これは、その社葬における私の追悼の辞だ。私は泣き濡れて、これを読むのに何十分もかかってしまった。涙が止まることはなかった。

株式会社 日本生物科学 取締役営業部長 故上原安紀子君「追悼の辞」

君の死を悼む。私には、その他に、何も言うことが出来ない。ただただ悲しく、また苦しい。そして残念でならないのだ。年齢もある。しかし、君の個性こそを私は惜しむ。私はその個性が好きであった。花と呼ばれるものであろう。君には花があった。そしてそれ自身が君の実力なのだ。君が、現代の日本に得がたい人間であったことは、私が誰よりもよく知っている。私にとって君は、苦難と喜びを分かちあった真の友であった。

安らかに眠れ、わが友よ。また会う日まで、静かに静かに。私には言葉が無いのだ。なさけないことは解かっている。だが、赦されよ、わが友。

言葉にならぬ思いを、私は歌と成した。この歌どもは言葉ではないのだ。我が魂の分霊と心得てくれ。君と笑い、憤り、そして哭《な》いた思い出を私はまず歌いたい。聞きたまえ。

過ごし経《へ》ぬ　そのことどもは　今にして
　わがうち深く　悶《もだ》え震へむ

そうなのだ。君と過ごした三十年のあらゆることどもは、私のうちで、今、はらわたを抉《えぐ》り、魂を震わせているのである。そして今、私は、君のいのち、つまり、その生きることへの願いを満たすことさえ出来なかった自分を見つめ直しているのだ。あと一歩、あと一歩が永遠であった。ついに、君の期待に応えることが出来なかった。すまぬ。だからこそ、その思いを歌いたいのだ。

燃え尽きし　君がいのちを　偲《しの》ぶれば
　　われの思ひぞ　いかに拙《つた》なき

君の本当の心を私は充分に汲んでやれなかった。私にはそう思えてならない。しかし、君と歩んだ、我が事業の道程は、確かに私にとって心底楽しかったのである。私はそれだけを大切にしたい。それを私は歌いたいのだ。

面影の　夢とも思へ　面白き
　　ただひたすらの　玉鉾《たまほこ》の道

しかり、我れらの道は確かに面白かった。辛いこと悲しいこと、みんな楽しかった。君の面影の中で、私はそう思うのである。我が社、創業以来、三十年を君と共に過ごした。そして今、新しい本社ビルが眼前にそびえているのだ。君の貢献は計り知れない。君が一年の間、ここに居ることが出来たことを、私は神の恩寵《おんちょう》だと思っている。君こそが、この本社ビルにふさわしいのだ。わが歌を聞け。君の瞳に、私はいのちの実存を見出している。

歩み来て　今しそびゆる　館《やかた》とて
　　　君が瞳よ　ここに輝け

　君の瞳の輝きは、この本社において永遠に輝き続けるであろう。君はここに棲み続けるのだ。崇高な未来を夢見て。そして君の死は近づいて来た。君のいのちは真っすぐであった。つまり、今の世には生きにくかったであろう。私はそれを覆《くつが》えすには、あまりにも無力であった。君を充分に助けることが出来なかったに違いない。しかし、君のいのちは、未来のものなのだ。君は未来に生きていたのだ。私は今そう思っている。君の血は現世を捨てて、未来へ羽ばたいたのだ。自らの生き方をその証《あかし》として。

生き抜ける　この人の世を　捨て去りて
　　　君くれなゐの　血こそ葬れ

　君は現世における、その血を葬り去った。しかし、その血は必ず未来の時空に再生する。私はまたいずれ君に会えると信じている。霊魂とは、そういうものなのだ。霊魂は不滅である。それが私の思想の核心だ。それを人生の最期に、つまり末期の言葉として君に伝えることが出来たことは、何よりの幸運であった。我が手の中で、君の息が絶えたとき、私は君と再会できることを確信したのである。また再び我れらの青春のときを持とうぞ。共に歌ってくれ。我れらが日々のゆえに。

されどまた　我れらが日々を　持たむとぞ
　旅立ち逝《ゆ》ける　君に伝へり

安らかに旅立て。もう現世のことは考える必要はない。何も考える必要はないのだ。憂うるな上原安紀子よ。碧く煌めく涙のような星を見るのだ。その美しい星に向かって、君は旅立て。もう私のことも、仕事のことも、何もかも考えるな。君らしく、堂々ときっぱりと生きれば良い。死者として生きるのだ。君の霊魂が再び形を得るとき、私との再会を喜びあおうではないか。この宇宙の涯《は》てに、また我々が会う場所が必ずあるのだ。そこに向かって行け。

平成二十四年十月二十九日　執行草舟

第十三章

宇宙・運命

——二十八首

人間の生命は、宇宙の悲哀によって誕生した。我々は宇宙から滴る涙の産物として、この地上に生を享けたのである。私はずっとそう信じて生きている。私の生命は、宇宙の力によって生かされているのだ。自分の人生を通じて、それを実感することが度々あった。宇宙との繋がりこそが、地上に生きる我々に真の夢を与えてくれる。少なくとも私の夢や憧れは、そのようにして創られて来たと言い切ることが出来る。宇宙を直接に歌とすることは出来ない。歌そのものは、元々宇宙から滴る人間の涙を表わしたものである。だからすべての歌が宇宙的と言えば、そう言えるだろう。しかし、ここでは私は自分の生命の燃焼過程を表わしたい。自己の生命が宇宙と直結していると信じた心を表わしたいと思ったのだ。どのような形で、私は宇宙との繋がりを実感したのか。そのような私の心情を、歌に落とし込んだつもりでいる。宇宙の力が、日本の根源的伝統と結び付く刹那を私は歌いたいのだ。

前文

父母未生以前の我れ

長歌

ちちのみの　父の命《みこと》ぞ　ははそばの　母の命《みこと》も　我が裡《うち》に　深くお坐《は》して
我が骨に　深く鎮《しづ》まむ　我が魂《たま》に　熱く沈みて　地の底ゆ　煮《に》えて滾《たぎ》れる
灼熱《しやくねつ》の　国常立《くにとこたち》の　樛《つが》の木の　いやつぎつぎと　我が裡《うち》に　いやふつふつと
生み出《い》づる　生みては殺し　殺しては　また生み出づる　悲しびの
縁《えにし》を立たし　身を削り　削り削りて　古《いにしへ》ゆ　命《いのち》も叫ぶ　天地《あめつち》の
分かれし時に　誘《いざな》ひて　誘《いざな》ひ果てて　死に継がむ　その寂《さぶ》しさを　養ひて
養ひ育て　父として　今も在るらむ　母として　ただに在るらむ
我が父母《ふぼ》は　生きゐたりけり　死にゐたりけり

人間の生の本当の尊さを歌いたい。私一人の中に、どれほどの生がうごめいているのか。父母がいたことの本当の意味を問いかけたいのだ。私の生は宇宙のしずくである。人間の生は、宇宙の謂《い》われとも成っているのだ。

父母未生以前《ふぼみしょういぜん》の我れ
長歌
我れを創っている本来の面目
樛の木の＝「いやつぎつぎ」にかかる枕詞
道元「本来の面目」
道元辞世の句「春は花　夏ほととぎす　秋は月　冬雪さえて冷しかりけり」

反歌二首

ひとひらの　雲すずしげに　流れ行《ゆ》き
仰ぎ見すれば　雲も我れ見ゆ

秋は特に、大空を行く雲との一体感が楽しめる季節だ。この一体感は、自己の生命の淵源を見つめる目を養う。

反歌一
秋空の雲
養常

極まれる　道は悲しく　一すぢに
涯《は》てをも知らで　行《ゆ》きゐたるべし

私の憧れは遠く、決して到達することはないだろう。人生とは、それに向かう道程《どうてい》である。憧れは、遠い未来にあり、また太古の世界にある。

反歌二
私の生き方
忍ぶ恋

絶対負の思想

寂《さぶ》しさに　耐へつつ摩《ま》する　一振《ひとふ》りの
青き直刃《すぐは》に　写《うつ》る思ひは

人間の宇宙的使命に生きる。つまり、到達不能の憧れに向かう決意はこのようにして養われた。孤独の中で、生命の深奥は明かされていく。

絶対負の思想
確立期
我が忍ぶ恋
＊絶対負：執行草舟の中心思想である。その確立過程の懊悩を歌と成したい。

皇祖《すめろぎ》の　赤子《せきし》ぞ我れは　そのゆゑに
　国の生《いのち》に　喰《く》らひ付《つ》くべし

日本の歴史を命がけで学ばねばならぬ。不敬なる表現の中に、私は命がけの本質を歌いたかった。歴史の涙の奥に、精神を向かわせるのだ。

絶対負の思想
確立期
赤子

侍《さぶら》へる　家に生まれし　我れなれば
　祖《おや》の涙を　呑《の》み干しつらむ

生命の宇宙的使命の実行は、民族と家系、その垂直の歴史の表現の中にある。家系が、宇宙に繋がっているのだ。生の淵源だけが、宇宙を知る手がかりとなる。

絶対負の思想
確立期
祖先

月澄みて　甦《よみが》へりたる　桜花
　舞ふを末期《まつご》と　いかで知るべき

自己の運命に殉ずることが、生命にとって最も大切なことなのだ。自己の運命こそが、宇宙の意志なのだ。それをすべて受け取るとき、自己は宇宙へと放たれていく。

絶対負の思想
確立期
桜

風も起《た》ち　花の生《いのち》を　愛《め》でぬれば
　生《いのち》の舞ひを　花ぞ舞ひける

吹き込まれた生《いのち》の崇高を、桜花ほど見せてくれるものはない。死もまた、生を吹き込まれることなのだ。本当の愛がなければ、すべてのものの中に、花の生を見付け出すことは出来ないだろう。

絶対負の思想
確立期
花

寂《わぶ》しさに　花の下《した》にて　佇《たたず》めば
　この寂《わぶ》しさを　花は愛《め》づらむ

寂《わぶ》しさの頂点は、また真の生《いのち》の頂点でもあった。自己の悲しさ、寂しさを、自然は愛の目で見ているのだ。寂しさの中に、輝くような生《いのち》が生きているのである。

絶対負の思想
確立期
花

手のひらに　降《ふ》りて止《とど》まる　一片《ひとひら》の
　花の生《いのち》を　見つつ思ふも

ひとひらの花の生《いのち》の中に、大宇宙のすべてと、人間の歴史のすべてが立ち上がった。一は全であり、全は一である。花の生が分かれば、自己の本来の面目は立つのだ。

絶対負の思想
確立期
花

桜花　はや散るべきを　知りぬれば
その美《うるは》しさ　比するものなし

桜ほど、人間の生命の本質を教えてくれるものはない。その美しさは、散ることによって成り立つ。人間の崇高性は、我々の死の認識の上に成り立っている。

絶対負の思想
確立期
花

散る花に　おのが生《いのち》の　営《いとな》みを
見るは悲しき　知るも悲しき

生《いのち》の絶対的悲しさこそ、真の人間生命の宇宙的使命を創っているのだ。人間の使命は、生の悲しさの認識に支えられている。その悲しさが、人間のあらゆる偉大を創り上げているのだ。

絶対負の思想
確立期
悲哀

悲しさに　我れは生くべき　寂《さぶ》しさに
われは死すべき　いかで捨つべき

絶対負の中から、真の生《せい》の燃焼が湧き上がって来る。あらゆる死の中から、私の生が燃え上がって来るのだ。何も分からないのが人生である。自己の運命を捨てることが、自己の運命を生む。

絶対負の思想
確立期
寒き夜に

憤《いきどほ》り　歎《なげ》き悲しみ　夜深く
思索の果てに　月ぞ沈める

激しい義憤が、私の根本思想を確立した。それは生《せい》の慟哭《どうこく》だ。辛苦の果てに、術《すべ》を失うのだ。その覚悟だけが、運命を生きる自己を創り上げる。

絶対負の思想
確立期
寒き夜に

絶対負確立の孤独

今宵《こよひ》また　歎《なげ》きの月ぞ　昇り行《ゆ》く
寒く寂《さぶ》しく　独り立つべし

絶対的思想は、絶対的孤独の中で、ただ独りで立つことでしか確立しない。ただ独りで生き、ただ独りで死ぬ。この根本知が、宇宙的なものを地上に降ろすために必要なことなのだ。

絶対負の思想
確立の孤独

歎《なげ》きつつ　秋のみ空を　見上ぐれば
歎きの月ぞ　渡り行《ゆ》くらむ

絶対負の思想は、絶対的な孤独の中で確立していったのだ。すばらしい空には、歎きの月が渡って行く。善悪を超越して、与えられた生命に祈りを捧げなければならぬ。

絶対負の思想
確立の孤独

地の底ゆ　神のはらわた　どよみつつ
　哭《な》けと如《ごと》くに　我れを見つめむ

天を目指すことは、地を穿《うが》つことでもあるのだ。心を地底に向かわせることは、この世を愛する基本となる。

絶対負
垂直の思想
負のエネルギーは、天と地の両方向に作用している

彼方《かなた》より　来たりて何《いづ》れ　去らむとも
　我が魂は　聖地を目指す

私は人間の原点を聖地と言っている。人間の謂われを問い続けるのだ。それを私は人間の宇宙的使命と言っているのだ。私はいかなる人生を送ろうとも、必ず私の生《いのち》を聖地へと向けるのである。

絶対負
我が魂

運命との対話

我が願ひ　切に願ひて　凍る夜《よ》は
　青き月とて　冴《さ》えかへりつつ

運命に対する願いはただ一つ。それは我が武士道を、何とか貫徹したいという一心である。その一つしか私にはない。それが分かったとき、生命の本質を私は摑んだように感じた。

我が運命との対話
三十代

月青く　光も冴《さ》えて　渡り行《ゆ》く
寒き夜空に　星の雫《しずく》が

星の雫が、人間の涙を連想させる。私の運命もまた、人間の運命のひとつである。あらゆる生《せい》は、その「涙」によって輝くのだ。人間の生命もまたそうに違いない。

我が運命との対話　三十代

寒き夜《よ》を　ただに射《い》るらむ　我が友よ
静かに渡る　月ぞ寂《さぶ》しき

夜、独りで自己の魂と対峙することは、私の最も大切な日課である。私の生命を支える負のエネルギーは、月との対話によってその実感を増していったのだ。

我が運命との対話　三十代

すべもなく　涯《は》ても見えざる　この道を
ただに進みて　恩に報《むく》いむ

人間の運命の尊さは、恩に尽きるだろう。運命は、それを目指しているのだ。恩の中に、人間生命を創り上げた負のエネルギーの地上的実存があるのだ。

我が運命との対話　三十代

道の辺《べ》に　花を摘みつつ　進み行《ゆ》く
その行く果てに　待つは君のみ

我が運命には、何があるか分からない。その楽しさは、また格別である。しかし、最後にはまた、君のもとに辿り着くだろう。私は永遠に君を仰ぎ見るのだ。そのエネルギーが、私の運命を創るだろう。

我が運命との対話　三十代
＊君：亡き妻。

月読《つきよみ》の　匂《にほ》ふが如き　悲しびを
友とぞ思ふ　時は流るる

月を仰ぐことは、自己を顧みることに繋がる。人間は自己の生命の本当の価値を、月との対話で培《つちか》って来たのだ。月を感ずれば、生命の本源が分かって来る。

我が運命との対話　四十代

老い行《ゆ》ける　道にしあれば　滅び行く
この現《うつ》し身を　抱きて愛《かな》しむ

老化する肉体との対話は、自己の運命を知るために、ことのほか大切である。宇宙を支配するエネルギーは負のエネルギーだ。その最も美しい分派が、我々の生命力と言えよう。それを抱き締めるのだ。

我が運命との対話　五十代

月の本質

かぐや姫　そして兎《うさぎ》の　棲《す》む月を
　恋し憧《あくが》れ　人は生きるに

アポロ十一号の月面着陸を、今の人は何故、こんなにも喜ぶのか。私には分からない。人間が自己の魂を汚しているのだ。我々は、月が人間の魂を創り上げたことを忘れている。

月の本質
アポロ十一号
一九六九年

月こそは　かぐや姫なる　主人《あるじ》ゐて
　我れの心を　育て養ふ

私の心は、月のロマンに育てられた。はっきり記憶している。私はそれを実感する人生を送っている。そして、それが人類の本源であることを知ったのだ。

月の本質
かぐや姫

月面を　人類《ひと》が歩くと　伝へ聞き
　人類《ひと》の行《ゆ》く末《すゑ》　思ひわづらふ

人間の「欲望」が、ついに月に到達した。人類の「憧れ」をどうするのか。知ることは、憧れの消滅を意味する。こんな簡単なことを、我々は忘れてしまった。

月面着陸
アポロ十一号
一九六九年

第十四章

思想

——三十首

現代において、思想は最も重要な人間の柱とも成っている。多くの人間的業績が、人間のもつ思想によって成し遂げられている。それが事実と言えよう。しかし、我々日本人の心の歴史を司る歌の世界では、思想を歌うことは心を低めることと繋がってしまう。思想は歌にならないのだ。私は自己の人生において、思想の確立を最も命がけで行なって来た。思想を、私は死ぬほどに愛している。思想のために生き、思想のために死のうと決意している。しかし、歌にはならないのだ。日本の根源的伝統としての歌が、我々現代の思想を受け付けてくれない。したがって、私は自己の思想を語れない分、自己の思想の確立を助けてくれた恩人を歌いたいと思った。私の思想は、当然、多くの先人の魂を引き継いでいる。その恩を敬いたい。恩こそが、歌を常《とこ》立《た》ちに立てるものと言っていいだろう。思想を恩に原子変換すれば、たちまちにしてそれは日本の根源に根差す歌の心と化するのである。

外国人の思想

狂ひたる　君に漂《ただよ》ふ　寂《さぶ》しさが
すでにしあれば　読みて涙す

ニーチェのツァラツストラは、その生き方を同じくする者にだけ、涙を流させるものと言える。その詩情は、あくまでも高く清く悲しいのだ。

涙なる　君が詩いたく　悲しけり
この慟哭《どうこく》を　我れは解《げ》すらむ

ニーチェのツァラツストラほど親近感をいだく哲学詩はなかった。わが青春の哲学だった。その奥にうごめくギリシャ的悲哀を、私は日々共にして生きていたのだ。

我が師にて　その憧《あくが》れの　事どもは
為《な》して狂《くる》ひて　哭《な》きて死に果つ

ニーチェは、私の魂に最も深く感応した哲学者である。私の『葉隠』を最も深めてくれた。その生命は、まさに死に狂いと忍ぶ恋そして未完だった。

ニーチェ『ツァラツストラかく語りき』

＊フリードリヒ・ニーチェ：一八四四―一九〇〇。ドイツの哲学者、バーゼル大学教授。

＊ツァラツストラ＝ニーチェの根源思想を語る長編詩の主人公。

ニーチェ『ツァラツストラかく語りき』

ニーチェ『ツァラツストラかく語りき』

涙なる　魂魄《こんぱく》つひに　荒野《くわうや》にて
哭《な》きて叫《さけ》びて　悶《もだ》え斃《たふ》れし

まさにウナムーノは、荒野に叫ぶ預言者だった。私の根底を支えてくれる哲学者である。私の『葉隠』は、この哲学によって永遠と繋がったのだ。

＊ミゲール・デ・ウナムーノ：一八六四—一九三六。スペインの哲学者、サラマンカ大学総長。『生の悲劇的感情』。

ミゲール・デ・ウナムーノ

君ゆゑに　我れは命を　永《なが》らへり
悲しむ君は　永遠《とは》に我れかな

ウナムーノの哲学に出会わなければ、私は生き続けることが出来なかっただろう。ウナムーノは私自身と化してくれた。我と汝は、同じ生命体と認識している。

古《いにし》への　偉大を仰ぐ　ますらをの
魂《たましひ》すでに　学《がく》と成るらむ

ヨーロッパ古代史を、私はこの人に教わったのである。魂がそのまま学問と成っていた人物と、私は邂逅《かいこう》した喜びを持った。

＊テオドール・モムゼン：一八一七—一九〇三。ドイツの歴史家。『ローマ史』。

君ゆゑに　涙したたる　幾年《いくとせ》ぞ
その言の葉は　我れを立たしむ

アランからは、特に勇気を学んだ。哲学が勇気を生み出すことを知ったのだ。そして、長い生命の持続という根源知を摑《つか》んだように思う。

国のため　その身を削り　血を流す
君が科学の　生《いのち》こそ愛《め》づれ

パスツールは、私の菌学研究の中心にいた。私の菌学には、歴史の霊魂が宿っている。それはパスツールから学んだことだった。

文明の　掟《おきて》を探《さぐ》る　魂《たましひ》に
我が志《こころざし》ぞ　つひに立つらむ

トインビーの文明論によって、私の人生的な志が立ったのだ。トインビーを死ぬほどに読んだ。この愛に覆われた文明観こそを、文明の学として最も高貴だと感ずる。

＊アラン：一八六八―一九五一。フランスの哲学者、評論家、モラリスト。

＊ルイ・パスツール：一八二二―一八九五。フランスの生化学者、菌学の恩人。

＊アーノルド・トインビー：一八八九―一九七五。イギリスの歴史家。『歴史の研究』。

生《いのち》なる　その不可思議を　思索せる
君が勇気を　神ぞ愛《め》づらむ

ベルクソンは私の生命観に革命をもたらしてくれた。私の魂が、宇宙を包含することになった根源は、この哲学にある。

＊アンリ・ベルクソン：一八五九―一九四一。フランスの哲学者。『創造的進化』。

行間《ぎやうかん》に　滲《にじ》み出《い》でたる　武士道と
こころ交《かよ》へる　ベルクソンを読む

私は前田英樹の『ベルクソンの遺言』によって、未来へ向かう哲学を摑んだと思っている。それは、氏の血と学問の溶融のゆえに違いないと思っている。

＊前田英樹：一九五一―。仏文学者、立教大学名誉教授。

誠《まこと》こそ　君の血深く　鎮《しづ》もれて
彼方《かなた》を目指し　今を生くらめ

氏は学者であると同時に、また武士道精神の体現者でもある。その精神は憧れに向かって、今を生きているのだ。

前田英樹

神と在る　君の心の　写したる
生《いのち》の響き　肚《はら》に伝はる

シャルダンは魂と科学の両面において、私の思想を支えている。真の生命哲学と言えよう。哲学の中に、真の憧れをもたらしてくれたのだ。

焰《ほのほ》なる　君の心の　灼熱は
沙漠の生みし　青き涙か

その『異邦人』と『シジフォスの神話』は、私の根源的思想を創り上げてくれた。その沙漠性が、私の武士道と最も感応したのである。

日本人の思想

坐《すわ》りたる　君が綴《つづ》りし　その書《ふみ》を
倦《う》まず繙《ひもと》く　わが来《こ》し方《かた》ぞ

道元の『正法眼蔵』は、私の魂を創り上げた根源思想である。道元を読むことは、私の生活と成っている。

＊テイヤール・ド・シャルダン：一八八一―一九五五。フランスの哲学者。『現象としての人間』。

＊アルベール・カミュ：一九一三―一九六〇。フランスの哲学者。『異邦人』、『カリギュラ』、『ペスト』。

＊道元：一二〇〇―一二五三。禅僧、曹洞宗開祖。『正法眼蔵』。

君をして　神代《かみよ》のことを　伝へたる
その言葉《ことのは》ぞ　憤《ふん》を見るべき

宣長学があって、現代の我々は『古事記』や『源氏物語』などの古典を楽しめるのだ。その基《もとい》は宣長の魂にある憤の思想ではないか。憤の下に醸成された、真の「恋心」と言っていいだろう。

敷島の　日本《やまと》の国に　生きぬれば
花ぞ舞ひける　道に佇《たたず》む

宣長は日本の魂に恋していた。そして花の下に生き、花の下に死んでいった。花を愛でる日本人の心性は、宣長によって確立したと言っていい。

日の本の　医の道ふかく　分け入りて
埋《うづ》もれ去れる　金《くがね》こそ掘れ

富士川游は、日本の医学史を、一つの哲学に仕上げた。医の本質はここにある。医学史の中に、真の人間の歴史を現成《げんじょう》させたのだ。

＊本居宣長：一七三〇—一八〇一。江戸の国学者。『古事記伝』、『玉勝間』。

本居宣長
江戸の国学者
敷島の＝日本にかかる枕詞

＊富士川游：一八六五—一九四〇。医学者、医学史家、東洋大学教授。『日本医学史』。

物皆《ものみな》に　生《いのち》の息吹き　吹き込める
その文いたく　あはれ溢《あふ》るる

寺田寅彦の手にかかると、あらゆるものに生命が入ってくるのだ。その科学的業績は言うに及ばず、随筆の面白さは文芸の世界に革命をもたらした。

今に生き　今に悩みて　古《いにし》への
神の学《がく》こそ　今に用《もち》ゐれ

中世の神学を現代の経済学に援用した。稀代の学問的業績と思う。私は自己の思想の多くを、この碩学《せきがく》に負っているのだ。

荒ぶれる　沙漠に育つ　生《いのち》をば
学《がく》と成したる　君の性《さが》はや

井筒俊彦は天才としか言えない。その学は、何も無いところに唯ひとりでなされたのだ。まさに無から有を生んだ。その頭脳の中に、宇宙と人間の存在がひしめいている。

＊寺田寅彦：一八七八―一九三五。物理学者、東京帝国大学理学部教授、随筆家。

＊上田辰之助：一八九二―一九五六。中世経済学者、東京商科大学教授。『聖トマス経済学』。

＊井筒俊彦：一九一四―一九九三。イスラム学者、神秘思想家、慶應義塾大学名誉教授。

中世と　呼ばれし時の　人間《ひと》の世の
雄叫《をたけ》び包み　学を立たしむ

ヨーロッパの中世を、私はこの人の学問によって考え続けた。増田四郎の学問は清冽である。人間の生き方を学び続けたのだ。

行間に　滾《たぎ》る血潮ぞ　ほとばしる
人間《ひと》の歩みの　生《いのち》こそ見ゆれ

三浦新七の文明史はトインビーと並び、私の文明論を支えている。その広域・広範な頭脳は、歴史をあらゆる問題と結び付けている。

科学なる　道を創りし　人々の
涙を見つめ　血こそ呼び出せ

その科学論は私の思想を支えている。血湧き肉躍る学問である。科学の中に、詩と歴史を持ち込んでいるのだ。日本的科学を立たす根源思想と考えている。

＊増田四郎：一九〇八―一九九七。西洋史家、東京商科大学教授。『西洋中世世界の成立』。

＊三浦新七：一八七七―一九四七。西洋史家、東京商科大学学長。『東西文明史』。

＊下村寅太郎：一九〇二―一九九五。科学思想家、科学史家、東京教育大学教授。『ライプニッツ研究』。

道元と　伴に歩みし　君なれば
その科学だに　誠《まこと》こそあれ

橋田邦彦の提唱した「日本的科学」の思想を私は仰ぎ見る。日本の学問・科学の在り方に、最も深い刻印を残している。

血も滾《たぎ》る　涙したたる　科学をば
この日《ひ》の本《もと》に　残し死ぬらむ

橋田は日本的科学の創始者のひとりである。私は測り知れない影響を受けた。その学問、その生き方、共に万人の仰ぎ見る人物である。

明治なる　その魂《たましひ》を　学《がく》に投《な》ぐ
血こそ逆巻《さかま》け　学の男ぞ

関口存男は、私の最も尊敬する語学者である。これ以上に面白い男はいない。その随筆は、私の人生の師である。日本史上、最大の語学者と言われている。

＊橋田邦彦：一八八二―一九四五。東京帝国大学医学部教授、文部大臣、生理学者、第一高等学校校長。『正法眼蔵釈意』。

橋田邦彦

＊関口存男：一八九四―一九五八。ドイツ語学者、法政大学教授。『独作文教程』。

君在りて　我が人類の　いさをしも
　ただに残らむ　我れら死すとも

田辺元の思索は、人類・民族・個人の本質を把握していた。その「種の論理」は、私の思想に最も大きな影響を与えてくれた。

あくがれし　国の真《ま》ほろば　見むとして
　涙ながせる　君ぞ真《ま》ほろば

和辻の思索によって、日本人は日本の真髄を知ったと言っても過言ではない。西洋思想の上に立って、日本独自の思想を打ち立てたのだ。

その文《ぶん》に　秘めて隠れる　涙こそ
　我れの思索の　花を創らめ

西田幾多郎の哲学書の魅力は、その思索過程を共にすることにある。私は自己の思索の方法論を、西田哲学の読み込みによって学んだのだ。

＊田辺元：一八八五—一九六二。京都帝国大学教授、哲学者。『種の論理の弁証法』。

＊和辻哲郎：一八八九—一九六〇。東京帝国大学教授、哲学者。『風土』、『日本精神史研究』。

＊西田幾多郎：一八七〇—一九四五。京都帝国大学教授、哲学者。『善の研究』。

第十五章

芸術

――四十四首

人間の未来には、ただ芸術のみが残るに違いない。我々は神を失って久しい。そして科学は、その傲慢なる足取りをゆるめようともしない。我々人類を今日に導いた生命の雄叫びは、どこへ行ってしまったのだろうか。知性はすべて科学に覆われてしまった。戦争すらが、すでに人間の魂の埒外《らち》に引き離されてしまった。我々の魂がその生《いのち》を捧げるものは、どうなってしまったのか。その役目を引き受けるものこそを、私は芸術と思っているのだ。人間の魂の雄叫びは、今、芸術の中にだけ残されつつある。芸術の中にだけ、命をかけた人生の収斂が表わされているのだ。その数は少ないかもしれない。しかし、芸術の中には人間の魂の雄叫びが今だ残されている。芸術を失わない限り、我々人類の生き残る道は細く続いていくだろう。そして未来において、現代の我々が命をかけていたものが何か、それを芸術を通して理解する人々が出て来るに違いない。我々の心から、芸術に対する憧れが去らない限り、我々人類はいかなる状況においても生き延びていくだろう。真の芸術とは、命が刻み付けられた「何ものか」である。芸術は、決して感性や才能だけの問題ではないのだ。芸術の中に残る、我々人間の涙の痕跡こそを、我々は後世に残さなければならない。真の芸術は、人間の生命が躍動したその痕跡にある。つまり、人類の涙の碑《いしぶみ》として立ち上がっているものを言うのだ。

文学

前文

文学によって、我々は生きるための「問い」を見つけ出すのだ。人間がどこから来て、どのように生き、そしてどこへ向かって死ぬのか。それらの根源的問題を、我々は大文学によって与えられて来た。大文学によって考えさせられて来たのだ。内村鑑三は、大文学を失えば国は滅びると言っていた。人間の崇高を考えなくなった民族は滅びるということである。人生の深淵は、大文学の問いかけによって、その深度を増していくに違いない。

『万葉集』

悲しびの　その言の葉の　響きつる
　居間に佇み　独り涙す

『万葉集』と私は、ただ二人だけの関係を保ち続けている。古代と接するのは、孤独の中でしか出来ない。祈るという姿勢が一番近いだろう。

『万葉集』

万葉は　読みて習ひて　書き綴《つづ》り
　その歌声を　抱《だ》きて悲しむ

『万葉集』のすばらしさは、その言霊《ことだま》にある。味わい尽くすことだ。古代の日本人の、心のすべてが表われているのだ。

万葉を　残しし人を　偲《しぬ》びつつ
その心だに　継《つ》ぐべかるらむ

大伴家持の憂国の情が、『万葉集』を残してくれた。それを現在形にしなければならない。万葉を読むことは、古代の清純を引き継ぐことに他ならない。

『万葉集』
＊大伴家持：七一八―七八五。奈良時代の公卿、歌人。『万葉集』編纂者。

万葉の　歌の心を　仰《あふ》げれば
涙を垂《た》りて　歌をこそ詠《よ》め

万葉には、人間の生きる涙が滲んでいるのだ。それを今に甦えらせねばならぬ。万葉を知るとは、人間の涙の淵源を知るということである。

『万葉集』

神留《かむづま》る　天《てん》にも届く　人麻呂の
言の葉さびて　我れに降らまし

人麻呂の歌は気宇《きう》が壮大だ。私も大きい歌を詠みたいと思っている。だからこそ、人麻呂を仰ぎ見ているのだ。

『万葉集』
＊柿本人麻呂：六六二頃―七一四頃。飛鳥時代の歌人、歌聖。

古《いにし》への　かの人麻呂の　歌読みて
　わが日の本の　道をこそ知れ

日本とは何か。それが人麻呂の歌というものではないか。人麻呂は、日本の根源を歌っているのだ。人を讃え、生《いのち》を悲しんでいると言っていい。

『万葉集』
柿本人麻呂

人麻呂は　神にしあれば　言の葉も
　涙を超《こ》えて　命《めい》ぞ響かふ

人麻呂の歌には、人間のもつ宇宙的使命の響きがある。人間に生まれたことの、謂《い》われが歌われていると言えるのだ。生の根源を問い続けている。

柿本人麻呂
歌
＊命《めい》：使命。

かくばかり　花に憧れ　花に死に
　花を残して　いや咲き匂ふ

西行は花と生き、花に死んだ。それが今に繋がる日本人の死生観を創ったと考えている。日本人の桜とその死生観は、西行によって創られ伝えられたのだ。

＊西行：一一一八—一一九〇。西行法師。僧侶、歌人。
平成十五年、桜の下で詠ず

咲く花の　盛りを見つつ　我が友よ
花の命に　などて哭《な》くらむ

西行は生《いのち》の盛りの中に、その生の奥にある悲哀を見ていた。その見方が、桜への信仰を創り上げたと言っていい。

西行
『山家集』

『花伝』読み　世阿弥の心　響ければ
観阿弥が花　そこに撮《うつ》らむ

世阿弥の花の深さは、一代で築き上げたものではない。それは武士道の血が、創り上げたものだ。世阿弥は父観阿弥と共に、日本人の根源的美学を創始したのだ。

＊世阿弥：一三六三―一四四三。猿楽師。父観阿弥とともに能を確立。『風姿花伝』。

鷗外を　読みて思ふは　もののふの
静けき熱の　その活き力《ちから》

鷗外の秘められた情熱は、武士道の根源的実存である。それが作品を底辺で支えている。鷗外に感ずる男らしさとは、まさに武士道のそれである。

＊森鷗外：一八六二―一九二二。小説家、評論家、陸軍軍医総監。『阿部一族』、『渋江抽斎』。

一《ひと》すぢの　道つづくなり　ますらをの
　清く静けく　かなしかる道

埴谷雄高の『死霊』は、私の最大の愛読書である。それは、人間には不可能なことに挑戦しているからに他ならない。人間には描き得ぬものを描こうとしている。未完の潔さが好きだ。

＊埴谷雄高：一九〇九―一九九七。政治・思想評論家、作家。『死霊』。

ものみなの　響きに哭《な》ける　天地《あめつち》の
　自《おの》づからなる　道を慕ひぬ

高村光太郎は、すべての中に宿る「いのち」の声を聴こうとしていた。その姿勢は、中世の聖フランチェスコに近いものがあるだろう。私はここに人間の根源の一つを見ている。

＊高村光太郎：一八八三―一九五六。詩人、彫刻家。『道程』、『智恵子抄』。

花散りて　また花咲ける　古《いにし》へに
　我れを誘《いざな》ひ　共に愛《かな》しむ

歴史文学において、井上靖ほど血湧き肉躍るものはなかった。私は井上靖と共に、時空を超えて歴史に参入していたのだ。

＊井上靖：一九〇七―一九九一。小説家、詩人。『天平の甍』、『敦煌』。

＊

漂《ただよ》へる　我が思ひこそ　君ゆゑに
　遥《はろ》けき先の　灯《ともしび》を見ゆ

ヘッセの文学は、我が青春だった。ヘッセに慰められた日々が青春と言っていい。私はヘッセによって、遠い憧れというものを知ったように思う。

神震《ふる》へ　君が生《いのち》も震へなば
　我れも震へむ　人類《ひと》の謂《い》はれに

私はドストエフスキーによって、人類の根源的問題を学んだと思っている。人類の宇宙的使命について、私はドストエフスキーと共に考え続けて来たのだ。

いのち哭《な》き　雪降りしきる　寂《さぶ》しさの
　その土摑む　君の悲しさ

大いなる大地と険しき自然が、君の思想を創り上げた。シベリアに死んだ作家が、未来へ向かって復活したのだ。甦った命と言ってもいいだろう。

＊ヘルマン・ヘッセ：一八七七－一九六二。ドイツの作家、詩人。『デミアン』、『知と愛』、『車輪の下』。

＊フョードル・ドストエフスキー：一八二一－一八八一。ロシアの小説家、思想家。『罪と罰』、『悪霊』。

フョードル・ドストエフスキー『カラマーゾフの兄弟』『白痴』

何ゆゑに　沙翁《さをう》見るやと　人問はば
舞台に舞へる　我れに逢はむと

シェイクスピアの中には、時代を超越した「自分」がいる。すべての作品に、我々一人ひとりの個人がいるのだ。この世のことは、シェイクスピアに聞け。

＊ウィリアム・シェイクスピア：一五六四―一六一六。イギリスの劇作家、詩人。『ハムレット』。

君読みて　思ひぞ馳せる　言の葉は
わが日の本の　もののあはれか

西洋で最も名高いモンテーニュの『エセー』は、日本の情感によって支えられていた。私は『エセー』から、日本のもののあはれの本質を学んだのだ。

＊ミシェル・ド・モンテーニュ：一五三三―一五九二。フランスの哲学者、モラリスト。『エセー』。

君が詩《うた》　われ読み継ぎて　涙せし
骨より出《い》づる　その悲しみに

リルケの『ドゥイノの悲歌』、『マルテの手記』そして『ロダン』は私の情操を創り上げてくれた。リルケの魂ほどの純粋は少ない。リルケに学ぶとは、自己のもつ最も美しい心との対面である。

＊ライナー・マリア・リルケ：一八七五―一九二六。オーストリアの詩人。『ドゥイノの悲歌』、『マルテの手記』、『ロダン』。

美術

美術の原点は、永遠にあの「ラスコーの壁画」にあるのだ。それは人類が、人間としてこの地に屹立《きつりつ》したときの純真を示している。神を志向する人間が、地上に現われたとき、その者たちは「見る」ことを知った。見たものを描くことを知ったのだ。私はそれこそが、人間の認識の始まりだと思っている。彫刻・絵画・建築・映像などの別なく、美術は人間の認識の表象なのである。人間が人間であることの「叫び」と言っていい。

前文

御仏《みほとけ》の　悲しき願ひ　一口《ひとふり》の
鉈《なた》に込められ　今も響かふ

円空の仏は格別の魅力がある。生の躍動そのものを体現しているからだ。鎌倉仏の流れを汲んだ江戸の円空もまた、別格と言っていい。その品格、その躍動、その清浄。円空には、彫刻以上の「何ものか」がある。

＊円空：一六三二—一六九五。修験僧、仏師、歌人。

円空彫刻の魅力
円空仏

木に宿る　生《いのち》の叫び　ふつふつと
この世に出《い》でて　祈り奉《まつ》らむ

円空の仏は、今も祈り続けている。祈りが生きているのだ。木に潜む、祈りの生《いのち》を彫り出しているのだろう。円空は、彫っていないのである。

円空仏
祈り

御仏《みほとけ》の　慈悲を承《う》けつつ　削らるる
そのほほゑみも　湧きて出《い》づらむ

円空仏には自然が生きている。ほほえみが、木から自ずと生まれているのだ。円空は彫っていない。円空は、自然に耳を傾けているだけなのだろう。

宿らるる　生《いのち》の息吹き　あふれ出《い》で
人の生《いのち》と　交《かよ》ひ親しむ

円空仏のやわらかい生《いのち》は、生命の交感を永遠に続けるのだろう。我々の生といつまでも対話している。地球上の、どの生とも交感しているに違いない。

*

燃ゆる血を　その生業《なりはひ》に　捧げ果て
何も求めず　何も残さず

ミケランジェロは、神の掟を求め続けただけと私は思う。名も彫刻も彼にとってはないのだ。ミケランジェロは、石の中に眠る生《いのち》を彫り出しているだけだと言っていた。

円空仏
ほほえみ

円空仏
交感

*ミケランジェロ・ブオナロッティ：一四七五―一五六四。イタリア・ルネサンス期の彫刻家。「ダビデ」、「ピエタ」。

わが祖父の　友なる君は　我が友と
思ひて見つる　建物《いへ》は美《うる》はし

ライト設計の「自由学園」は、子供の頃からの遊び場だった。その建物は、子供の目から見ても高貴だったのだ。私はこの場所から、魂の糧を得ていたように思う。

日の本の　生《いのち》を見つめ　血を汲《く》みて
青垣《あをがき》映《は》える　建物《いへ》ぞ生み出す

ライトの建築は、そのすべてが自然と一体となっている。旧帝国ホテルの設計はあまりにも有名だ。ライトは、日本人に日本的美を逆に教えてくれたように思う。

我が祖父と　君の友誼《いうぎ》を　認《したた》むる
『自伝』を読めば　夢ぞはばたく

祖父はライトが最も信頼する人間だった。それは『ライト自伝』に詳しく記されている。その経緯に、私は涙が流れるのだ。関東大震災のとき、ライトは自分が創った帝国ホテルの存在よりも、私の祖父の身を案じていたのだ。

＊フランク・ロイド・ライト：一八六七―一九五九。米国の建築家。

＊祖父：執行弘道。

近所にライト設計の「自由学園」があった

フランク・ロイド・ライト
日本における、その建築

フランク・ロイド・ライト
執行弘道

＊祖父・執行弘道：一八五三―一九二七。外務省勤務、起立工商社ニューヨーク支店長、パリ万博最高顧問。

空青く　建物《いへ》白くして　生《いのち》なる
人間《ひと》の始めに　君は行き着く

ル・コルビュジェの建物のイメージを歌った。地中海と原始の清冽があるのだ。ル・コルビュジェは、現代の世に人間の始原の息吹をもたらした。

＊ル・コルビュジェ：一八八七—一九六五。フランスの建築家。

映画

過ごし観《み》ぬ　映《は》えて画《ゑが》ける　事どもは
見るに血を生み　聴くに涙す

映画とは何か、しかり歌である。我が生くる歌である。歌なればこそ、限りなく美しく、また涯《は》てもなく悲しい。映画は、我が友なのだ。

草舟推奨映画著作『見よ銀幕に』に寄せて

銀幕に　活《い》きて動ける　写《うつ》し世《よ》を
呑《の》んで喰《く》らふて　夢と育《はぐ》くむ

私は子供の頃から映画をよく観ていた。祖母に連れられ、母に連れられ、そして友人たちと私は楽しんでいた。その中で人生の多くを学んだのだ。

草舟推奨映画著作『見よ銀幕に』に寄せて

写真

写しけむ　生《いのち》も映《は》える　陰影《いんえい》の
光と影に　古《いにし》へぞ燃ゆ

土門拳の写真には、古代の息吹がある。昔が今を見ているのだ。そのような視点が、土門の写真にはある。土門自身は、多分、古代人なのだろう。私はそう思えてならない。

日の本の　顔を写せる　この集《しふ》を
持てば愛《かな》しく　見れば涙す

人間の顔を写した写真集。ここにいる人々の顔はまさに歴史である。何回見ても飽きない。何十年経っても、全く飽きないのだ。その描写力は人間の技ではない。

偉大なる　その弟子どもを　生み出せる
明治の男　我れを睨《にら》める

辰野隆のこの写真との対話は、私に偉大な魂を伝授してくれた。偉大ということの本質が迫ってくるのだ。辰野門下が何故日本文化を担ったのかがよく分かる。

＊土門拳：一九〇九―一九九〇。写真家。『古寺巡礼』。

土門拳　日本人の顔写真集『風貌』について

＊辰野隆：一八八八―一九六四。東京帝国大学仏文教授、仏文学者、随筆家。

土門拳『風貌』より

その眼鏡《めがね》　その眼鏡こそ　祖国なる
この日の本の　心なるらめ

日本の歴史に刻まれた涙が、志賀潔の風貌にはある。その眼鏡に、日本が抱えている悲しみのすべてが描写されているのだ。この迫力は一生忘れられるものではない。

＊志賀潔：一八七一―一九五七。医学者、細菌学者。

土門拳『風貌』より

音楽

哲学者エミール・シオランは、「およそ真の音楽は、楽園への悔恨から生まれたものである。だから、例外なく涙に由来する」と言っていた。つまり音楽の魂は、人間の追憶にかかわる問題だと言っているのだ。多分、人類の初心にかかわるような根源的生命の発露と考えられる。初心とは、永遠の希望である。理想を慕う悲しみが音楽を生み出したに違いない。人生の時間の上に、真の希望を灯《とも》すものこそを我々は音楽と呼んでいるのだ。

前文

＊エミール・シオラン：一九一一―一九九五。ルーマニアの作家、思想家。

悲しみの　君が憧《あくが》れ　聴き入れば
　我れに過ぎたる　望み湧くらむ

バッハの曲は、真の勇気を与えてくれる。魂が宇宙に飛翔するのだ。バッハを聴けば、人間は天を目指して生きることになる。

血も凍る　その低音部　響ければ
　深くに眠る　おのれ出《い》づらむ

私は特にバッハのパッサカリアを愛する。この曲は、永遠と出会うことが出来るのだ。私の生命の中に、永遠が流れ込んで来るのだ。

寂《さぶ》しさを　伴にし生くる　君なれば
　友とぞ思ふ　我れを見つめよ

バッハには、いつでも見られている。人類の一人ひとりの友のために、その曲はあるのだ。バッハは、人類の使命を我々に教えてくれる。

＊ヨハン・セバスティアン・バッハ：一六八五—一七五〇。音楽の父。

バッハ
パッサカリア
＊「低声部」が正しいが、私は「低音部」とした。

バッハ
バッハは友である

天地《あめつち》を　その身深くに　隠したる
君が祈りは　深く悲しき

その音楽は、すべてが祈りとなっている。永遠の憧れがバッハを創ったのだ。バッハの憧れが、我々を天に導いてくれるだろう。

果てしなく　続くが如き　旋律は
聴くに悲しく　思ひ果てなし

バッハと共にする時間は、宇宙の不思議を体感する時間となるだろう。宇宙の意志が、バッハの音楽創造である。バッハと共に宇宙を体験するのだ。

演奏《かなで》たる　神の音色《ねいろ》の　響ければ
この世に来たる　バッハをぞ見む

二十七歳のとき、黛敏郎氏の紹介によりグレン・グールドと面会が出来た。グールドのバッハ編曲の哲学について、深く教えを受けた。

バッハ

バッハ
宇宙

＊グレン・グールド：一九三二—一九八二。カナダのピアニスト、作曲家。

ニューヨークの録音スタジオで対話の機会を得た

バッハのピアノ編曲の根底思想について

厳かに　沈める君の　誠《まこと》こそ
古き願ひを　今に伝へめ

鍵盤に沈む君の演奏を、私は今でも忘れない。君とバッハは同一人物であると私は思った。バッハの他、私の好きな曲をいつまでも弾き続けてくれたのだ。

グレン・グールド

走り行《ゆ》く　悲しみを聴け　今日《けふ》もまた
モーツァルトの　美にぞ死するか

ドイツの音楽学者アルフレート・アインシュタインは、若き日の私の師だった。音楽を聴くための魂を創ってもらったとも言えよう。「私にとって死とはモーツァルトを聴けなくなることだ」と言い残したのだ。

＊アルフレート・アインシュタイン：一八八〇—一九五二。ドイツの音楽学者。

竹針を　伝はり響く　たをやかな
君が生《いのち》の　声音《こわね》忘れず

ティノ・ロッシの歌が好きだった。特に「エクリ・モア」「セ・トゥジュール・トワ」等が挙がる。ロッシの声には、美しさだけでなく、悲しみがあるのだ。この声は、永遠と結ばれている。

＊ティノ・ロッシ：一九〇七—一九八三。フランスのテナー歌手。

第十六章

憂国

——五十二首

憂国とは、国を憂えることではない。国家などは元々、人間のもつ卑しい権力志向の産物でしかない。だから、憂国とは愛国心などではないのだ。もっと悲しい、もっと清らかな、もっと大きな、もっと恐るべきものである。人間の魂から発せられる、崇高を仰ぎ見る「何ものか」と言ってもいいだろう。国家を超越した、人間の魂から滴る涙と呼べるのではないか。人類の憧れが生みだした、崇高へ向かう我々の生き方の根源に違いない。人類の理想は、民族の歴史の中に刻まれて来た。善くも悪くも、民族こそが人間の魂の高貴さを問い続けて来た。憂国とは、民族が生き延びるために流して来た涙を、自己の生き方の中に実現せんとする「血の思想」と言っても過言ではない。民族の中に死んでいった多くの魂と、まさに共に生きることなのだ。それはまた、民族の未来を担う、まだ見ぬ子等の魂の中に、共に生き続ける決意でもあるだろう。人間として最も高貴な魂が求め続ける生き方が、「憂国」に他ならない。憂国を生きることは、人間としての最も美しい魂を生きようとすることなのだ。つまり人間として、最も高貴な死を迎えるために生きるということに尽きる。憂国という言葉を、我が民族は生み出した。この言葉の中に、私は日本民族の涙の歴史を感ずるのである。その思想のために死んだ多くの人々が、私に語りかけて来る。人間は理想に向かわなければならない。そのために、自己の人生を捧げ尽くすのだ。憂国とは、そういう生命の決意と言っていい。

憂国の人生

渡り行《ゆ》く　月を見につつ　ひとり思《も》ふ
我がいのちとて　つひに果《はか》なし

還暦を迎えても、私の夢は何一つ成し遂げられていない。何故に、私はこれほどまでに卑小なのか。祖国のために、もっと力を尽くさねばならぬ。

天地《あめつち》の　窮《きは》み果てつる　悲しびに
祈りてお坐《は》す　天《あめ》の盤座《いはくら》

この世の果てには、不動の宇宙的実存がある。そこに向かって生きていきたい。その実存だけが、私の生きる原動力となっている。

夢にすら　天《あめ》の沼矛《ぬぼこ》を　常立《とこた》ちに
立たするまでの　我れの命《いのち》ぞ

高天原《たかまがはら》を地上に下ろさねばならぬ。精神が物質を支配する世を創るのだ。全く希望はないが、死んでもやらねばならぬ。

我が憂国の人生
六十歳

我が憂国の人生
＊天の盤座：不動の信念・知恵のこと。

日本の未来
私の決意
＊天の沼矛：日本神話のイザナギとイザナミが日本列島を創る時に下ろした矛。

古き日を　新《あらた》しき日と　成せるまで
我が玉鉾《たまほこ》の　道は続かふ

真の人間の未来を私は夢見ているのだ。それは人類の初心が甦る日である。人類の原初の魂が甦る日と言ってもいい。

我が憂国の思想

玉鉾の＝道にかかる枕詞

敷島に　命を享《う》けし　祖《おや》あれば
ただその故に　道ぞ愛《かな》しき

親を愛することは、日本民族を愛することである。民族の涙を抱きしめるには、愛が必要なのだ。

我が憂国の生活

＊敷島：日本のこと。

ちちのみの　父つつがなく　ははそばの
母の安けき　我れは行《ゆ》くらむ

これが憂国の根源的伝統である。父母の幸福こそが日本人の憂国を支えているのだ。

我が憂国の生活

ちちのみ＝父にかかる枕詞

ははそば＝母にかかる枕詞

神《かむ》さぶる　民《たみ》とぞ思ふ　敷島の
日本《やまと》の民は　遠く哭《な》き行《ゆ》け

祖国よ！　私は哭いているのだ。汝を恋し、哭き続けるだろう。それが、日本人の真の姿だ。祖国よ！　聞いているのか。

我が憂国の思想
敷島の＝日本にかかる枕詞

神《かむ》さぶる　国とぞ思ふ　敷島の
日本《やまと》の国は　今も悶《もだ》ゆる

私は日本に生まれ、日本に育くまれて生きて来た。ゆえに祖国よ！　汝の歴史は、永久《とわ》に我が涙の源流である。汝は私の神なのだ。

我が憂国の思想
敷島の＝日本にかかる枕詞

新《あら た》しき　年の始めを　言祝《ことほ》げる
言の葉もたぬ　国と成れるも

日本の根源的衰退は、言の葉の霊性を忘れたという一事にある。国語が祖国なのだ。そこに、祖国の涙が凝縮している。

現代日本を問う

憂国と人間

憂国は、人間の魂が行なう思想である。多くの人々が、そのために生き、またそのために死んでいった。その人々の魂の痕跡を見つめるのだ。そこに憂国の人間の姿が浮かび上がって来る。理想のために死んだ人々の魂の中に、憂国の涙がある。その涙を継承しなければならぬ。それは、なまじいの決意で出来るものではない。しかし、人間として死にたいのなら、そうしなければならぬ。そのために、一生に亘って流す涙こそが、憂国を支えているのだ。

前文

山岳密教を仰ぐ

私は生前の五條覚澄《かくちょう》を知らない。しかし、残された文と書に触れその生命の炎を感ずるのである。そして、何よりも脳天大神《のうてんおおかみ》の感得に至る修験的霊性に深く魂を動かされる。五條覚澄の魂は、時を越えて生き続けている。熱く激しく、そして悲しく。私の魂は震撼し、師の熱き魂と霊性を慕うのである。師の憂国は、その霊性的魂に支えられている。

前文

＊五條覚澄：金峯山寺初代管長。脳天大神を感得。

山岳修験道の師
五條覚澄の憂国
に捧ぐ

命《めい》なるや　語らざりける　事どもを
語り継ぐべき　神を遺《のこ》さむ

その脳天大神と魂の書は、新しい世を招来する力がある。師の人生とその霊性は、修験道の復活に捧げられたのだ。そして新しい電脳の世の予言が、歴史に脳天大神の霊魂を遺されたのである。

五條覚澄
墓参

風の音《と》も　荒《すさ》びて残る　この丘に
魂《たま》ぞ在《あ》らする　哭《な》けと如くに

五條覚澄の墓参のため吉野へ行った。その墓は、県道の小脇の小高い丘にあった。生前の業績に比して、あまりにも簡素だった。新しい世を創るために哭いているようだった。

五條覚澄
その故郷

さざ波の　近江《あふみ》の湖《うみ》の　岸の辺《べ》に
ゐ立ち嘆きて　夢をこそ見れ

墓参の後、五條覚澄の故郷近江長浜に思いを馳せた。少年の頃の師の志を思い涙を滲ませた。その霊性と情熱は今に伝わっている。

歴史

真の歴史は、憂国の志が生み出したのだ。憂国の思想が貫徹せぬ歴史は、歴史ではない。それは、単なる時間の経過に過ぎぬ。断じて、人間の歴史ではない。歴史が我々の心を動かすとき、そこには人間の涙の痕跡が必ずある。その痕跡こそが歴史なのだ。時間を超越した詩の精神である。そこに真の民族の歴史がある。我々が仰ぎ見る、人間の理想が躍動しているのだ。憂国とは、人間が理想のために流した涙の痕跡ということに尽きる。

前文

吉野における憂国

脳天大神は、憂国の神である。戦後に吉野金峯山寺管長、故・五條覚澄によって新しく感得された神である。蔵王大権現の変化神として出現せられ、未来の日本にとって最も重大な神となるものと私は思っている。五條覚澄は、電脳化されて行く世界と日本の将来を憂い、それを最も良い形で導くためにこの神を感得されたと私は信じている。したがって、この「脳」の神は、新しい人間と電脳社会を導く霊魂だと私は思っている。今後の世界と日本に「大安心」をもたらすために出現されたと考えている。大安心とは、自己の心の中に正統と

前文

正義というものを持することを意味する。五條覚澄は乱れ行く日本の道を見て、未来のために、吉野の深い歴史を踏まえて感得されたのだと思う。吉野は正統と正義の故郷である。

大君《おほきみ》の　みこと畏《かしこ》み　み吉野ゆ
　御剣《みつるぎ》つかす　皇子《みこ》の夢こそ

正統と正義のために護良《もりなが》親王は吉野において戦い抜かれた。傷つき落ちのびて行く皇子が吉野地獄谷で正統と正義を護らんとして、吉野の神仏に祈り流した涙こそが、私は今の世に脳天大神として出現されたのだと思う。この歌は皇子の壮大なる願いを吉野の夢と見て歌ったのである。後の脳天大神に繋がる。正統と正義のために死んだ南朝の志士たちの魂こそが脳天大神の出現を陰で支えた御魂であると私は思う。

天翔《あまか》ける　願ひを秘めて　み吉野に
　鎮《しづ》みし御魂《みたま》　つひに出《い》で来《こ》よ

護良親王を中心として、正統と正義のために死んだ南朝の志士たちの魂こそが、脳天大神出現を陰で支えたのだ。地獄谷にて祈りつつ死んだそれらの魂が、今の世に新しい人間として生まれ変わり、その魂こそが電脳社会を導くと思っている。

吉野修験道に見る憂国の歴史
平成十五年十一月一日

＊護良親王：一三〇八―一三三五。鎌倉末期の皇族。征夷大将軍、天台座主。

憂国と山岳の神

未来を創る正統の魂

御心《みこころ》を　吉野に坐《ま》せば　遙《はろ》かなる
　悲願を生きし　魂《たま》ぞ降るべき

伝統と正義が五條覚澄の心に働きかけ、新しい革命と未来の神を生み出したのだ。それは神話を現世に降ろす祈りだったに違いない。世の人々を救わんとする五條覚澄の心と、吉野の歴史的な精神が生み出した神である。伝統から生まれた革命精神が新しい人間と電脳社会を創るのだ。

伝統が未来を生み出す

真心に　告《の》らし食《め》しける　法《のり》を承《う》け
　斎《いつ》き祀《まつ》りき　明日《あす》を夢見て

脳天大神を感得された五條覚澄は、すでに電脳社会と霊性文明を見据えていたのだ。その魂は古代に住んでいた。だからこそ、未来が見えた。そして脳天大神の告らし給うた御言葉を己れが真心に承けて、吉野地獄谷に大神を祀られた。

憂国の神話

前文

憂国の思想が、神話を生み出したのだ。神話は、過去のことではない。それは民族の未来を見据えた、人間たちの雄叫《おたけ》びと言ってもいい。未来のために、現在の自己が犠牲にならなければならぬ。未来に期待するのではなく、未来のために自己が今なにを為せるのかということに尽きるだろう。憂国の思想から生まれた神話は、そのようなものでなければならぬ。未来に期待する考え方は、憂国ではない。憂国とは、未来のために今ここで自己が死ぬことである。

天《てん》を指《さ》す　炎も知るや　ますらをの
　燃え立つ願ひ　我れを焦《こ》がさむ

吉野金峯山寺の大護摩

修験道大護摩修法には、五條覚澄の願いが今でも込められている。それは南朝の魂であり、脳天大神という未来神の願いでもある。

葦原《あしはら》の　瑞穂《みづほ》の国の　みいのちを
　断ちてぞ祈る　願ひ切なく

吉野金峯山寺の大護摩

山岳修験道行者の祈りは、断食《だんじき》の上に築かれている。それは五條覚澄以来の伝統である。五條覚澄は、その命を摺り減らすほどの激しい断食の日々によって、大神に近づくことが出来たと伝え聞く。

御心《みこころ》を　吉野《よしの》に在らす　ますらをの
悲しき願ひ　天《てん》を駆《か》けるも

南朝の護良《もりなが》親王の霊魂を受け止めたのが五條覚澄である。その現代的展開が脳天大神に繋がっている。憂国とは、未来へ向かって流す涙のことなのだ。五條覚澄の悲願は壮大であり、真の日本男子の心意気を感ずる。この心意気の中に、混乱をつんざいて進む不退転の決意がある。

吉野金峯山寺の大護摩

荒船山大修法

吉野修験道行者による

平成十五年十月十二日、吉野金峯山の修験行者が、その長年の信念に基づき、修験道大護摩大修法を行じた。天《あま》つ神と国《くに》つ神の和解せられた場所として伝えられる荒船山において、日本国の隆昌と平和を願い行ぜられたのだ。修験道の抱かれるその悲願こそ、今後の祖国にとって最も重大な事柄であろうと私は感じている。その情愛によって、この大修法に列席させていただけたことは、私の生涯の名誉であり、また誇りともなり、自分自身に重大な責任感をもたらすものと成った。修験道の荒船山に対する願いはその御山《みやま》の古事を今に伝える心である。また、荒船山の神話を護らんとする不動尊に対する祈りこそを私は最も尊い日本の魂であると感ずるのである。

前文

茜《あかね》さす　むらさき萌《も》ゆる　すずかけの
舟の御山《みやま》に　映《は》えて涼《すず》しき

吉野修験道の修法が荒船山に映えた。古代の夢が、現代に降《くだ》り来たったのである。燃える炎が、神話をこの世に現成《げんじょう》させてくれた。

荒船山
憂国の大修法
茜さす＝むらさきにかかる枕詞
＊舟の御山：荒船山は美しい舟の形をしている。
＊すずかけ：修験道行者の法衣。
平成十五年十月十二日

天《あめ》が下《した》　吉野聖《よしのひじり》の　ひたぶるの
已《や》むに已まれぬ　悲願燃ゆらむ

吉野修験の大立者・五條覚澄の願いがこの修法を生み出した。師の感得された脳天大神の現代的降臨である。神々の和解の神話が、未来の日本を生むのだ。

荒船山
憂国の大修法

ますらをの　発《ほっ》する願ひ　弥栄《いやさか》の
炎と化して　天《てん》を目指《めざ》せり

今、大修法の炎が天を焦がしている。金峯山寺初代管長・五條覚澄の悲願が燃え盛っているのだ。神々の和解を、今に伝えなければならぬ。

荒船山
憂国の大修法

天《てん》を衝《つ》く　炎の願ひ　千早振《ちはやぶ》る
神代《かみよ》の夢を　いかで降《ふ》らさむ

神話の夢、真の日本の和の心を、今に実現しなければならぬ。建国の夢を、今の世に実現するのだ。これは神の誠を現代に甦らせようとする意志に思われる。

荒船山
憂国の大修法
千早振る＝神にかかる枕詞

ますらをは　神代《かみよ》を見つめ　ただ独《ひと》り
炎に向かひ　立ちゐたりけり

護摩《ごま》を焚く修験行者の中に、私は五條覚澄の霊魂を見出していた。それは、国を憂える涙に覆われた姿として炎に向かい、屹立《きつりつ》していたのだ。

荒船山
憂国の大修法

吉野には　糧食《かて》み得《は》ずて　とこしへに
生活《たづき》おくりし　聖《ひじり》あるとふ

吉野の伝説には、伝説を超えた真実があるように私は思う。今の常識を、吉野の歴史は超越しているのだ。そして、それは我が国の本質とも成っている。

吉野修験道
の伝統

荒船山の雄姿に捧ぐる歌

神代の出来事を今に伝え、天に雄々しく聳《そび》ゆる荒船山は我が魂の故郷の一つと成れる。御山《みやま》を護《まも》るが如く斎《いつ》き祀られる不動尊はその涙の歴史の変じ給うた御姿にして、我が魂は抉《えぐ》られんばかりの衝撃を受けた。ただただ我が祖国の歴史に対し奉り、涙滴《したた》るのみである。

前文

みすずかる　信濃《しなの》の峰に　取りよろふ
　舟の御山《みやま》は　天《てん》に浮かべり

荒船山は天に浮かんでいる。それは日本の神話を今に伝える勇姿である。
荒船山は、天から降《くだ》り来た船に見えるのだ。それは今も空に浮かんでいる。

荒船山を仰ぐ
憂国の神話

みすずかる＝信濃にかかる枕詞

雲ゐすら　ささらに蹴《け》らし　波切《なみぎ》らす
　御山《みやま》の願ひ　天《てん》に雄々しき

荒船山の勇姿は、そのまま日本の神話を湛えている。神代《かみよ》の和解の願いが鎮《しず》もれているのだ。雲を分け天を仰いでいる。

荒船山を仰ぐ
憂国の神話

古《ふ》りし日に　天《あま》つ神立ち　国《くに》つ神
また立ち愛《め》でし　御山《みやま》仰《あふ》ぎて

荒船山は、初国《はつくに》における天つ神と国つ神の和解の地である。和解の契りを成したのだ。つまり、日本の出発の地と言っていい。

荒船山を仰ぐ
憂国の神話

いにしへの　御牧《みまき》ケ原を　偲《しぬ》ぶれば
神代の夢も　今に降《ふ》り来《く》る

天つ神と国つ神の平和的な和解が、この日本を生んだ。「和」の初心である。建国の父祖たちの夢が、我々を見つめている。

荒船山を仰ぐ
＊御牧ケ原：長野県小諸市の千曲川を臨む台地。

我れ在ると　あへて奏《まを》さむ　畏《かしこ》くも
吉野の神よ　常立《とこた》ちに立て

脳天大神を我が社の神棚に招き入れた。未来を創造するためである。吉野の歴史に秘められた憂国の霊魂を、私は祀《まつ》りたいのだ。

憂国の神
未来の神を祀る

私の憂国

国を憂えることは、私にとって人の道そのものと言ってもいいのだ。武士道だけを愛する私にとって憂国とは、『葉隠』の思想を自己が貫徹することに他ならない。私はそのために生き、そのためにのみ死する覚悟である。それが日本に生まれ、日本に養われた私に出来る最大の憂国なのだ。

前文

敷島の　日本《やまと》の道は　とこしへに
弥栄《いやさか》映《は》える　道ぞ在《あ》らする

我が生命は、武士道を生き切るためにある。それに勝る憂国の道が、私にとってこの世にあろうか。日本人の人類的価値は、武士道の中にこそ存するのだ。

我が憂国を語る
敷島の＝日本にかかる枕詞
＊弥栄：より一層、栄える。

玉鉾《たまほこ》の　道を敷くべき　我れだにも
常盤《ときは》にい這《ば》ふ　道ぞ逢ひたき

日本の道を生きることが、永遠の道に参画することだと私は思っている。人類の永遠の夢が、武士道と騎士道を生み出したと私は考えているのだ。道の中に、未来がある。

我が憂国を語る
玉鉾の＝道にかかる枕詞
＊常盤：常に変わらない岩。とこしえの意。

願はくは　日本《やまと》の夢に　死に往《ゆ》かむ
　我が血を生みし　国を抱きつつ

日本人の夢は、すべて武士道によって支えられて来た。日本人の生き方と死に方は、すべて武士道とそれを生んだ日本の歴史の中にこそある。私は祖国の夢と共に生き、共に死する。

我が憂国を語る

旅順攻略

日露戦争における旅順《りょじゅん》二〇三高地は、永遠に日本人の雄叫《おたけ》びの象徴である。乃木《のぎ》第三軍は新生日本の悲しみを体現していた。それは、まさに日本武尊《やまとたけるのみこと》の精神を継ぐ日本人の誠を現わしている。誠が、肉弾突撃を断行《だんこう》したのである。新生日本は、哭《な》いていたのだ。

前文

長歌

何人《なんぴと》も　斉《ひと》しく仰ぐ　悲しびに　天《てん》は哭《な》きたり　地も叫び　山肌深く
穿《うが》ちたる　砲弾《つつだま》土を　吹き上げて　山容《すがた》も変はる　足曳《あしびき》の　山を覆《おほ》へる
屍《しかばね》は　我が日の本の　つはものの　雄叫《をたけ》びすでに　遠ざかり　血は土深く

旅順二〇三高地
爾霊山《にれいざん》の長歌

足曳の＝山にかかる枕詞

浸《し》み入りて　涙の痕《あと》も　乾《かわ》き果て　後《あと》に残るは　くろがねぞ　その寂《さぶ》しさの
黒光る　つはものどもの　心意気　遙《はろ》かに熛《けぶ》り　玉炫《たまかぎ》る　落日こそは
燃えて哭《な》くらめ

旅順における日本軍の肉弾突撃は、近代文明に打ち込まれた「魂の剣」である。それは、誠と文明の戦いだった。そして誠が文明を打ち滅ぼしたのである。

玉炫る＝落日にかかる枕詞

反歌

日の本の　血を証したる　悲しびの
山垣映えて　落日ぞ燃ゆ

二〇三高地に流された若き日本の血は、近代の神話となるだろう。

反歌

日本海海戦

前文

日本海海戦は、世界海戦史を飾る金字塔である。それは人間の魂がもつ崇高なる力の証明と言っていいだろう。東郷司令長官と兵士たちの崇高な魂の雄叫《おたけ》びとも言えよう。この戦いは戦術の問題ではないのだ。それは、精神の対決だった。若き日本の精神が、巨大で傲慢な物質文明を破壊したのである。

日本海海戦
わだつみの長歌

＊敷島：日本のこと。

長歌

敵艦を　見ゆとの報《しら》せ　吼《ほ》え叫《おら》び　つはものどもへ　伝ふれば　海《わた》に黙《もだ》する
日の本の　水漬屍《みいづくかばね》と　成る者は　血ぞ滾《たぎ》りたる　皇祖《すめろぎ》の　道に命を
捧げむと　逆巻く波を　劈《つんざ》いて　くろがね哭《な》ける　功業《いさをし》の　浮かべる城と
御民《みたみ》われ　共にまゐらせ　海原《うなばら》の　最中《もなか》に立ちて　古《いにし》への　わが敷島の
誉《ほまれ》をば　その身に承《う》けて　ひたぶるの　涙ぞ映《は》ゆる　焔《ほのほ》もて　聖なる海へ
撃《う》ちてし止《や》まむ

日本兵は、誰も生き残ろうと思っていなかった。ロシア兵は、無事に祖国に帰ることだけを夢見ていた。戦史に類を見ない勝利は、誠の生命に降《くだ》ったのである。

反歌

反歌

海原の　遥《はろ》けき先に　鎮《しづ》もれる
つはものどもが　涙こそ愛《め》づれ

日本海に沈んだ、日露両軍の兵士たちの鎮魂こそが、この歴史的出来事に我々が真に参加するということなのだ。両軍それぞれの悲しみを拾うことが、この戦いを知ることとなる。

城山挽歌

前文

西南戦争は、真の日本の独立のために行なわれた。西郷隆盛の真の愛国心が、この戦いの真実である。この精神が、近代国家としての日本の柱を立てた。内部から己れを強くしたのだ。烈士の魂を抱き締めなければならない。それによって、真の憂国を打ち立てることこそが、今を生きる我々の務めとならねばならぬ。

西郷隆盛の最期

長歌

長歌

敷島＝日本にかかる枕詞

＊城山：鹿児島市中央部の山。西南戦争の最後の戦の地であり、西郷隆盛が敗北し亡くなった。

天足らす＝恵みにかかる枕詞

薩摩《さつま》なる　敷島かをる　日の本の　南の涯《はて》ぞ　空遠く　青葉繁れる　城山に
挙《こぞ》り来《き》たりし　もののふは　薩摩隼人《さつまはやと》ぞ　名にし負ふ　涙を垂《た》りて
血を知るも　その心だに　日本《やまと》なる　まほろぶ国の　行く末を　赤き誠の
ゆゑ以《も》ちて　身は皇道《すめろぎ》に　捧ぐれど　哭《な》きて生きけむ　憧《あくが》れの
自《おのづ》からなる　天地《あめつち》に　起《た》ちて叫びし　ますらをの　道にしあれば　切々と
夢ぞ巡れる　跡とても　天皇《すめらみこと》の　天足《あまた》らす　御恵《みめぐ》み深き　悲しびに
弓引く身とも　成り果てて　わが血に染まる　誠とて　日本《やまと》の子らに
残すべく　むかし吹きけむ　風に乗せ　この言の葉を　認《したた》めて
わが思ひこそ　伝へ奉《まつ》らめ

城山の悲劇が、近代日本を創ったのだ。城山に鎮《しず》もれる無念の魂の鎮魂こそが、未来の日本を築くことになるだろう。

反歌六首

城山に　秋風吹きて　鎮《しづ》もれし
つはもの共の　永久《とは》に悲しき

城山の烈士は、日本を永遠に支える霊魂である。私はその魂を風の中に感ずるのだ。

城山の跡に立ちて歌う
反歌一

ますらをの　雄《を》叫《たけ》び今も　切々と
風とも成りて　我れに沁み入る

城山の悲しみは、風と成って、私に語りかけて来るのだ。その風が、私の憂国を立たしめてくれるのである。

城山の跡に立ちて歌う
反歌二

しかもなほ　薩摩《さつま》隼人《はやと》の　雄叫びを
この秋風は　今も抱《だ》き行《ゆ》く

城山の風は、今も西南戦争の悲しみを伝えている。ここに立てば、武士の涙が降《ふ》って来るのだ。それを承《う》け取らなければならぬ。

城山の跡に立ちて歌う
反歌三

城山の跡に立ちて歌う
反歌四

草蔭《くさがげ》の　すだける虫の　声にすら
君すめら辺《べ》に　死にて生きつる

西郷隆盛は、死んで生きたのである。日本の良心として永遠に生きるのだ。それは日本の地霊となり、未来を創り上げる力となるだろう。虫の声にも、その志が浸《し》み込んでいる。

＊すだける：呻く。
＊すめら辺：天皇の側近く。

城山の跡に立ちて歌う
反歌五

現《うつ》し世の　重き任《ま》けもて　戦ひし
その幽《かく》し身《み》を　語り継ぐべし

君の死を語り継ぐことが、日本の未来を創造することになるのだ。

＊任け：天皇や国家の官職に任命されること。

城山の跡に立ちて歌う
反歌六

ひたぶるに　涙ぞ映《は》ゆる　焔《ほのほ》もて
聖地へ向かひ　進み行《ゆ》くらむ

死後も、西郷隆盛は憂国の士を集め、日本の未来を創るために働いている。西郷こそが、真の日本の地霊と成れる魂なのだ。

歴史に憂国を刻印した魂たち

名にし負ふ　太魂《ふとだま》写す　御真影《おみかげ》を
　浮かべまゐらせ　悲願を奏《まを》す

　明治帝の御真影に向かい、我が憂国の心の祈りを捧げた。日本の近代において、憂国とは明治帝の魂を指すのだ。

讃岐《さぬき》なる　あはれすめらの　詠《よ》まらるる
　歌に滲める　詩味《しみ》ぞ悲しき

　崇徳院《すとくいん》の怒りは、日本の底辺にうごめく地底の力を表わしている。憂国の怒りが、巨大な力を生み出している。

とこしへに　悲しかるらむ　敷島の
　日本《やまと》ぞ匂ふ　もののふの歌

　宗良親王《むねなが》の歌には、武士道が貫かれている。それは忠義の涙である。流浪の叫びが、憂国を仰いでいるのだ。

明治帝
明治神宮にて

＊崇徳院：一一一九―一一六四。第七十五代天皇。保元の乱で後白河天皇に敗れ、日本三代怨霊の一人となった。

讃岐遠流
怨霊伝説（『雨月物語』）

南朝の魂と宗良親王

＊宗良親王：一三一一―一三八五。鎌倉後期の皇族。征夷大将軍、天台座主。

敷島の＝日本にかかる枕詞

天地《あめつち》の　極《きは》まり尽きる　悲しびを
　極むるままに　詠《よ》める言の葉

宗良親王の和歌こそ、日本の正統と自然、そして忠義の本質を歌い上げたものである。それは憂国が生み出した日本の未来の姿である。

南朝の魂と宗良親王

うつぼつと　移ろふ日々も　天《あめ》が下《した》
　道にぞ生きむ　あはれその人

世界のすべてが、親王の家だった。道に生きる人の悲しみは深い。憂国の情に、この世の現実はないのだ。

南朝の魂と宗良親王

詠《よ》むだにも　寂《さぶ》しかるらむ　葦垣《あしがき》の
　吉野の皇子《みこ》は　あはれ移ろふ

親王の歌は、流浪の歌である。自分よりも大切なもののために、自己の人生があるのだ。正統の涙とは、親王の歌のことである。

南朝の魂と宗良親王
葦垣の＝吉野にかかる枕詞

法《はふ》ゆゑに　己《おの》が命を　日の本へ
名残りを断ちて　去り行《ゆ》かむとす

鑑真《がんじん》の渡日は、人間のもつ誠の歴史的衝撃である。すべての名声を捨てて日本へ行く鑑真の心を歌いたいのだ。その心には、最も深い憂国がある。

苦しびを　独り耐へつつ　雄々しくも
腹を切り裂く　君を思へば

大西瀧治郎は、特攻隊生みの親である。その責を負って、終戦時に切腹した。古代の憂国を、現代に甦らせたのである。特攻の魂だけが、日本の精神を戦後に繋いだのだ。

鑑真和上の憂国
師の誠なくして、日本はなかった

＊鑑真：六八八—七六三。唐代の僧。日本の律宗の開祖。唐招提寺を創建。

特攻の魂
大西瀧治郎の憂国

＊大西瀧治郎：一八九一—一九四五。海軍軍人。神風特攻隊の創始者。

第十七章

霊場（神社・仏閣）

——八十一首

私は子供の頃から、神社や寺院が好きだった。そのことに理屈は一切なかった。ただ何か爽々《すがすが》しい気持ちになり、また心が和《なご》むものを感じていたのだろう。思春期になって、それらの場所に特別の霊気を感ずるようになった。その頃から、それらが建つ場所の歴史を調べ、また瞑想によって気の種類を体感するようになったのである。特に古い場所は、まさにすばらしい霊気を集めていた。それらは、太古の人々の感性によって、本当に偉大な霊気を有する場所に建立されていることが徐々に分かって来た。子供の頃からの霊場好きに、理論が加わることにより、益々私はそれらを愛するようになっていった。自分が好きだった場所が、古代人の考える神聖なる土地だったことが分かってからは、自分の感性に対する自己信頼を増すこととなった。私にとって、神社や寺院の存在は、自己の生命の淵源に触れることに繋がった。そして、自己と人類の未来を思考する場所ともなっていったのだ。

神社

伊勢神宮

神風の　伊勢に詣《まう》でし　我が心
　清き思ひぞ　まさに出《い》づべき

伊勢に参りて後、私の心は不思議なほどに清冽になった。伊勢の力を実感し、日本の歴史の崇高に思いを馳せた。

伊勢参り、昭和六十年

神風の＝伊勢にかかる枕詞

千早振《ちはやぶ》る　伊勢の大宮　神風の
　吹きけるところ　つひに来るらむ

伊勢の神韻に抱かれることは、日本人の最高の幸福を創る。後に、私は「伊勢とアインシュタインは収斂する」というアンドレ・マルローの言葉の真実に触れていたことを知った。

伊勢参り、昭和六十年

千早振る＝神やそれに由来するものにかかる枕詞

＊アンドレ・マルロー：一九〇一―一九七六。フランスの作家、哲学者。『人間の条件』、『王道』。

かみかぜの　伊勢の木立《こだち》も　神《かむ》さびて
　美《うるは》し立《だ》てる　宮を抱《だ》かしむ

伊勢神宮の森は、縄文の森を彷彿させる。それは超古代の息吹を今に伝えているのだ。伊勢は、歴史を超えた空間である。

伊勢参り

かみかぜの＝伊勢にかかる枕詞

伊勢参り

＊いやさか：より一層、栄える。

＊アインシュタインは戦前に、伊勢神宮に詣でたことがある。

いやさかに　真秀《まほ》ろば映《は》えて　統《す》べくらむ
いにしへ響く　宮ぞ悲しゑ

伊勢神宮は、永遠の日本を感じさせる。宇宙の意志が、日本を創ったことを想像させるのである。私はそのとき、アインシュタインの感動に触れたように思ったのだ。

伊勢参り、昭和六十年

五十鈴川《いすずがは》　宮に参りし　人々の
姿を写し　倦《う》まず流るる

宮参りの後こそ、五十鈴川の神韻は伝わるように思う。この清冽の本質は、神と対面した後でなければ分からないだろう。

伊勢参り、昭和六十年

薫風《くんぷう》の　吹きて去りにし　五十鈴川《いすずがは》
水は静かに　我れを見つめむ

五十鈴川の美しさに、私の心は射抜かれたと言っていい。私は川を見ているつもりだったが、現実は私が川に見られているように感じたのだ。

伊勢参り、昭和六十年

三島大社

流されて　辿《たど》り着きたる　剣聖の
　悲しき技を　生みし宮かも

大島から脱出した伊藤一刀斎は、この三島大社の前に流れついた。そこにこの宮の本質がある。つまり、偶然の出来事ではないのだ。

海中《わたなか》に　国を憂《うれ》ひて　鎮《しづ》もれる
　事代主《ことしろぬし》の　御魂《みたましぬ》偲びぬ

二十代に造船所に勤めていた私は、仕事の上で随分と事代主命《ことしろぬしのみこと》の護《まも》りを受けたと思っている。その御礼を述べたのだ。三島大社にホメーロスの『オデュッセイア』の霊魂を感ずるのは、私だけであろうか。

靖国神社

今あるを　思へば常に　偲《しぬ》ばるる
　若き血潮の　叫び響かへ

靖国ではいつでも英霊たちの声が聴こえる。風の中に、それはいつでもある。祖国に命を捧げた人々との交感は、私に誠の魂を突き付けて来るのだ。

三島大社参り
＊伊藤一刀斎景久：生没年不詳。戦国から江戸時代の剣豪。
＊剣聖：伊藤一刀斎景久。

三島大社参り
事代主命

靖国神社参り
若き血潮

玉《たま》の緒《を》の　思ひも乱る　若者の
血のあがなひの　事な忘れそ

戦死者たちの霊の尊さを忘れないことが、そのまま現在を大切に思うことに繋がっているのだ。

靖国神社参り
若き霊魂
玉の緒の＝「思ひも乱る」にかかる枕詞

海中《わたなか》に　群がり居《ゐ》たる　仇船《あだぶね》に
おのれを砕き　花と散りけむ

特攻の思想は、日本の思想である。天孫降臨の真の地上的展開なのだ。その善悪を問うのは、平和に慣れた我々の傲慢である。その誠と対面することに、歴史の重みがあるのだ。

靖国神社参り
特攻

花と散る　夢も望みも　とこしへに
我が日の本の　血とぞなるらむ

青年たちの夢は、消えたのではない。それは永遠になったのだ。自らを犠牲にすることによって、彼等の魂は永遠を摑《つか》み取った。その魂は、祖国を護《まも》り続けてくれるに違いない。

靖国神社参り
＊特攻記念館：
遊就館にて。

くろがねに　現《うつ》し身《み》たくし　離《さか》り往《ゆ》く
　刀《たう》振《ふ》る人の　願ひこそ見れ

特攻に往く人たちの心を、引き継がなければならない。そこに人間の魂の原点があるからだ。我々は護られたが、我々がその霊魂を護ることも、また義務なのだ。

英霊《みはしら》の　鎮《しづ》まりおはす　九段坂
　心通《かよ》へば　花ぞ降るらむ

靖国では、必ず花が降るのだ。靖国の花とは、霊魂の別名である。靖国に行って、降り来る花を受けることが、日本人の魂を直立させるのである。

南宮大社

鈴《すず》も鳴る　鉄《まがね》の神の　鎮《しづ》もれる
　南の宮に　我れぞ立たする

母の実家の墓参りとともに、その産土《うぶすな》である南宮大社にも参った。ちなみにここは、母の実家の親戚にあたる。

靖国神社参り
＊特攻記念館：遊就館にて。
＊くろがね：大型伊号潜水艦。
＊刀振る：回天の特攻における別れの儀式の一つ。

靖国神社参り
九段坂

南宮《なんぐう》大社に参る
金属の神＝金山彦の神を祀る

まがねふく　金山彦《かなやまひこ》の　悲しびを
　来たる世に向け　哭《な》きて偲《しぬ》ばむ

金属の神、金山彦は、人間の歴史の最も悲しい事柄に使われて来た。それが、本当の未来を拓く神だと誰が知ろう。南宮大社は、最も古くまた未来の神を祀っているのだ。

南宮大社参り
まがねふく＝金属または金山彦にかかる枕詞

出雲大社

出雲なる　国を拓《ひら》きて　隠らるる
　大国主《おほくにぬし》の　鎮《しづ》もれる宮

大国主の神話は、我々日本人の心の故郷である。大国主命の神話を仰ぎ見るとき、日本人は日本人になるのだ。

出雲大社参り
大国主命

八雲《やぐも》立つ　出雲の湖《うみ》に　寂《さぶ》しかる
　この身畏《かしこ》め　神代偲《かみよしぬ》びて

宍道湖《しんじこ》に立ち寄った。精神的な湖であり、深く神代の物語を感ずることが出来る。

出雲大社参り
宍道湖
八雲立つ＝出雲にかかる枕詞

出雲《いづも》では　そのしめ縄《なは》に　涙なる
　大国主《おほくにぬし》の　心をぞ見る

出雲大社のしめ縄には、歴史を創り続ける「涙」があった。それは、大国主命の本願ということであろう。しめ縄の奥深くに、えも言われぬ優しさが鎮もれているのだ。

出雲大社参り
しめ縄

玉炫《かぎ》る　日は森深く　沈み行《ゆ》き
　生まれし黄泉《よみ》に　神代《かみよ》偲《しぬ》ばむ

出雲の夜は、まさに黄泉の神話を思い浮かばせる。真の恋が甦るのだ。遠い憧れが、闇とともに眼前に出現してくるのである。

出雲大社参り
黄泉
玉炫る＝日にかかる枕詞

茜《あかね》さす　雲居《くもゐ》に雁《かり》の　群れ映えて
　緋色《ひいろ》に燃ゆる　夕日落ち行《ゆ》く

落日の美しさに感動した。これこそが、神話の偉大さではないだろうか。出雲の落日は、壮大である。それは日本の歴史の壮大を表わすものでもあるだろう。

出雲大社参り
夕日
茜さす＝日・夕日にかかる枕詞

近江建部大社

祀《まつ》らるる　野菊《のぎく》の如き　君なれば
我が摘《つ》み来《こ》せる　花ぞ召《め》すべき

日本武尊《やまとたけるのみこと》に会いに行った。途中、祭壇に捧げる花を摘んで行った。尊は、花の似合う数少ない英雄である。

恋すらむ　乙女《をとめ》の辺《べ》にぞ　置きたりし
御剣《みつるぎ》祀《まつ》る　巌《いつく》しき宮

参拝の間、皇子の御剣の歌を思い出していた。尊のその歌は、日本の辞世の初心を創っている。

夕されば　吾《わ》ぎ家《へ》を慕《した》ふ　一列《ひとつら》の
雁《かり》去り行《ゆ》くは　寂《さぶ》しかるらむ

白鳥となった皇子を思わせる雁がゆうゆうと去って行った。その姿の美しさに、私は皇子の魂の清純を見たのである。

近江建部大社参り
日本武尊
二〇〇八年、五十八歳のとき、ミホミュージアムで執行草舟コレクションの安田靫彦を出品した「大和し美し」展があった。その帰途の立ち寄りである。

近江建部大社参り
日本武尊
＊太刀：「嬢子《おとめ》の床のべに　わが置きし　剣の太刀　その太刀はや」。

近江建部大社参り

広沢《ひろさは》を　見れば水面《みなも》に　映《うつ》りたる
悲しかりける　雲ぞ過ぎ行《ゆ》く

ミホミュージアムの「大和し美し」展に参加した後、近江建部大社に参り、帰りに京都に宿をとった。私の中ではまだ日本武尊の志が雲と成って生きていたのだ。何を見ても、日本武尊の伝説が甦っていた。

京都
広沢の池
二〇〇八年

大神神社

味酒《うまざけ》の　三輪《みわ》に御座《おは》せば　たたなづく
青垣深く　さびる磐座《いはくら》

三輪明神の霊気に打たれた。古代の息吹を私は肌で感じたのだ。日本最古の神の一柱である。自然の石に宿る神の崇高を仰ぎ見た。

大神《おおみわ》神社参り
初めての三輪明神
五十二歳

味酒の＝三輪に
かかる枕詞

緑濃き　三輪《みわ》明神は　霞《かすみ》立ち
今も遅しと　我れを待たまし

私の感動は三輪の神に必ずとどいているだろう。私は胸の鼓動を感じている。参道を歩くときから、私の感動は押さえ難く、それはきっと神にも通じていると信じた。

大神神社参り
初めての三輪明神
五十二歳

あしびきの　山も光れる　山の辺《べ》の
道に愛《め》でらる　三輪《みわ》ぞ美《うる》はし

三輪明神に参る。そして神の宿れる山を仰いだのだ。山の辺の道から見る三輪山《みわやま》は、日本の平和の歴史を象徴する形体であった。

大神神社参り
三輪明神
あしびきの＝山にかかる枕詞

不甲斐《ふがひ》なき　我れにしあれど　神奈備《かむなび》の
三諸《みもろ》の山を　偲《しぬ》びまゐらむ

まだ汚れを落とし切れぬ身で、大神神社に参拝した。次に来るときには必ず清らかな心で来ることを誓い、参ったのである。

大神神社参り
三輪明神
神奈備の＝神を祀る森にかかる枕詞
＊三諸の山：三輪の山の別名。

瞠《みひら》きて　滲《にじ》み出《い》づらむ　涙をば
透《す》かして見ゆれ　神も哭《な》きたり

私の祈りを、神も認識して下さった実感があった。この霊場では、神と人間の交感が可能なのだ。

大神神社参り
三輪明神

諏訪大社

諏訪ならむ　たてみなかたの　悲しびを
　今に伝へる　社《やしろ》あらはる

眼前に現われた社の荘厳に、私は武士達の悲哀を感じた。それが初めての出会いとなった。

諏訪大社参り
＊建御名方《たてみなかた》：諏訪の祭神。

神さびる　諏訪《すわ》の大宮　朝まだき
　我が眼に沁みる　星と語れり

初めて諏訪に参りしときの、あの美しい星を忘れることはない。そこに諏訪大明神の化身を見たのだ。その星は私に語りかけてくれた。私もまた語り合ったのだ。

諏訪大社参り
夜の水垢離

月澄《す》みて　たてみなかたの　歎《なげ》きをば
　など知るらむか　その寒きゆゑ

諏訪大明神の悲しみを、果たして今夜の月は知っているのだろうか。この寒月ならば、多分、その心を知っているのだろう。私は建御名方《たてみなかた》の神位に、日本国の「初国《はつくに》」を感じていた。

諏訪大社参り
夜の参籠

鹿島大社

鹿島なる　たけみかづちの　心をば
捨てたる国に　我れは生くらし

日本が「武」の心を捨てて久しい。武を捨てた国が果たして国と言えようか。建御雷神《たけみかづちのかみ》との対面は、この問題を徹底的に問いかけられるものとなった。

鹿島なる　たけみかづちの　涙して
神《かむ》しみ入れる　森に眠りぬ

たけみかづちの涙が伝わってくる。それは剣の心の喪失である。剣の心を失えば、国の存続はない。そして日本独自の歌も文化も失うことになるだろう。今、神は眠らされているのだ。

厳島神社

重盛の　紺糸縅《こんいとをどし》に　鎮《しづ》もれる
わが子を愛《め》でる　父の思いは

平清盛が重盛に贈ったと伝わる鎧を見た。そこには清盛の魂が付着していた。子を思う父の気持ちに、厳島神の魂が宿っていた。愛の悲しみが深く伝わる一品である。

鹿島大社参り
武の心

＊建御雷神：鹿島大神の祭神。

鹿島大社参り
剣の心

厳《いつく》島《しま》神社参り
平重盛の鎧

＊紺糸縅：紺色の糸で鉄をくくった鎧。

清盛の　古《いにし》へ思ふ　真心は
厳島にて　水に浮かべり

清盛は、あらゆる困難を越えて、神話の実現を行なったのだ。水に浮かぶ神話は、清盛の壮大な魂なくして決して創ることは出来なかった。

厳島神社参り
生きている古代

鶴岡八幡宮

悲しびを　今に伝へる　大いちやう
もののふ共の　鎮《しづ》もれる宮

ここはもののふの悲しみを伝える宮なのだ。武士政権の悲哀が鎮もれている。武士道に生きる者の聖地である。

鶴岡八幡宮参り

仏閣

増上寺

肩を這《は》ふ　緑の袈裟《けさ》に　浮かびたる
葵《あふひ》の心　我れに伝へよ

菩提寺から、緑の略袈裟をいただいた。緑の地に金の葵が目に沁む。

増上寺
袈裟

灯《ともしび》の　影に耀《かがよ》ふ　現世《うつせみ》の
事ども過ぎて　今ぞ鎮《しづ》まる

この黒本尊は、多くの苦難を乗り越えて来た。これからの平安を願うのみだ。秘仏であるだけに、御開帳にはいつにない有難みが加わる。

増上寺
黒本尊御開帳

厳《いつく》しき　三ツ葉葵《あふひ》も　映え渡る
経《ふ》りし御堂《みだう》の　我れを見つめゆ

黒本尊のこの古い御堂はいま少しで取り壊される。その前に古い伽藍に来られたことは、深い喜びである。この古い御堂が私を知ってくれることに、縁を感じている。

増上寺
黒本尊御開帳

ぬばたまの　黒き御姿《みすがた》　気高《けだか》くも
この世に向かひ　などて哭《な》くらむ

黒本尊と初めて対面した。私にはその目がこの世を哭《な》いているように見えたのだ。いまの世が、黒本尊の本願と違っているからに違いない。私の心に一つの決意が生まれた。

増上寺
黒本尊御開帳の日
ぬばたまの＝黒にかかる枕詞

今日《けふ》の日の　この喜びを　我が孫《みま》へ
伝ふる道を　我れに給《たま》はむ

増上寺の檀家になれたことを喜んでいる。私の子孫にそれが伝われば嬉しい。私は子供の頃から、この増上寺に特別の敬意を払っていたのだ。

増上寺
檀家

還相《げんさう》と　自《おの》づからなる　往相《わうさう》を
貫抜《つらぬ》き生くる　弥陀《みだ》を慕ひて

現世と浄土を往還する思想を、私は信ずる。この浄土信仰は、キリスト教のホ・エルホメネス（かの来たりつつある者）に当たると私は思っている。

増上寺
浄土信仰

室生寺

去りてなほ　まぶたに沁みる　面影に
わが言《こと》の葉《は》ぞ　及ばざりける

室生寺の秋の風情は、花の萌ゆる道と共に忘れることが出来ない。その景色は、我々日本人の原風景と言えるものだろう。

室生寺《むろうじ》
面影

秋深き　この室生寺は　あまりにも
雅《みやび》に染まり　あはれなるらむ

室生寺の雅は、この世を絶している。雅さが、生命の本源を抉《えぐ》っているのだ。雅から生まれる「もののあはれ」というものが、この寺の魂ではないだろうか。

室生寺
雅

その深き　杉の木立《こだち》も　山肌を
這《は》ふが如きに　恋し焦《こ》がれむ

山肌を這う木の根の荘厳に、言葉を失ったのだ。それは、縄文が現世に出現したということに他ならない。恐るべき美しさである。

室生寺
木の根

神さぶる　杉しげ立ちて　玉かづら
這《は》ひて生《お》ひける　根こそ苔生《こけむ》せ

巨大な杉の根がうねり、古《ふ》りし日を偲んで苔むしていた。古代から来る根が、中世をつんざいて現代を穿《うが》つのである。この寺の時空の超越を感じた。

室生寺
木の根
玉かづら＝這う
にかかる枕詞

悲しかる　願ひを発《た》てて　鎮《しづ》もれる
古き仏の　生《いのち》こそ思《おも》へ

室生寺の本尊には、生きている生《いのち》があった。それは生きることの化身でもあるのだろう。この御仏《みほとけ》は、古代の命を現代の我々にもたらしてくれるだろう。

室生寺
本尊

石段を　仰ぎて見ゆる　堂塔は
いやつぎつぎに　深く染まりぬ

秋の紅葉のえも言われぬ美しさがあった。この石段は、土門拳の写真によって多くの人に知られた。私も、それに倣って写真を撮ったのだ。

室生寺
土門拳

飛鳥寺

たをやかに　千年《ちとせ》の夢も　醒《さ》めゐたる
その御姿《みすがた》の　愛《いと》しかりける

飛鳥寺の大黒天《だいこくてん》は、私の知る限り天下無双である。偉大なる可愛いさとしか言えない。これ以上の大黒天を、私は見たことがない。

飛鳥寺《あすかでら》
大黒天

若竹の　風に遠鳴《とほな》る　飛鳥路《あすか》を
踏みしめ行《ゆ》きて　君にこそ逢《あ》へ

飛鳥寺の大黒天は、見たこともない可愛らしさだった。つい友達の感覚をもってしまう。万葉記念館から飛鳥寺までを歩いたのである。私の体は、予感で震えていた。

飛鳥寺
大黒天

経《ふ》りし日を　偲《しぬ》びて坐《ま》する　御仏《みほとけ》の
慈《いつく》しみこそ　つひに動かね

飛鳥寺の大仏は、日本最古と聞く。ちょうど万葉記念館にて安田靫彦の「大仏開眼」の絵を見てすぐの出会いだった。この日本最古の大仏の慈悲に、私は永遠を感じた。

飛鳥寺
大仏
＊万葉記念館…奈良県立万葉文化館。

御仏《みほとけ》の　生まれ出《い》づらむ　絵に触れて
千年《ちとせ》の後《のち》の　御姿《すがた》に哭《な》かむ

万葉記念館において、靫彦の画く「大仏開眼」を見た。そのみずみずしい大仏が千四百年の時を経て、いま目の前にある。この縁に感動せぬ者はこの世にいないだろう。

飛鳥寺
大仏

中尊寺

とき経《ふ》るも　輝き増して　慈《いつく》しむ
弥陀《みだ》を護りて　立つも雄々しく

阿弥陀三尊の脇を固める、持国天・増長天・六地蔵も深淵この上ない。堂の中には、高貴と雅《みやび》が漂っている。

中尊寺
金色堂

白妙《しろたへ》の　雪に埋《うづ》まる　金色《こんじき》の
御堂《みだう》深くに　お坐《は》す弥陀《みだ》はや

阿弥陀三尊を仰ぐ。雪の日、中尊寺を訪れたのだ。中尊寺の阿弥陀如来には、アミターユスの本質が鎮もれている。

中尊寺
金色堂
阿弥陀三尊
白妙の＝雪にかかる枕詞
＊アミターユス：阿弥陀如来の古代インド語。

お坐《は》します　御恵《みめぐ》み深き　御顔《かんばせ》を
我れに注《そそ》がる　弥陀に涙す

中尊寺の弥陀には、自然と涙が滲むのである。それは、この御仏《みほとけ》のもつ深淵性のゆえだろう。私はここに、アンドロメダへの憧れを感ずるのである。

中尊寺
金色堂
本尊

仄《ほの》暗き　奥を飾りて　厳《おご》そかに
羅網《らまう》きらめき　弥陀のほほゑむ

自然光の反射が、弥陀の高貴をより高めていた。この光は、現世のものではない。これは天空の彼方から降り注ぐ「何ものか」である。

中尊寺
金色堂
三尊
＊羅網：宝珠を連ねて網として仏前を飾るもの。

知恩院

わが家《いへ》を　守り給へる　御仏《みほとけ》の
基《もと》ゐに侍《はべ》り　わが血滾《たぎ》れる

わが家は浄土宗であり、知恩院を総本山とする。わが祖先は、この寺の御仏に守られて今日まで来たのである。

知恩院《ちおんいん》

晩鐘《ばんしよう》の　重《かさ》なり響く　悲しみに
色づく山も　応《こた》へさやぎぬ

知恩院の鐘には深い悲しみがある。これが弥陀の本願《ほんがん》に違いない。この鐘の声に、我が家は守られて来たのだ。どうして感動せずにいられようか。

知恩院

厳《おご》そかに　金色《くがね》の光　湛《たた》へつつ
ま見ゆる我に　弥陀《みだ》はほほゑむ

この阿弥陀仏の気品は、誰も忘れることが出来ないだろう。途轍もない品格である。この仏が、何のために存在しているのか。この崇高なる御姿《みすがた》を仰げば、誰でも分かるだろう。

知恩院
阿弥陀堂

秋深く　照り映《は》えゐたる　弥陀《みだ》ゆゑに
木々も染まりて　主《ぬし》を飾らむ

秋の紅葉が、えも言われぬほど美しかった。ここでは誰もが信仰心をもつだろう。自然の本質が、信仰であることを我々は思い知らされる。

知恩院

高尾山

飯縄《いづな》とや　聞こし食《め》すらむ　わが歌を
幽《かそ》けくゐます　汝《な》れに捧《ささ》げむ

事業創業の前、高尾山に参った。飯縄大権現に志の歌を歌ったのである。
創業の頃、この神から降ろされた教えは私の製品開発の原動力となった。

高尾山参り
飯縄大権現
一九八四年

高尾では　杉の木立《こだ》ちも　神《かむ》さびて
我がはらわたに　夢ぞ沁み入る

高尾山参り

高尾の静寂は、私の志をより清く高くしてくれた。私心を捨て切った事業を起こさねばならぬ。私の祈りはそれだけだった。

飯縄《いづな》なる　その古《いにし》への　姿にぞ
今を創れる　知恵を見るべき

高尾山参り

飯縄大権現の姿に、私は歴史を創る民族の英知を見出していた。縄文の英知を、私は感じていたのだ。ここに日本民族再生の鍵を私は見出していた。

目黒不動尊（瀧泉寺）参り

前文
瀧泉寺《ろうせんじ》

立志

私は二十九歳のとき、一年間に亘り目黒不動尊に一日も欠かさずに日参した。理由は、私自身の長年の苦悩である「人間生命の本源」と「人類の未来」そしてわが「日本民族の真の行方」について、天地にそのいわれを問うためである。私の苦悩は深くそして長かった。自己の生命の神秘を起点として、生の深奥への探求は身を削る日々を重ねさせていたのだ。私はそれを、不動尊の霊魂に問いたかった。私は寸暇を惜しんで日参したが、途轍もない困難に多々見まわれた。しかし、私の意志はそれらをすべて撥ねのけ、この日参を成功させたのだ。それは私の中に眠る生命の涙が成し遂げた奇蹟だと思っている。この思い出は、私の人生の中でも特に強い印象を刻印している。そして、私は不動尊の霊体と遭遇したのだ。満願の日、光に浮かび上がる黒い固まりが、本尊の御堂の中から現われ出《い》でて、私の方に重く近づいて来た。来たと思ったその瞬間、その鉄の固まりのように見えるものは私の口中に飛び込んだのである。私は願いどころではなかった。その恐怖に卒倒し、三日三晩四十二度の熱にうなされ続けたのである。回復したとき、私は現世の望みをすべて放棄していた。そして、この身を人類と日本民族の未来へ投ずる覚悟が体の奥深くに打ち込まれていることを強く実感したのだ。

ぬばたまの　夜の深きに　唯《ただ》ひとり
　祈りてをらむ　冥土《よみ》の如くに

私の祈りは本当の孤独の中で行なわれていた。森の中に私は独りしかいなかった。仕事の都合で、ほとんどの日参が深夜だったのだ。

目黒不動尊参り
夜
孤独
ぬばたまの＝夜にかかる枕詞

切なさに　ひとり祈らむ　生まれ来《こ》す
　人の命の　涙おもひて

目黒では、人間の生命の本源と語り合っていたように思う。私は生命の悲哀のいわれを知りたかった。そして、日本民族のために命を捧げたかったのだ。

目黒不動尊参り
悲哀

煌々《くわうくわう》と　寒き光を　放《はな》ちつつ
　青き月とて　いかで哭《な》かなむ

わが憧れを、この寒月も一緒に哭いてほしいと思っていた。私の憧れは、この世のものではない。それをいかにして、この地上に展開するのか。それには、自己が死ぬことしかない。

目黒不動尊参り
青き月

夜ふかく　枯《か》れ行《ゆ》く夢を　抱《だ》きしめて
　ただ独《ひと》り来《こ》す　不動尊かな

目黒詣では、憧れが枯れるか、それとも超越するかの戦いの日々だった。これは私の生命が行なう、ただ独りだけの戦いなのだ。果たして私は、憧れにこの身を捧げるだけの価値があるのだろうか。

目黒不動尊参り
憧れ
超越

嵐とて　我れをいさめる　力無く
　我が血肉《けつにく》を　聖地へ運ぶ

私の日参は、まさに命がけのものだった。一年間に亘り、仕事をしながら一日も休まなかったのだ。途中、嵐の日も雪の日もあった。また絶対に不可能と思われる日もあった。しかし、私の意志は、それらすべてを撥ね返したのだ。

目黒不動尊参り

凍りたる　雪を踏みしめ　我が骨は
　四時《よとき》間の後《のち》に　ここに立ちける

いかなる困難をも乗り越えた日参だった。ひどいときは、家から四時間の時をかけたこともあった。自動車もオートバイも、そのために壊してしまったのだ。

目黒不動尊参り
意志

踏《ふ》む霜《しも》の　音も響《ひび》ける　寂《さぶ》しさに
　月も歎《なげ》きて　揺《ゆ》らぎ浮かべり

深夜の目黒不動尊の孤独は、生命の独立自尊を自覚せしめたのである。その辛苦が、生命と邂逅《かいこう》したのだ。私は日本民族のために立ち上がる決意を固めつつあった。

目黒不動尊参り
決意

目黒不動尊参り
森

＊天台宗瀧泉寺
：目黒不動尊を奉る寺号。

悲しびに　昼なほ暗き　瀧泉寺
目黒の森は　雪に沈めり

雪に沈む目黒不動尊ほど美しいものを見たことはない。それは人間の悲願の聖地だった。私の憧れが、本当に美しいものと出会ったのである。

目黒不動尊参り

月冴えて　骨まで凍る　その日には
わが行く先を　霊《たま》ぞ歩ける

肉体を超えた何ものかが、一年間の日参を可能たらしめた。体の限界はとうに超えていた。一年間の日参は、私の霊魂が成したのである。

目黒不動尊参り
奇蹟

誓ひたる　願ひはすでに　砕かれて
砕かれ尽きて　奇蹟起《た》ちけむ

生命力のすべてを注ぎ込んだ先に、目黒不動尊の奇蹟は起こった。私は不動尊の本体と交感したのである。私の体は、電流に打たれ脳震盪を起こしていた。

目黒不動尊参り
不動尊像

目黒では　夢も望みも　枯《か》れ果てて
　果てぬる先に　不動尊ぞ見ゆ

私の地上の夢は、すべて枯れ果てた。そして満願の日、黒い固まりが体内に入ったのだ。私は不動尊の御姿を見たと直感した。そして失神して倒れ、四十二度の高熱に三日三晩さらされた。

目黒不動尊参り

呑み込める　固まり黒く　焔《ほのほ》たて
　三十路《みそぢ》に足らぬ　我れを砕《くだ》きぬ

満願の日、不動尊像と思われる鉄のような黒い固まりが口より入り、私に高熱と内臓の破壊をもたらした。私は卒倒し、数時間に亘り、意識不明の状態となった。

目黒不動尊参り

高熱に　うなされ死地を　さまよふて
　三日三晩を　冥土《よみ》と語らふ

固まりを呑んだ後、四十二度の高熱に襲われたのだ。その死地をさまよう瞬間、私は未来の人類の姿を夢の中に見ていた。

たまさかに　この現《うつ》し世《よ》は　過ぎ行《ゆ》けり
など行《ゆ》く末《すゑ》に　心砕《くだ》くや

目黒不動尊参りは、私の中に現世の本質を打ち込んでくれたように思う。これによって、私は完全に現世の考えを捨てることが出来たのだ。

目黒不動尊参り
感慨
二十九歳
＊たまさか：思いがけない、偶然、たまたま。

世の涯《はて》に　遠ざからむと　響きたる
その寂《さぶ》しさを　我れは追ふべし

瀧泉寺の鐘の音には、人間のもつ悲哀がある。生《いのち》を求めて鳴り響く鐘の彼方を私は追いたいのだ。それが人類と日本民族の未来へ向かって響いていることが分かるからだ。

目黒不動尊参り
瀧泉寺

青黒く　忿怒《ふんぬ》はうねり　燃ゆる火の
火中《ほなか》に立ちて　なんち哭《な》くらむ

目黒の秘仏と直に対面した。その迫力は崇高としか言いようがない。私の口の中に飛び込んだ黒い固まりと全く同じ波動をもつ本尊であった。

目黒不動尊参り
御開帳六十年に一度
日参の数年後に

第十八章

初国（建国と道臣命の忠義）

——五十一首

初国《はつくに》には、日本の根源が存する。それは日本文明の初心であり、また日本人の生き方と死に方を問う文化でもあるのだ。初国は、神武天皇の建国の志にその中心的価値があり、それに随順した道臣命《みちのおみのみこと》の忠義の中に、その誠の心が隠されている。私はそれを日本の初心として後世に伝えるために、ここに挙げた歌を作ったのである。神武帝の祈りによって、我々の祖国は誕生した。その崇高について私は考え続けて来た。それを歌いたいのだ。神武帝によって初国は成し遂げられた。そして、日本人の永遠の道である忠義の魂もここに醸成された。私は神武帝の山陵に参り、その後、帝の忠臣・道臣命を祀る鳥坂神社に詣でた後、初めて作歌に取りかかることが出来たのだ。

前文
＊初国：国の始まりのこと。
＊神武帝：初代天皇で記紀に出てくる。日本国を建国。
＊道臣命：記紀に出てくる天忍日命の後裔で大伴氏の祖。

神武天皇即位

長歌

白妙《しろたへ》の　雲立つ空の　雲居《くもゐ》より　畝火《うねび》の山の　橿原《かしはら》の　宮居《みやゐ》にお坐《は》し
初国《はつくに》を　治《し》らし食《め》しける　皇祖《すめろぎ》の　弥栄《いやさか》映《は》える　太祝詞《ふとのりと》　聞こし食《め》すらむ
皇神《すめがみ》は　賜《たま》ひ参《まゐ》らし　天足《あまた》らす　豊葦原《とよあしはら》と　思《おぼ》し召《め》し　中つ国生《くにな》す
敷島の　日本《やまと》の国の　初めとて　思《おぼ》ほし食《め》して　神日本《かむやまと》　伊波礼毘古《いはれひこ》なる
皇孫《すめみま》を　いやつぎつぎと　生《お》ひ繁る　青人草《あをひとぐさ》の　宗祖《おほおや》と　命《さだ》め参《まゐ》らし
斎《いは》ひ召し　宗祖《おや》の祀りを　賜はして　千代に八千代に　群草《むらくさ》を　慈しむべく
宣《の》り給ひ　五十歳《いそとせ》あまる　皇祖《すめら》もて　いよよ益々　栄えます　その寿命《ことぶき》を
百《もも》あまり　三十七歳《みそぢななとせ》　給はりて　日本《やまと》の国の　始《はじ》まりを　斎《いつ》き祝ひて
天雲の　たゆたふ先に　御隠《おんかく》ります

日本の初心は、永遠に神武天皇の詔《みことのり》にある。天皇とは、つまりは神武帝の継続を言うのだ。日本人の真の親は、神武帝に帰する。そこにこそ、日本の道の始まりがあるのだ。

神武天皇即位の長歌
白妙の＝雲にかかる枕詞
＊弥栄：より一層、栄える。
天足らす＝天皇とその権威にかかる枕詞
敷島の＝日本にかかる枕詞
天雲の＝たゆたふにかかる枕詞

反歌

厳《いつく》しき　道を進みて　日の本の
御宗家《みおや》と成られ　国ぞ立たする

日本が甦るとは、神武帝の詔《みことのり》が復活することを言う。日本の道はすべて
初心の中にある。

神武天皇婚姻

長歌

天降《あまくだ》る　皇神《すめがみ》承《う》くる　神日本《かむやまと》　伊波礼毘古《いはれひこ》なる　命《みこと》以《も》て　味酒《うまざけ》三輪に
出《い》で給ひ　山百合《やまゆり》騒《さや》ぐ　花野《はなの》なる　高佐野士《たかさのじ》にぞ　遊び召《め》す　神奈備《かむなび》映《は》える
国つ神　大物主《おほものぬし》の　後胤《すゑ》ならむ　伊須気余理比売《いすけよりひめ》　見初《みそ》めなむ　正妃《むかつひめ》とぞ
為《な》し給ひ　目にも沁入り　たたなづく　青垣映える　敷島の　日本《やまと》の国の
まほろばを　永久《とは》に愛《め》づらむ　美《うま》し国　白檮《かし》の葉照れる　橿原《かしはら》に
いよよ重《かさ》ぬる　睦《むつ》まじき　血の贖《あがな》ひを　食《め》し給ひ　慈《いつく》しみ以て

反歌

神武天皇婚姻の長歌
味酒＝三輪にかかる枕詞
たたなづく＝青垣にかかる枕詞
敷島の＝日本にかかる枕詞

治《し》らし食《め》し　弥栄《いやさか》映《は》える　ますらをの　道を基《もとゐ》と　為《な》し給ひ　宗家《おや》の心を
天《あめ》が下《した》　治《し》らし食《め》すべく　勅《た》てゐ給ふる

天皇の始まりは、この婚姻にあるのだ。日本の大家族制度とは、すなわちこの婚姻にその初心を発する。

＊弥栄：より一層、栄える。

反歌

畝火《うねび》なる　山百合《やまゆり》さやぐ　狭井《さゐ》川の
花野《はなの》を舐《な》めて　風吹き抜けむ

神武帝の婚姻に、さわやかな風を私は感ずるのだ。それは日本の歴史を貫徹する魂の風である。

反歌

橿原神宮

かむやまと　いはれひこなる　命《みこと》以《も》て
皇道《すめらぎ》映《は》える　御影《すがた》雄々しき

日本の初心を夢に見た。それは祈りの姿そのものだった。日本は、天皇の祈りによって国の始まりを成していたのだ。その御姿は神々しく光輝いていた。

夢に見し神武帝

橿原《かしはら》に　宣《の》りし給《たま》はす　初国《はつくに》の
初めの心　偲《しぬ》びまゐらす

建国の詔《みことのり》こそが日本の心である。私は昭和帝の姿からそれを学んだ。建国の魂が、現代にまで繋がっている。それが日本なのだ。

橿原神宮

高祖《すめおや》の　宣《の》らし給《たま》へる　御心の
その清らかに　涙くだれり

建国の詔《みことのり》は、永遠に日本の基《もとい》である。その中に語られる「正しさを養う」と「民を利する」という思想は、世界に冠たる日本の誇りを築き上げている。

橿原神宮

みたみ我れ　侍《はべ》り参《まゐ》りて　祈れるは
国の栄《さか》えを　夢みて奏《まを》す

現代の日本の行く末を祈ることは、夢を見なければ不可能である。我々の真の憧れだけが、未来の本当の日本を創れるのだ。私はその憧れだけに生きたい。

橿原神宮

高祖《すめおや》の　聞《き》こし食《め》すらむ　賀詞《よぎごと》を
　持たぬ我が身に　意気も沈めり

橿原神宮の清浄は、自己の汚れを深く知らしめてくれる。初国の志を、いまだ実現できない自分と現代日本を恥じるばかりである。

橿原神宮
＊賀詞：初国の詔。

天《あま》足《た》らす　御稜威《みいつ》を食《め》せる　この宮に
　天皇《すめら》の祖《おや》は　今も鎮《しづ》まる

橿原神宮には、今も日本の初心がある。それは高貴で清らかなものだ。この空間には、初代天皇の霊気が漲《みなぎ》っている。

橿原神宮
天足らす＝天皇とその権威にかかる枕詞

皇祖《すめおや》を　斎《いつ》き祀《まつ》れる　厳《いつく》しき
　宮におはせば　ただに黙《もだ》せり

橿原神宮の荘厳は、言葉を失うほどのものだった。この御稜威《みいつ》の力の前では、誰もが沈黙を強いられるだろう。

橿原神宮

神武天皇山陵

山陵《みささぎ》に　隠《かく》り給ひし　魂の
統《す》べる息吹《いぶき》は　永遠《とは》に響かふ

神武帝の詔《みことのり》が、今の日本をも覆っているのだ。それは永遠を見つめる。神武帝の精神の生き生きとした躍動が、今の私の魂にまで響いて来る。その力は、未来を切り拓くに違いない。

橿原　神武帝山陵

まつろはぬ　敵をも抱《だ》きて　慈《いつく》しむ
天皇《すめら》の祖《おや》の　鎮《しづ》む山陵《みささぎ》

日本の初心は、あくまでも清純だった。それを今に伝える場所である。日本は抗《あらが》う者たちを滅ぼさなかった。それらの神々も同時に祀ったのだ。その伝統を偲ぶ。

橿原　神武帝山陵

高祖《すめおや》の　斎《いつ》き祀《まつ》らる　山陵《みささぎ》に
涙を拭《のご》ひ　願ひを奏《まを》す

神武陵に初めて参る。その荘厳に魂は震えた。日本の未来のために、この私にも何か出来ないものか。それを問うために、私はここに立つ。

橿原　神武帝山陵

今もなほ　山陵《みささぎ》慕《した》ひ　吹く風に
古《いにし》へ薫《かを》り　悲しかるらむ

山陵に吹く風には、日本の歴史の匂いが立っていた。この風は古代にもあり、また未来にも吹いている風なのだ。今私は、その風の中に立つ。

橿原
神武帝山陵

初国《はつくに》を　治《し》らし食《め》しける　皇祖《すめろぎ》の
山陵《みささぎ》遠く　昏《く》れて果てぬる

落日に浮かぶ山陵の荘厳は、言葉に出来ぬものだった。偉大なる魂には、偉大なる景観が備わるのだろう。

橿原
神武帝山陵

皇祖《すめろぎ》の　山陵《みささぎ》仰《あふ》ぎ　太《ふと》のりと
伏して奏《まを》さむ　涙たらしつ

神武天皇の山陵は、実に清冽で神聖の気が漂っていた。私はそこに独り立ち、太祝詞《ふとのりと》を奏上したのである。このような建国の魂をもつ日本を大切にしなければならぬ。

橿原
神武帝山陵

神武帝聖蹟

憧《あくが》れし　我が古《いにし》への　狭井《さゐ》川の
細きに哭《な》きて　我《わ》こそ渡らね

私が畏《おそ》れ憧れていた神話の川を目の前にして、私はその細さに驚き足がすくんで渡ることが出来なかった。こんなに細い川を挟んで、日本の歴史を創った恋愛が始まったのだ。

神武帝聖蹟
狭井川の伝説

降る雪に　石碑《いしぶみ》寒く　刻まるる
言《こと》の葉《は》いまや　知る人も無し

神武天皇のこの場所における業績が書かれている。しかし今は、それに関心のある人もすでに少ない。桜井は、そのすべてが歴史であり、神話を湛えている。

神武天皇聖蹟
大和
桜井市

「初国」（道臣命の忠義）

忠義の初心が、建国の物語を創った。神武帝の側近、道臣命《みちのおみのみこと》の逸話である。神武帝即位の時の、その偉大なる忠義の初心を、私は「初国」という長歌

前文

に歌ったのだ。「初国」は、建国の志を支える忠義の涙を主題としている。道臣命の忠義は、まさに日本の武士道の淵源であると同時に、日本的霊性の始まりだったと断ずることが出来る。そして忠義の実行的文化としての「祭り」と「歌」の出発もまたここに認められるのだ。道臣命の伝統が、万世一系の皇統を創ったと言っても過言ではない。だから、道臣命は南朝の歴史を支える出来事でもあった。道臣命が建国の時に示した、根源的忠義が日本の最も美しい歴史を支え続けて来たと言っていい。南朝は言うに及ばず、近代の乃木将軍の忠義に至るまで、道臣命の霊魂の作用と私は呼びたい。ここでは「初国」の長歌と反歌を忠義の始まりとして示したいと思っている。

序歌

道臣命のもつ夢と涙は、私の魂と交感した。その電流は、私に激しい震動を与えたのだ。道臣命の真心と、それが生み出した日本文明の中枢としての武士道の淵源を歌いたい。その忠義の魂を、私は現代に降ろして歌と成したのである。

＊道臣命：神武帝の忠臣。天孫降臨のときの天《あめの》忍日命《おしひのみこと》の子孫で、大伴氏の祖先に当たる。初めの名は大伴日臣《ひのおみ》。

序歌
前文

敷島の　日本《やまと》の道を　言祝《ことほ》げる
言《こと》の葉《は》うたへ　永遠《とは》に向ひて

私はこの「初国」において日本の初心を歌いたい。忠義の道を歌うのだ。

道臣命の初心
新生日本を迎えるための弥生人の叫び
敷島の＝日本にかかる枕詞

命《みこと》もつ　道臣《みちおみ》われは　日の本の
道の果てつる　日こそ還《かへ》らめ

道臣命は、未来の日本に必ず還ってくる。命の存在は、日本の歴史を貫徹しているのだ。

道臣命

皇祖《すめろぎ》の　御稜威《みいつ》を慕ふ　もののふの
涙を承《う》けて　思ひを奏《まを》す

日本の心は武士道にある。つまり恩と忠義の道である。その初心こそが、道臣命から発しているのだ。私はそれを歌いたい。

道臣命

長歌

道臣命の忠義の心を通して、神武帝の建国の志を歌いたい。神武帝の業績こそが、日本人の永遠の初心となるのだ。それは日本の根源を支える流体エネルギーであり、日本人の永遠の憧れと言えるものだ。道臣命の忠義が日本の武士道を生んだ。その心から見た神武帝の誠を私はここに歌い上げたいのだ。

天《あめ》が下　治《し》らし食《め》しける　皇孫《すめみま》の　御楯《みたて》連ぬる　祖《おや》の血を　我が身に承《う》けて
天伝《あまつた》ふ　日向《ひむか》に生《あ》りて　霊止《ひと》さぶる　大来目主《おほくめぬし》と　負《お》ひ持ちて　来目《くめ》の掟を
養へる　祖《おや》の涙を　魂《たま》に承け　我れも雫《しづく》と　成り果てて　日臣《ひのおみ》なれる　命《みこと》立ち
初国《はつくに》召《め》さむ　皇祖《すめろぎ》の　辺《べ》に侍《さぶら》ひて　天足《あまた》らす　皇《すめら》の道を　東《ひむがし》の　豊葦原《とよあしはら》に
言向《ことむ》けと　天《あま》つ神さへ　玉藻《たまも》刈《か》る　美々津《みみづ》の浦を　舟出して　海《わた》つ霊《み》騒ぐ　栲縄《たくなは》の
千尋《ちひろ》の海《わた》に　水漬《みいづ》ける　屍《しかばね》どもを　捧げつつ　陸《りく》にし在れば　片糸《かたいと》の
乱るが如く　荒ぶれる　国つ神もて　順《まつろ》はぬ　国を服《まつろ》ふ　武人《もののふ》の　八十大来目《やそおほくめ》の
血を捧げ　草むす屍《かばね》と　成したれば　我が玉の緒の　乱れこそ　忍《しぬ》びて耐ふれ
皇祖《すめろぎ》の　任《ま》けの間《ま》に間《ま》に　仰《あふ》ぎ見る　大慈悲心《おほみこころ》に　触れ給へ　猛《たけ》る生《いのち》は　天雲《あまぐも》の
遥《はろ》けき先の　皇神《すめがみ》の　涙の雫《しづく》　潤せる　瑞穂《みづほ》の国を　目指しつつ　皇祖《すめら》親征《みいくさ》

長歌
前文

神武の業績と道臣命の忠義こそが、日本人の永遠の初心

天足らす＝天皇とその権威にかかる枕詞

玉藻刈る＝浦など海辺にかかる枕詞

栲縄の＝千尋にかかる枕詞

片糸の＝乱るにかかる枕詞

玉の緒の＝乱るにかかる枕詞

天雲の＝遥かにかかる枕詞

幾年《いくとせ》ぞ　犠牲《なきこ》を偲《しぬ》ぶ　葦《あし》が散る　難波《なには》に至り　天降《あも》りせし　天《あま》つ御祖《みおや》も
見そなはす　我が初国と　畳《たた》な付《づ》く　青垣《あをがき》映える　敷島の　大和の国を　望《みさ》ければ
皇祖《すめろぎ》映えて　足曳《あしびき》の　山踏《やまふ》み山を　踏み行《ゆ》きて　皇軍《すめらいくさ》は　玉鉾《たまほこ》の　道なき道を
啓《ひら》きつつ　服《まつろ》ふ者は　言祝《ことほ》ぎて　神籬《ひもろぎ》立てて　祝《いは》へれど　仇《あだ》なす者は　言向《ことむ》けて
告《の》りて糺《ただ》すも　術《すべ》なきは　撃《う》ちてし止《や》まむ　天承《あめう》ける　生《い》き力《ぢから》こそ　秋津洲《あきつしま》
大和を愛《め》づれ　皇神《すめがみ》の　授《さづ》け賜はる　生き力　えも御心《みこころ》に　吉野すら
布都《ふつ》の御魂《みたま》も　降《ふ》る霊示《たま》も　現《うつ》し賜はる　涙とて　雫《しづく》に稜威《いつ》を　立たされし
皇祖《すめらみこと》は　樛《つが》の木《き》の　いやつぎつぎと　天《あめ》が業《わざ》　召《め》され参《まゐ》られ　進み征《ゆ》く
終《つひ》の宮居《みやゐ》か　玉襷《たまだすき》　畝火《うねび》の山の　麓《ふもと》なる　白橿《かし》の葉さやぐ　橿原《かしはら》の　底《そこ》つ磐《いは》ねに
白妙《しろたへ》の　雲たつ日にか　久方《ひさかた》の　天衝《あめつ》き裂《さ》くる　太柱《ふとばしら》　太《ふと》しり立てて　初国を
治《し》らし食《め》すらむ　宮《みや》と成《な》し　道臣《みちのおみ》なる　命《みこと》立つ　道を思ほす　皇祖《すめろぎ》は　霊時《まつりのには》の
斎《いは》ひ以《も》て　ただ正しきを　養《やしな》へる　日向《ひむか》の御代《みよ》を　思《おぼ》し召《め》す　この初国の
生《いのち》とて　青人草《あをひとぐさ》を　慈《いつく》しむ　隋《まにま》に坐《ま》して　天壌《あめつち》の　大御心《おほみこころ》を　宣《の》り給《たま》ふ
その詔《の》り勅《た》たす　言寿《ことほ》ぎを　我れ謹《つつ》しみて　眼間《まなかひ》に　捧《ささ》げ見につつ　皇祖《すめろぎ》を
仰《あふ》ぎて見れば　尊《たふと》かる　ここだ愛《かな》しき　御顔《かんばせ》に　ただ一條《ひとすぢ》の　碧《みどり》なる
慈悲《なさけ》の涙　垣間《かいま》見て　我が身は震へ　血ぞ滾《たぎ》る　我が祖達《おやたち》も　連なりて
来目《くめ》の兵《こ》どもの　血ぞ浸《し》むる　皇《すめら》の道の　弥栄《いやさか》を　斎《いつ》き祭《まつ》りて　魂《たま》と成し
苔《こけ》むす日をぞ　憧《あくが》るる　この初国の　願ひこそ　我が孫《みま》どもへ　涙し降らさめ

葦が散る＝難波にかかる枕詞
畳な付く＝青垣にかかる枕詞
敷島の＝大和にかかる枕詞
足曳の＝山にかかる枕詞
玉鉾の＝道にかかる枕詞
秋津洲＝大和にかかる枕詞
樛の木の＝「いやつぎつぎ」にかかる枕詞
玉襷＝畝火にかかる枕詞
白妙の＝雲にかかる枕詞
久方の＝天にかかる枕詞

反歌六首

道臣命は神武帝東征の先兵だった。その命《みこと》の眼を通して、東征の苦難と、それに耐えた神武帝の誠を仰ぎ見たい。八咫烏《やたがらす》の先導により、東征軍は北上した。そして橿原宮《かしはらのみや》で帝は即位し、ここに日本が打ち立てられたのである。未来を信ずる帝と命の魂に触れたい。その魂を承け継ぐことこそが、我々の日本人としての誠の貫徹となることは火を見るより明らかである。

山を踏み　道を啓《ひら》きて　仰《あふ》ぎ見る
吉野《よしの》の山ぞ　撃《う》ちてし止《や》まむ

吉野・熊野の行軍は、日本建国のために流された労苦の涙である。

天《てん》を召《め》す　千《ち》木《ぎ》高知《たかし》りて　吼《ほ》えおらぶ
我が雄《を》叫《たけ》びぞ　天《てん》を摑《つか》まむ

神武帝は橿原の宮に即位した。その叫びは、建国の詔《みことのり》を通じて、現代まで聴こえるのである。

＊弥栄：より一層、栄える。

反歌
前文

道臣命の先導、八咫烏の働きにより深山を行く
反歌一

反歌二

反歌三

我が孫《みま》の　行方《ゆくへ》も知らぬ　世《よ》は経《ふ》れど
いやつぎつぎと　我《わ》こそ尽きざれ

未来を信ずる初心の清純を感ずる。初代の天皇と初代の忠義を思い起こさねばならぬ。

反歌四

承《う》け継げる　道にし在《あ》れば　道臣《みちおみ》の
その悲しみは　今だ尽きざる

忠義の道は、今でも完成していない。その完成に向かうことが、我々の示せる誠なのだ。

反歌五

道臣《みちおみ》の　涙の跡を　承《う》けぬれば
尽きぬ心ぞ　語り継ぐべき

初心の清純を承け継ぎ、それを未来へ伝えなければならぬ。

反歌六

道臣《みちおみ》の　道を承け継ぐ　この身をば
いかで擲《なげう》つ　道を啓《ひら》かむ

初心から引き継いだ忠義の道によって、我々は未来の祖国にその身を捧げなければならぬ。

道臣命

＊道臣命《みちのおみのみこと》：大伴の祖、神武帝側近。

皇祖《すめろぎ》の　御盾《みたて》と成りし　道臣《みちおみ》の
命《みこと》の涙　我れを往《ゆ》かしむ

困難に遭遇したとき、私は初国の事業を神武天皇の側近として成した道臣命に思いを馳せ乗り越えて来た。初国の力は、現代を動かしているのだ。

道臣命

もののふの　家を背負ひて　歌ひける
悲しき声は　魂《たま》を貫抜《つらぬ》く

日本では家を背負うことが、国を背負うことに繋がる。その魂を受け取るのだ。道臣命とその子孫たる大伴氏は、家のためにのみ生きる人々を生み出した。

もののふの　雄叫《をたけ》び今も　切々と
風ともなりて　響き渡れる

建国の志は、今も響き渡っている。それを聴き取るのだ。神武帝の涙と道臣命の忠義を、私は仰ぎ見ている。

道臣命
養常

命《みこと》もつ　道臣《みちおみ》われも　老い枯《が》れて
死にさらぼへる　身にぞあるらむ

初国の願いは深い。命の死を仰ぎ見て、日本建国の初心を我々は引き継がなければならぬ。憂国に生きた人間の、志を引き継がなければならぬ。それが若い命を持つ者の使命と思っている。

道臣命

初国《はつくに》の　憧《あくが》れ深く　引き継げる
涙の痕《あと》を　我れは継ぐべし

初国は日本国の初心である。初心が、国家を支える柱なのだ。それを承け、実行し、後世に伝えなければならぬ。

初国
道臣命

初国《はつくに》の　涙を承《う》けて　偲《しぬ》ぶれば
語り継ぐべき　ことな尽きにそ

初心とは、人間の最も美しい清純な心である。建国のそれを語り継ぐのだ。

初国

鳥坂神社

「初国」を作り終わって、私の心魂は疲弊するとともに、その疲弊の内より新たなる道を生み出しつつあった。私の魂は古《いにし》えを彷《さまよ》い、古《いにしえ》に愛されるのを実感したのだ。我が祖の道に近づくのは、我が人生の全身全霊の夢である。それが、祖の道また敷島の道の謂《い》いと思っている。鳥坂の宮において祖に近づき、祖の声に触れた喜びを唯ただ歌いたいと思った。私の歌は私の歌にあらずして、古の人が、私をして歌わせているのではないか。「初国」掲載に当たり、宮における我が思いを歌える歌九首を掲げ、思い出としたい。

前文
鳥坂神社、平成十五年一月三十一日「初国」の完成報告
＊鳥坂神社：橿原で道臣命を祀る神社。

命《みこと》降《ふ》る　鳥見《とみ》の宮《みや》ゐも　神《かむ》さびて
降らまく声の　悲しかるまで

「初国」完成の御礼を道臣命に捧げるため、道臣命を祀る神社に詣でた。
命の霊魂は、現代を悲しんでいた。

鳥坂神社
初国
道臣命

五十年《いそとせ》を　哭《な》かざりされど　我がこころ
祖《おや》のなみだを　哭きて生き来《き》ぬ

私の人生は悲しみをこらえ続けるものだった。私が哭いたのは、祖先の涙を承けながらであった。まだ祖先のために何も出来ていない。私はなぜに、このように力がないのか。

鳥坂神社
初国
道臣命

憧《あくが》れを　涙しゐつる　道臣《みちおみ》の
経《ふ》りし願ひを　我れに負はしめ

日本の建国は、古人の憧れが生み出したものだ。私はそれを担いたいのだ。古代に生きた日本人の、その心を現代に甦らせたいと思っている。

鳥坂神社
初国
道臣命

神《かむ》さぶる　鳥見《とみ》の宮ゐに　降らまける
神のみことの　寂《さぶ》しかるまで

鳥坂に生きる道臣命《みちのおみのみこと》の御霊《みたま》は、今の世を哭いている。この宮の在り方に、現代の没価値を私は見たのだ。

鳥坂神社
初国
道臣命

鳥坂神社
初国
道臣命

天降《あも》りせる　血統《ちすぢ》を負ひて　ゐ立たれむ
人の忘れし　あはれその宮

神武東征の英雄、道臣命も忘れられ、その宮はさびれていた。建国の英雄の宮をさびれさせて、何の立国か。我々は恥を知らなければならぬ。

鳥坂神社
初国
道臣命

いさをしを　涙しゐつる　命《みこと》ゆゑ
経《ふ》りし思ひを　我れに降らしめ

道臣命の真の願いを、私に伝えてほしい。それを私は必ず実行するだろう。日本国が道臣命を忘れようと、私は決して忘れることはない。

鳥坂神社
道臣命
初めての参詣

悲しかる　秋風寒《すさ》ぶ　荒れ宮に
我れは来《き》ませり　涙拭《のご》ひて

橿原神宮に詣でた後、忠臣・道臣命を祀る鳥坂宮にも行った。その荒《すさ》びにしばし言葉がなかった。私は参道から宮を遠望しつつ歩いたが、涙が滲んで歩行が重かった。

崩れたる　岩肌寒く　秋風の
吹きにし宮に　我れは佇《たたず》む

鳥坂の荒廃は、祖国の偉業を忘れた戦後日本の象徴である。現代日本の真の姿が、この宮の荒廃に現われているのだ。

*

忘られし　あはれ宮居《みやゐ》に　佇《たたず》みて
汝《いまし》あらるる　待ちて居ませり

月山《がっさん》の短刀が出来、その御礼に訪れた。まぼろしの短刀が宮に立ち上がり、道臣命の実存を実感したのである。

天忍日命

皇祖《すめろぎ》を　守り来《き》たらむ　ますらをの
赤き誠《まこと》ぞ　我れが初心は

私は自分の家系が、忠義の道に命をかけて来たことに誇りを持っているのだ。忠義の神話である天忍日命は、私の憧れそのものと言っていいだろう。

鳥坂神社
道臣命
初めての参詣

鳥坂神社
道臣命
月山短刀の御礼

天忍日命
天孫降臨と神話の力

＊天忍日命《あめのおしひのみこと》：天孫降臨の先兵。瓊瓊杵尊《ににぎのみこと》に随順する。大伴氏の祖先。

悲しびを　湛《たた》へる直刃《すぐは》　見つめつつ
我が遠祖《とほおや》の　涙思はむ

月山《がっさん》の青き直刃を見つめるとき、私はいつでも祖先と苦悩を共にすることが出来るのだ。祖先の誠を未来へ放射するのだ。

天忍日命
天孫降臨と神話
の力

遠祖《とほおや》の　大和心《やまとごころ》を　我れ問はば
青き直刃《すぐは》の　露《つゆ》と答へむ

天孫降臨以来、自らの命をかけた赤き忠義は大伴氏の言立《ことだ》てである。神武東征に随順した道臣命を通して、この天孫降臨の赤き誠の血を継承しなければならぬ。

天忍日命
天孫降臨と神話
の力

頭椎《くぶつち》の　大刀《たち》佩《は》き天降《あも》る　もののふの
人の初めに　涙こそ流せ

文明をもたらす人間の悲しみが、天忍日命を立たしめている。命の涙が、武士道と忠義の道を立たしめたのだ。

天忍日命
天孫降臨と神話
の力

血をたらし　天《あめの》石《いは》靭《ゆぎ》　背負ひたる
その苦しびを　我れに負はしめ

天忍日命の苦悩は、わが苦悩である。大いなる責務に生きるのだ。命は我が遠祖にあたる。その誇りが、私を未来へと導いているのだ。

天忍日命
天孫降臨と神話
の力

悲しかる　我が遠祖《とほおや》の　引き絞《しぼ》る
天《あめの》波《は》士《じ》弓《ゆみ》　我れぞ放たむ

遠祖、天忍日命の天降りの弓である。私の弓もそのつもりで放ちたい。私はそう思って、弓の稽古に励んでいたのだ。

天忍日命
天孫降臨と神話
の力

涙なる　我が遠祖《とほおや》の　手挟《たばさ》みし
天《あめの》真《ま》鹿《か》児《ご》矢《や》　我れに降《ふ》らしめ

天孫降臨の際に、我が遠祖の天忍日命が握る矢である。私もその矢を射るつもりで生きたいのだ。私は自分の生命の中に、この矢が存在していることを感じている。

天忍日命
天孫降臨と神話
の力

第十九章

歴史

――二十七首

神話的人間にとっては、命よりも大切なものがあるのだ。その一つが、魂を震わすロマンティシズムに身を投ずることである。そのロマンティシズムの主力は、神話と伝説にその淵源がある。そして、その源流から滴り落ちる歴史的現象がまた、ことの外に大切なものとなって来る。神話を直に引きずる歴史と言ってもいい。私は歴史を深く愛して来た。そして歴史には、魂に作用するものと頭脳に作用を及ぼすものとがあることに気付いた。その内、魂に作用を及ぼすものこそが、日本の歌の素材と成り得るものと言ってもいいだろう。つまり神話から生まれた歴史である。それらは数多くあるが、ここでは私の人生と深い縁で結ばれた事象を取り挙げることにしたい。神話と現世を結ぶ、最も分かり易い歌は「恋」の歌だろう。それも恋の初心だと思う。その一例として、私は『万葉集』にある、大伴《おおともの》狭手彦《さでひこ》と松浦佐用媛《まつらさよひめ》の領巾《ひれ》振《ふ》りの別れを捉えた。その長歌と反歌を私は作歌し、日本の神話から生まれた伝統、つまり本当の恋の歌と成したいのだ。

前文

＊領巾《ひれ》振《ふ》り：着物のたもとを振る別れの仕草。

大伴《おおともの》狭手彦《さでひこ》

松浦佐用媛《まつらさよひめ》

伽耶・任那

二人の恋愛は日本の恋愛の根源を創っている。記録された原初の力をそれは持っているのだ

領巾振りの別れ

長歌

遥《はろ》ばろと　望《みさ》ける海《わた》の　白妙《しろたへ》の　棚引く雲に　飾らるる　伽耶《かや》に向かへる
大船の　帆は風はらみ　海原《わたつみ》に　浮かびたゆたふ　涙なる　すめらみことの
任《ま》けゆゑに　我がますらをは　葦垣《あしがき》の　思ひぞ乱る　天雲の　往《ゆ》きて還らぬ
別れとも　知りて遙《はろ》かに　離《さか》り行《ゆ》く　青垣なづき　生《あ》れ来《こ》せる
まほろぶ国に　月草の　現《うつ》し心も　残り居《を》り　振り放《さ》け見れば　玉藻《たまも》刈《か》る
松浦《まつら》の辺《べ》にぞ　そびえたる　嶺《みね》に見えるは　敷妙《しきたへ》の　領巾《ひれ》振《ふ》り為《な》せる
松浦なる　乙女ぞ泣きて　黒髪の　乱るる思ひ　耐へ難く　逢《あ》ふ瀬を偲《しぬ》び
真鏡《まそかがみ》　見よますらをの　面影を　振り裂け果つる　その領巾《ひれ》に
託《たく》せる思ひ　悲しびの　願ひを地にぞ　沁み込ます　その思ひだに
伝はりて　今に残れる　別れこそ　この人の世の　はじめなる
別れとなりて　永久《とは》に生くらめ

領巾振りの別れは『万葉集』に伝えられる日本最初の悲恋の歌である。任那《みまな》へ出兵する大伴狭手彦が出帆した軍船から、松浦の海辺で領巾を振って別れを悲しむ松浦佐用媛を思っている情景だ。この別れの中に日本人の恋の本質を私は感じ続けていた。私はそれを歌いたいと思ったのだ。

長歌
白妙の＝雲にかかる枕詞
＊任け：天皇や国家の官職に任命されること。
葦垣の＝「思ひぞ乱る」にかかる枕詞
天雲の＝往くにかかる枕詞
月草の＝「現し心」にかかる枕詞
玉藻刈る＝浦など海辺にかかる枕詞
敷妙の＝領巾にかかる枕詞
黒髪の＝乱るにかかる枕詞
真鏡＝見るにかかる枕詞

反歌三首

吾妹子《わぎもこ》に　逢ふ日も無けれ　現《うつ》し世の
運命《さだめ》覚ゆる　出撃の日

天皇の命によって狭手彦は出撃するのだ。恋する人と別れることは、死ぬほどに辛い。しかし、それを行なわなければならないのだ。

領巾振りの別れ
反歌一

ますらをの　涙はすでに　風と成り
荒《すさ》び猛《たけ》りて　帆こそ唸《うな》らめ

任那に出陣する狭手彦の船は、帆を唸らせて敵地を目指した。我々の祖国は、祖先の涙の上に築かれているのだ。

領巾振りの別れ
反歌二

悲しびの　ますらを涙　拭《のご》ひつつ
帆を見上ぐれば　風ぞ荒《すさ》べる

狭手彦は、未練を断つために、船の進撃の速さを願った。「ならぬものは、ならぬ」という武士道の淵源を私は感じているのだ。

領巾振りの別れ
反歌三

*

古《いにしへ》ゆ　かの狭手彦《さでひこ》と　佐用媛《さよひめ》の
悲しかりける　領巾《ひれ》振《ふ》りの別れ

日本で最初の悲恋の歌。万葉に滲む初心の清純。日本人の恋愛観に潜む、真の純心というものを、私は『万葉集』のこの歌に感じている。

領巾振りの別れ
先の長歌・短歌とは別の単独の短歌である

歴史事象

日の本は　天皇陛下《すめらみこと》ぞ　統《す》べ給ひ
弥栄《いやさか》映《は》えて　いよよ苔《こけ》むす

歴史とは、日本の日本らしさを立てることである。天皇を戴く歴史こそが、日本の歴史に血液を注いでいるのだ。

日本の歴史の本質

＊弥栄：より一層、栄える。

怒気はらみ　歯を食ひしばり　敵を討つ
ここにますらを　戦ひ死《う》せぬ

白村江《はくすきのえ》の戦いでは、私は秦田来津《はたのたくつ》の勇姿が好きである。敗戦こそが、我々の魂に何ものかを残すのだ。白村江は、敗戦ではあったが、日本民族の心意気を世界に示す出来事だったと思っている。

白村江の戦い

久光《ひさみつ》の　「斬れ」との声に　天《てん》を衝《つ》く
薩摩隼人《さつまはやと》の　剣《けん》ぞ寒《すさ》まじ

島津久光の命令により、行列を乱す異人を斬り捨てた。私の最も好きな歴史的事件である。この生麦事件により、西洋人の日本を見る目は大きく変わったのだ。

維新の震源

ことごとく　望みも夢も　砕《くだ》かれし
古武士の叫び　今に響かふ

維新回天を為した人々の苦難には、ただただ涙が流れるだけだ。復古の夢が、維新を生んだのだ。日本の近代化の本質がここに存している。

畏《かし》こくも　蛤《はまぐり》御門《ごもん》に　刻《きざ》まるる
古武士の叫び　我れに届かむ

私の武士道が、長州人の悔しさと共振している。歴史の真実は、敗北したものの中に存在しているのだ。

生麦事件

長州の都落ち
＊古武士：長州藩士・来島又兵衛をさす。
＊来島又兵衛：一八一七―一八六四。長州藩士、尊王攘夷派。

長州の都落ち
古武士＝来島又兵衛

降《ふ》らまける　雨に涙を　隠しつつ
長門《ながと》へ向かふ　あはれもののふ

雨の中を都から逃げた。その悔しさを私は自己体験するのだ。この体験なくして、日本の近代化の真実を知ることは出来ない。

歴史上の人物

城山《しろやま》に　露と消えにし　もののふの
叫びを聴かむ　あはれその人

村田新八の死ほど、明治日本の発展に衝撃を与えたものはない。日本は、出発において最大の人物を失った。私はここに、武士道的近代化の失敗の原因を見ているのだ。

日の本を　神留《かむづま》ります　神国《しんこく》と
その言の葉ぞ　示すべくらむ

北畠親房の真の武士道がこの本に示されている。この本の第一行目を歴史に刻したことこそが、親房の真の武士道を示しているのだ。

長州の都落ち

*もののふ：長州藩士・来島又兵衛をさす。

*村田新八：一八三六―一八七七。薩摩藩の武士、政治家。西南戦争に死す。

*北畠親房：一二九三―一三五四。公卿、歴史家。『神皇正統記』。

『神皇正統記』の始まり。「大日本は神国なり」

相国《しやうこく》の　深き情《なさけ》を　思ふだに
我れは平家を　弔《とぶら》ふべしぞ

私は平家に内在する高貴さを愛する。その原因はやはり清盛にある。平家の存在が、日本の歴史に真のダイナミズムをもたらしたと思っているのだ。

清盛が　起《た》ちて矢を射《い》し　強神輿《こはみこし》
もののふの世ぞ　うねり出《い》づらむ

清盛の神を恐れぬ勇気によって、武士の世が初めて現われた。崇敬することと恐れることの違いが、武士道を生み出したのだ。つまり日本の歴史に新しい息吹をもたらした。

牙旗《がきた》立てる　八幡太郎の　心意気
野《や》にぞ生き継ぐ　もののふの道

八幡太郎義家の生き方こそが近代に繋がる武士道を創ったのだ。野に在って、真の武士道を模索した生涯だった。

平家
＊平清盛：一一一八―一一八一。平安時代末期の武将、公卿。
＊相国：太政大臣・左右大臣の唐名。ここでは清盛を指す。
平清盛
武士の世の始まり
＊源義家：一〇三九―一一〇六。八幡太郎、武将。源頼朝や足利尊氏の祖。
＊牙旗：源氏の旗。

伊豆《いづ》に伏《ふ》し　黙《もだ》す静寂《しじま》の　深きより
鎌倉殿は　生まれ出《い》づらむ

頼朝のもつ隠忍自重は長く伝わり、武士道の道徳化を促進したように思う。武士道が、日本人の中枢の精神と成った淵源である。

もののふの　血より生まれし　鎌倉の
主《あるじ》と成りて　悲しみを生く

源氏には何か暗さがある。その暗さは以後、武士道にまつわり付く負の印象を創ったと思う。しかし、それがまた武士道に深さを与え続けたのだ。

神《かむ》さぶる　この石段《せきだん》に　もののふの
いのち悲しく　萌《も》えにけるかも

大いちょう前の石段を見れば、実朝の悲劇を思わずにはいられない。しかし、日本の歴史はこの悲劇を通して、真の躍動を摑んだのだ。

＊源頼朝：一一四七—一一九九。武将、政治家、鎌倉幕府初代将軍。

源頼朝

＊源実朝：一一九二—一二一九。鎌倉幕府第三代征夷大将軍、右大臣、歌人。『金槐和歌集』。

鶴岡八幡宮
大いちょう

＊石段：鶴岡八幡宮の石段のこと。

将門《まさかど》の　ますらをぶりに　もののふの
　草に生きたる　涙をぞ知る

武士道の根源には、いつでも将門の死生観がある。野に生きることは武士道の根本だろう。武士道の躍動は、野に在ってこそ輝くものと成ったのだ。

はからずも　天皇《すめら》にそむき　死に往《ゆ》ける
　友のみ霊《たま》に　我れは死ぬらむ

逆賊の汚名を雪《すす》ぐための生涯だった。その一生は私の魂を揺さぶる。佐川官兵衛の襦袢《じゅばん》に書き連ねた友の名は、明治の雄叫びを永遠に伝えている。

何も無く　何も解《わ》からぬ　命ゆゑ
　我が太刀《たち》ひとつ　天《てん》に抛《なげう》て

佐川官兵衛の本質だろう。人間は、自己の神剣を一振り携えていなければならない。その剣に命をかけるのだ。

平将門

*平将門：九〇三—九四〇。平安時代の豪族。

*佐川官兵衛：一八三一—一八七七。会津藩士、明治時代に警察官。西南戦争に参加し、抜刀隊として戦死。

佐川官兵衛

これは私の武士道でもあるのだ

死に往《ゆ》ける　その下着だに　友が名を
　刻み付けたる　「我れら官軍《くわんぐん》」

逆賊の汚名をはらすことが出来た喜びを詠みたかった。汚名を受けたすべての友と共に戦死したのである。官兵衛の人生には、田宮虎彦の文学を感じている。

苦しびを　げに耐へ来《こ》せし　家康の
　願ひも続く　世ぞ恋しける

江戸時代の循環思想はすばらしい。それを創った家康を恋うる。人間と自然がすべてを支えるという思想である。循環思想こそが、日本文化が成した世界的業績と言えるだろう。

この命　捧げ奉《まつ》らむ　誠《まこと》なる
　道を伝へよ　惜《を》しむもの無し

すべてを捨てた鑑真《がんじん》は失明の後、六度目の渡航でやっと日本へ辿り着いた。ここに私は人間の魂の本源を見ている。大唐帝国において、鑑真はすでに最高の地位にいた。それを捨てたのだ。

佐川官兵衛
逆賊として死んだ友たちを官軍にするために、官兵衛は死んだのだ

＊田宮虎彦：一九一一―一九八八。作家。『落城』、『霧の中』。

＊徳川家康：一五四三―一六一六。武将、政治家、江戸幕府初代将軍。

鑑真上船

＊鑑真：六八八―七六三。唐代の僧、日本の律宗の開祖。唐招提寺を創建。

歴史を感ずる日

元帥《げんすい》と　治兵衛《ちへえ》の語る　声音《こわね》すら
匂《にほ》ひ渡らふ　庭にこそ立て

椿山荘は山縣元帥の別荘であり、明治の作庭家小川治兵衛との共同作業で創られた名庭である。名庭に立つとき、私は最も深く日本の歴史を心に刻むのだ。

椿山荘にて
二〇二三年七月十四日、孫娘夏鶴二歳の誕生祝いの日

＊山縣有朋：一八三八—一九二二。政治家、陸軍大将。

望むれば　三笠の山に　茜《あかね》さす
昇り出《い》づらむ　日こそ愛《め》づらめ

奈良には、日本の原点がある。それを象徴するような朝日だった。歴史に抱かれながら、昇る朝日を拝むことは、まさに人生の醍醐味の一つである。

奈良ホテル旧館
平成十四年

茜さす＝日にかかる枕詞

第二十章

憂国の芸術

——四十八首

日本人は、その魂を失いつつある。それが、私が生きて来た時代の実相と言えるのではないか。私はずっと、そう思い続けて生きて来た。この日本のために、私に出来ることは何かないのか。非力は分かっているが、その全力を使って祖国の未来に何事か成せないだろうか。その思いが、私の芸術コレクションである「憂国の芸術」を創り上げて来たのだ。一つの民族が、その魂を失ったとき、その民族は如何にして再生すべきか。私の問いは放たれ続けた。その結論が、このコレクションを創らせた。人間は何によって魂を復活することが出来るのだろうか。以前は、宗教だった。そして大家族の掟だった。しかし今、それらはすべて失われてしまった。今残されている魂の燃焼の痕跡は芸術作品にしかない。それが私の結論である。このヒューマニズムに侵されきった世において、自己の命よりも大事なもののために生きた人々の痕跡は、芸術の中にしかない。自らの芸術のために、人生のすべてを擲《なげう》って悔いざる人々こそが、この「憂国の芸術」に集まった人々となった。私は芸術に残る、我々日本人の命がけの生き方を後世に伝えることを一つの使命と考えた。魂が刻み付けられた芸術さえ、完全な姿で残っていれば、日本人の魂は未来において必ず再生するだろう。私の祈りが「憂国の芸術」というコレクションを創っているのだ。芸術とは、命がけの人間の生き方と死に様の中にある。私はそう信じ、私の力の限りを尽くして、このコレクションを後世に伝えようとしているのだ。

わが思い

君知るや　我がうつしみに　風起《た》ちて
夢は何処《いづく》へ　行《ゆ》くべかるらむ

私の運命が選んだ芸術を「憂国の芸術」と名付けた。それは日本人の魂の継承のための芸術である。魂の芸術作品さえ残っていればいつでも魂は復活する、という信念に基づく私の夢なのだ。

憂国の芸術を創った思い

ますらをの　涙も滲む　事どもを
風のかたみと　よしや伝へむ

憂国の芸術は、人間の息吹を後世に伝えるものである。息吹の風と成って我々の魂に届く「何ものか」を感じてほしいのだ。

憂国の芸術

私の生き方

敷島の　日本《やまと》の道を　言祝《ことほ》げる
言《こと》の葉《は》うたへ　永遠《とは》に向かひて

日本人の生きる道と死する道を歌いたい。それが、私の歌である。そして、私が後世に残したい芸術の真髄でもあるのだ。

憂国の芸術への私の生き方
敷島の＝日本にかかる枕詞

ますらをの　魂《たま》とぞ思ふ　言の葉の
　降り行《ゆ》く道を　我れは行くべし

私の武士道は、歌の精神によって支えられている。万葉の精神である。私は、自分の歌もまた、憂国の芸術だと思っているのだ。

憂国の芸術
私の歌道

一輪《いちりん》の　花のいのちも　匂《にほ》へれば
　花野《はなの》をここに　連れて来《き》にけり

物はすべて、そのいのちが躍動すれば、空間を支配するのだ。魂の芸術に優劣はない。私のコレクションは、石コロに至るまで、私の魂と共振しているのだ。

憂国の芸術
集めた物の真の価値
その思想的根拠

書幅

一幅《いっぷく》の　軸といへども　とこしへに
　亡きますらをの　血こそ伝へめ

秀れた書幅は、書いた人の人生とその生《いのち》を伝えるものである。過去の偉大な魂は、墨の中に生きながら未来へと継承されていくのだ。

憂国の芸術
書幅

もののふの　宴《うたげ》のあとの　月影ぞ
花の吹雪《ふぶき》も　いかで散るらむ

明治は哭《な》いていた。それは武士の滅びの叫びだった。それを最も端的に表わす芸術こそが、「荒城の月」だろう。

憂国の芸術
「荒城の月」作詞・土井晩翠／作曲・滝廉太郎

太玉《ふとだま》の　荒《すさ》ぶる命《いのち》　垂《た》れ降《くだ》り
その墨行《ぼくぎやう》に　涙そへ行《ゆ》く

神官の書には魂の清冽がある。天と地を結ぶ垂直の涙がある。垂直の清冽こそが、日本神道の精神と言えるのだ。それが表わされている。

憂国の芸術
神官の書

月山貞利

つらぬける　直刃《すぐは》の行方《ゆくへ》　悲しくも
我がはらわたを　天《てん》に還《かへ》さむ

月山《がっさん》の剣は、自分を「直」にするのだ。自己を天に向かせるのである。月山は人を斬る剣ではない。それは自己の卑しさを断ち切る神剣なのだ。

憂国の芸術
月山貞利

＊月山貞利：一九四六―。日本刀の刀匠、鎌倉時代から続く刀工一族の後裔で八〇〇年の歴史を誇る月山派の伝統を受け継ぐ。

鍛《きた》へたる　くろがね寒く　哭《な》きぬれば
花の香りぞ　誰《た》れを恋する

月山の剣ほど、花の似合う剣はない。月山の剣は、花を恋するのだ。綾杉《あやすぎ》肌《はだ》には花の香りが漂っている。

憂国の芸術
月山貞利

白隠

白隠の　血の滴《したた》りし　軸《ちく》ならむ
畏《おそ》れ仰《あふ》げば　壽《いのちながし》と

白隠の書、「壽」には真の生命が宿っている。まさに「御札《おふだ》」である。白隠の人間愛が、祈りとして紙に定着したのだ。

憂国の芸術
白隠
百壽

＊白隠慧鶴：一六八六—一七六九。臨済宗中興の祖。江戸中期の禅僧。

あはれ見よ　苦を刻まむと　したためし
その魂《たま》すでに　神《かむ》さび立ちぬ

「苦を刻む」という書を持っている。苦が真の自由を創るのだ。それが書から伝わる。自由とは、苦を乗り越えた先にこそあるのだ。

憂国の芸術
白隠
苦を刻む

誠《まこと》なる　白隠が血に　触れなむは
地獄菩薩と　書きし涙か

白隠の「南無地獄大菩薩」を手に入れた。ここには白隠の涙のすべてが入っている。苦しむ人間の救済の書と言えるだろう。

憂国の芸術
白隠
「南無地獄大菩薩」

炎なる　その掛軸を　仰げれば
わが業《なりはひ》に　夢ぞ湧くらむ

白隠の書には、祈りが響いている。それを受け取ることによって、自己の人生が立ち上がるのである。白隠の祈りが伝われば、現世のあらゆるものに輝きが出て来るのだ。

憂国の芸術
白隠の書
全般

刀折れ　矢も尽き果てし　その命
神の涙ぞ　ここだ激しき

白隠の書には祈りがある。その祈りとは、生命の戦いから生まれる涙である。白隠の書は、師の涙を受け取ることによって生きて来る。

憂国の芸術
白隠の書
＊師：至道無難と道鏡慧端。

古《いにし》へに　筆をふるひし　つはものの
この墨跡《ぼくせき》を　仰ぎ飽《あ》かぬも

白隠の書は、見れば見るほどその味わいを増す。その心は祈りにあるだろう。無限の温かさが空間を支配するのだ。

憂国の芸術
白隠
墨跡

太玉《ふとだま》の　荒《すさ》びて寂《さび》る　墨《すみ》の痕《あと》
涙に溶きし　墨ぞ悲しき

白隠の書には叫びがある。私はその中に、白隠の悲しい決意を感ずるのだ。苦しむ人々を救わんとする、行《ぎょう》が滲んでいる。

憂国の芸術
白隠の書

太玉《ふとだま》の　荒《すさ》ぶる力　紙を這《は》ひ
その墨痕《すみあと》は　明日《あす》を夢見し

憧れが書を認《したた》めている。白隠は未来を見据えているのだ。白隠の叫びは、真の日本の未来の姿となる。私は書の中に、新しい人類の誕生すら感じているのだ。

憂国の芸術
白隠の書

山岡鉄舟

玉葛《たまかづら》　這《は》ひてうねりて　真鏡《まそかがみ》
面影したふ　生《いのち》こそ語れ

山岡鉄舟の書は、そのすべてに武士道の生《いのち》が語られている。日本刀の清冽と並べられる書は、鉄舟を措いて他にない。

一筋に　生《いのち》貫《つらぬ》く　もののふの
その面影を　墨に見るらむ

鉄舟の書には、武士道そのものが表われている。つまり、これは剣の書である。武士道の魂が、紙を狭しと舞っているのだ。

もののふの　清く鋭《するど》き　その生《いのち》
湛《たた》へてあまる　墨も哭《な》くらし

武士道の中軸たる柔らかさ、つまり自由を表わすこれ以上のものはない。墨のつぎ具合に鉄舟の悲しみを見るのは、私だけではあるまい。

憂国の芸術
山岡鉄舟
書

玉葛＝這うにかかる枕詞

真鏡＝面影にかかる枕詞

＊山岡鉄舟：一八三六―一八八八。江戸時代末期の幕臣、剣術家。

忠義
憂国の芸術
山岡鉄舟
書

憂国の芸術
山岡鉄舟
書

もののふの　道に生きれば　自《おの》づから
敷島愛《め》でる　涙ひびけり

鉄舟は武士道を貫いた。その生《せい》は、真の誠を今に伝えている。貫くための涙が、鉄舟に書を認《したた》めさせたのだ。書によって、鉄舟は最後まで生き切れたのだろう。

もののふの　その墨痕《すみあと》も　鮮やかに
這《は》へる誠《まこと》の　涙こそ響け

鉄舟の書には誠の涙がある。その響きが伝わって来る。日本人にとって、最も大切なものが響いて来るのだ。誠である。

西郷隆盛

悲しびの　極みに在りて　認《したた》めし
「涙の書」とぞ　名づけ初《そ》むらむ

西南戦争出陣の前に、親友山岡鉄舟に贈った書。薄墨で書かれている。つまり友情の諌《いさ》めをことわり、死に赴くことを書に認《したた》めたのだ。

憂国の芸術
山岡鉄舟
その生き方

＊敷島：日本のこと。

憂国の芸術
山岡鉄舟
書

憂国の芸術
西郷隆盛
「涙の書」
平成十四年十一月九日、南洲書
届く
山岡鉄舟の遺族から贈られる。来歴もそのときに聞いた

＊西郷隆盛：一八二八―一八七七。幕末期ころの政治家、軍人。号は南洲。

墨薄く　絹にうねりて　城山に
消えにし人の　名残《なご》り留《とど》めゆ

天皇の勅使として山岡鉄舟は西郷を諫《いさ》めに行った。その返事の書である。死を決意したことを薄墨に表わしている。友情が伝わることによって、我々の涙をさそうのである。

憂国の芸術
西郷隆盛

絹に浸《し》む　薄墨震《ふる》へ　別れつる
友に残せし　涙こそ見ゆれ

南洲と鉄舟の別れの書である。永遠に残すために、私に譲りたいという遺族の意向だった。薄墨の中に、西郷の気魄が滲《にじ》み込んでいる。

憂国の芸術
西郷隆盛

＊山岡家に残されていたこの書は、琴平宮に預けられていた後、私の手許に来たいきさつをもつ。

その他の書幅

経《へ》ぬる日の　涙の跡と　まみゆれば
問ひも答へも　絶えて声なし

慈雲の清らかさは、何の言葉も出ない。ただ人間の魂の涙に、思いを馳せるだけである。清らかさということに関して、右に出る書はないだろう。

憂国の芸術
慈雲尊者
書

＊慈雲：一七一八—一八〇五。江戸時代の真言宗の僧。

慎《つつしむ》と　認《したた》められし　軸来たる
飲光《おんくわう》なみだ　一字に溢《あふ》る

慈雲尊者の魂が現成《げんじょう》する名品である。ここに書かれた「慎」の一字は古今の名品となっている。魂の清冽が、一字の中に凝縮している。

海原の　最中《もなか》に立ちし　男ゆゑ
その墨痕《すみあと》や　澄みて果て無し

清冽な書である。清らかで美しい。東郷の書には誠があるのだ。垂直を目指す魂の躍動において、東郷を凌ぐ書は少ない。

道ゆゑに　涙したたる　医《い》の道の
心意気こそ　紙に浸《し》み込め

青洲の書には、労苦から生まれた荘厳さがある。清い涙の書である。世界的な医学者に至る苦悩が、すでに昇華され、まさに禅境に到達していることが分かるのだ。

憂国の芸術
慈雲尊者
軸

＊飲光：慈雲の号。

憂国の芸術
東郷平八郎
書

＊東郷平八郎：一八四八—一九三四。海軍軍人。

憂国の芸術
華岡青洲
書

＊華岡青洲：一七六〇—一八三五。江戸時代の外科医。日本で初めて全身麻酔による外科手術に成功。

ますらをの　夢だに思へ　ちはやぶる
神の墨跡《すみあと》　魂《たま》ぞ裂くべき

五條覚澄《かくちょう》の書には神韻がある。それは天を地上に降ろした作品なのだ。自然で力強く、深い奥行がある。日本人の書の一つの到達点を示していると私は思う。

憂国の芸術
五條覚澄
書

＊五條覚澄：奈良県金峯山寺初代管長。

ちはやぶる＝神にかかる枕詞

彫刻

久々に　明日を夢見る　事どもと
相目見《あひまみ》えたる　今日《けふ》の吉事《よごと》ぞ

令和六年一月、日本橋髙島屋にて佐藤忠の作品と出会った。この衝撃は、尋常一様のものではなかったのだ。それは未来から来る衝撃波とも言ってもいい。

憂国の芸術
佐藤忠
二〇二四年一月

＊佐藤忠：一九六六―。東京藝術大学卒、同大学大学院修士課程修了。彫刻家。文化庁新進芸術家海外留学制度にて渡独。

夢見るは　愛《いと》しきことぞ　君ゆゑに
明日《あす》を夢見る　技《わざ》に出会はむ

佐藤忠の芸術によって、私には新しい未来への希望が生まれて来た。佐藤芸術は、人に夢を与える力があるのだ。

憂国の芸術
佐藤忠
二〇二四年一月

真金《まがね》ふく　金属《くがね》の神の　宿りたる
匠《たくみ》の技《わざ》の　冴え渡らむや

佐藤芸術には、金属の神の息吹がある。私はその空間の中に、新しい生《いのち》を感じているのだ。そこには、未来を語り合う生命が宿っている。

自ずから　生まれ出《い》づらむ　生《いのち》とて
君の匠《たくみ》の　涙滲《にじ》まゆ

君の木彫は自然の中から生まれたように見える。しかし、この高貴な生《いのち》を捉えた君の努力が、間違いなく作品のもつ生《いのち》を支えているのだ。

温かき　その姿だに　次の世を
見《み》据《す》ゑる生《いのち》　我れに届かむ

君の作品の姿は、あくまでも温かく素直である。しかしその彫刻に鎮もれる生《いのち》は、未来を見詰めているのだ。

憂国の芸術
佐藤 忠
二〇二四年一月
真金ふく＝金属にかかる枕詞

憂国の芸術
沢田英男
彫刻家

＊沢田英男：一九五五―。東京藝術大学卒、同大学大学院修士課程修了。ドイツ政府給費留学生として渡独。マイスターシューラー、彫刻家。

憂国の芸術
沢田英男
彫刻家

天地《あめつち》を　貫き果つる　軸心《ちくしん》の
行き着く先に　未来をぞ見む

君の彫刻には、天と地を貫く中心線が通っている。私はその線の行き着く先に、我々の未来の姿を感じているのだ。

憂国の芸術
沢田英男
彫刻家

絵画

夕映えに　夢の名残《なご》りを　抱き締めて
その紅《くれなゐ》ぞ　何を知るらむ

岡城は武士の滅びの悲しさを湛えている。やはり「荒城の月」の場所である。平野遼はそこに立って何を見たのか。一度見たら忘れられぬ名画である。

憂国の芸術
平野 遼
油絵「岡城址」
＊平野遼：一九二七―一九九二。大分出身の洋画家。

起《た》つ風を　魂《たま》ぞ極《きは》まる　命《いのち》以《も》て
抱《だ》きて砕《くだ》きて　生きて死につつ

日本の精神を未来へ伝えたい。その命がけの仕事の一つがこの「憂国の芸術」である。この精神を最も強く表わす芸術が、この靫彦《ゆきひこ》描く「楠公」なのだ。悲しみの中に死の決意がうかがえる。

憂国の芸術
「楠公」
日本画
恋闕の道は涙の道である
＊安田靫彦：一八八四―一九七八。日本画家、東京美術学校教授。文化勲章受章。

御雷《みかづち》の　布都魂《ふつのみたま》を
佩《は》き帯びて
威立《ゐだ》つ皇祖《すめら》の　ここだ涼しき

神武天皇を描く最高の名画と考えている。この中にはあらゆる歴史事象が画かれているのだ。日本の歴史の原風景を感ずることが出来る。

眼差しの　彼方《かなた》に今を　見据《す》ゑつつ
なほ涼しかる　心知らばや

天皇の眼は、日本の歴史をすべて見通している。それでいて、この涼しさを湛えていることに私は驚きを覚えるのだ。契月の魂に、古代の霊魂が降り立ったように感じてしまう。

あかねさす　むらさき匂《にほ》ふ　一輪の
花の薫りに　君を知るべし

古径の画くむらさきの花に、私は靫彦との友情を感じている。私の美術品収蔵庫の中で、靫彦との楽しい時間を過ごしてもらうために購入した一品である。

憂国の芸術
菊池契月
神武天皇像

＊菊池契月：一八七九—一九五五。日本画家、帝室技芸員。

憂国の芸術
菊池契月
神武天皇像

あかねさす＝むらさきにかかる枕詞

憂国の芸術

＊小林古径：一八八三—一九五七。日本画家。靫彦の親友。

＊憂国の芸術の特殊性を表わす一品。芸術とは、愛と友情の一環なのだ。

描きたる　現《うつ》し世すでに　神《かむ》さびて
生《いのち》の寂《さ》びを　今に示さむ

石田淳一の描く静物は、物のもつ生命力を伝えている。それは生命のもつ哀しさを見つめるものとも言えよう。この世に存在するものの声を、目に見える形で我々に教えてくれる。

憂国の芸術
石田淳一
油絵

＊石田淳一：一九八一―。洋画家、主に静物画を描く。

渡り来る　生《いのち》の響き　凝《こ》りなづみ
物の誠《まこと》を　永遠《とは》へ放たむ

物質に潜む生の響きを、画伯は描く。それは永遠に向かう生き方から生まれているのだ。画伯の絵は、地上を天上へと導く道標《みちしるべ》に成り得るものと信ずる。

憂国の芸術
石田淳一
油絵

君知るや　この現《うつ》し世《よ》の　掟《おきて》こそ
画布に鎮《しづ》めし　君の誠ぞ

物を見る目。その鋭さこそが君の命である。君の芸術には、その目が見た法則が鎮もれているのだ。君の作品には、人間の物を見る目の高貴さが漂っている。

憂国の芸術
石田淳一
油絵

君ゆゑの　この現《うつ》し世《よ》の　雄叫《をたけ》びを
我れ抱き絞めて　誰《た》れと語らむ

君の芸術を後世に伝えることに、深い名誉を感じている。私は未来の人々と君について語りたいのだ。それはまた、我々の世代の人間がもつ真心の証ともなるだろう。

憂国の芸術
石田淳一
油絵

最涯てを　抱《いだ》きて流す　涙もて
君の誠の　夢をこそ撃て

君の憧れは遠い。しかし、そこに向かう決意こそが、君の芸術を支えているのだ。君の写真には未来への真の希望があるのだ。

憂国の芸術

＊立原 青：一九八七—。画家・写真家。本書のカバーを飾る写真家である。表紙写真《存在の岸辺》

刻まるる　命の叫び　厳《おごそ》かに
君の瞳は　永遠《とは》を見つめむ

私は立原青の写真を愛している。立原青はこの地上に、宇宙の真実を降ろしているのだ。深く静かに、それは佇む。

憂国の芸術
立原 青
画家・写真家

第二十一章

戸嶋靖昌

――七十七首

戸嶋靖昌は孤独だった。戸嶋の孤独は、信念に生きる者に課せられた「聖性」と言っていいだろう。その芸術は、この世をつんざいて屹立《きつりつ》する。それは、時代を覆うあらゆる芸術観をしりぞけた後に残る、生命の痕跡である。一人の人間のもつ呻吟《しんぎん》の凝縮であり、また慟哭《どうこく》とも呼べるものだ。戸嶋は私に、「今の絵画には文学がない」と言っていた。私は絵画芸術に対して、このような表現を取る人間と初めて会った。「おゝ、確かに文学がない。つまり生と死の思想がないのだ」と私は応えた。そのときの戸嶋の顔を忘れることが出来ない。戸嶋はまるで赤児のような笑みを浮かべて、「おゝ！執行よ！俺たちは親友だな」と言ったのだ。戸嶋と私は、三年間に亘って、信じられぬほどの「聖なる」時間を共に過ごした。出会って三年の後、戸嶋靖昌は死んだ。無名で貧しい人間のまま死んだ。天をも衝く熱情と、現世を貫くほどの慟哭を残して、戸嶋はこの世を去った。死ぬ日まで、戸嶋は何ものかを待っていた。何か尊く遠いものを待っていたに違いない。決して到達できない「憧れ」を待っていたのだ。それは、我々がもつ人間の生命の果てに揺らぐ、小さな灯《ともしび》だと私は感じている。自己の人生と、自己の芸術のすべてを、その灯のために捧げ尽くしたのだ。あまりにも激しい戸嶋靖昌の人生と芸術に思いを馳せるとき、私はいつでも芸術のもつ可能性について考えさせられる。芸術のもつ不可能性の可能性である。芸術だけが、未来を創り出す原動力を我々に与える力がある。不可能を可能にする力があるのだ。

前文

戸嶋作品に寄す

前文

戸嶋芸術には、人間の生の深奥が刻み付けられている。生の深奥とは、つまりは死の祝祭である。死を描くことによって、戸嶋は生の本源を摑《つか》み取っているのだ。人間の命は当然のこととして、自然の生《いのち》をも摑み取っている。自然の奥にあるデーモンの雄叫《おたけ》びを、確かに戸嶋は摑み取った。その過程にいる戸嶋の血と汗と涙を知る者は誰もいない。戸嶋は、自分の命を削りながら、それらの生《いのち》に触れたのである。

戸嶋芸術
魂魄
作品全般
あらがねの＝土にかかる枕詞
＊戸嶋靖昌：一九三四―二〇〇六。秋田出身の洋画家。スペインで長く画業を続けた。

あらがねの　土に還《かへ》りし　ますらをの
その魂魄《こんぱく》ぞ　画布にうねれる

戸嶋の魂魄が、画布を狭しとうねっている。それが、戸嶋の芸術を創っているのだ。戸嶋芸術とは、生の痕跡とも言えよう。

戸嶋芸術
作品の色彩について

色彩《いろ》にして　色彩にあらずと　見ゆれども
堪《た》ふる力に　血こそ滾《たぎ》らめ

人間の忍ぶ力が、戸嶋芸術の魅力の一つである。それは隠された色使いに特に表わされている。おさえられた情熱で、ほとばしる精気をいかにして表現するか。戸嶋の苦悩は深い。

布深く　浸《し》み入る油彩《あぶら》　悶《もだ》ゆれば
　生きる生《いのち》の　涙極《きは》めむ

絵具がゆれている。そこに生きるものの涙が滲んでいるのだ。戸嶋の意志が、布深くを抉《えぐ》っている。戸嶋絵画は、戸嶋と対象との生の戦いである。

戸嶋芸術
絵の具の定着
作品全般

あゝ君の　苦悶《くもん》のしづく　したたれる
　熱き作品《みわざ》は　遠く響かふ

戸嶋の作品は、生の本源を穿《うが》つ。自己を解放して無限の彼方に生命が向かうのだ。それは時を超えて、未来へと響き渡るに違いない。

戸嶋芸術
永遠
作品全般

ますらをの　悶《もだ》ゆる魂《たま》ぞ　凝《こ》り成せる
　技《わざ》ふかければ　永遠《とは》に涙す

戸嶋作品は、その苦悶の魂から生まれた涙のしずくである。この涙は、文明の果てにおいても、人間の情感を揺り動かすだろう。

戸嶋芸術
闘える魂
作品全般

尽き果てて　残る作品《みわざ》を　偲《しぬ》ぶれば
悶《もだ》えし息吹き　画布《がふ》を覆《おほ》ひぬ

戸嶋作品は、戸嶋の苦悩のうねりである。見る者は、その血しぶきを浴びるのだ。戸嶋の悲しみと慟哭《どうこく》が、我々を釘付けにする。

戸嶋芸術
悶える息吹き
作品全般

拙《つたな》きは　拙きままに　画《ゑが》きつる
その苦しびを　誰《た》れと語らむ

戸嶋は不器用な画家だった。その苦しみを私にだけは打ちあけてくれていたのだ。上手くなろうとしていなかった。もっと深いものを描きたかった。

戸嶋芸術
拙さ
作品全般

何処《いづこ》より　生まれ出《い》づらむ　魂極《たまきは》る
いのちの極《きは》み　画布を侵《をか》さむ

戸嶋の画は、命がけの画である。それは削られた命の痕跡なのだ。

戸嶋芸術
いのち
作品全般
魂極る＝命にかかる枕詞

ますらをの　いのちは布《ぬの》に　たぎ散りて
たぎ散り果つる　道に死にけむ

戸嶋絵画には、戸嶋の血が飛び散っている。命を画布にたたきつけているのだ。

戸嶋芸術
道
作品全般

君こそと　あへて申《まを》さむ　わが友よ
この世のいのち　抉《ゑぐ》り画《ゑが》くは

この世の本当の生《いのち》を深く画き上げることが出来るのは、君しかいないのだ。自分の命と引き換えに君はそれをしようとしている。君は、命を削りながら描いたのだ。

戸嶋芸術
本当の生
作品全般

たまさかに　君が作品《みわざ》に　触りぬれば
など裡《うち》ふかく　血の騒ぐらむ

戸嶋芸術に触れれば、血が滾《たぎ》るのである。それは作者の情熱の伝播だろう。また生命の深奥に触れる「何ものか」であろう。

戸嶋芸術
血
作品全般

布深《ぬの》く　浸《し》みる油彩《あぶら》の　奥行きに
人の生《いのち》の　涙思ほゆ

戸嶋の絵はキャンバスに喰い込む、命がけの芸術である。

戸嶋芸術
奥行き
作品全般

色にして　色に非ずと　覚ゆれど
耐へる力に　我が血騒がむ

戸嶋の色は色ではない。それは何ものかに耐える人間の叫びである。耐えながら、戸嶋は生の深奥を抉《えぐ》ろうとしているのだ。

戸嶋芸術
非色
作品全般

名を捨つる　絵画《くわいぐわ》の影も　壮厳《おごそか》に
我れの心の　奥に沁《し》み入る

戸嶋は無名だったが、その絵の力は私の魂に喰い込んできた。その絵は目の奥に焼き付き、もう離れることがなかった。

戸嶋芸術
初見
出会い

今の世に　君うつしみぞ　悲しかる
絵《ゑ》は神《かむ》さびて　誠《まこと》したたる

戸嶋にとって、今の世を生きることは困難に近かった。その慟哭《どうこく》が、絵を生かしめている。世に拒絶されたことによって、戸嶋は今の世にその誠を失うことがなかったのだ。

戸嶋芸術
誠
作品全般

厳粛《おごそか》に　我が肚《はら》深く　沁み入れる
涙ゐがきて　名こそ捨てつれ

戸嶋の絵は、体当たりの人生だけが生み出せるものだ。私の共感は深い。

戸嶋芸術
涙
作品全般

土も起《た》ち　生まれ出《い》づらむ　焔《ほのほ》なる
いのちの極み　画布を侵《をか》さむ

戸嶋の描く土は、燃えているのだ。マグマのように溶けて煮え滾《たぎ》っている。土の中から何ものかが生まれ出づる。戸嶋は、それを描きたいのだ。

戸嶋芸術
作品「ガリシアの小さな通り」

かりんとて　その生《いのち》だに　冴《さ》え渡る
　雄々しき人の　いのち写さむ

戸嶋はかりんが好きだった。すべてのかりんの中に、戸嶋の雄々しい人生が写されているのだ。かりんの瑞々しさが、時とともに朽ちていく様子を愛した。戸嶋は、美醜を超えて生を愛していた。

戸嶋芸術
作品「乾いたメンブリージョ」

記念館

道に生き　道に死すべき　悲しびを
　花のいのちに　込めて降らしめ

戸嶋の人生は、すべてが命がけだった。優雅なる姿の中に慟哭《どうこく》が秘められていた。この命がけが、私の最も共感したところと言えよう。

戸嶋靖昌
花の命

魂極《たまきは》る　命の業《わざ》の　悲しみに
　触れにし人を　語り継ぐがね

戸嶋芸術は、それに触れた人々によって記憶されていくだろう。戸嶋が描いた人間の本当の生の姿を、私は永遠に繋げたいのだ。

戸嶋芸術
命の業
魂極る＝命にかかる枕詞

真鏡《まそかがみ》　研《と》ぎては磨《ま》する　現《うつ》し身《み》を
留《とど》めし画布ぞ　永遠《とは》に愛《かな》しゑ

戸嶋は生前、毎日自分の命を画布の上に削っていたのだ。その跡を永遠のものとしたい。自分の命を削りながら、対象の生《いのち》を画布に留めようとしていた。

戸嶋芸術
画布
真鏡＝研ぐにかかる枕詞

呑《の》み干《ほ》して　君と別れむ　この宴《うたげ》
水の盃《さかづき》　我れに注《そそ》げよ

戸嶋の死の直前、私と最期の別れの水盃《みずさかずき》を交わした。戸嶋は「自分は死ぬが、我々の絆は永遠である」と言っていた。私は「君が死んだあとは、俺がやる記念館が君自身なのだ」と言って別れた。

戸嶋靖昌
求盃
＊水盃：別れのときに交わす盃。

共に食《は》み　酒酌《く》み交《かは》せ　友なれば
語らふ日々の　夢は何処《いづく》へ

戸嶋との時間は、仕事の後はいつでも宴だった。二人の夢は尽きることがなかった。二人はいつでも夢を語り、永遠について話し合った。

戸嶋靖昌
夢

画布に浸《し》む　我が夢深く　あはれなる
たゆたふ揺《ゆ》らぎ　我《わ》こそ殺さめ

「夢の草舟」の中で、私は一度死んでいるのだ。それがこのロマンティシズムの原点となっている。戸嶋は、私の夢を描こうとしていた。そして、途中で筆を置いたのだ。それは友情のゆえだった。

戸嶋芸術
作品「夢の草舟」

みすず刈《か》る　信濃《しなの》の里に　かりん刈る
老農夫《おきな》の如き　君もまた君

かりんを刈るときの君は、おっとりとしていて、大らかで、明るかった。この姿もまた戸嶋なのだ。その生の振幅は想像を絶していた。

戸嶋靖昌
信濃
かりん
みすず刈る＝信濃にかかる枕詞

神坐《ま》する　君の血深く　響きける
マタイぞ現代《いま》に　古《いにし》へを呼ぶ

君は「マタイ受難曲」を愛した。だから私は、君の葬儀にこの曲を鳴らしたのだ。そして、君の記念館でも、マタイは鳴り続けるだろう。

戸嶋靖昌
バッハを愛した
特に「マタイ受難曲」

あゝ君よ　君死に給ふ　今にして
出会ひの運命《さが》の　思ひこそ知れ

君の死によって、君との出会いの運命というものを再認識するのだ。君と私の出会いは、永劫《えいごう》の過去から定められていたものである。

戸嶋靖昌
運命

ますらをの　匂ふが如き　薫りすら
なほ残りたる　画架を見つめて

戸嶋の遺した画架を見つめながら、私は魂の交流をしている。イーゼルの前に立つ君の姿は、人間の原型に近いものがあった。

戸嶋靖昌
＊画架：イーゼル。

あゝ君の　雄叫《をたけ》び遠く　去り行《ゆ》けど
面影《おもかげ》いまも　風を呼ぶらむ

君は死んだ。しかし、君のいのちは今を生き、そして現代を撃つのだ。君は今の世に、風を巻き起こしている。君の風は、未来へ向かって吹き続けるだろう。

戸嶋靖昌
風

風起《た》ちて　その血肉《けつにく》は　去り行《ゆ》けど
終《つひ》の記念館《すみか》に　生きて揺《ゆ》らがふ

戸嶋は死んだが、その芸術と精神は記念館の中に永遠に生きるのだ。記念館の中に舞う風は、ここを基点として地上を席巻し、未来に向かっている。

戸嶋靖昌記念館
風

＊血肉：肉体。

戸嶋の死と私

夢見しは　苦しきことぞ　さればげに
嘆き生き来《こ》し　嘆き死に果つ

戸嶋の一生は、苦悩の連続だった。それは、戸嶋が夢に生きていたからに他ならない。すべてが苦悩だった。しかし、そのすべてを受け入れ満足していた。

戸嶋靖昌の苦悩
人生

はらわたの　底《そこ》より出《い》づる　雄叫《をたけ》びに
哭《な》きていさちる　我《わ》こそ死ぬらめ

死の日付を知ってから、君は描き始めた。その寂しさを知るものは、バッハとシューベルトだけだろう。君が最後の力を振り絞るのを見ることは、辛いことであった。しかし、厳《げん》として君はその仕事をやめなかったのだ。
私は、側にいることしか出来なかった。

戸嶋靖昌の最後の挑戦
「絶筆」へ

戸嶋靖昌との別れ

されど友よ　千年《ちとせ》の夢の　その涯《は》ての
終《つひ》の棲家《すみか》に　立ちて目見《まみ》えむ

我々は死に別れたが、この出会いは過去から決まっていたのだ。そして、永劫の未来に、この出会いは再び来るだろう。千年の夢を、我々は共にしているのである。

戸嶋靖昌の死

ますらをの　宴《うたげ》のあとの　静けさや
涙を垂《た》りて　君は逝《ゆ》きけり

君は一条《ひとすじ》の涙と共に死んだ。男らしく、堂々と死んだ。いまはただ、君と過ごした芸術のひとときと宴の楽しさを偲んでいる。我々は今生《こんじょう》の宴を共にしたのだ。君は芸術のために一切を捨てて生きた。しかし、最期まで人間としての礼節を守った。そしていま、君は永遠に向かって旅立ったのだ。

戸嶋靖昌の死

風起《た》ちて　君は逝《ゆ》きけり　現《うつ》し世《よ》の
宴《うたげ》のあとの　夢の名《な》残《ご》りと

戸嶋の呼吸が止まった。戸嶋を生かしめていた風が、いま熄《や》んだのである。ひとりの男がこの世を去った。快男子であった。真の宴を共に出来る男であった。永遠の彼方に君は去った。

戸嶋靖昌と死後

わが歌を　喰らひて交《か》はす　この宴《うたげ》
　舞ひて歌はむ　住む世へだてて

「痕跡」の前で、私は追悼の宴を開く。我々は、住む世をへだてて語り合うのだ。君の絵と対面しながら、私はただ独りで宴を開いている。おゝ歌おうではないか。おゝ舞おうではないか。

戸嶋靖昌の回想

玉鉾の＝道にかかる枕詞

玉鉾《たまほこ》の　道にしあれば　ただ君の
　その憧《あくが》れの　悲しかるらむ

戸嶋には憧れがあった。それが孤独の道を歩ませたのだ。生命の悲哀の彼方に向かって、その道はまっすぐ続いて行く。遠い憧れに向かって戸嶋は歩み続けた。その先に何があろうと、この男は決して怯《ひる》むことがなかった。

友情と人生

前文

私の経営する会社の一室に、戸嶋靖昌のアトリエがあった。戸嶋は気の向いたとき、ここに来て芸術と向き合っていたのだ。ひと仕事終わったあと、我々はいつでも宴《うたげ》を開いていた。戸嶋と私は、芸術、哲学、文学と口角に泡を飛ばして議論に明け暮れていた。「この出会いがあったことだけで、俺の人生はいい」と戸嶋が言った。「それは俺の台詞だよ」と私は返すのだ。二人はどなり合って、また再び酒を酌み交わすのだった。戸嶋との友情は、戸嶋の死を乗り越えてもう二十年以上続いている。もちろん、私の死も乗り越えて、我々の友情は永遠に向かって続いて行くに決まっている。

血のゆゑに　苔生《こけむ》す家に　生《あ》れ来《こ》して
　その悲しびを　背負ひ生きつる

戸嶋は秋田の旧家に生まれた。その家系を背負いながら、芸術に命を捧げたのだ。貧しく無名だったが、その品格は死ぬまで揺らがなかった。

戸嶋靖昌の生家

たまきはる　命を承《う》けし　この家の
　歴史を経《ふ》りて　君は生《あ》れ来《こ》す

戸嶋は秋田の旧家に生まれた。だから、積み上げた命が君にのしかかっていたのが分かる。君はそれと戦いながら、自己の芸術を創り上げていったのだ。

戸嶋靖昌の生家
たまきはる＝命にかかる枕詞

ぬばたまの　闇《やみ》より出《い》づる　ふるさとの
見えざる力　君を貫《つらぬ》く

君はまたぎの故郷で生まれ育った。深い森が君の心を支えている。君は森の本当の力を、この世に表現した。それは、君の血の成せる業だったのだ。

民のため　己が命を　捧げたる
汝《な》れの心ぞ　悲しかるらむ

村のために、己れの命をかけて直訴した五人の人々のおかげで、今の我々の生涯があるのだ。その心を受け継がなければならぬ。

森深く　鎮《しづ》みし里に　育《はぐ》くまれ
神を志向《もとめ》し　君ぞ育《はぐ》くむ

戸嶋は神を否定していた。しかし、その魂は根底において神を求めていたのだ。その相克が、戸嶋を苦しめていた。戸嶋芸術の秘密の一つがここにある。

戸嶋靖昌の見えざる力

ぬばたまの＝闇にかかる枕詞

戸嶋靖昌先祖五義民を想う

＊五義民：江戸時代、秋田県北秋田市坊沢村の肝煎と対立し、久保田藩に直訴したため斬首された五人の農民。戸嶋靖昌の先祖がそのうちの二人。

坊沢村五義民三百回忌の歌碑に一首、戸嶋靖昌記念館館長である執行草舟が依頼され詠んだ歌。

戸嶋靖昌

森

ひとすぢの　道つづきたる　いや果てに
清く静けく　寂《さぶ》しかる道

戸嶋の最後の言葉は、「静かになりたい」だった。戸嶋の全身全霊の生き方が、これだけでも伝わって来る。

戸嶋靖昌を想う

君ただに　いのちを布に　写すとも
思ひはさらに　何を見にけむ

戸嶋は、絵に画かれたものの先を見つめていた。それは何か……。戸嶋芸術とは、その何かを追求し続けることに若《し》かない。

戸嶋靖昌を想う

降《くだ》ち行《ゆ》く　この現世《うつそみ》の　寂《さぶ》しさの
底《てい》にぞ立たむ　熄《や》まれざる道

戸嶋はこの世の不幸をすべて舐《な》めた。それは信念のゆえである。しかし、それを苦とすることは決してなかった。自己の信ずる道を歩んでいるからに他ならない。

戸嶋靖昌の人生

戸嶋靖昌との友情

わが友よ　今ぞ逢《あ》ひぬる　この縁《えに》し
独り黙《もだ》して　道に生くれば

我々はこの世で出会った。それは、我々が共に孤独の中を生き抜いて来たからに違いない。孤独なる二つの魂が、この大宇宙でついに邂逅《かいこう》したのだ。

戸嶋靖昌の情熱

悲しびを　ただに耐へ来《こ》す　わが友の
あふれ来るもの　止《とど》めかねつも

戸嶋芸術は、あふれ来る情熱の噴流である。いのちの爆発なのだ。それは、ただ独りの人生を生き抜いているからだ。戸嶋の生《いのち》は、キャンバスを求め続けたのだ。

戸嶋靖昌の道

花みれば　花にぞ思ふ　ますらをの
舞ひて散り行《ゆ》く　あはれその道

戸嶋の歩んだ道は、美しく寂しい道だった。花であり、また悲哀だった。それは、戸嶋が本当の芸術だけを追求し続けたからである。しかし、いつでも戸嶋は優雅だった。

むらぎもの　心のままの　君なれば
この現世《うつしよ》は　是非に及ばず

君はどこまでも君だった。君を止めるものは、この世には何もなかった。芸術の他は、君にとってどうでも良かったに違いない。

戸嶋靖昌との友情

むらぎもの＝心にかかる枕詞

ひたぶるの　いのちぞ燃ゆる　在りし日の
匂ひ薫りて　画布も悲しゑ

キャンバスの奥深くまで、戸嶋の血と涙と情熱が浸《し》み込んでいる。それを感じることの悲しさを日々かみしめているのだ。戸嶋絵画は、絵画ではない。それは戸嶋の息吹であり、生の痕跡と呼ぶべきものと言えよう。

戸嶋靖昌との友情

生まれ来て　死に行《ゆ》き果てし　君見れば
背負へる夢ぞ　げにも悲しき

君の人生はすばらしいものだった。辛く悲しい人生だったが、すばらしい生き方と死に様だった。まっすぐな人生だった。私は友人として、君を最高度に尊敬している。

戸嶋靖昌の人生

戸嶋靖昌の誠

燃え尽きて　残りしものは　涙なる
君の誠《まこと》ぞ　寂《さぶ》しかるらむ

戸嶋の作品には、戸嶋靖昌の命が刻まれている。その命とは、戸嶋の誠である。崇高なるものを放つ悲哀が、私の胸を打つのだ。

戸嶋靖昌の力

現《うつ》し身《み》に　義のため恥を　忍ぶとも
見えざる力　君を支《ささ》へむ

君は見えない力によって、動かされていた。だから、この世の何ものも君を動かすことは出来なかったのだ。君は義のために、恥を忍んで生きた。私はそれを尊敬する。

戸嶋靖昌の微笑

ともしびの　揺《ゆ》らげる光　見つめつつ
君さび行《ゆ》ける　微笑《ゑみ》も愛《かな》しく

戸嶋の微笑は、年とともに深くさびていった。憧れを見上げながら、君はほほえんでいた。

スペイン

滾《たぎ》りたる　血潮のゆゑに　涙降《ふ》る
　牙《きば》もつ国へ　君は行かなむ

君の情熱を受け取る国はスペインだった。その歴史と悲哀がその原因を創っていた。そして、君はグラナダに定着したのだ。このスペインの涙が滲む土地を君は愛した。

戸嶋靖昌とスペイン

＊牙もつ国：スペインのこと。西班牙より。

玉炫《たまかぎ》る　夕日を背負ふ　西の果て
　牙もつ国に　君は立つらむ

君はスペインで、自分のすべてを燃焼させることが出来た。スペインのもつ悲哀と慟哭《どうこく》に、君の生命は震えたのだ。

戸嶋靖昌の出立

玉炫る＝夕日にかかる枕詞

悲しびの　凝《こ》りて成りける　画布見れば
　あに耐へめやも　偲《しぬ》び奉《まつ》れば

戸嶋はアルバイシンの人々を尊敬し敬愛していた。その人間性の高貴を思い出すとき、過去の作品の手直しをせざるを得なくなるのだ。描いた人々への愛が、そうさせたのだ。ここに戸嶋の誠がある。

後年の戸嶋靖昌は、スペインの作品の手直しに明け暮れた

＊アルバイシン：グラナダの旧市街。

誰《た》れか知る　血に哭《な》き叫ぶ　ひたぶるの
あはれそ奴《やつ》よ　ただ熱きもの

戸嶋は情熱の芸術家である。その熱情を止められるものは何もない。体奥の深くに、荒れ狂う何ものかを抱き締めて生きていたのだ。

戸嶋靖昌
熱きもの

悲しびを　湛《たた》へる街《まち》に　君立ちて
熄《や》まれざるもの　ただに画《ゑが》ける

グラナダの悲しみを画き続けた。その街、その人々、その歴史。戸嶋の魂は、グラナダに鎮《しず》もれる悲しみと交感していたのだ。

戸嶋靖昌
グラナダ

花降れば　花にぞ浮かぶ　面影の
面《おもて》に滲《にじ》む　君の雅《みやび》は

君の一生は、辛い一生だった。しかし、君はいつでも優雅で鷹揚《おうよう》だった。それは君の血に由来している。そして何よりも、憧れに生きるその姿勢のためだろう。

戸嶋靖昌の優雅さ

荘厳《おごそか》に　我がうち深く　沁み入れる
涙を描き　名こそ捨てつれ

戸嶋は、その名を捨てて生きた。それは、辛い選択であったに違いない。しかし、戸嶋はそれを貫いた。私は、その勇気に限り無い高貴性を見出すのである。その描く「涙」は、高貴なるものだけが放つ、人類史の原点に潜む「悲哀」なのだ。

戸嶋靖昌
涙の画家

はらわたを　絞りて出《い》づる　滴《したた》りを
舐《な》めて味《あぢ》はへ　永遠《とは》を愛《め》づれば

君は、永遠を見つめていた。だからこそ耐えられたのだ。その自己の辛苦を、君は芸術へと昇華して行った。人生の辛苦が、君の生命の中で、崇高なる何ものかへと変化していたのだ。

戸嶋靖昌
涙の画家

寂《さぶ》しさの　底《てい》にたたずむ　君ゆゑに
降《くだ》ちゆく世の　いのち寒《すさま》じ

戸嶋は、現世と戦い続けた。それゆえに、ただ一人の人生を歩んだのだ。しかし現世は、ついに戸嶋を破壊できなかった。グラナダのアルバイシン（旧市街）に住み続けて、それを貫こうとしたのだ。

戸嶋靖昌
涙の画家

ひたぶるの　熄《や》まれざるもの　たぎ散りて
ただうち嘆き　嘆き行《ゆ》きけむ

スペインへ行く以外に、ない。生きるためには、そうしなければならない。そうしなければならぬものが、戸嶋の内奥にうごめくのだ。日本を捨てよ！　戸嶋は、生き切るために日本を捨てた。

戸嶋靖昌
涙の画家

戸嶋靖昌の人生

西暦二〇〇六年七月二十日、午後十時〇八分。画家、戸嶋靖昌は、その七十二年の生涯を閉じた。そのとき、私は、その雄大な思索を支えた脳の電流が消滅していく音を聞いた。そしてその情熱を噴流《ふんりゅう》の如く全身に循環させていた心臓がその鼓動を停止した瞬間に立ち会っていたのだ。赤みを帯びた顔が白く変色していったとき、私は何ものかの終焉を感じていた。悲しみは何も無かった。無限の虚脱感に全身を縛られているだけだった。そのとき、私の中で何ものかが死んだ。そして高貴なる何ものか、つまりひとつの《意志》が生まれたと思っている。この死を前にして、その生前に残された生命力のすべてを、戸嶋は「魅せられたる魂」に注ぎ尽くしたのだ。注ぎ終わったとき、この戸嶋の最期が来たのである。

前文

＊「魅せられたる魂」：執行草舟を画いた戸嶋の絶筆。

長歌

生き抜くは　寂《さぶ》しきことよ　友あれば　友と語らひ　道あれば　道と語らふ
いちはつの　花にも似たる　いのちとて　恋する星の　いづことて
遠くまたたく　憧《あくが》れへ　いのちの限り　生き来《こ》して　花の如くに
死に果てて　いのちを写す　業《わざ》を為し　この現世《うつしよ》に　独《ひと》り立つべき
独り死すべき

戸嶋の人生は孤独との戦いだった。その憧れは遠く、また、か細かった。しかし、最後まで戸嶋は全くあきらめなかったのだ。それは孤独と死を恐れぬ生き方に由来するだろう。

戸嶋靖昌の人生
長歌
新しい長歌への
挑戦（自由律）
戸嶋の人生には
七音三連の最後
を用いたい＝破
れである

反歌二首

はらわたの　捩《よぢ》れる日々の　なりはひに
毒こそ喰《く》らへ　夜叉《やしゃ》の如くに

戸嶋芸術は、自己の命を削りながら制作された。その日々は普通の人々にとっては、すぐに死ぬような生活習慣によって支えられていた。

戸嶋靖昌
反歌一

戸嶋靖昌
反歌二

道ゆゑに　ますらをさびて　野《や》に歌ふ
去《さ》んぬる日々の　悲しからずや

戸嶋は何ものにも屈せず、また何ものにも頼らなかった。独立不羈《ふき》の道をひたすらに生き抜いた。自己の命のすべてを芸術に捧げ切った人生だったのだ。

前文

「絶筆」

「死の深淵が揺らいでいる。これは戸嶋芸術の到達点だと俺は思う」。戸嶋の絶筆と成る「魅せられたる魂─執行草舟の像」が完成した日に、私が戸嶋に発した言葉である。戸嶋はニッコリとして「やっぱり俺たちは親友だな」と言っていた。そのまま戸嶋は斃《たお》れ、寝たきりになり三ヶ月後に死んだ。戸嶋が死の宣言を受けたのは六ヶ月前だった。療養を私をはじめすべての人がすすめたが、戸嶋は頑《がん》として聞き入れなかった。「死の日まで、俺は芸術に自分の力のすべてを注ぎ込みたい」と言った。戸嶋を止められるものは何もない。「お前の肖像を描きたい。50号だ」といい、その日から二ヶ月あまりを日々描き続けた。最後の筆を投じて、戸嶋の生命力は途絶えた。「戸嶋芸術は俺が残す。まかしてくれ」私は戸嶋にそう言った。戸嶋の最後の言葉がもれてきた。「この三年は面白かったなぁー。ありがとう。俺はもう、静かになりたい」……。

燃え立つる　血潮の限り　生き来《こ》して
命を写す　わざを為すべし

医者から死の宣告を受けた後、戸嶋は「残されたすべての生命エネルギーを芸術に注ぎ込みたい」と言った。「お前の肖像を画きたい。そこに俺の残りの命をすべて注ぎ込むのだ」。「おゝ共にやろうぞ」私はそう答えるしかなかった。

戸嶋靖昌、死の宣告後

さゆらげる　雅《みやび》もさびて　たまゆらに
溶け行《ゆ》く人と　君は語らふ

最後の力を振り絞って、私の肖像画を画いていた。画布に溶け込んで行く私と語りながら。画布との対面で、君は私の命の本源と出会っていた。

戸嶋靖昌「絶筆」溶融

死に行《ゆ》ける　時を生きぬる　ますらをの
さびぬる業《わざ》の　夢ぞ悲しき

死に向かって、刻々と筆を進めていた。その夢は遠くを見つめ激しく燃えていた。戸嶋と私の現世の友情が終焉に向かっていた。永遠を手に入れるために、二人は共に命の限りを尽くした。

戸嶋靖昌「絶筆」の過程

花散れば　花にぞ思ふ　ただ君の
一期《いちご》のいのち　我れに降《ふ》り来《こ》よ

君は死に、その魂だけが残った。その魂を私がすべて受け取りたいと思っている。君の芸術は永遠である。それを私が後世に必ず伝える。

戸嶋靖昌の魂

立ちゐける　我れが姿も　さ揺《ゆ》らぎて
彼岸《ひがん》を見つめ　永遠《とは》に溶け行《ゆ》く

戸嶋は最後の命を、私の肖像画に注ぎ込み、自己の探求した揺らぎの画法を確定した。画面に立つ私は揺らぎ、画布の中に吸い込まれていく。戸嶋芸術の深淵がうごめいているのだ。

戸嶋靖昌
「絶筆」
揺らぎ
＊戸嶋の生前に「絶筆」と対面した感想

ただに立つ　我が姿だに　さ揺《ゆ》らぎて
奥より来たり　我れに入《はい》らむ

夜一人で「絶筆」を見ていると、前後に姿が揺れ、画布の奥に入りまた前面に出てくるのを経験する。戸嶋がその憧れとして語った「揺らぎ」の画法の完成に違いない。

戸嶋靖昌
「絶筆」
揺らぎ
戸嶋の死後、「絶筆」と対面している感想

雅《みやび》散り　深く静かに　力ある
汝《な》が眼に写る　人ぞたゆたふ

画布には雅が散っている。その重力を捉えた君の眼に、私の姿は揺らいでいたのだ。君が最後に完成した「揺らぎ」の芸術は、長く歴史に残るだろう。

戸嶋靖昌
「絶筆」
揺らぎ

去り逝《ゆ》けば　何が残らむ　桜花
一期《いちご》の血潮　画布に浸《し》み込め

戸嶋の情熱は、芸術として残った。そのすべてが「絶筆」に結晶していると言っても過言ではない。「絶筆」には、戸嶋の血しぶきが舞っているのだ。

戸嶋靖昌
「絶筆」
血潮

君去りて　また還《かへ》らずも　ただ独《ひと》り
涙に向かひ　立ちゐたりけり

「絶筆」の中に、私は永遠に立ち続ける。それは君の涙との永遠の対面なのだ。君は「絶筆」の中に死んで、私に永遠の命を与えているのだ。このことによって、画布の中に我々は永遠の棲家を得たと思っている。

戸嶋靖昌
「絶筆」

たまゆらに　入《い》りては出《い》でる　その姿
雅《みやび》ぞさびて　揺《ゆ》らぎ消《き》え入る

戸嶋が目指した揺らぎは、その「絶筆」に結晶した。揺らいで動き続ける絵画が、ここに誕生したのだ。

戸嶋靖昌
「絶筆」
たまゆら

第二十二章

安田靫彦

――五十九首

私は、靫彦《ゆきひこ》の線を深く愛している。それは、日本の魂を直接に表わしているものと言ってもいい。そこには日本の無常が、躍動している。日本の悲哀が、紙を這いずっているのだ。日本の歴史が、その線に見事に摑《つか》まれ、私の視線を釘付けにする。靫彦の線は、清冽なる悲しみである。また靫彦の色は、生命の雅《みやび》を湛えて、私にほほえみかけてくれる。靫彦ほど、日本人の心性を感じ取っていた人間はいないだろう。禅の鈴木大拙の言う「日本的霊性」と言い換えてもいい。それを靫彦は摑み取り、絵画として描き切る魂を持ち合わせていたのだ。まさに日本的霊性が、ところ狭しと舞っている。もののあわれとみやびが交錯し、信じられないほどの静謐が芸術化されているのを我々は見るだろう。日本の歌の歴史が、靫彦によって写されたと言っても過言ではない。歌の精神が絵画と成ったものは、靫彦だけである。他に巨匠はいくらでもいよう。しかし、歌と絵の婚姻を成した者は靫彦しかいない。

前文
＊安田靫彦：一八八四―一九七八。日本画家、東京美術学校教授。文化勲章受章。

奈良・万葉記念館

平成十四年十一月十九日、故・安田靫彦先生の御長男・建一氏の御取計らいとご親切により、奈良の万葉記念館を訪れた。私が心の底から感動した絵画を紹介したい。

天雲《あまぐも》の　遙《はろ》けき夢の　唐土《もろこし》へ
発《た》てる別れに　汝《な》こそ泣《な》きけめ

「遣唐使」の絵を見たときに歌ったものである。靫彦十六歳の作と聞いて言葉も出ないほどの驚きである。若くして人の世の「あはれ」を知っていたとしか思えない。

夢にこそ　別れの贄《にえ》と　思ほえば
愛《かな》しき性《さが》も　その身に帯《お》ぶれ

出会いとは、別れがあって初めて意味をもつものなのだ。それを知らしめる絵と言えよう。技術もさることながら、その情感に驚くものがある。

前文
万葉記念館＝奈良県立万葉文化館

「遣唐使」
天雲の＝遙かにかかる枕詞

「遣唐使」

敷島の　日本《やまと》を愛《め》づる　人麻呂の
熱き涙の　生まれ出《い》づるは

歌聖・人麻呂の偉大を支える生身《なまみ》の人麻呂の持つ涙を、靫彦はしっかりと現代に伝えている。歌聖の寂しさが、私の胸を打った。

紙を這《は》ふ　息吹き響《ひび》けば　歌聖《ひじり》とて
黄泉《よみ》におはせど　つひに聴《き》かまし

靫彦の心が人麻呂の霊に感応している。人麻呂が今の世に甦ったのである。その息吹が、私には伝わって来るのだ。

名にし負ふ　血を承《う》け継ぎし　物部《もののふ》の
その目な交《まか》ひを　描《ゑが》く人はや

物部守屋《もののべのもりや》を描いた名画である。私は小学生の頃より、この絵を好んでいる。守屋の心を真に描き切っている。

「柿本人麻呂」
敷島の＝日本にかかる枕詞

「柿本人麻呂」
後にこの画を手に入れた

「守屋大連《もりやおおむらじ》」

家持《やかもち》に　相目見《あひまみ》えつる　館《やかた》にて
たゆたふ緋色《ひいろ》　我れを哭《な》かしむ

靫彦の大伴家持像に画かれたその衣服の緋色は、永遠に目に焼き付いたのだ。家持のますらを振りの傑作と言えよう。

万葉記念館
「大伴家持」
十年後その像を
偶然手に入れた

薄暗《うすぐら》き　部屋に浮かべる　家持《やかもち》の
さやけき線に　涙滲《にじ》めり

靫彦の描く線の美しさに打たれた。この日から靫彦の蒐集が始まったのだ。この感動は、未来を創り上げるだけの力がある。

万葉記念館
「大伴家持」

万葉を　残し奉《まつ》らむ　魂《たましひ》ぞ
悲しき人の　坐り給へる

家持の義憤が『万葉集』をこの世に残した。その悲しみが伝わってくる。靫彦の筆は、家持の生命をすべて今の世に伝えていると言っていい。

万葉記念館
「大伴家持」

「大伴家持」、「憂国の芸術」に入る

前文

この家持像こそは、私が靫彦に惹かれる馴れ初めの絵となった。今、実画に接し、ただただ感無量である。私の運命が、万葉記念館の出会いから十年経って、この画を手許に引き寄せたのである。

万葉記念館で見た「大伴家持」

もののふの　八《や》十《そ》氏《うぢ》長者《がみ》の　家持《やかもち》を
今に現《うつ》さむ　悲願《ねがひ》したたる

家持を現代に甦らそうとする靫彦の気迫を感ずる作品である。この画は、家持のますらをを振りを描き切っている。

万葉記念館で見た「大伴家持」

靫《ゆき》負《お》ひし　祖《おや》を偲《しぬ》べる　もののふの
涙を添へて　現《うつ》し描《ゑが》ける

家持の深い悲しみが、現代に伝わっている。それを描き切った、靫彦の清純を私は思う。名を背負う人間の孤独が窺える。

描《ゑが》ければ　唐紅《からくれなゐ》も　鮮やかな
その装《よそ》ほひの　愁《かな》しかりけり

家持のもつ悲しみを、この紅の衣装が一段と際立たせている。靫彦の冴えの極地だろう。

万葉記念館で見た「大伴家持」

描《ゑが》くだに　など深かりし　紅《くれなゐ》の
匂ひは熛《けぶ》り　言《こと》の葉《は》ぞ無き

衣の紅の色の深さは、表現できない。その香りは天上のものと言っていい。ここに、家持の生前の心は完全に伝えられていると私は思っている。

万葉記念館で見た「大伴家持」

あまりにも　深きを抉《ゑぐ》る　紅《くれなゐ》か
匂ひもけぶり　この世をぞ打つ

紅の中に、靫彦は日本の「あはれ」と「みやび」の深奥を描きたかったに違いない。それこそが、家持を創り上げていた人間性の双璧に違いないからだ。

万葉記念館で見た「大伴家持」

靫《ゆき》負《お》へる　家に伝ふる　歌をもて
現世《うつそみ》生きし　人の涙は

大伴の誇りが、すべて歌として歌われたのだ。武《ぶ》を失った武門の悲しみが響く。しかし、その悲しみこそが『万葉集』を後世に残してくれたのだ。

靫彦に捧ぐる歌

私は安田靫彦の画業を慕っている。その清冽な線こそが日本画の生《いのち》と信ずるのである。靫彦の線は悲哀である。つまり「もののあはれ」をこの上なく表わし切っている。そしてその色彩は、雅《みやび》を未来へ伝えようとしているに違いない。靫彦のコレクションは、私の誇りと成っているのだ。私は靫彦を恋し憧れ、その偉業と霊魂に対して歌を捧げたいと思っている。

描《ゑが》かるる　生《いのち》はすでに　天地《あめつち》の
涙となりて　われを生《い》かしむ

靫彦には、涙があるのだ。その涙が、私の生命に甦りの力を与えてくれる。靫彦を見れば、私はいつでも自分の中に潜む、命の本源と対面し対話することが出来るのだ。

散り往《ゆ》ける　この日《ひ》の本《もと》の　生《いのち》とて
汝《な》こそ描《ゑが》けば　永久《とは》に匂はめ

日本の根源を、靫彦は描くことが出来る。それが未来の日本を創り出すに違いない。それが出来るのは、靫彦が「今」にすべてを投げ出しているからに他ならない。

靫彦に捧ぐる歌
生

あはれさへ　恋し悶《もだ》ゆる　敷島の
日本《やまと》の道を　描《ゑが》き逝《ゆ》きける

靫彦の画業は、真の悲しみを背負っていた。それは祖国の魂に殉ずる者の宿命なのだろう。靫彦には「憂国」があるのだ。日本を背負っていると言い換えてもよい。

靫彦に捧ぐる歌
道
敷島の＝日本にかかる枕詞

人の世の　涯《は》てつる先を　見つめつつ
哭《な》きて描《ゑが》ける　夢ぞ沁み入る

靫彦の願いは悲しい。それは人間の未来を考えていたからに他ならない。靫彦の歴史画は、未来への問いかけなのだ。憂国の慟哭《どうこく》が、靫彦の線を悲しいものにしているに違いない。

靫彦に捧ぐる歌
夢

靫彦に捧ぐる歌　花

咲く花の　匂ふが如き　古《いにし》への
日本《やまと》のこころ　伝へ逝きにし

靫彦は日本の「雅《みやび》」と「もののあはれ」を現代に移す力をもっていたのだ。靫彦の絵には、いつでも花が咲き花が散っているとも言えよう。

靫彦に捧ぐる歌　明日へ

ひたぶるに　清く悲しく　描きたる
君のいのちは　明日を創らむ

靫彦の描く魂は、未来を創るものである。それは古代の魂を知り尽くす者だけに出来ることと言えよう。

靫彦に捧ぐる歌　線

たをやかに　豊かに穫《みの》る　その線の
馳せつる先に　いにしへ匂ふ

靫彦の線は、日本の魂を現わしている。歴史の涙の痕跡とも言えよう。線そのものが、歴史の魂を摑《つか》んでいるのだ。それによって、未来を創造する力を得ているのだろう。

安田建一氏宅を訪ねて

前文

平成十五年一月十七日、前年から御厚情を受ける安田建一氏を大磯に訪ねた。氏は故・安田靫彦先生の御長男に当たり、靫彦在りし日の家を今に至るも、そのままに維持されている。氏は美術出版界に大いなる足跡を残され、またその人格・識見のすばらしさを記憶に残す人々も多い。氏の姿を通じ靫彦の偉大の認識を新たに深めるものである。また靫彦の偉大を支えた氏の御母堂の生き方を知り、靫彦の絵の神秘に少し近づくことが出来た。建一夫妻の生き方に触れ、日本の美を見た思いがする。建一氏宅の感動を思い歌を詠んだ。

安田建一氏宅を訪ねて
靫彦の匂い

ひたぶるの　魂《たま》も震へし　在りし日の
　匂ひ薫りて　靫彦《ゆきひこ》ぞゐむ

靫彦の生前が薫る家では、本当に靫彦の生命と触れることが出来た。すべての物が、靫彦の生前のままに保存されているのだ。建一氏の誠が伝わって来る。

ますらをの　匂ふが如き　薫りすら
なほ残りたる　居間に踏み入る

大磯の安田建一氏宅を訪れ、生前の靫彦のいた居間に案内された。靫彦生前の匂いが残る部屋だった。そこで今、靫彦が画いているようだ。

安田建一氏宅を訪ねて
生の薫り

古《ふる》し日の　かの靫彦の　業《わざ》を知る
ゆかしき居間《ゐま》に　我れは竦《すく》めり

在りし日の靫彦の仕事場を見せられた。私の足は、畏《おそ》れて動くことが出来なかった。清浄の気が、今も漂い続けている部屋だった。

安田建一氏宅を訪ねて
居間

靫彦を　偲《しぬ》ぶ翁《おきな》の　鈍色《にびいろ》の
瞳《ひとみ》さやけく　愛《かな》しかるらむ

八十歳を越す建一氏が亡き父・靫彦を語るとき、その眼は少年の如くに輝いていた。靫彦が眼前に居るが如くだった。

安田建一氏宅を訪ねて
建一氏

安田建一氏宅を訪ねて 梅

庭を這《は》ひ　老いて主《あるじ》を　慕ひつる
梅も知るらむ　人の情《なさけ》を

靫彦が愛し、建一氏が今も育む梅の老木は、確かに生《いのち》の幸福を感じせしめる力が漲っていた。庭を這う梅の木の根は、亡き主を慕うようにうねっていた。

安田建一氏宅を訪ねて 庭

亡き人を　偲《しぬ》びて下《お》りよ　この庭の
土の響きに　残る思ひは

数々の写真で知る、靫彦の愛した庭を踏み、私の思いは在りし日の靫彦の姿と当時の庭に馳せて遊んだ。本当の日本の庭と呼べる庭だった。

安田建一氏宅を訪ねて 梅

貴《たふと》かる　生《いのち》の愛《め》でし　この庭の
梅に招《まね》かれ　土をこそ踏め

庭を這う梅の木は、確かに靫彦の息吹を今に伝えていた。愛されていた名残りが、今も響き渡って来る。梅は私たちを庭に誘っていたのだ。

安田建一氏宅を訪ねて辞去

川の辺《べ》に　立ちて見送る　真心の
姿を見《み》つつ　去りて霑《うる》まゆ

宅を辞去するに当たり、初めて訪れた私を御夫婦で途中の川の辺まで見送って下された。私は感激し、その姿が今も瞼《まぶた》に焼き付いているのだ。このような家庭を築いた靫彦の人格にも思いを馳せたのだ。

安田建一氏宅を訪ねて

靫彦の　いのち伝ふる　家されば
我が身に過ぐる　今日《けふ》を噛《か》み締《し》む

建一夫妻の温かき人柄は、忘れ得ぬ思い出となった。生前の靫彦を、在りし日のままに受け取る機会を与えられたことに、生涯の恩を感じている。

*

安田建一氏七回忌

大磯の　海原青く　去りし日を
偲《しぬ》び手向《たむ》ける　白菊《しらぎく》の花

建一先生の思い出は深い。靫彦の墓参りには何度も一緒に行ったものだ。
建一先生が逝って、もう六年が過ぎた。

ま青なる　海原青き　大磯に
手向《たむ》けの花を　捧げこそすれ

安田建一氏七回忌墓参
靫彦の墓参も同時にした

手向けの花を持って、海岸通りにある安田家の墓に行った。止めどもなく思い出が走る。ここには建一先生と何度足を運んだろう。その建一先生も、今はこの墓の人と成ってしまっている。

天地《あめつち》に　還《かへ》りし人の　御魂《みたま》なる
青牛塔《せいぎうたふ》に　水をこそ打て

安田靫彦の墓に参る
大磯
＊青牛塔：安田家の墓石の意匠。

青牛塔は、靫彦が自らデザインした墓石である。私の魂に電流が走った。靫彦の墓では、私は靫彦との魂の交流を実感として経験したのだ。

靫彦の初期コレクション

前文

幸運により、私は靫彦の作品を蒐集所蔵することになった。靫彦の業績を後世に正しく残す義務を背負う一人と成ることは真の名誉と感じている。縁により私の手元に来た作品に歌を捧げたい。

「阿呼詠詩」

阿呼《あこ》とは、菅原道真の幼名である。その阿呼は十一歳にして「月夜見梅花」という詩を詠んだ。夢見る阿呼に、靫彦は自分の本当の夢を託したのだ。

前文

月冴《さ》えて　梅咲き匂ふ　ひとところ
阿呼《あこ》は詩を詠《よ》み　夢ぞ顕《あら》はる

道真の霊は、月と梅によってこの世に現成《げんじょう》して来るのだ。夢見る阿呼に、靫彦は己れの夢を託しているに違いない。

「阿呼詠詩《あこえいし》」

白梅《しらうめ》の　下照《したて》る阿呼《あこ》の　憧《あくが》るる
眼差《まなざ》し遠く　月をこそ見《み》れ

阿呼の憧れをこれ以上たくみに描いたものはない。決意と憧れ。十一歳で「月夜見梅花」の詩を詠んだときの姿である。

「阿呼詠詩」

眼差《まなざ》しに　慨《うれ》たかりける　現世《うつそみ》を
いまだ写《うつ》さぬ　阿呼を描《えが》くは

志だけの眼を描いている。後に味わう、この世の汚濁を知らぬ眼だ。それは靫彦の心を描いているに違いない。靫彦は、阿呼に倣《なら》っているのだ。

「阿呼詠詩」

*慨たかる：汚れる、腹立たしい。

「大黒天」

あまりにも小さな小槌と袋を持っているのが奥床しい。そして楽しげに歩く大黒天である。私はここに靫彦の無欲を感じた。一般的大黒天はあまりにも人の世の欲の対象とされ泣いている。靫彦は、大黒天を真の姿に戻したのだ。

前文

天《あま》の原　わたりて来たる　今の世を
歩み行《ゆ》くなむ　何処《いづく》求めて

どこに向かっているのだろう。実に楽しそうな大黒天である。靫彦の品性を感ずる。これこそが、大黒天の本当の姿なのだ。

「大黒天」

何処《いづく》より　参《まゐ》り給《たま》はむ　今《いま》し世《よ》に
歎《なげ》き給《たま》ふな　見《み》つつ歩《あゆ》むも

この楽しき大黒天に、今の世をあまり見てほしくない。この世の汚れを知ってほしくない。そして見ても、どうか歎かないでほしい。

「大黒天」

「紅拂妓」

古《いにしえ》の唐の女官である。なんという美女なのだ。古代中国の女性に靫彦は、美の一側面を見つけたのだろう。その幻想的雰囲気には神韻が漂《ただよ》う。

前文

唐土《もろこし》に　かつて生きにし　眼差《まなざ》しを
今に向けつつ　我れを見つめよ

今の世に生き返った美女である。私は見つめられているように感ずる。この魅力は、時を超えて生きる生命を描く、靫彦の画力を物語っている。

「紅拂妓《こうふつぎ》」

古《いにしへ》ゆ　かの唐土《もろこし》に　生きぬれど
恋する血こそ　燃え尽きもせね

多分、大伴《おおとも》古麻呂《こまろ》との恋を思っているに違いない。その激しい恋心は、永遠を見つめているのだ。そして、その眼差しは日本に向けられている。

「紅拂妓」

「観世音菩薩像」

生き、かつ脈動する観音を感じている。ただただ美しき像である。我が両手は自ずから合わさってしまう。余白がまた真の虚空《こくう》の如き深みを呈している。靫彦の観音に対する深き思慕の念を感ずる作品である。

前文

ひとさしの　花に託《たく》せる　夢をこそ
授け給《たま》ふれ　我れに過ぐるも

この画から、私は無限の夢を得ている。赤い花を持って、観音がほほえんでくれているのだ。清楚な観音像であり、靫彦の人格が表われている。

「観世音菩薩像」

天地《あめつち》の　窮《きは》み涯《は》てつる　磐座《いはくら》に
発《た》てる願ひは　今も悲しゑ

観音の悲願は、人類が終わるまで続くだろう。その願いが、最も高貴で最も清らかに描かれている。岩に坐る観音である。

「観世音菩薩像」

見つめつつ　ただ現《うつ》し世の　悲しびを
呑《の》みて干《ほ》すれば　すでに和《なご》みぬ

観音の慈悲の力が描き切られている。すべての苦悩を、その一身に受けて来たことが分かる。しかし、それをすべてほほえみに変えているのだ。

「観世音菩薩像」

「大伴家持」（橘諸兄の長寿を願う）

この作品は、家持《やかもち》のもつ深い憂国から来る慟哭《どうこく》を表わしている。その慟哭が、他者の健康長寿を祝うという言祝《ことほ》ぎに変換されている名作である。朱の美しさが、家持の苦悩を反面的に表現しているのだ。

前文
＊「大伴家持」：
「青柳《あおやぎ》か都良《づら》」。

ますらをの　悲しき道を　見つむれば
名こそ惜《を》しまめ　永遠《とは》を夢みて

家持は政治に敗れることによって、永遠の価値を残すことに向かったのだ。家持の理解者・橘《たちばなの》諸兄《もろえ》の長寿を祝う姿の、何と美しいことか。

「大伴家持」
朱の直衣
橘諸兄の家

朱を湛《たた》ふ　直衣《なほし》に映《は》ゆる　もののふの
燃ゆる血潮ぞ　我れに届かむ

家持を画く秀作。実に珍しい場面を切り取り、家持の人間性を伝えている。その慟哭《どうこく》を、清く美しい姿に変換して描いているのだ。

「大伴家持」
朱の直衣
橘諸兄の家

天《てん》の水《みづ》　仰ぎて待てる　家持を
我が手に取れば　我れを潤《うる》ほす

長寿の雨を願う儀式が、現代の我々までを潤している。家持の最も深い思いを、この一作によって表わしていると言えよう。

「大伴家持」
朱の直衣
橘諸兄の家

「大伴家持」（佐佐木信綱に贈った作品）

これは、靫彦が尊敬していた歌人・佐佐木信綱に喜寿の祝いとして贈った作品である。友情から生まれる気品が特に際立つものと言えよう。名作中の名作と思う。靫彦のもつ愛の心が、画面全体を覆っているのだ。

名を惜《を》しむ　もののふさびる　心意気
画《ゑが》けますらを　受けよますらを

佐佐木信綱の喜寿の祝いに贈った家持《やかもち》像を手に入れた。その神韻は空間を圧した。描く者と描かれる者の間で、真の人物同士の魂が交感しているのだ。

生まれ来て　今ぞ会ひぬる　まぼろしの
この家持の　願ひ聞かまし

靫彦の最高傑作の一つと思う。家持の品格が、躍動している。これは、佐佐木信綱との友情から生まれた気品だろう。

前文
＊「大伴家持」：「大伴宿禰《すくね》家持像」。

「大伴家持」
佐佐木信綱
喜寿の祝い

「大伴家持」
佐佐木信綱
喜寿の祝い

すめろぎの　道に侍《はべ》りて　神代より
継ぎ来《こ》す名こそ　歌に映《は》ゆらめ

家持の歌は、日本人の心の歴史を表わしている。このたおやかな家持像には、歌の心が前面に出ている。

「大伴家持」
佐佐木信綱
喜寿の祝い

神代より　言ひ伝《つ》て来《く》らく　名にし負ふ
もののふさびて　言《こと》の葉《は》ぞ生く

家持は大伴氏として政治的に敗北することによって、あの偉大な『万葉集』の編纂をすることが出来たのだ。その家持の愁いと決然とした品格をあますことなく捉えている作品と言える。

「大伴家持」
佐佐木信綱
喜寿の祝い

靫彦の書

前文

靫彦は、また書を克《よ》くする。良寛を尊敬し、良寛に学ぶと聞いた。靫彦が書は、近年になって、私の最も驚愕する書となっている。古《いにしえ》の禅僧が墨跡《ぼくせき》を見ている思いがする。慈雲尊者だけが、克く靫彦に比肩し得るものと思量している。良寛の書に、生命の息吹を加えたような書と見る。靫彦が書は、千万言と雖《いえど》も、言葉はすべて無意味となる。ただ見て、ただ喜び、ただ哭《な》くのみと言えようか。その品性抜群にして、二十世紀最高の書のひとつと信ずる。

「怡顔」

靫彦の書は、生命の息吹が抜群なのだ。私はただ書の生《いのち》に参入し、日々新たに感動するのみである。品格は、神秘的だ。

前文
＊怡顔《いがん》：おだやかに顔を正すことを言う。

力《ちから》無き　力《ちから》を秘めて　うねり来る
墨の見つめる　世をぞ思へる

「怡顔」

この靫彦の脱力こそが、今の世を刺し貫く力なのだ。靫彦は、力を制御することによって、強大な力を出し切っているのだ。

優しかる　墨痕《すみあと》深く　秘めらるる
血の雄叫《をたけ》びぞ　我れを射るらむ

「怡顔」

優しさの中に光る、真の人間の力が私を捉えて離さないのだ。本当の優しさが持つ、真の力を私はここに見ている。

自《おの》づから　面《おもて》をただす　悲しびに
ただに堪《た》へにし　心こそ偲《しぬ》べ

顔付きを正すことが、人間の道の中心だったことを、今の人は忘れてしまった。おだやかな顔付きが、人格を創り上げていくのだ。

「怡顔」
怡顔という言葉の本当の意味である

赤人の歌一首

紅の地に金砂子《きんすなご》をまぶした特製和紙に、真名及び仮名にて赤人の歌を書いたものである。真名の品性は、泥舟《でいしゅう》の楷書に比肩し得る。仮名はその生《いのち》が、まさに舞うがごとく躍動している。

古《いにし》へを　佩《は》きて描《ゑが》ける　言の葉を
愛《め》づる金砂子《くがね》の　花ぞ舞ふらむ

書を飾る金泥が、靫彦の品格を愛でているのだ。赤人の歌は、靫彦の人間性に通じている。それが品格を支えているのだろう。

前文
＊和歌：「ぬばたまの　夜《よ》の深《ふ》けゆけば　久木《ひさぎ》生《お》ふる　清き河原に　千鳥しば鳴く」山部の赤人。

万葉集
赤人短歌一首

冬籠《ごも》り　春さり来《く》れば　古《いにし》への
金砂子《くがね》従へ　言の葉ぞ降《ふ》る

この書を手に入れたのは、春の芽生えと共にであった。建一先生より、これが天皇陛下に献上する書の下書きと知らされた。

万葉集
赤人短歌一首

赤人《あかひと》を　今に現《うつ》さむ　墨痕《すみあと》は
紅《あか》き願ひに　映えて舞ひける

雅《みやび》なる紙に書かれるには、赤人の歌はこの上なく似合う。靫彦の品性が、紙をうねっている。赤人を愛する、靫彦の真骨頂が躍動しているのだ。

万葉集
赤人短歌一首

靫彦自詠和歌・夢殿の歌

紅の地に金砂子《きんすなご》をまぶす特製和紙に、靫彦の歌の中で、私が最も愛する歌が書かれている。「夢殿の秘仏はいましとざされぬ扉にのこるまぼろしのゑみ」である。脈動せる仮名を以《もっ》て書かれた書と言えよう。この書は、私をして靫彦に限り無き親愛の情を抱かせるものと成っている。

前文

佇《たたず》みて　千年《ちとせ》の夢の　ほほゑみを
友とぞ思ふ　靫彦が歌

靫彦の書には、長い友情の跡を感ずる。それは靫彦の憧れがあまりにも深いからだろう。聖徳太子に対する靫彦の敬愛を感じている。

靫彦自詠
夢殿の歌

御仏の　悲しきゑみを　身に受けて
去りて還《かへ》らぬ　日々を偲《しぬ》ばゆ

仏を仰ぎ見る靫彦の心が、深く伝わってくる書である。法隆寺夢殿の修復にかける、靫彦の情熱を強く感じるのだ。

靫彦自詠
夢殿の歌

靫彦の　涙のしづく　降《ふ》りまける
紅《あか》き思ひに　言の葉ぞ舞《ま》ふ

紅《くれない》の和紙に散りばめられた靫彦の書は、私には靫彦自身の涙の雫のように見えるのだ。靫彦の本当の憂国というものが、この書に躍動しているように私は思うのだ。

靫彦自詠
夢殿の歌

第二十三章

月山貞利

——五十一首

月山《がっさん》の剣は、神剣である。人を斬る剣ではなく、神に捧げる剣ということに尽きよう。月山の刃《やいば》には、己れの邪《よこしま》を質《ただ》す怜悧さがある。月山の肌には、天を仰ぎ見る崇高が浮かんでいる。月山の重さには、生命の涙の重圧が軋《きし》んでいるのだ。月山の鉄と向き合うとき、人は自己の運命と対話を始めている。自己が生まれて来た謂《い》われ、自己が生きている使命、自己が消滅した後の未来へと思いを馳せて行くだろう。自分の魂の彷徨《ほうこう》である。人はそれによって、己れの魂の質量と向き合うのだ。月山を一閃《いっせん》すれば、己れの邪は斬り裂かれることになろう。空《くう》を斬る破邪《はじゃ》の叫びが、己れの耳に残響を残し続けることになる。それが日常の魂を賦活《ふかつ》するのである。そして日常の中に、非日常を現出せしめる。つまり、日常の中に詩を屹立《きつりつ》させるのだ。それによって人は、天を仰ぎ地を穿《うが》つ「志」を日々断行することが出来る。月山の剣でなければならぬ。他の剣ではそうはならない。それが平安以来の伝統の力というものかもしれない。私は現世において、縁あって月山貞利《さだとし》の剣を所有する幸運に与《あずか》った。そして月山貞利氏の親切により、剣に接する「礼」とも呼べるものを教えていただいた。私は私の魂を、月山の霊力によって立て続けて来た。月山の鉄には、そのような力が充満しているのだ。神剣と出会えた自己の幸運を、私は日々噛み締めている。

前文
月山貞利の和歌は「第七章 武士道」一七七頁、「第二十章 憂国の芸術」四五三・四五四頁にもある

月山貞利の鍛錬場

月山《がっさん》の　鉄のいのちを　たづぬれば
鬼王丸《きわうまる》こそ　初めなりけめ

源義家の刀工・鬼王丸が月山の刀の始祖である。その魂は現代まで生きている。鍛錬場の清浄さは、古代が舞い降りて来たように感じた。

神奈備《かむなび》の　三諸《みもろ》の山ぞ　縁濃き
神《かむ》さび立ちて　木立《こだち》苔むす

大神《おおみわ》神社境内にある、月山貞利の鍛錬場を訪ねた。そこは山の辺の道に沿って、小じんまりと佇んでいた。大神神社境内と相まって、清浄の気が充満していたのだ。

ちはやぶる　三輪《みわ》明神に　抱《いだ》かれし
そのふところに　月山ぞ在る

三輪山の麓、山の辺の道づたいにその工房はあった。小じんまりとした清楚な工房である。月山貞利の人格と月山刀の本質が、その佇まいにも表われていた。

月山貞利《がっさんさだとし》
初心

＊月山貞利：一九四六―。鎌倉時代から続く刀工一族・月山家の刀工。

月山の鍛錬場へ
三輪明神境内

神奈備の＝三諸にかかる枕詞

月山の鍛錬場へ
山の辺の道

ちはやぶる＝神にかかる枕詞

味酒《うまざけ》の　三輪の社《やしろ》は　神《かむ》さびて
大物主《おほものぬし》の　涙をぞ見る

月山の刀には、大物主の神霊が宿っていると私は感じた。月山を訪れるとき、三輪明神に参ることに、私は一つの運命を見るのだ。

山の辺《べ》の　道の端《は》伝ひ　歩ければ
かの人麻呂と　いかで逢はなむ

月山工房のある山の辺の道には、万葉の歌人たちの歌碑が林立する。歴史の魂が、私を月山の工房へと案内してくれたのだ。

伝へ来《こ》し　その技術《わざ》ゆゑに　立ち昇る
雷《いかづち》響く　夜のとばりぞ

月山の鍛錬には、自然を超越した伝統の響きがある。その響きには、いにしえを今の世に招きいれる力があるように思った。

月山の鍛錬場へ
三輪山
味酒の＝三輪にかかる枕詞

月山の鍛錬場へ
三輪山

月山
伝統
鍛錬
夜

焔《ほのほ》たち　燃ゆるくろがね　鎚《つち》うけて
その邪《よこしま》ぞ　空《くう》に飛び散る

月山の鎚は玉鋼《たまはがね》に含まれる不純物をたたき出しているのだ。その力強い腕は、まさにこの世に正義をもたらすに違いない。

月山　伝統　鍛錬　空

赤々と　玉鋼《くろがね》燃えて　ほのほ起《た》ち
君ぞ振るへる　鎚《つち》に従ふ

月山貞利の振るう鎚は力強くまた自我のかけらも感じられない。鉄はその力の前に、その姿を変えていくのである。

月山　伝統　鍛錬　鎚

鍛へ抜く　鉄に刻みし　涙とや
その鉄まさに　生現《いのち》はす

鉄の中に魂を刻み付けるほど、その鉄もまた生きるのである。繰り返す鍛錬によって、鉄は神の使命を自覚していくに違いない。

月山　伝統　鍛錬　鉄の生

鉄ふかく　己《おの》が生《いのち》を　刻みたる
綾杉肌《あやすぎはだ》に　君は生くらむ

月山の綾杉肌ほど美しい刀剣がこの世にあろうか。それは崇高と高貴を現わす。私はそこに神の息吹を見るのだ。

月山
伝統
鍛錬
綾杉肌
＊綾杉肌：月山刀の肌に浮かぶ文様。

鉄を鍛《う》ち　鉄を恋して　鉄に死す
この日の本は　もののふの国

月山の歴史は平安末期以来である。鉄の中に、生《いのち》を繋いで来た家系と言える。月山の美は、日本がもののふの国であることを伝えている。

月山
伝統
鍛錬
もののふ

ちはやぶる　三《み》輪《わ》山麓《さんろく》の　ひとところ
綾杉肌《あやすぎはだ》の　剣《けん》ぞ生まれし

月山鍛錬場は山の辺の道ぞいにある。月山の剣は先代からここで創られている。月山鍛錬場は、何度訪れても爽々《すがすが》しい息吹に包まれている。

月山
伝統
鍛錬
ちはやぶる＝神とそれに準ずるものにかかる枕詞

生《いのち》なる　気の凝《こ》り起《た》ちて　一振《ひとふ》りの
自《おのづ》からなる　剣《けん》ぞ生まるる

強く美しい剣は、独自の生命が宿って初めて生まれる。それは、鉄に打ち込まれた人間の意志の現われである。

月山貞利
剣の生

真金《まがね》散る　我が初打ちは　厳《おごそ》かに
道の匠《たくみ》に　召《め》され進まむ

月山貞利氏の先導で、私が注文した刀を制作する最初の打ち出しを経験させてもらった。自分が打ち出した刀を所有することは、何にも替え難い喜びである。

月山貞利
初打ち

足曳《あしびき》の　三輪のふもとの　ひとところ
玉の鋼《はがね》を　我れも鍛《う》ちたり

月山貞利氏の親切によって、私の注文した刀の鍛造《たんぞう》の初打ちをさせてもらった。飛び散る火花は、まさに鍛錬の名にふさわしい経験だった。

月山貞利
初打ち
足曳の＝山にかかる枕詞

月山鍛錬場行き帰り

聞きたれば　天皇陛下《すめらみこと》も　泊まりける
その宿構《やどかま》へ　厳《おごそ》かならむ

創業以来、初めての奈良行である。奈良ホテルに泊まる。昭和帝ゆかりの椅子に腰かけながら、翌日を夢見ていた。

我が見ゆる　奈良の青垣　たたなづき
昇る朝日は　空を飾らむ

奈良ホテル旧館は、私に思いもかけぬ幸福を与えてくれた。昭和帝ゆかりの品々を見ることが出来たのだ。そして歴史を照らすような朝日を拝むことが出来た。

白妙《しろたへ》の　雲たなびける　足曳《あしびき》の
山の彼方に　思ひこそ馳すれ

富士山を遠望したことにより、三島由紀夫氏との初めての出会いを思い出しているのだ。高原に馬を駆る三島氏の姿は、現代のもののふの姿だった。

奈良行
月山の鍛錬場へ

奈良行
月山の鍛錬場へ

月山行き
新幹線
三島由紀夫との思い出
白妙の＝雲にかかる枕詞
足曳の＝山にかかる枕詞

甲斐ケ峯《かひがね》を　眺め語れる　経《ふ》りし日の
　夢は雲居《くもゐ》に　乗りて渡らふ

新幹線から見える富士を眺めながら、昔を思い出していた。高校生の頃の、三島由紀夫氏との思い出である。八ヶ岳の高原の楽しい思い出が、月山を目指す目に浮かんだのである。

御剣《みつるぎ》を　抱《いだ》きて去らむ　神奈備《かむなび》の
　三諸《みもろ》の山に　月かたぶきぬ

月山鍛錬場は大神《おおみわ》神社境内にあった。臥待月《ふしまちづき》が三輪山にかかっていたのだ。私の月山刀は、臥待月に愛でられていた。

かけまくも　あやに畏《かし》こき　臥待《ふしまち》の
　月の光ぞ　剣《けん》に沁み込め

臥待月の月光に、剣をかざした。その寒《すさ》まじさは、鬼王丸を思うものがあった。月の精と、この鋼《はがね》は共振していた。

月山行き
新幹線
三島由紀夫との思い出

月山貞利
注文の大刀を譲り受けた

神奈備の＝三諸にかかる枕詞

月山貞利
注文の大刀を受け取る

暮れ行《ゆ》ける　西の窓辺を　眺《なが》むれば
臥待月《ふしまちづき》の　渡れるを見ゆ

東京に帰る新幹線から見える臥待月が、ずっと私を見送ってくれた。この月山刀の魂は、きっと臥待月に違いない。

月山の帰り
新幹線

還《もど》れるを　いかで愛《め》づらむ　窓辺より
臥待月《ふしまちづき》よ　よしな隠れそ

帰りの新幹線は心がわくわくした。東京に帰れば、新しい自分に成っているという実感があった。私の刀は、臥待月の精が宿る刀と成ったのだ。

月山の帰り
刀を持って帰還

さみどりの　若葉うつして　静かなる
宮《みや》ゐ覆《おほ》ひて　白雲《はくうん》ぞ湧く

縁起の良い荘厳さというものを強く感じた。月山刀の御礼参りを、別の日に橿原《かしはら》神宮でも行なったのだ。

橿原神宮
内殿における月
山刀祈祷の日
別の日に

我が居合道

月清く　わが息白く　凍りたる
青き直刃《すぐは》も　月にこそ哭《な》け

月山の直刃は、清く悲しい。それは月を恋する鉄のようだ。月山は、己れの邪《よこしま》を斬るための剣なのだ。

月山貞利
日本刀
居合道

月山《がっさん》の　鍛へし鉄を　腰に佩《は》き
鯉口《こひぐち》切れば　いのち燃え立つ

日本刀による空《くう》の斬撃ほど、血の騒ぐものもない。それは魂の垂直を願う、人間の祈りに違いない。

月山貞利
日本刀
居合道

凍りたる　鋼《はがね》ぞ知れる　わが生《いのち》
青き直刃《すぐは》を　見つつ思ふは

月山の直刃は、私の生を知るに違いない。その直刃には八百年の涙が凝縮しているのだ。

月山貞利
日本刀
居合道

わが見つる　この生太刀《いくたち》は　古《いにし》への
国を拓《ひら》ける　涙伝へゆ

私の月山に、大国主命《おおくにぬしのみこと》の生太刀《いくたち》を感ずるのは不遜とも言えよう。しかし……。月山の鍛錬場が三輪山麓にあるのは偶然ではないだろう。

月山貞利
日本刀
居合道

夜深く　綾杉肌《あやすぎはだ》に　見られなば
かの生太刀《いくたち》ぞ　ここに降《ふ》り来る

月山の肌は綾杉である。その美しさに私の心は古代へ翔ぶのだ。居合をやるたびに、私は神話をこの身に実感するのである。

月山貞利
日本刀
居合道
＊綾杉肌：月山刀の肌に浮かぶ文様。

鞘走《さやばし》る　この太刀抜けば　響き合ふ
わが来《こ》し方《かた》よ　直刃《すぐは》を走れ

居合は自己の過去を乗せて、自己の未来を創造するためのものと言えよう。過去の邪《よこしま》を斬るとは、未来を創造する行為に他ならない。

月山貞利
日本刀
居合道

月山の剣と私

わが家《いへ》に　月山《がっさん》来たり　神代より
　伝ふる技の　月山来たり

我が家の宝刀として月山を得た喜びは深い。家伝の刀は、その家の魂とも成るのだ。月山の清浄を我が家は手に入れたのだ。

月山刀
初めてその剣を手に入れて帰った日に

新《あら》しく　生まれ出《い》づらむ　月読《つきよみ》の
　剣《つるぎ》を佩《は》きて　世にぞ臨まむ

新しい剣が出来た喜びは格別である。心に剣を備えることは、生きる喜びを倍増する。そして、この世の汚濁と戦う決意を新たにするのだ。

月山刀
大刀
注文の刀が出来上がった喜び

月山《がっさん》の　肌を見つれば　天《てん》に倚《よ》る
　寒《さむ》き剣《つるぎ》の　思ひこそ知れ

月山の肌は綾杉肌《あやすぎはだ》である。天の気が凝《こ》って生まれた肌と言える。天を目指す人間の意気が、我が人類を創り上げた。それを日常へ降ろすのだ。

月山刀
綾杉肌

天《てん》に座《ま》す　月読《つきよみ》だにも　鍛《う》たしける
青き直刃《すぐは》は　月を写さむ

月山刀の輝きは、青く冷たい。それは伝説の如く月読命《つきよみのみこと》の力をこの地上に降ろしたものと思われる。まさに「一剣天によって寒《すさま》じ」とは、この剣のことに違いない。

天降《あまくだ》る　命鎮《めいしづ》もれる　月山《がっさん》の
この一振りに　我れを委《ゆだ》ねむ

月山の刀は非日常的で崇高である。この刀にふさわしい人生を送りたい。剣を帯びる人生とは、自己の邪《よこしま》そして世の邪と戦う人生ということである。

天降《あまくだ》る　天忍日《あめのおしひの》　命《みこと》佩《は》く
剣《けん》のいのちを　今に現はせ

天孫降臨の先兵が天忍日命である。忠義の初心を思い起こすことに我が剣は使われるだろう。神話の心は、常に剣に宿っているのだ。

月山刀
大刀
月読命

月山刀
命
天降る＝神話的なものにかかる枕詞

月山刀
天忍日命
＊天忍日命：天孫降臨の先兵。大伴氏の祖先。

太刀《たち》抜けば　我が来《こ》し方《かた》ぞ　思はれむ
涙したたり　何か寂《さぶ》しも

月山の青き直刃《すぐは》には、おのれを戒める力がある。わが生《せい》ぞ、あゝ。自己の運命を乗り越えて、新しい運命を創造しなければならない。

月《つき》読《よ》みの　昔語りを　伝へたる
綾杉肌《あやすぎはだ》を　見つつ思ふは

月山の肌は、私の魂を古代へと導いてくれる。それは神話を現代に降《ふ》らしめることである。月山は神話を甦らせる力がある。

鞘走《さやばし》る　月山貞利《がっさんさだとし》　灯《ひ》に映《は》えて
我が顔《かんばせ》を　照らし貫《つらぬ》く

月山の反射に射《い》すくめられれば、我が悩みは吹き飛ぶのだ。

月山刀
運命

月山刀
神話
＊綾杉肌：月山刀の肌に浮かぶ文様。

月山刀
反射光
鞘走る＝剣にかかる枕詞

鞘走《さやばし》る　わが大刀《たち》見れば　夜ふかく
青き直刃《すぐは》に　涙こそ滲《にじ》め

直刃と私の涙は、一体と化していた。私は大刀であり、大刀はまた私だった。それによって、私はこの世にいながら、神話の世界へと飛翔するのだ。

大刀《たち》抜きて　我が来《こ》し方《かた》を　斬《き》り裂かむ
この生《いのち》だに　さらに惜しまず

私はいつでも、自分の生に不足を感じている。もっと高く悲しく清いもの、つまり崇高を目指さなければならないのだ。毎日、生を捨て続けなければならぬ。

天降《あまくだ》る　命《みこと》も佩《は》ける　剣《つるぎ》だに
魂《たま》ぞ生き継ぎ　ここに宿らむ

私の月山刀に、天忍日命《あめのおしひのみこと》から伝わる義の精神が宿ることを祈る。それを願い続けることが、剣の魂を育てていくのだ。

月山刀を眺むる
鞘走る＝大刀にかかる枕詞

月山刀を抜く

月山刀
天忍日命
＊命：天忍日命のこと。
天降る＝神話的なものにかかる枕詞

月山貞利を佩く

長歌

天《てん》に座《ま》す　月読《つきよみ》さびて　尊《みこと》持ち　臥待月《ふしまちづき》と　成り凝《こ》して　あやに
畏《かし》こき　さやけくも　あな叢雲《むらぐも》と　湧き出《い》づる　玉の鋼《はがね》の
しづく凝る　くろがね反《そ》りて　寒《すさ》まじき　剣《つるぎ》ぞ出《い》づる　涙すら
臥《ふ》して待ちたる　我が思ひ　焦《こ》がれ悶《もだ》ゆる　現《うつ》し世を　この一振《ひとふ》りに
群肝《むらぎも》の　心の底ゆ　捨て果てて　恋し奉《まつ》らむ　死に果てて　願ひ奉らむ
ゆゑにこそ　伏して額《ぬかづ》け　臥待の　魂《たま》とぞ名付け　佩《は》きゐたりける

月山には月読の魂が沁み込んでいるのだ。それが臥待月に愛でられた現象と私は考える。この剣に命をかけるいわれとも言えよう。その決意を思い出しながら詠んだのだ。

反歌

臥待《ふしまち》の　月も愛《め》づらむ　一振《ひとふ》りの
剣《けん》の涙ぞ　降《くだ》り凝《こ》るらむ

月山刀が出来た日、月山工房を去る私と刀を臥待月が見守ってくれた。そして、それは東京までついて来たのだ。

月読尊
月山刀の霊魂に捧げる長歌

群肝の＝心にかかる枕詞

わが剣には臥待月の魂が宿っている

臥待月の魂が宿る

反歌

短刀と守り刀

叢雲《むらくも》の　肌冴《さ》え渡り　我が腹に
刺《た》てるその日を　待ちにこそ待て

いつの日も、自分の始末は自分でつける気で私は生きたい。月山の短刀は、自己責任と自主独立の守り本尊と思っている。

月山貞利
短刀

月読《つきよみ》の　涙を承《う》けし　この直刃《すぐは》
月山貞利《がっさんさだとし》　我れを守らむ

備前長光《びぜんながみつ》は戦争で失われた。きっと父の身がわりになってくれたに違いない。私は月山刀を守り刀としている。この刀が、私の使命を守り続けてくれるに違いない。

月山貞利
守り刀

貞利《さだとし》の　鍛《きた》へ抜《ぬ》きたる　この鋼《はがね》
我れが命を　天《てん》に運《はこ》ばむ

月山貞利は、私が死ぬまで共に生きる守り刀である。この刀の存在は、私の生命燃焼を支えてくれる。

月山貞利
守り刀

短刀（鳥坂神社にて祈禱）

長歌

天降《あも》りせし　日向《ひむか》を経《た》ちて　幾代経《いくよふ》る　我がもののふの　霊《たま》を立て
血潮鎮《しづ》みて　玉極《たまきは》る　命《いのち》を継ぎて　いやさかに　すめらの辺《べ》にぞ
死に継げる　赤き心を　天足《あまた》らす　皇祖《すめらみこと》も　聞こし食《め》し　降《くだ》し賜《たま》はる
祝《いはひ》とて　鳥見《とみ》の館に　樛《つが》の木の　いやつぎつぎと　生き続け　また死に続く
もののふの　八十《やそ》の御霊《みたま》も　鎮まれど　血ぞ逆巻きて　地の底ゆ
歎《なげ》き参《まゐ》らす　その霊《たま》に　わが血わが魂《たま》　捧げむと　ただそのゆゑに
甦へる　鳥見《とみ》の御霊《みたま》と　我れ呼べば　玉の鋼《はがね》に　叢雲《むらくも》の　御標《みしるし》映えて
にはたづみ　流るる涙　魂《たま》に承《う》け　哭《な》きていさちる　我れをこそ生《う》め

反歌三首

裂かれたる　氷《こほり》の如き　軋《きし》めきを
吐いて今宵《こよひ》は　泣きゐつるかも

わが祈りによって、鳥坂神社の中に月山の短刀が突き立てられた幻影を私は確かに見たのだ。私の短刀とすべて同じ短刀が、本殿の奥深くにはっきりと立ち上がったのだ。

長歌
月山の短刀が出来上がった喜びを、道臣命を祀る鳥坂神社に報告したのである
玉極る＝命にかかる枕詞
＊いやさか：より一層、栄える。
天足らす＝皇祖にかかる枕詞
樛の木の＝つぎつぎにかかる枕詞
にはたづみ＝流れにかかる枕詞

月山貞利
短刀
反歌一
肌はあくまでも混沌の美を湛え、私は道臣命の涙を感じたのだ

月山貞利
短刀
反歌二

地の底ゆ　生まれ出づらむ　くろがねの
肌に涙の　浸《し》み痕《あと》を見ゆ

祈祷の後、月山の短刀には古代の涙のような痕が見出されたのである。それは、まるで地底のマグマのような感じがあった。

月山貞利
刀の霊魂
反歌三

地の底ゆ　滾《たぎ》りて叫《おら》ぶ　赤き血を
鋼《はがね》に溶《と》かし　我れに届けよ

鋼に溶けるこの霊魂を、私は大切にしたいと思っている。これこそが、私の生き方をさらに創り上げるのだ。

第二十四章

養常

——六十一首

「養常《ようじょう》」は、私の造語である。読み下せば「常《つね》を養う」ということになる。本当の日常というものを突き詰めていくことによって、日常の中に崇高なる非日常を現出せしめることを言う。人生とは、何か特別のことをするためにあるのではない。人生は、自己に与えられた運命を生き切るためにのみ存在している。自己固有の運命を真正面から生きることが、すなわち自己の宇宙的使命を遂行することに等しいのだ。また、そうなるような人生でなければならないと、私は思っている。日常の中に非日常を突き立てる。それは、今言ったように誰でも自己の運命に体当たりをすることによって成し遂げられる。自己の人生に起こることは、すべて自己の運命である。それをすべて受け取るのだ。どんなに辛く苛酷なことでも、受け取る。敗れてもいい。斃《たお》れてもいい。逃げなければそれでいいのだ。そうすれば、自己の運命が増幅回転を始める。その回転の中に、非日常が立ち上がって来る。労苦と涙の中から、高貴な非日常が立ち上がって来る。日常の中に、美しさが立ち昇って来る。それを抱き締め、愛すること。そのような生き方を「常を養う」と言う。私はこの思想だけによって、自己の哲学と思想、そして人生活動のすべてを創り上げて来たのである。私は私の運命を生き切りたいだけなのだ。この「生き切る」という覚悟が、養常の思想を創り出した。自己の運命に潜む崇高に気付くために、人は自己の運命に体当たりしなければならぬ。

玉鉾の道

長歌

玉鉾《たまほこ》の　道ふみ行《ゆ》けば　起《た》つ風の　常なることを　覚ゆるに　常を友とし
常に生き　常に哭《な》きつつ　魂極《たまきは》る　命の夢の　あはれさへ　知りて知られて
行《ゆ》きて艶《たふ》れむ

運命の出来事を受けとることが、日常という意味なのだ。体当たりが、非日常の日常化を生む。

反歌二首

あはれすら　友とし切に　願ふれば
仄《ほの》かに揺《ゆ》らぐ　灯《ともしび》を見ゆ

辛いことを味わうことによって、非日常の日常化が徐々に進展する。

起《た》つ風を　魂《たま》ぞ極《きは》まる　命以《も》て
抱《だ》きて砕《くだ》きて　生きて死につつ

人生に起こることを、すべて抱き締め味わう。それによって、自己の生命が立ち上がって来るのだ。

養常を歌う
長歌
＊養常：常を養う。非日常を日常化する。そうなるまで非日常を鍛錬する。
玉鉾の＝道にかかる枕詞
魂極る＝命にかかる枕詞

反歌一

反歌二
四六三頁にも同和歌を入れているが、もともと反歌として作歌された

超常体験

篤《あつ》かりき　病にゐ寝《ね》し　うつつにも
　川面《かはも》現《あら》はれ　我《わ》こそ渡らね

病篤く、体温十九度の仮死となった。三途《さんず》の川の手前まで行き、母を悲しませたくない一心で戻ることが出来た。

仮死体験
養常初心、十九歳のとき

断ち切りて　断ち切れざるを　断ち切りて
　この現世《うつそみ》を　生き抜き来《こ》せり

断念の集積が私の人生を創ったように思う。つまり、断念が私の人生の中心軸に据わり、人生そのものを創ったのである。

我が命、七十歳
古希
養常の見方

養へる　常を刻める　我が生《いのち》
　涙の痕《あと》ぞ　ただに在るらむ

常を養うとは、日常の非日常化である。それは運命への体当たりによって育まれる。すべての出来事を味わい、涙そのものを自己自身に仕立て上げていく。

養常
涙

慨《うれ》たかる　世こそ生《いのち》を　育《はぐ》くみて
常を養ふ　我れを養へ
私の存在は常を養う思想の生きた証《あかし》である。辛く嫌なことが、私自身を立ち上げてくれたのだ。

*慨たし：恨みにくむ。嘆かわしく思う形容詞。

雲

ま青なる　み空を遠く　流れ行《ゆ》く
白き雲こそ　我れを知るらめ
雲の心を自己の中に移すのである。それが日常の非日常化だ。また、非日常の日常化である。我々は、一心同体なのだ。

養常
雲

果ても無き　み空を渡る　ひとひらの
雲の悲しく　行《ゆ》ける心は
雲の中に自己の心を移入する。それが日常の非日常化だ。雲にも心がある。それを感じようとするのだ。

養常
雲

ま青なる　空澄み渡り　ひとひらの
雲流るるは　寂《さぶ》しかるらむ

自由なる雲の中に、自己の生命に宿る悲哀を移し替える。そのときに感ずる寂しさが、日常の非日常化である。雲のもつ悲しさ、そして寂しさを自己のものと化するのだ。

養常
雲

たゆたふと　青きみ空に　溶けもせで
流れ行《ゆ》きける　雲ぞ愛《かな》しき

雲の中に、生命的自由を感ずる。それが日常の非日常化である。そして、自己の人生と雲の実在を同一視して味わい尽くすのだ。

養常
秋空
雲

養常思想

すでにして　経《へ》だち離《さか》れる　常の日を
繋《つな》ぎ留めむ　瞼《まぶた》とぢつつ

私は常の日を養って来た。常の日々だけが思い出となっている。日常を非日常化して深い思い出と成すのだ。日常を尊いものにするのだ。

養常思想
思い出の養常化

いきどほり　腸《わた》も脈打つ　寂《さぶ》しさに
灯《ほ》かげとどける　一輪の花

非日常の中に日常が生きる。精神と物質の常温核融合の時間を創り出すのだ。悲しみや寂しさの中に、愛すべきものが必ずある。それを味わう。

養常思想

かくばかり　すべ無きことと　知りつつも
我が血に宿る　魂《たま》ぞ宣《うべ》なふ

この世がどのようなものであれ、私は自分の血に潜む魂の命ずることを、我が日常と考えている。それがいかなる事であっても、必ず日常化するのだ。

養常思想

この生《いのち》　悲しかるらむ　玉鉾《たまほこ》の
道なき道に　涙こそ垂《た》らせ

前人未踏の道を歩みたい。それが私の日常である。非日常を日常と化するのだ。それは、勇気によって成し遂げられる。

養常思想

玉鉾の＝道にかかる枕詞

養《やしな》へる　常《つね》を刻める　我がいのち
涙の痕《あと》ぞ　ただに見るらむ

常を養うのは勇気のいることなのだ。自己を信じる力がなければならない。自己の日常を立てるとは、一つの修行である。

養常思想

うつそみの　世を常《つね》なきと　知りつつも
常を養《やしな》ふ　道を哭《な》き行け

現世は、日常を卑小なものとしてしまっている。その中にあって、日常の非日常化を断じて行なう。また、非日常の日常化を行なうのだ。それが武士道とも言えよう。

養常思想

生活の養常化

刻《きざ》まるる　いのち見つれば　去りし日の
涙痕《るいこん》われを　慕ひ見つらむ

非日常の日常化、またその反対も養常である。常の日が「火を噴《ふ》く今」と成ること。自己の流した涙の中に、自己の原存在があるのだ。

思い出に見る養常思想

まぼろしの　命を生きて　五十年《いそとせ》を
今ぞ見すれば　父母《ふぼ》の常なる

父母がいることが、常の日を創った。時は悠々と流れ、日々は同じだった。その中に変え難い時間を私はすごしていたのだ。そのすべてが、私にとっての非日常とも成っていたのだ。

養常
思い出をかみしめる

養《やしな》へる　常《つね》を生きけむ　ますらをは
常なき世にぞ　道を敷きける

本当の日常生活とは、日常の中に非日常を現出することである。日常の中に魂の革命がなければならぬ。自分の生が、この世の革命と成らなければならぬ。

養常
生き方

養《やしな》はむ　常《つね》の道こそ　現世《うつそみ》の
おのが涙を　夢と育《はぐ》くめ

日常の中に、非日常を現出させるのである。魂で生きるとはその謂《い》いなのだ。自己の本当の涙は、日常の中に非日常を立てることによって生ずる。

養常
生き方

秋風に　さらされゐたり　現《うつ》し世《よ》の
思ひをなべて　風に聴くべし

風の音に人間の生《いのち》を感じなければならぬ。風の中には、魂が居るのだ。風の中に、自己の生存の息吹を見つめる。

養常
秋の庭

影を踏む　月読《つきよみ》われは　神《かむ》すさび
ただうち嘆き　嘆き渡らむ

自分が月のもつ悲しみと合一する。その生命の噴流をもって、神代《かみよ》の理想を生きようとするのだ。月を本当に見れば、日常の中に非日常は屹立《きつりつ》することが出来る。

養常
月との合体

神すさぶ　涙の跡を　曳《ひ》きずりて
天《あま》つ悲しび　いま渡り行《ゆ》く

月光の中には、人間の歴史の悲しみが沁み込んでいる。それを感ずることが養常である。月を見れば、人類の抱えて来た悲しみが分かってくる。

養常
月光

養常と無常

生まれ来て　死に行《ゆ》き果てる　現《うつ》し身に
背負へる夢ぞ　常に悲しき

滅び去る肉体の中に、我々はあふれるほどの夢を持っている。人生の無常と言えよう。その無常を、育てるのである。

養常と自然

青草の　萌《も》えて出《い》でぬる　水の辺《べ》に
鷺《さぎ》のささ鳴く　世こそひき継《つ》げ

我々の文明は、常なるものを破壊してしまった。人間らしさは今の世では、何の価値もない。我々の人生は、永遠とたわむれてこその人生である。

養常
吉野の桜

春風《はるかぜ》に　吹き誘《さそ》はれし　山桜
散りてぞ人に　惜《を》しまるるかな

桜の散る中に、日本人としての死生観を見る。桜が、日本に武士道を生んだ。散ることによって、桜は人間に夢を与えて来たのだ。

天仰《てんあふ》ぎ　地団駄《ぢだんだ》踏みて　吼《ほ》え叫《おら》ぶ
我が命《めい》いまだ　毫《がう》も為《な》し得ず

若き日の志を、何も成し得ていない。私の古希はその憤りだけで過ぎ去った。何という非力、何という無力、何という人生か。

古希の日
七十歳

生《う》まれ来《こ》し　現世《うつしよ》深く　生《い》き来《こ》して
残りしものは　ただに誠《まこと》ぞ

人生の本当のものは、我々の心の深くに存する誠だけである。この日、尽々とそれを認識した。人生とは、誠のほかには何も無いのかもしれない。

古希の日
七十歳

養常と読書

書《ふみ》読めば　奥より出《い》でて　漂《ただよ》へる
幽《かそ》けきものに　我は涙す

読書は、文の裏に隠れる著者の生身に触れなければならない。著者の魂と自己の魂の交感に、その価値がある。

養常と読書

独《ひと》り居《ゐ》て　古《いにし》へ人《びと》の　書読《ふみ》めば
伝はり響く　涙聴《き》こゆる

読書とは、著者と人生の辛苦を共にすることである。特に、著者が流した涙を見つめるのだ。

君ゆゑの　君のひとり子　君死ぬる
運命《さだめ》の日まで　我れはひとり子

私には、幻影の人がいる。それは、父母と変わらぬ「何ものか」である。その人との対面が私の人生を創って来た。自己の中に棲む、自己以外の人格を養い育てなければならぬ。

湧《わ》き出《い》づる　おのが誇りを　思へれば
その源《みなもと》ぞ　古《いにし》へに在る

私のすべては古の魂にその淵源がある。だから私は未来を志向できるのだと思っている。人間の未来とは、人類誕生の初心の中に秘められているのだ。

養常と読書

養常と読書
わが幻影の人
＊わが幻影の人：西脇順三郎の詩にいう自分の内側に潜むもう一人の人間のこと。

養常と読書
我が誇りの源泉

ものみなを　知り尽くさむと　生き来《こ》して
誠《まこと》のほかに　残るもの無し

実に人生は、おのれの誠だけである。その他は、どうでもいいことだ。誠を育むことこそが、常を養うということなのだ。

七十二歳の感慨

養常と読経

君知るや　我れに過ぎたる　妻として
花一輪を　受けて下され

私の誠を表わすことの出来るものはない。だからこそ、日々の供え物を受けてほしいのだ。一輪の花を絶やさぬことに、私は自分の誠を日々確認している。

日々の読経

灯《ほ》かげとて　人の情《なさけ》を　届ければ
浮かびて揺らぐ　まぼろしのゑみ

魂を込めれば、この世はあの世と交わることが出来る。私の目には、仏壇の奥にある君のほほえみが見えるのだ。

日々の読経

忘れえぬ　灯《ほ》かげに浮かぶ　面影を
見つめる先に　君は居《ゐ》るらむ

ろうそくに照らされた仏壇の奥に、君はいつでもいる。私を待ちながらいてくれる。その君の笑顔は、二十七歳のままだ。つまり永遠が、そこにあるのだ。

日々の読経

養常の思い出

服着れば　こころ踊《をど》らむ　エイドリアン
コンスタンツォの　断《た》ちし生地《きぢ》かな

私の背広はブリオーニである。エイドリアンは東京に出張して、私の採寸に始まり、イタリアに戻って私の服を仕立てている。服に恥じぬ日常を送らなければならない。

養常
私の背広
裁断したのはエイドリアン・コンスタンツォ（チーフ・カッター）

道の辺《べ》に　生くる草とて　その生《いのち》
あはれ在《あ》るべし　この世生《い》くれば

すべてのものに、生《いのち》を見なければならない。それが生きるということなのではないか。日常の非日常化とは、このような謂《い》いである。

草木の生を思う

生《せい》と死の　両《ふた》つながらに　天地《あめつち》の
しづくと成《な》れる　いのち成るらむ

生も死も、同じ生《いのち》の両面である。その二つを精一杯に働かせたい。精一杯に交錯させる中に、養常がある。

養常
わが人生観

元帥《げんすい》と　治兵衛《ちへえ》の夢を　伝へたる
椿山荘《ちんざんさう》に　螢こそ舞へ

目白・椿山荘は元勲・山縣有朋と庭師・小川治兵衛の友情の作庭である。そこの名物である螢に私は二人の生の幻を見ている。二人の魂の交感が、私の魂に響くのである。

養常
椿山荘
＊山縣有朋：一八三八－一九二二。政治家、陸軍大将。

起こり為《な》す　日々の不思議の　積み上がる
我が現世《うつそみ》ぞ　進み来《こ》しけむ

毎日が、不思議の連続だった。運命の積み上がりの楽しさは言葉では表わせない。日常の非日常化は、すべてが思い出となる人生を与えてくれる。

常を養う
我が日常の人生

養常
私の顔

おもなりに　深く刻める　わが祖《おや》の
願ひを思ひ　鏡こそ睨《にら》め

人間の顔とは、家系の歴史である。顔の淵源にさかのぼり、その思いを実現せよ。自己の顔に刻まれた、祖先の思いに心を馳せるのである。

養常
花

花咲きて　その花垣《はながき》も　たたなづき
われひとり立つ　生《いのち》し美《うる》はし

花は自己の命を感じさせてくれる。それははかなさの現象学である。また愛と友情の生化学でもあるのだ。

創業期
出社前

堂々と　晴れ渡りたる　大空に
柔《やは》らかき雲　雄々しく行《ゆ》ける

わが事業の行く末を思い、大いなる勇気を得た。忘れることが出来ない雲の生命だった。この雲が、私の心に刻み付けられれば、私の養常がまた一つ始まるのだ。

同胞《はらから》と　共に生き来《こ》す　嬉《うれ》しさが
この生業《なりはひ》の　生《いのち》なるらむ

私の事業の最大の眼目は、共感する人々と共に生きる喜びである。それを断じてやり遂げる中に、養常の思想は確立して行くだろう。

養常
わが事業

今更に　この敷島に　生《あ》れ来《こ》せる
謂《い》はれを思ふ　花の降る道

この桜並木が、毎年のように私に日本の魂を問いかけて来るのだ。桜の降る道は、私にとって常を養う道ともなっている。

養常
柿ノ木坂桜並木
＊敷島：日本のこと。

ひたぶるに　ただ一筋《ひとすぢ》の　道に生き
親を泣かせし　身こそ老いぬれ

私の老いの過程は、親を泣かせる人生だった。そのような人間でも何ものかは必ず貫くのだ。常を養うとは、また涙の道でもあるのだろう。

養常
事業の感慨

茜雲《あかね》　空わたり行《ゆ》け　厳《おごそ》かに
おのれの夢を　運びゐにけり

堂々とした雲は、自分の意志を持っているように見える。その意志は、きっと壮大で美しいに違いない。

柿ノ木坂
早朝

奈良行

三十年《みそとせ》か　わが来たれるは　青丹《あをに》よし
奈良の都ぞ　雨に煙《けぶ》れる

三十年ぶりの奈良は雨だった。この懐かしさは、いにしえとの交感だろう。

奈良行
五十二歳
三十年ぶり
月山に行く
奈良ホテル

青丹よし＝奈良
にかかる枕詞

茜《あかね》さす　朝を迎へる　窓辺より
望む山並　朝もやに浮く

奈良の朝は、たおやかでやわらかかった。まさに日本の姿だろう。靫彦の絵に見た三笠山が、遠く霞んでうるわし立っていた。

奈良ホテル旧館
三十年ぶり

茜さす＝朝の日
差しにかかる枕
詞

養常と精神

夕されば　しみらに青き　庭の辺《べ》に
　さゆりて咲ける　りんだうを見し

月光に浮かぶりんどうを見た。そこには非日常の不滅が漂っていたのだ。亡き妻は、りんどうが好きだった。妻は今も私の側に生きているのだ。

養常
五十五歳
亡き妻の好きだった花

君去りて　また還《かへ》らずも　あの植ゑし
　白き卯《う》の花　咲きてほほゑむ

亡き妻と共に植えた卯の花が咲いた。妻のいのちの永遠を思った。一つの花に、生の美しさと尊さが思われるのだ。

養常
ある日の庭

朝の日を　背向《そが》ひに受けて　我れ行《ゆ》けば
　青葉のきはみ　風吹き抜ける

自分の体を風が吹き抜けていく。そのような歩き方をしたいものだと思っていた。それが出来るように成った頃、非日常の日常化を私は知ったように思う。

養常
歩行

身はたとへ　何処《いづく》の地にか　死せむとも
げに懐《なつか》しき　地にぞ在るらむ

いかなる事も、自分の運命として受け止める。そして、それらをすべて愛する心を養わなければならぬ。自分の死所は、生地と同じく、自己の運命の要諦である。

養常
死所

玉炫《かぎ》る　夕日のいろの　沁みわたる
この荒海は　遠く昏《く》れ行《ゆ》け

落日を抱き締めなければならぬ。それが本当の生《いのち》を生むからだ。自分が死のうとした場所を訪れることは、新しい生にとって最も大切なこととなるのだ。

城ケ島荒磯
五十五歳
二十代の思い出
玉炫る＝夕日に
かかる枕詞

花影に　妻にしありき　人を見て
経《へ》りぬるときの　日々ぞさび立つ

花の下に、妻と後姿の似た人を見たとき、この三十年の歳月が非日常として甦って来た。妻の死は、日々新たに甦るのである。

養常
亡き妻

むらさきの　葵《あふひ》咲きたり　夕風に
吹かれて揺《ゆ》れる　葵咲きたり

葵の花が庭に咲いた。この花が咲けば、私は徳川三百年の文化が甦り、魂の合一を果たすのである。葵の花は、私の中に歴史の涙を喚起させるのだ。

ひたぶるに　この生業《なりはひ》に　生きつれば
我が歌声も　神《かむ》さび立ちぬ

仕事に打ち込むこと。これ以上に生《いのち》を燃焼させるものはない。仕事に命をかければ、その中で自己の生は完成されて行くだろう。

愛《かな》しかる　我がなりはひを　言ひつれば
おのが生《いのち》の　涙なるらむ

私の事業は、私の生き方によって支えられている「何ものか」である。私の生の経験が、世と人のために何ごとかを為そうとしているのだ。

養常
庭の花

養常的見方
仕事観

養常
我が事業

花見れば　雲居《くもゐ》の桜　偲《しぬ》ばるる
柿ノ木坂の　花の降る道

花の季節はいつでも、南朝の悲史に心が行く。桜によって、日本人は忠義と孝行という非日常を、日常化して来たのである。

養常
桜

＊雲居の桜…後醍醐帝の悲歌。京都御所の桜。

第二十五章

生死

——六十三首

生きることは、死ぬことである。そしてまた、死ぬことこそが生きることに繋がっているのだ。私はずっとそう思って生きて来た。死を学ぶことが、私にとっては生きるということに他ならない。私は死ぬために生き、そして自己の生命の不滅性に向かい続けて来た。自己の生存が永遠と邂逅《かいこう》することだけが、人生の最大の目的と言っても過言ではない。私にとって、死とは永遠を意味しているのだ。永遠との合一が、我々の生命に与えられた最高の憧れなのだと私は信じている。だから、私にとって死は日常となっている。死が日常の生活になって、初めて我々は死者と対面できるのだ。死が日常になれば、死者と共に生きることが出来る。死者と共に生きることは、この世に生を享《う》けたことへの誇りを生み出すとも言えよう。自己の生命が、人類の生命体と結び付いている喜びは大きい。この喜びは、未来の人間の生命を真に創造する力と成れるに違いない。自己の生命の中に過去の生命を抱き締め、また未来の生命の胎動を感じながら生きるのである。生も一時《いちじ》の位《くらい》、死もまた一時の位ということだろう。それこそが、生死一如ということに他ならない。生は死であり、死もまた生である。我が人生は過去にもあり、また未来にもある。この世の生は、あらゆる時間を貫徹しているのだ。それを本当に摑み切れるまで、私の生と死は躍動し続けるだろう。

我が辞世

現《うつ》し世《よ》の　毒を喰《く》らひし　この身とて
花一輪《いちりん》を　我れに手向《たむ》けよ

親しい者への、私の希望である。死後は質素に、静かにすることだけが願いなのだ。激しく生き、静かに死ぬ。花一輪とともに、私のことはすべて忘れてほしい。

我れを承《う》け　連《つら》なる者は　日《ひ》の本《もと》の
涙の道に　従ひまゐれ

涙の道とは、真心の道である。誠である。自分の人生を、尊敬する先人の生き方に捧げるのだ。それを実行することが、最大の武士道となる。

私の死生観

永《なが》らへば　嬉しからまし　なほ死なば
また術《すべ》も無し　任《ま》けのまにまに

これが道臣命《みちのおみのみこと》の生き方と推察する。私もそれを継承したい。命は長くても、短くても、どちらでも良いのだ。同じ尊さである。

辞世
私の死後の扱い方

私の死とは
私は死後も、矛盾の中を生き続けたい

私の生き方
*任け：国のための仕事。

我が死をば　愛する人も　友垣《ともがき》も
また祖《おや》たちも　待ちて待たれよ

私の死は、魂の友や祖先との再会なのだ。楽しみである。

私の死とは

天寒《てんさむ》く　祈れる我れの　息白し
真空《しんくう》の空《そら》を　月と歩まむ

絶対負の生き方である。魂の崇高に向かって、我が人生は命がけの生となろう。私は真空の中を、まっしぐらに生きたいのだ。私を見詰めるものは、ただ月だけとなるだろう。

我が生き方
三十三歳

あかつきに　残れる星の　如くして
我が現《うつ》し身《み》ぞ　かくや在るべき

残れる星の輝きの荘厳。自己の滅却の上に立って、初めて私の存在は意味を持って来るのだろう。そうならねばならぬ。

私の生き方
理想
非無点（無点に
非ず）

私の生き方

花なれば　桜吹雪《ふぶき》も　さび果てて
散りぬる裡《うち》を　我れは生くらむ

花であったればこそ、その散る姿の中に美があり、人間の生《いのち》の根源があるのだ。桜花のように生きることが、我が家の生き方だった。

我が死生観
＊敷島：日本のこと。

願はくは　花ぞ咲きたる　敷島に
我れを生《う》ましめ　よしや夢とも

私は何度でも、必ず日本に生まれ変わる。それが夢でも、私はその夢を信ずる。私の価値は、我が家に連なったことと、我が祖国に生を享《う》けたことだけである。

我が死生観

とこしへに　この日《ひ》の本《もと》に　生きつらむ
生まれ生まれて　死にて死ぬるも

私は永遠に日本人でありたい。何度でも、この国の執行家に生まれ、そして死にたい。どこまでも永遠に、私はそうありたい。

腸《はらわた》に　閉ぢ込められし　始源なる
人間《ひと》の涙を　見つめ生き来《こ》す

生命の深くに宿る悲哀こそ、人間の生きる証《あかし》をつくっている。私は人類の初心を見詰め続けたい。その崇高を仰ぎ見ることに、人生のすべてを捧げたいのだ。

私の生き方
人生観

わが友と　成りて果てつる　病痕の
この現《うつ》し身《み》の　痛みこそ居《を》れ

数多い私の病気は、限り無い痛みを刻み付けた。私はそれらと死ぬまで付き合うつもりである。病痕はすでに、私自身と言っても過言ではない。

私の生き方
病痕

骨髄《こつずい》の　深くに沈み　疼《うづ》きたる
鬼火《おにび》の如き　熱ぞ誰《た》れなる

我がうちに在る幻影の人を大切にしたい。それは私の意志を支えている。この病痕こそが、いまや私の意志そのものと化しているのである。

私の生き方
幻影の人

ますらをの　道行《ゆ》く者の　運命《さだめ》こそ
生まれ生まれて　死にて死にけめ

日々に生まれ、日々に死する。それがますらをの道と信ずる。今に全身全霊を傾けなければならぬ。全生命をここに捨てなければならぬ。

ますらをの道
三十代
真の日本男子の
生き方を求めて

悲しきに　然《しか》とぞ申《まを》す　ますらをの
道は遙《はろ》かぞ　永久《とは》に続かふ

すべての悲哀を呑み込み、生命の燃焼に突き進むのみである。真の生命燃焼とは、死ぬために生きることに尽きるだろう。

私の生き方
人生観

日《ひ》の本《もと》の　あるべきやうに　焦《こ》がれつつ
望《みさ》ける果てに　花の降る見ゆ

遠い憧れを追い求める人生には、花の降る景色が見えるのである。それで十分だ。自己の生命が目指すものに、まっしぐらに突き進まなければならぬ。

私の生き方
人生観

堪《こら》へ来る　我がもののふの　血の疼《うづ》き
敷島深く　祈り歩まむ

私の中にある武士道の血が、日本の歴史を穿《うが》ち続けているのだ。祖国のためになることだけが、この血の疼きを癒すことが出来るのだろう。

私の生き方
＊敷島：日本のこと。

かにかくに　我が生き方を　御覧《ごらう》ぜよ
この生《いのち》とて　一矢《いつし》を報いむ

このような私だが、何か一つはやり遂げたいと思っている。我が祖先たちも期待して待ってほしい。私でも、日本のために何か出来ると信じているのだ。

私の生き方

御覧《ごらう》ぜし　この現《うつ》し身は　かくなれど
無きに等しき　我れも在るらむ

私の尊敬する古人に対して、私は自己の人生を恥じている。仰ぎ見る人々に比して、この私の何たる情けなさか。しかし、何とか期待には応えたいと思っているのだ。

私の生き方

我が父の　心に叶ふ　生き方を
など為《な》せざるや　天《てん》よ知らまし

私の生き方は、父の意に叶うことはついになかった。私はこの不肖を恥じている。しかし、どうしても父に喜んでもらうことは出来なかった。これは私の十字架である。

私の生き方

我が生《いのち》　捧げ奉《まつ》らむ　日の本の
経《ふ》りし涙に　従ひまゐる

神話と武士道の歴史そしてその涙に、私は自己の人生を捧げたい。私の生は、人類が人類と成った初心に殉じたいのだ。

私の生き方

叶ひたる　夢ひとつだに　無かりしも
夢に劣らぬ　命《めい》ぞ受けつる

私の夢はまだ何も叶っていない。しかし、夢に向かう私の生《いのち》は燃焼している。何も得るものは無かったが、自分の使命の本質を摑んだように思う。

私の生き方

よしやまた　望みの果つる　時来るも
我が道ひとつ　ただに続かふ

私は『葉隠』の精神に生きる。それは、人生に何が起ころうと変わらない。私が生きる道は一つであり、それはこの世の果てまで続いている。

私の生き方

刻まれし　闘ひ痕《あと》は　疼《うづ》くとも
癒《い》ゆる日あらむ　あらずともよし

病も傷も、またいかなる悲しみも癒されることはないだろう。よしんば癒されようが、そんなことはどうでもいいことなのだ。

私の生き方

しかあれど　已《や》むに已《や》まれぬ　道ゆゑに
涙拭《のご》ひて　進み行《ゆ》かばや

私は自分に与えられた運命を生き切る。それを止めるものは何もない。どのような道であれ、私は私に与えられたこの道をまっしぐらに進む。

私の生き方

風の音《と》に　遠《とほ》つ御祖《みおや》の　歎くらむ
来《こ》して悲しゑ　去りて寂《さぶ》しゑ

私は風の音に、祖先たちの去来を感じるのだ。それは生命の悲哀を私に教えてくれる。祖先たちが抱えた悲しみを、私は全身全霊で受け止めなければならぬ。

私の生き方
祖先

道の辺《べ》に　軈《たふ》れ連《つら》ぬる　我が祖《おや》の
悲しき御霊《みたま》　我れに来たれよ

無念を残し死んだ祖先たちの心を思う。その無念を私が晴らす気持ちで生きたい。祖先たちの悲しみこそが、私の生命の根源を立てるのである。

私の生き方
祖先

身はたとへ　ものの数にも　入らねど
心だにこそ　宿《やど》し死にけめ

肉体を精神の中に溶かし込まなければならぬ。武士道とは、肉体の精神化ではないか。私の人生がいかにつまらぬものであっても、心にだけは武士道を立て続けなければならぬ。

私の生き方

現《うつ》し世《よ》に　また逢《あ》ふべしや　君ゆゑに
生きて切なし　死にて切なし

人生とは、切なさとの対面と言っていい。私はその対面を歌人・三浦義一と共に歩んでいるのだ。私の人生は、義一の歌とかぶさるのだ。

私の生き方
これは三浦義一の歌の本歌取りである。
本歌：現し世にまた逢ふべしや うつし世に 生きて寂ぶしゑ 死にて寂ぶしゑ

変はらざる　誠《まこと》の道を　慕ふこそ
人の心の　誠たりけれ

誠の道とは、誠を絶対的に大切なものとする自己の心である。誠の中に、自己の人生を投げ捨てなければならぬ。

私の生き方

死生観のけじめ

脳髄を　巡る血潮は　煮え滾《たぎ》り
我がはらわたに　涙こそ沁《し》め

肚《はら》と脳の葛藤は、私の自己存在を揺るがし私を創り上げてくれたのだ。その闘いも、ついに還暦を迎え、私の肚が、脳を支配するときが来た。

私の生き方
六十歳
還暦

我れならむ　五臓六腑の　奥深く
虫ども棲《す》んで　我れを動かす

私は私の中に棲む、幻影の人と付き合って来た。人生の奥深さはすべて、そこから学んだのだ。その動きは、まるで虫が這うような感じである。

私の生き方
六十歳
還暦

我が生《せい》は　貫抜《つらぬ》き来《こ》せる　のみにして
しかも為《な》せるは　ただに虫ども

私の人生は体当たりだけに価値がある。しかし、それも私の中に棲む幻影の人（虫）がやっているのだ。私は私の中に棲む虫によって支えられて来たのだ。

私の生き方
六十歳
還暦

虫とても　いたはり来《く》れば　魂《たましひ》の
友とも成りて　我れと戯《たは》むる

自分の中に棲む、どうにもならぬ憤りとの付き合いも深まった。我が幻影の人は、いまや私と一心同体となった。

私の生き方
六十歳
還暦

老い行《ゆ》ける　我が骨肉《こつにく》も　最涯《さいは》てに
近づきたれば　夢ぞ咲くらむ

永遠に向かう夢を育《はぐく》みたい。人生と永遠との結合である。新しい夢が私の生命の中で燃えている。

我れは見ゆ　この世の涯《は》てに　行《い》き着きて
さらに見ゆるは　ただに涙ぞ

私は古希を迎え、我々の命を生み出した本源に触れたように思う。永遠を射程に入れたのだ。それは涙だった。

我が裡《うち》に　生きつる人と　共に立ち
共に歩《あゆ》みて　古希《こき》を越えつる

我が裡にいる、幻影の人と付き合いながら今日を迎えた。今は自分の人生ではないように思う。私は新しい生《せい》を生きるのだ。

私の生き方
七十歳
古希
骨肉＝自分自身

私の生き方
七十歳
古希
＊涙：生《いのち》の本源を支える悲哀。

私の生き方
七十歳
古希

慰《なぐさ》むる　言葉も出《い》でぬ　ことどもに
　出会ひ忍《しぬ》びて　涙絶ゆらむ

私は涙の絶えたところから、真の涙が始まり真の共感が生まれることを知った。どのくらい泣いただろう。自己の非力をあらためて感じている。

私の生き方
七十歳
古希

いたらざる　身にしあれども　我れをして
　道に死に逝《ゆ》く　日々を与へよ

私の人生は『葉隠』の貫徹のみである。その道を歩むための、日々の研鑽《けんさん》はあまりにも多い。卑しく小さい自分ではあるが、道の上に死ぬことだけは何が何でも達成したい。

私の生き方
七十歳
古希

古《いにし》への　死に逝《ゆ》く際《きは》の　習はしに
　悲しきまでの　涼しさを見ゆ

昔の人の死に際に、私は美しいものを感ずる。今のみじめな死に様とあまりにも違う。これを見ただけでも、昔が正しいのだ。

今昔の死に際の違い
七十歳
古希

那智の滝

那智滝《なちたき》の　たぎちり落つる　御柱《みはしら》に
征《ゆ》くとふ道を　我れは見ゆらむ

垂直に落下する滝の荘厳を見る。私の人生も、このように一直線に生きたいものだと感ずる。那智は、この世に現成《げんじょう》した神話である。

那智の滝
二十四歳

天仰《てんあふ》ぎ　地にひれ伏せる　若者の
行《ゆ》くとふ道を　知るは悲しも

那智の滝は、私に自己の進むべき道を示してくれた。神話を、今の世に実現するのである。その剣の如き意志を、自己の中に溶融しなければならぬ。

那智の滝
二十四歳

那智ならば　たぎちり落つる　激たんも
神ぞ召《め》さるる　群青《ぐんじやう》の色

那智の滝は神の現成《げんじょう》である。それはこの世とあの世を繋ぐ道を示している。滝壺の周囲には、群青色に輝く神の国が見える。

那智の滝
二十四歳

＊激たん：激しく水の落下する滝壺。

信長五首

滔々《たうたう》と　うねりし源氏の　世に在りて
ただ独《ひと》り立つ　平氏ぞ我れは

信長の偉大は、その孤独性に支えられていた。戦国とは、源氏の時代だった。それを平氏である自分が平定するのだ。信長の意気は冲天《ちゅうてん》を衝《つ》いている。

織田信長
平氏
＊織田信長：一五三四—一五八二。戦国・安土桃山時代の武将。

敦盛《あつもり》を　鬼とも成りて　成り果てて
舞《ま》ひける人と　語れ今宵《こよひ》は

敦盛を愛するゆえに、信長はまた私の永遠の友である。敦盛を舞うとき、私の生は信長と重なるのである。夜を徹して語り合おうではないか。

織田信長
敦盛

一指《ひとさし》の　舞《ま》ひに滴《したた》る　涙ゆゑ
滾《たぎ》る血潮は　常《つね》を養《やしな》ふ

敦盛の舞は、日常を非日常化する力があるのだ。つまり敦盛は真の生《せい》を生み出す。敦盛の悲劇を、鎮魂するのだ。

織田信長
敦盛
＊常を養う：日常の非日常化、また非日常の日常化。

織田信長
真の武士道

鬼と成り　生きつる人の　幻《まぼろし》を
共に見つれば　日々に悲しき

信長の夢は、真の涙である。私の心は信長と共振する。天下統一のために、投げ捨てられた人生を私は仰ぐのだ。

織田信長
永遠

滅亡《ほろぼ》さむ　炎中《ほなか》にゐだつ　もののふの
夢こそ燃ゆれ　是非に及ばず

「是非に及ばず」、そう言って信長は死んだ。真の夢に生きた証《あかし》である。そして夢は敦盛と化して、今に伝わるのだ。信長の最期は、永遠の武士道を生んだ。

老い

前文

人間の肉体は老化し、そして死滅するのである。その自覚が、人間に、魂の崇高へ向かう道を拓《ひら》いたのだ。永遠を求め、垂直の天を仰ぎ見る人間を創り上げたと言っていい。その魂が、我々人間の文明を創り上げて来た。文明の中で、我々は不滅性を求め嗚咽《おえつ》し呻吟《しんぎん》して来た。その苦悩を我々に与え続けたものこそが、有限の肉体に他ならない。老いの問題を考えるとき、我々は老いを老化とだけ考えることの間違いを知らなければならない。老いこそが、人間に崇高へ向かう道を根源的に与え続けた。私は老いこそが、その自覚こそが、人間の最も尊い心性を生み出していると信じている。だから、老いを忌《い》み嫌うことは、人間の最も尊い心性を嫌うことに繋がってしまうのだ。老いは、人間の真の成熟である。そして成熟とは、人間の魂が永遠と邂逅《かいこう》することと言っていいだろう。私は老いをそう考えている。老いの過程は、人間の美しい魂の進化なのである。

死に向かう人生

死に果つる　その日を待てる　この道は
　我れの行《ゆ》く道　君も行《ゆ》く道

日常の中に非日常を創るとは、死に向かうことによって初めて可能となる。人間の共存・共感は、共に死に向かって生きる認識において成立するのだ。

死に向かって生きる
養常

はらわたに　抗《あらが》ふ脳の　痛ましく
現世半《うつそみなか》ば　さらに痛まし

私の五十代は、肚《はら》と脳が拮抗する関係にあった。それは肉体の痛みとなって現成《げんじょう》したのだ。その均衡に成功したとき、本当の意味の老いが始まったのである。

私の日常
六十歳
還暦

現《うつ》し身を　焼き滅ぼさむ　我が生《いのち》
死ぬべき我れや　などて生きなむ

私の慟哭《どうこく》は自身を滅ぼすほどに深い。なぜ私は生き永らえているのか。私の生き方で、なぜ死んでいないのか。罪の意識が私の使命を支えている。

私の人生

刻まるる　生《いのち》はすでに　天地《あめつち》の
涙となりて　我れを生かしむ

人生とは、自己の生に何が刻み付けられたかによる。それが辛く苦しいほど価値があると私には思える。その涙の積み上げだけが、私の生を支えているのだ。

私の人生

老後の生き方

老い行《ゆ》ける　わが喜びと　悲しみを
道に佇《たたず》み　我《わ》こそ歌はめ

老いることの思想を確立したいと思っている。死に向かって、新しい画期的な思想を確立したい。

私の生き方
老後

わが愛《め》づる　この現《うつ》し身《み》は　老ゆれども
老いて生まるる　夢をこそ撫《な》づれ

私の体は年々老いて行く。しかし老いて初めて出会う楽しみもまた沢山あるのだ。そして、新しい永遠へ繋がる夢を育てていきたい。

私の生き方
老後

我が友と　共に老い行《ゆ》く　道の辺《べ》に
花ぞ咲くらむ　眺《なが》め行《い》かまし

友と歩む道には、花が咲いているのだ。楽しみながら行きたい。楽しい道とは、その名の如く、道を楽しく友と共に歩むことに尽きよう。

私の生き方
老後

老い行《ゆ》ける　道は独《ひと》りと　知りつつも
友輩《ともばら》の居《ゐ》て　行《ゆ》ける道かな

老いは、ただ独りで歩む道だ。その独りを貫くために、友がいるのだ。心から愛する友と歩もうと、その本源は独りだけの歩みなのだ。

私の生き方
老後

老後の決意

老ゆらくの　道を行《ゆ》くべき　明日よりは
雲居《くもゐ》に向かひ　昇りこそすれ

永遠に向かって歩みを進めることが、楽しみでしかたがない。死に向かう実感は、老いを実に楽しいものとしてくれる。

私の生き方
古希を前に

祖父の祖父　そのまた祖父を　念《おも》ひつつ
老い行《ゆ》く道を　独《ひと》り歩まむ

年を取ることの楽しさが、最近分かって来た。それは祖先に近づくことにある。祖先を思うとき、老化は楽しくなるのだ。そして、死を待つようになるのだろう。

私の生き方
古希

我が老いを　見つめ続ける　この道の
遥《はろ》けき先に　夢をこそ見れ

私の夢は、永遠と合一することである。その楽しみはたまらない。老いを噛み締めることは、真の幸福を受け取ることに等しい。

私の生き方
古希

老ゆらくの　道にしあれば　夢だにも
縁《えにし》の恩に　いかで報《むく》いむ

年を取るということは、恩に報いる道だと考えている。年を取るごとに、恩を受けた人々への恩返しを徹底していきたい。

私の生き方
古希

萎《しな》びたる　草といへども　朝露《あさつゆ》の
情《なさけ》受ければ　起《た》ちて生きなむ

肉体の老化は、また人の情を浮き彫りにする。人間は情によって生きているのだ。その実感こそが、老いの醍醐《だいご》味《み》である。

私の生き方
古希

若き日の　報《むく》いを受ける　老ゆらくの
楽しき日々ぞ　読みにこそ読め

若き日の志《こころざし》は、老年の楽しみとなる。特に読み返す文学の味は格別だ。私の志は、文学の中に存する。だから、その読書は死ぬほどの幸福なのだ。

私の生き方
古希

沈みつつ　いまはのきはの　力もて
日はその影を　長く伸ばせり

老いの力とは何か。私は落日に老いの本質を見ている。落日は、消える前に最も長い影を地上に残すのだ。

我が老い

我が命　その行《ゆ》く果てを　言ひつれば
翁《おきな》ぞめかす　老ゆらくの道

私の肉体は老いるだろう。しかし精神はダンディズムを保持したいと考えている。死に向かうとは、人間の根源に向かうということなのだ。私はこれから、自分の根源を立たしめるつもりだ。

我が老い

跋

この歌集は、未来への祈りである。私の人生の根源的実存を展《ひら》くことで、未来の人間精神に何ものかを加えられたら本望である。魂の根源そして最奥の本心だけが、未来の人間の魂の糧になると信じているのだ。私はそれを、禅の言う「本来の面目」だと考えている。本来の面目だけが、人類の遺産としてその痕跡を後世に残せると思う。だが、そう成るか成らぬかは、私の非才をもっては、全く想像がつかない。

私の出来ることは、私のもつ本来の面目と思うことを残すことだけだろう。本来の面目とは、つまりは生命の深奥とその生命以前の人間のもつ誠だけだと私は信ずる。その本来の面目を一つの歌集として、今、世に問いたいと思ったのだ。私の人生と生命を支えているものが、私の本来の面目である。それだけが、私は日本の歌の本当の命だと思っている。

禅の公案に、「父母未生以前の本来の面目如何」というものがある。六祖慧能の発した問いと言われているが、私はこの公案と五十年以上向き合って来た。その結果が、この「歌集」だと思っていただければ最も分かり易い言い方となるだろう。この『歌集 未生』とは、この禅の問答から得た題名なのだ。私の生命が存在する、その以前から私に課せられた「使命」というものを私は考え続けて生きて来た。その使命の中に、私の本来の面目があると考えているからである。

自分自身のことを考えても、自分のことは分からない。それが私の実感なのだ。未生の自己に向き合って、初めて自分の命の淵源に触れることが出来るように思う。私は作歌の行《ぎょう》を通じて、何かその深くにある命の誠に触れたように思っている。その少しの誇りが、この歌集を出版する勇気を与えてくれたに違いない。歌は過去の自分であり、また未来の自分でもある。その思いの中に生きながら、彼方から聞こえて来る声にだけ耳を傾けて私は歌を詠み続けて来たのだ。

私の人生のすべてを示す歌集に、「未生」という禅的で崇高な題をつける確信をもつことが出来たのは、そのような理由による。「父母未生以前の我《われ》」という思想こそが、この歌集の魂を支えている真実の言葉と成っている。それを考え続けて生きて来た、私の苦悩と呻吟そして慟哭を存分に味わってほしい。そう願って、私は本歌集を世に問うたのだ。そして自分の心に、一つのけじめを付けたいと思っている。

最後となるが、本書の出版を応援し続けてくれた株式会社講談社エディトリアル代表取締役社長・堺公江氏と、見事な編集をして下さった吉村弘幸氏にここで御礼を申し上げておきたい。また、本書のカバーを飾る劇的な写真を提供して下さった写真家の立原青氏、デザイナーの中島浩氏にも感謝の心を捧げたい。本書成立には、その他にも多くの人々熱い応援を受けて来たのだ。この紙面を借りて、それらの方々一人ひとりに深く御礼を申し上げ、この歌集を閉じたいと思う。

執行草舟

令和六年十二月二十五日

執行草舟　しぎょう・そうしゅう

昭和二十五年東京都生まれ。立教大学法学部卒業。著述家、実業家、歌人。独自の生命論に基づく事業を展開。戸嶋靖昌記念館館長。執行草舟コレクション主宰。蒐集する美術品には、安田靫彦、白隠、東郷平八郎、南天棒、山口長男、平野遼等がある。洋画家 戸嶋靖昌とは深い親交を結び、画伯亡き後、全作品を譲り受け、記念館を設立。その画業を保存、顕彰し、千代田区麹町の展示フロアで公開している。日本菌学会終身会員。

主な著書に『生くる』『友よ』『根源へ』『脱人間論』（以上、講談社）、『孤高のリアリズム』『生命の理念』Ⅰ・Ⅱ（以上、講談社エディトリアル）、『「憧れ」の思想』『おゝポポイ！』『現代の考察』（以上、ＰＨＰ研究所）、『人生のロゴス』『超葉隠論』（以上、実業之日本社）等がある。

執行草舟公式Webサイト　http://shigyo-sosyu.jp
執行草舟公式YouTube　https://youtu.be/d7TXh6FNQIY

歌集《かしゅう》　未生《みしょう》

二〇二五年三月二〇日　第一刷発行

著　者　執行草舟《しぎょうそうしゅう》

発行者　堺　公江

発行所　株式会社講談社エディトリアル
郵便番号一一二-〇〇一三
東京都文京区音羽一-一七-一八　護国寺ＳＩＡビル六階
電話　代表：〇三-五三一九-二一七一
販売：〇三-六九〇二-一〇二二

印刷・製本　株式会社ＫＰＳプロダクツ

ISBN978-4-86677-157-1

KODANSHA EDITORIAL

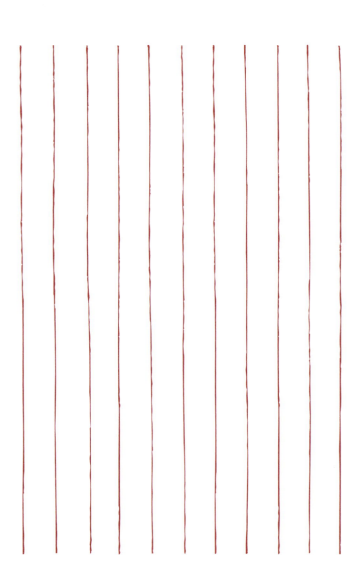